Staread
星文文化

侧侧
轻寒
著

四川文艺出版社

图书在版编目（CIP）数据

光芒纪.1.微光 / 侧侧轻寒著. —成都：四川文艺出版社，2016.8
ISBN 978-7-5411-4327-4

Ⅰ．①光… Ⅱ．①侧… Ⅲ．①长篇小说–中国–当代 Ⅳ．①I247.5

中国版本图书馆CIP数据核字（2016）第114909号

Guangmangji·Weiguang

光芒纪.1.微光

侧侧轻寒 著

责任编辑	余　岚　奉学勤
特约监制	柯　伟
特约策划	夏　懿
特约编辑	董立君
营销编辑	钟　奕　杨亦然
封面绘图	@三乖插画
封面设计	80零·小贾

出版发行	四川文艺出版社（成都市槐树街2号）
网　　址	www.scwys.com
电　　话	028-86259285（发行部）　028-86259303（编辑部）
传　　真	028-86259306

邮购地址	成都市槐树街2号四川文艺出版社邮购部　610031
排　　版	北京东安嘉文文化发展有限公司
印　　刷	北京毅峰迅捷印刷有限公司
成品尺寸	166mm×235mm　1/16
印　　张	20　　　　　　　　　　　字　数　390千字
版　　次	2016年8月第一版　　　　　印　次　2016年8月第一次印刷
书　　号	ISBN 978-7-5411-4327-4
定　　价	35.00元

版权所有–侵权必究。如有质量问题，请与出版社联系更换。010-58627528

第一章　盛大婚礼 / 001

第二章　没有婚礼了 / 008

第三章　天赋 / 018

第四章　遇见一个天使 / 027

第五章　我们得干票大的 / 034

第六章　拒绝合作 / 045

第七章　双重幸福 / 051

第八章　奇迹之花 / 060

第九章　夕阳魔法 / 069

第十章　荒野星空下 / 078

目录
Go with the Star

第十一章　幸福花儿开 / 088

第十二章　我只想要你的钱 / 099

第十三章　沈天使与顾恶魔 / 108

第十四章　引路人 / 118

第十五章　成全梦想的重要人物 / 128

第十六章　背叛者 / 142

第十七章　风雨 / 157

第十八章　告别孔雀 / 176

第十九章　白银灰与铁石灰 / 190

第二十章　前女友和前前女友 / 205

目录
Go with the Star

第二十一章　地狱模式 / 218

第二十二章　过往 / 234

第二十三章　消失在这个世界 / 253

第二十四章　金色猎豹 / 268

第二十五章　不顾一切地前进 / 282

第二十六章　没有回响的倾慕 / 297

第二十七章　不可抗力 / 305

Go with the Star

第一章
盛大婚礼

人潮汹涌的街头，车水马龙。

时近中午，日光高照，缓慢的车流中拥塞了所有的交通工具——公交车、私家车、自行车，唯一可以在其中挪动的只有双脚。

这里靠近城中最大的天主教堂。此时教堂的钟声已经远远传来，悠扬地响了11下。过往的行人都将目光投向车流之中的一个车队，微带同情。

这12辆车组成的车队，很明显是婚车车队，所有的车车身上都装饰着白色与紫色的玫瑰。领头的那辆白色跑车，在前车盖上以玫瑰花簇成一个巨大的爱心，在星星点点的丝石竹装点下，浪漫美丽。

然而，已经11点了，这盛大婚礼的车队，却还堵在这里。

挤在黑压压人群之中的叶深深，只对婚车投以仓促一瞥，便抱紧了怀中的纸盒子，艰难地在人流滞涩的街道之上跌跌撞撞地奔跑。

"对不起，借过、借过一下……"

叶深深不停地道歉，满头大汗，黑眼圈严重。

"急什么啊？"被她擦了碰了的人轻声抱怨，但见她这样焦急，也都原谅了她。

叶深深拼命挤过正在路边等候的人群，却见斑马线前正是绿灯。她还来不及思索众人为什么要在绿灯时停在街口等待，便甩开步伐，冲上了斑马线。

就在她跑出两米远时，绿灯已变成红灯。

焦急等待在斑马线前的婚车司机松了一口气，发动了车子，1~100公里只要3.7秒加速时间的跑车碾过了白线。

而叶深深刚冲到车子面前。

春日耀眼的阳光，车身带起的风，车前盖上白色与紫色的玫瑰，在一瞬间冲向叶深深。

街边所有人都倒吸一口冷气，眼睛都在刹那间睁大。

街上瞬间变得死寂，在斑马线上的叶深深，眼角的余光瞥见了正向自己急冲而来的车头。白玫瑰与紫玫瑰组成的心形，如同旋涡倾泻，瞬间充斥了她眼前的整个世界。

她只来得及尖叫了一声，便觉得整个人开始失去平衡，怀中的纸盒和身上的包全部飞甩了出去，而后她的身体则重重地砸在了坚硬的地方。

是车的前挡风玻璃。

她在被撞到的一瞬间，下意识地往前一扑，居然扑到了车前盖上，而又借着惯性，一直滚到了车挡风玻璃前。

她那张被玻璃压扁的脸，正不偏不倚地对上坐在副驾驶座上的新郎。

白色与紫色的玫瑰花全部散落，所有的浪漫美丽变成了一片狼藉。她趴在车前盖上，因为震惊与恐惧，一时竟连手指头都动不了。

坐在车内的新郎，盯着趴在车玻璃上的叶深深，披头散发的她，那张脸在玻璃上贴得几乎成了一块饼，惨不忍睹。

他停了两秒钟，解开安全带，开车门下车。

叶深深还趴在车盖上，未能从极度的惊恐中回过神。

他伸手给她，问："没事吧？伤到哪儿了？"

叶深深抖抖索索地将脸从玻璃上收回来，茫然地抬头看他，嘴唇颤抖，却什么也说不出来。

新郎将她的肩膀抓住，从凌乱的花瓣之中拖出来，右臂伸到她的膝下，将她打横抱了起来。

旁边的路人们这才回过神来，有人凑上来看，有人大喊着问："还活着吗？"也有人拨打122通知交警。

叶深深眼前的眩晕终于过去了，她睁大眼睛盯着这个抱着自己的新郎，却怎么也看不清他在逆照日光下的脸，只能无意识地喃喃："没……没事……好像不太痛。"

新郎盯着她已经瘀青一片的脸颊，问："真的？"

"真……真的……"她一边说着，一边见他眼睛盯着自己的脸颊看，便艰难地抬手摸了摸瘀青的地方，顿时疼得龇牙咧嘴，"哇！痛痛痛痛痛……"

见她只是痛得直吸冷气，其他的并没有什么异常，新郎略为放心。毕竟，她奔过来的时候，也是车子刚刚起步的时候，速度并不快，应该没有大问题才对。

司机已经跑下车，正在旁边疏导交通的交警也立即过来了。有人打开婚车的车门，新郎将她放在后座上，抬手掀起她的裙子。

叶深深尖叫一声，迅速抱住了自己的腿，用裙子裹紧。

新郎瞄了她一眼，说："看看膝盖。"

叶深深这才犹犹豫豫地"哦"了一声，小心地将自己的手松开了。

新郎将她的裙子往上拉了拉，见膝盖上两处瘀青破皮，并没什么大碍，又拉了拉她的手臂，曲伸了一下双腿，才转身对交警说："应该没什么，我会让人送她去医院检查的。"

交警十分负责地记录着目击者的话，对他们挥了挥手。

就在叶深深被从婚车中转移出来，扶上另一辆车时，她却猛地想起一件事，赶紧对着新郎大吼："我的绢花！我的包包！"

新郎微微皱眉，示意人去找她的包："放心吧，一会儿送到医院给你。"

叶深深已经被塞上了车，却还趴着车门继续叫："我的绢花！绢花！"

新郎在附近的地上扫了一眼，大步走来，问："什么绢花？"

"就是……就是我刚刚手里抱的纸盒子！那里面是我昨晚通宵赶出来的绢花！是……是一件婚纱上的绢花，马上就要婚礼了，我不送过去可不行啊！我会死得很惨的！"她抓住新郎的袖子，仰起那张难看的肿脸，对着他大叫，"我好不容易才得到这次机会为路大小姐制作绢花，这关系着我以后的命运啊！"

新郎的眼睛略微眯了一下，再看了这个语无伦次的女生一眼。她的脸都肿得跟猪头一样了，却还挂念着别人婚纱上的一朵绢花。

但他也只盯了她一眼，什么也没说，只回头吩咐刚从车队上下来的人："找一个纸盒子，里面有一朵绢花。"

众人立即散开，去路上寻找。

新郎将车门一把关上，吩咐司机："送她去医院，全身彻底检查一遍。"

叶深深急了，摇下车窗大吼："我不去医院！我要去天主教堂！不送绢花过去……我死定了！"

新郎面无表情地看着她："放心吧，会送到的，我正要去。"

"我怎么放心啊！路大小姐会杀了我的……"说到这里，她才愣了一下，然后讷讷地问，"你……你也去天主教堂？"

新郎点了一下头。

叶深深迟疑地指着远远那个教堂顶："就……那个？"

新郎再点了一下头。

"那个教堂……不是一天只有一对新人吗？"

新郎挑眉看着她："你以为呢？"

叶深深瞠目结舌，瞪大的眼睛和张大的嘴巴，在她那张肿脸上显得格外滑稽："你你你……你就是路大小姐的新郎……顾成殊？！"

新郎没有回答，旁边已经有人递上一个被踩得稀烂的纸盒子。从盒子破掉的缝隙间依稀可以看出一朵绢花的轮廓。

他掀开盒盖看了看，毫不犹豫地将盒子丢进了旁边的垃圾桶。

叶深深顿时气急败坏，身子拼命往车窗外挤，几乎要从窗口钻出来："我的绢花！你把我的绢花丢掉了！"

"已经破掉了。我想路微不会戴这样的绢花。"他走上来，将她的头按住，塞回车内去，"安心去医院吧。我会对路微说，她的礼服上没有这朵绢花更好看。"

叶深深死死攀着车窗，死命坚持："你有没有审美观？那件婚纱可是Vera Wang的！从纽约空运过来的！整件婚纱的最独特之处就在于那朵绢花！"

顾成殊冷冷地说："废话，我订的。"

叶深深顿时气息哽住，怔了片刻，她继续大吼："可是路大小姐前天不小心弄破了绢花！到纽约修复已经来不及，她听人推荐所以选择了我，让我仿制一朵一模一样的。我跑遍了轻纺城才找到可以替代的绢纱料和珍珠、水晶，我尝试了4种方式终于有了完美的方案。我昨晚一夜通宵直到半个小时前才完工——结果你把它丢掉了！"

"我说了，我会负责。"顾成殊抱臂看着她，示意司机开车。

车子发动，叶深深只能绝望地趴在车窗口对着他吼出最后一句："千万要记得帮我说好话啊！不然……不然我真的会完蛋的！"

顾成殊转过身，挥了挥手，不想再理会她。

司机将信息提供给交警后，发动了挂满残花的车子。他看着送叶深深远去的车子，说："看来应该没关系，精神很好嘛。"

顾成殊"嗯"了一声，看着随车身轻微震动而纷纷洒落的那些花瓣，想了想又问："她叫什么名字？"

司机赶紧说："老刘送她去的，肯定会记下的。"

"无所谓，反正我哪有空替她说好话。"他说着，看见车上丢着一个包，便问，"那是什么？"

"哦，可能是那个女生的包，谁塞到这儿来了？"司机从后视镜瞥了一眼。

顾成殊"嗯"了一声，目光从那个普通的小包上滑了过去。但一秒钟之后，他又伸手过去，将那个包拿了起来。

很普通的一个Tote包，黄色十字纹PU，街上随处可见的垃圾品。但这个包却不同，在包包的棱角上，精心包着二指宽的棕色皮革，原先的带子也被拆去，从棱角上延伸缝制的两条皮革成为了背带，使这个普通的包顿时显得别致起来，甚至还显出了一点不属于地摊的格调。

他看着那两条带子，这线脚很明显是用脚踩式缝纫机弄的。这不是工厂流水线的产物，可能是包包主人自己的创意。

顾成殊将包翻过来，看里面的针脚，却不料Tote包没有拉链，里面所有的东西顿时哗啦一下全都散落在了他的身上。

红色的小钱包，白色的水杯，未拆封的一包纸巾，用旧的一串钥匙，还有十来个硬币一起砸到了他的腿上。

他将东西全部抓起丢回到包里，又看见掉在自己脚背上的一个小本子。将翻开的小本子拿起塞进包里时，顾成殊目光从上面瞥过。

一张设计图。画的是一件衬衫，荷叶式的领口，立起包裹着脖颈，下面却是深V，紧紧掐腰，配上包臀黑裙。旁边注解的料子是黑色丝质。

顾成殊将那幅设计图放得稍远一些，微微眯起眼睛，想象了一下这件衣服的成品。妖娆冶艳与内敛端庄形成剧烈的冲击，修女般包裹的脖颈与欲隐欲现的深V线条糅合在一起，加上掐腰的线条，非常考验身材，也非常考验气质，但却绝对是每个女人都想要的类型。

这种似曾相识的感觉，让他大脑中的记忆略微波动。他闭上眼睛想了想，恍然大悟。

去年的巴黎高定发布会上，有个品牌推出了一组暗夜诱惑主题。那牌子一贯妖艳浓冶，对于这个主题实在是驾轻就熟。然而他当时看着目不暇接的丝绸、蕾丝、水钻，在水波粼粼的幽暗灯光下大胆透视，觉得尚欠缺了什么——现在看来，可能东方人就是这样，总觉得缺一种欲言又止的半遮半掩，少一种欲说还羞的气质。

而眼前这件衣服，刚好可以弥补那一组秀的气质，几乎可以跻身那场华美大秀。虽然设计者尚且稚嫩，细节尚不完善，但很明显拥有自己的独特想法和设计感。若能经过修正，这件衣服绝对可以成为那一场暗夜诱惑的完美角色之一。

他默不作声，目光微微下移，定在衣角的一个图案上。那是一笔画成的一片叶子，极其流畅娴熟，显然已经画了成百上千次。

顾成殊的瞳孔轻微地收缩，就像看见了猎物的大型猫科动物。

车子在正午的拥挤街头缓慢行驶。

他不动声色地将这个本子翻了一遍。

短裙、T恤、晚装、婚纱，各种斑杂的款式，唯一的相同点就是衣角不明显的地方总有一笔画成的叶子标记。显然设计者也找不到自己的方向，只是凭着自己偶尔的灵光一闪，绘下那些线条和画面，不假思索，信手涂鸦，然后签上自己的标志。

顾成殊翻到最后一页，目光定在那件鲜红的裙子上。明显以虞美人为主题的设计概念，通身鲜艳夺目的红，大幅的裙摆极其简洁，唯有一条同色腰带束住纤腰。这全然明亮的红，因为备注的料子是天鹅绒，所以他几乎可以想象那种随着每一个细微动作乃至呼吸而微微颤动的绒光，如同暗夜星辰般隐隐闪烁难以察觉的辉光，这将使穿着衣服的人如同被簇拥在艳丽的霞光之中，灿烂夺目，不可直视。

衣角上依然难以察觉地画着那片叶子的标记。

"那个蠢女人……简直是不可理喻！"顾成殊微微皱起眉，盯着这张设计图的目光冷峻。

而被她欺骗的自己，岂不是更愚蠢。

车子已经停下，司机转头看他："先生，已经到了。"

顾成殊没有起身，也没有回答。

车窗之外，正是教堂前面的大片草坪。

通向教堂的7道拱门上，装饰着刚从荷兰空运过来的鲜花；轻纱装点的座椅，已经整齐排列在草地之上；荧光粉红的气球，一大串一大串牵在来宾们的手上。

所有人都在欢笑，似乎他们每个人都发自内心地祝福今天的新人。他们的目光已经看向教堂的铁门之外，看向他的车子。虽然他们都看见了他车上那些乱七八糟的玫瑰，但也都不动声色地克制住了，依然笑着向他这边走来。

手机响起，是送伤者到医院去的老刘。他说："先生请放心，正准备做全身CT，目前医生初步诊断，应该只是一点儿皮外伤。"

他"嗯"了一声，在挂断电话之前，又问了一句："她叫什么名字？"

刚刚帮她挂了号的老刘翻着病历，说："叶深深。"

他挂掉了电话，缓缓将手中那个本子翻到了第一页。

那里写着本子主人的名字。

叶深深。

他将本子合上，放回到那个包里，对司机说："走吧。"

司机愕然，转头看他："走？可是已经到教堂了……"

"没有婚礼了，取消。"他将自己的手机关机，丢在车上，"让伊文过来。"

车队中的第二辆车打开了车门，一个踩着8厘米细高跟鞋的女子飞一般地来到他的车窗前："先生？"

他摇下了4寸车窗，对她说："婚礼车队撞了人，不吉利。告诉路微，今天的婚礼取消。"

"是。"伊文简短地应了，继续站在那里等待他的话。

他却没有再说其他。车窗关上，车子发动。

所有被丢下的宾客面面相觑。

花童们手中的花篮打翻，气球遥遥飞上天空。

见势不好的伴娘扯着自己礼服的下摆，向着教堂后方的化妆室狂奔而去。

那里，穿着Vera Wang婚纱的路家大小姐路微，正在等候着自己婚纱上的一朵绢花，也在等待着自己的新郎。

第二章
没有婚礼了

Go with the Star

叶深深的人生，面临着巨大的灾难。

"你毁了我的婚礼。"

"青鸟"服饰的大小姐、执行董事路微，靠在沙发上，冷冷地对着面前的叶深深下了定语。

叶深深尚未消肿的脸在听到这句话之后，因为悲痛而变得更加难看："路董，我真的、真的很抱歉！我真的很想在婚礼前将您的绢花送到……"

"你毁了我的婚纱，也毁了我的婚礼。"路微打断她的话，看也不看她一眼，继续用森冷的语气说，"绢花送不到，我可以忍，但你毁了我的婚礼，你觉得我能原谅你？"

叶深深愕然地看着她，因为紧张与惊惧而变得结结巴巴："婚礼那个……我……我真不是有意要撞上顾先生车的！我只是太焦急了，急着要送花给您，所以我就冲出去了，没想到会毁了您的婚车，更没想到——"

"更没想到，就因为你这个蠢货令成殊不快，连婚礼都取消了！"路微的目光终于转了过来，盯在她的身上，声音愈发阴冷，"叶深深，你横穿马路的时候怎么没被撞死啊！"

肿着半张脸的叶深深紧抿住自己的双唇，呼吸也急促起来："路董，我、我很抱歉！很抱歉让您的婚礼推迟了，但您的婚礼总会有再度举行的一天，那件婚纱上的绢花,我也会很用心地去弥补重做——"

"没有婚礼了。"路微冷冷打断她的话。

叶深深半张着口,愣在那里。

"没有婚礼了……"路微喃喃地,又重复了一遍。然后,她终于再也控制不住,抓起面前茶几上的杯子,朝着她狠狠摔了过去,"没有婚礼了!推迟改期只是借口,我已经没有婚礼了!"

叶深深惊恐而困惑,看着面前这个一贯高高在上的路大小姐。她坐在沙发上,一瞬间绷直的背,显示出巨大的绝望与愤懑:"我费尽多少心血,路家又花了多少力气你永远都不可能知道!全都没有了!就因为、因为你这个混账横穿马路!"

杯子砸在叶深深的胸口,茶水淋漓地泼了她一身,茶叶挂满她的衣襟。

叶深深一动不动,只低头向着她继续道歉:"路董,我知道这都是我的错,但我求您再给我一次机会……我是真的、真的很想留在青鸟工作……"

"滚!滚出去!"路微指着大门口,怒吼。

叶深深还是低着头,在她面前深深鞠躬:"我知道我错了,可请您不要解雇我,我妈妈在青鸟当缝纫工十几年,我从小就跟着她在车间里长大,现在我毕业了,也很想和她一起在这里上班,继续为青鸟——"

"老金!"路微根本不加理会。

叶深深的双臂被人卡住,是后面赶上来的司机老金将她拖了出去。

她的双手无望地在空中挥舞,还不肯死心:"路董,我真不是故意的……"

然而她的话还没说完,早已被老金推搡出了大门。她还企图挣扎一下,然而老金揪着她的衣领和头发,直接就将她摔在了外面的马路牙子上。

被摔出路家的叶深深狼狈不堪地爬起来,气得浑身颤抖,又觉得自己膝盖和手肘痛极了,一时无法起身,只能蹲在别墅门口,抱着自己那个PU的包,闷不作声地缩在路边树荫下。

路微的司机老金隔着门看了看她,见她还没走,便大声与保安嗤笑:"伙计,你说她蹲在这儿干什么?"

保安叼着烟冷笑:"估计现在的小姑娘胆子不小嘛,还学会胁迫了?"

老金顿时火大,偏着头朝她大喊:"走走走!再敢堵在这里,我直接开车把你撞出去!"

叶深深咬紧下唇,往旁边挪了挪,却坚决不肯离开。

砰的一声巨响从楼上传来,老金吓得一闪,保安看看上面,小声说:"砸东西呢。"

他才恍然大悟,正在犹豫要不要上去看时,却发现有车子缓缓开过来,在外面停下。

老金一看那车子，顿时跳了起来，赶紧打开门迎了上去，堆着一脸谄媚笑意："顾先生，您来啦？赶紧看看我们家小姐吧……"

顾成殊点头，下车从后座搬出一箱资料。

老金赶紧接过："我来我来！"

顾成殊将资料交到他手中，目光从蹲在门外的叶深深身上扫过。

叶深深蹲在小小一块树荫中，可怜兮兮地抬头看他。那张脸还有几处尚未消肿，青青紫紫的，简直不堪入目。再加上还没擦去的眼泪和死死咬住的下唇，就像一只狼狈不堪的小兽。

顾成殊的目光在她身上定了一瞬，然后便转过去了，大步走进了路宅。

老金已经狗腿地将资料放在了楼下客厅，顾成殊到楼上敲门："路微，我是顾成殊。"

里面停顿了一下，然后传来路微的嘶吼："你走！我再也不想见到你了！"

顾成殊便放下了自己的手，隔着门说道："好，本想借此机会将一切说清楚，从此再无瓜葛，不过既然你不需要，那么就这样吧。"

他转身要走时，想想又敲了一下门，说："关于你家上市的资料我已经全部整理封存好，放在楼下了。箱子最上面是资料目录以及进展，你有空的话看一下是否完整，免得交接出错。"

说完，他便转身下楼，毫不犹豫。

等他走到大厅时，楼上的门被猛地打开，路微扑了出来，状若疯虎地趴在楼上栏杆大吼："顾成殊，你无耻！你混蛋！"

顾成殊脚步停了一下，又仿佛没听到，只抬了一下手，示意"再见"。

见他头也不回，路微立即冲下楼梯，一把抓住他的手臂，尖叫出来："你把我一个人丢在教堂，只叫伊文传句话就通知我不结婚了！顾成殊，你这个王八蛋！"

"抱歉。"他不咸不淡地说，回身将她的手腕抓住，抽回自己被抓紧的手。除此之外，什么表示也没有。

路微攥着空出来的手，头发凌乱，眼圈通红，神情疯狼狼："我为这个婚礼所做的准备都泡汤了！所有的宾客就这样散了！全城的人都在看我的笑话！我路微……我、我现在是业内所有人嘲笑的对象！"

顾成殊神情平淡，说："那么到国外去避一段时间好了，我帮你订机票和酒店。"

他轻描淡写的态度让路微全身都颤抖起来，仿佛怒火在胸臆燃烧，她抬起手，狠狠一巴掌向他扇去。

预想中啪的一声并没有出现，顾成殊抓住了她的手腕，见她另一只手还要抬起，便将那只手也握住，拖着她按在沙发上，俯身看着她，低声说："你失态了，路微。"

路微拼命挣扎，然而他的手腕力量那么大，她根本挣扎不开，只能狠狠地瞪着他。渐渐的，那双凶狠的眼中漫上了水汽，终于再也无法控制自己，那张狰狞扭曲的面容变成了茫然悲恸。

顾成殊放开她的手，任由她曲起手肘捂住自己的眼睛。他直起身转过身去，说："再见吧——不，希望没有机会再见面了。"

路微瞪着他离去的身影，外面炽烈的日光照得天地一片泛白，他仿佛就要消失在那个明亮的世界。她不由自主地用颤抖而哽咽的声音说："或许，我们再派一次请帖，把我们未完的婚礼继续下去，一切就都算没发生过……"

他停下脚步，却头也不回："我们根本还没举行婚礼，何来的继续？"

"就这样……就这样结束吗？"她虚弱地问，见他毫无反应，又深吸了一口气，目光落在旁边的一箱子资料上，咬牙问，"连……青鸟上市的事情都不帮我们弄完？"

他依然没回头，只抬脚向台阶下走去。

路微跳起来，扑到门口大吼："顾成殊！俗话说买卖不成仁义在，你真打算就这样把我丢开了？！"

"是啊，你也知道我们之间是买卖。"顾成殊终于回头，站在阶下看着门口的她，不动声色地说，"那么我承认，这桩交易是我中途毁约。"

路微顿时噎住了，眼眶通红，只是胸口的愤懑一直涌动着，阻止她倔强地吞下自己的眼泪。

"但是路微，在买卖过程中，受到欺骗的一方终止交易行为是非常合法也非常正常的。欺诈的一方并没有资格在事后纠缠受害方，甚至企图质问受害方为何要停止受自己侵害。"顾成殊平淡地说完，微微扬起下巴看着她，等待她的辩解。

"我欺骗你，我欺骗你什么了……"路微下意识地脱口而出。

"我母亲要找的人，并不是你。所以即使我要结婚，对象也不是你。"他的目光终于开始变得冷峻锋利，嗓音也变得更加低沉，"如果你无法给出证据反驳我的话，那么我会认为，你捏造了我母亲的遗言。"

然而没有，因为没有办法回击。

路微脸色惨白，用力呼吸许久，硬生生压下自己的悲愤与恐惧，用颤抖的手拉住他的衣袖，以哀求的口气问："成殊，毕竟我们是差点儿牵手步入结婚礼堂的人，难道我们之间，真的不存在任何感情吗？"

顾成殊的目光定在院子的树冠之上，风吹过来叶面片片翻转，反射着灿烂明亮的光线，让他微微眯起眼睛。

他语带嘲讥，缓缓说："并不存在。"

路微全身脱力，簌簌发抖地靠在门上，不敢置信地盯着他，盯着这个本应成为她丈夫的人，口中一字一句吐出如此冰冷的话语。

"我早已与你开诚布公谈过，我要和你结婚，有很多原因，但和感情无关。而且，我选择与你结婚最重要的理由是什么，你也十分清楚，很可惜，你知道我是什么样的人，却还企图欺骗我。现在我已经知道叶深深的存在，你却还来问我，我们之间是否存在感情。"顾成殊唇角微微上扬，吝惜地露出半抹笑意，"那么我问你，你自己认为呢？"

路微没有回答他的问题，她只是流着眼泪，用自己也无法控制的尖锐声音，问："所以呢？所以你不会和我结婚是吗？你准备去找谁？郁霏？还是……还是叶深深？"

叶深深。

这三个字陡然从路微口中吐出，让一直蹲在外面发呆的叶深深乍然一惊。她下意识地抱紧自己怀中的包，无措地站了起来，不明白这两人提到自己是为什么。

透过院子的栅栏和灌木，她看见站在日光下的顾成殊，就像蒙着一层灿烂白光。这么灼热的天气，这么明亮的身影，他的声音听来却冰冷入骨："你说对了，就是叶深深。"

叶深深正在情绪低落恍惚中，压根儿没听清前一句，只知道他们的对话中居然提到了自己。她又疑惑又忐忑地探头，企图探听一下他们谈论自己的原因是什么。

然而路微再也说不出话，只能死死地握着双拳，拼命咬着自己的下唇，支撑着不让自己倒下。

顾成殊转过身向自己的车走去，打开车门时抬眼看见了旁边的叶深深。

她正尴尬又紧张地抱着自己的包，局促地站在门边，显然对于自己把两人的对话听到耳中又被当场撞见这种事情窘迫不已。

顾成殊的目光在叶深深身上停了片刻。她穿着一件蹭脏了的雪纺印花连衣裙，版型糟糕，走线歪斜，蕾丝微微卷缩，怀中抱着廉价包，脚上的凉鞋也明显是地摊货。小小的树荫遮不住她站着的身躯，她脸颊蹭了几块灰，鼻尖上蒙着一层细细的汗珠，尚未消肿的脸在阳光下晒得红红的，加上几块瘀青，实在是不堪入目。

他凝视着她，张了一下唇，似乎想要说什么，但终究还是放弃了，只是面无表情地上车，重重关上车门离开。

叶深深莫名其妙地看着他离开，然后又迅速想起自己蹲在这里的原因，赶紧冲进门向着路微跑去："路董，请您再考虑一下我——"

话音未落,老金已经干脆利落地抓住了她的手臂往外一推。

铁门轰然关上,她差点儿被卡住鼻尖,不得不退了一步。

她大急,隔着铁门看见路微脚步虚浮地走上台阶,她赶紧扒着铁门大叫:"路董,路董求求您了……"

听到她喊叫的声音,路微终于回过头来,她甚至还疾步跨下台阶,指着叶深深的鼻子,面容扭曲地大叫:"叶深深,你给我闭嘴!"

路微是青鸟的大小姐,也是执行董事,向来都是拒人于千里之外的优雅冷淡,叶深深从未见过她如此狰狞的表情,一时吓得说不出话来。

"这辈子……我路微最恨的人,就是你!"路微咬牙切齿,目光恨不得在她身上剜出几个血洞来,"叶深深,你是想看我笑话,还是想在我面前耀武扬威?"

"我……"她莫名其妙,没有听见刚刚两人吵架内容的她,根本不知道自己凭什么在她面前耀武扬威。

"你要是还想活命的话,以后不要在我面前出现!"

叶深深嘴唇颤抖,用力咬了咬,才又颤声说:"可、可是我之前在青鸟实习——"

"滚!给我滚!"路微失控地大叫,甚至冲上来,狠狠地踹了铁门一脚,踢得沉重铁门一声闷响,她自己也是披头散发,毫无半点往日的淑女风范。

叶深深终于退了几步,然后狼狈逃走。

在青鸟工厂门口徘徊了许久,叶深深终于鼓起勇气走进大门,绕到办公楼。

前台的妹子看见她,顿时脸色大变:"深深,你来啦!"

"嗯,我……来上班。"叶深深呆呆地捂着自己肿胀的脸,"我的实习期还没结束嘛,前几天陈主任还说,我很有希望留下来的……"

"前几天有,但现在没有了。"妹子深表同情地看着她,"今天早上陈主任让我将你从工作餐名单中剔掉了。"

叶深深愕然睁大眼:"这,这意思是……"

"工作餐都没有了,你说呢?"妹子反问她。

叶深深急了,三步并作两步,快步冲向设计部。

设计部的门关着,但磨砂玻璃后还是清楚地显现着一个高挑的身影,她正在激动地质问面前的人:"路董婚礼失败,关叶深深什么事?凭什么就把叶深深给开了?"

叶深深站在门外,听着她的声音,不由得停下了脚步。

钱宋宋,她最好的朋友之一。当年设计学院的三个人——钱宋宋、孔雀、叶深深,如今一起毕业,也一起在青鸟实习。因为三个人形影不离又都很勤奋,所以并称"加班敢死队"、"拼命三人组"。

陈主任的声音传来，不疾不徐，打着官腔："哎，小钱，你别激动嘛，小叶是实习期，走或留都是正常的。"

"可我们这批一起来实习的，别人都留下了，只有最具才华也最勤奋的叶深深被踢出去了，原因居然是她没修复好路董婚纱上的绢花，这是正常的？"

叶深深也捂住了自己的胸口，缓缓地靠在后面的墙壁上，努力压抑自己的呼吸，怕一不小心眼泪就要掉下来。

陈主任无可奈何："小叶嘛，工作还是出色的，不然之前那么多老员工都没把握的绢花，路董也不会特意要她去弄嘛……谁知她会搞成这样呢？现在路董都发话了，她不被开除谁被开除？"

"路董怎么了？她身为董事，这样凭借私怨处理员工难道对吗？"宋宋质问。

"小钱！"陈主任终于也提高了声音，"路董的话就是青鸟的规矩，你看得惯看不惯，我们都是按照规矩办事！我还告诉你吧，路董刚刚打电话说了，她已经在业内放出话，谁要是招收叶深深，谁就是跟她过不去、跟青鸟过不去！所以有本事你别找我们人力资源部的碴儿，自己去找路董！"

宋宋停顿了两三秒，然后砰的一声，撞开门走了出来。面容上因为愤怒而涌起的红晕，加上她披散的头发，看起来就跟一头要战斗的狮子似的。

她的身后，娇小的孔雀追了出来："宋宋！深深都这么惨了，你难道也要把自己搞得——"

说到这里，她抬头看见站在走廊中的叶深深，顿时愣了："深深……"

叶深深望着她们，勉强露出一个难看的笑容："我……我来拿自己的东西，你们不用为我担心了。"

陈主任一眼看见了她，便说："小叶，把你的东西都理一理吧，来办手续。"

叶深深咬住下唇，含糊地应了一声。

宋宋暴躁地跳起来又要去吵，孔雀死死地拉住了她。叶深深也抓住她的手腕，摇了摇头。

她抬起手肘捂住自己的眼睛，只轻轻地说："算了，都是我运气不好。"

叶深深抱着自己的东西，走出青鸟的大门。里面装着她在青鸟半年所用的零碎物品，拿在手中轻飘飘的。

外面是夏日炎热，她们坐在公交车站等车。

叶深深长长出了一口气，说："宋宋，孔雀，谢谢你们还帮我说话，我……真的很感激……"

宋宋身材高挑，性格爽直，抬起手臂一把揽住她的肩："谢什么啊，我们可是同进同退的三朵花啊！"

孔雀娇小纤细，她一手挽住叶深深的手臂，一手拉过宋宋，三个人围抱在一起，什么也不说，却都听到彼此的呼吸声。

设计学院三朵花，钱宋宋、孔雀、叶深深。

其实叶深深一直觉得，她们三个人应该叫"穷疯了三人组"才对。

钱宋宋，爸爸一个家，妈妈一个家。离婚时爸爸要了弟弟，妈妈要了房子。没人要的钱宋宋说你们走吧，反正每个月给我钱就好了。结果爸妈灵犀相通，18岁后就不约而同地遗忘了给抚养费这件事，即使女儿刚考上大学。

孔雀，三个姐姐一个哥哥。生下儿子之后妈妈欣喜若狂表示不再生了，结果又不小心怀上了。所以爸妈说，孔雀你命真不错，要感激我们把你生下来。本来孔雀要像自己的三个姐姐一样，初中毕业辍学打工供养哥哥的，结果一不小心考上了重点高中，拿了奖学金还能补贴家里几顿肉钱。再一不小心考上了大学，她去努力打工赚钱居然还能给哥哥缴学费，现在毕业后家里更是让她连哥哥的生活费都包了。

叶深深，爸妈离婚后，妈妈在青鸟做缝纫工养大她，她的学费是借的，生活费是摆地摊赚的。

所以，在入学之后的第二周，设计学院这三个穷疯了的女生，穿越了夜市的茫茫人潮，摆着地摊相遇了。命运让她们相视而笑，火花四射。第二个学期，三个小地摊就变成了一个大地摊。

毕业后她们又一起向青鸟投了简历，来到这边准备开始人生新起点，永远都做相亲相爱不分离的三姐妹。

谁知道，叶深深竟然要第一个离开。

叶深深坐在公交车站，将脸靠在纸箱子上面，被太阳晒得发烫的硬板纸贴在微肿的脸上刺刺地痛。

孔雀转头看着她，问："脸还痛吗？应该不会留疤痕吧？"

叶深深喃喃说道："还好……你们以后可千万记得，不要横穿马路啊。"

明明这么悲剧，宋宋却还有心思开玩笑："所以说，遵守交规，人人有责。"

叶深深有气无力地撞了她一手肘。

"那你今后怎么打算？"孔雀关切地问。

"不知道啊……设计学院的学费这么贵，几年来我和妈妈拼命努力，才刚刚还完助学贷款。"她捂着脸，茫然地望着面前的车来车往，"幸好……幸好这事没殃及我妈。"

"废话嘛，你老妈可是缝纫一班的班长，在青鸟十几年了，谁不说你妈是整个青鸟最好的缝纫工！"宋宋说着，又撇撇嘴，"当然你本来也是青鸟最好的设计师。"

"我才刚开始实习呢。"叶深深说着，又埋下头去，"前几天吴老师给我打电话，说方圣杰工作室最近要招几个助理，他可以推荐我的作品去参加评审。我本来放不下我妈妈，有点儿犹豫，现在我想去试一试了。"

"吴老师一直很赏识你的！"宋宋眼睛亮亮地，抓着她的手问，"那个方圣杰是不是29岁就担任Mcq的设计总监，号称国际上取得最高成就的华裔设计师？"

叶深深点头："是啊，听说他去年辞去总监的位置归国之后，在北京成立了自己的设计室，现在要招实习助理呢。"

一直默不作声的孔雀在旁边说："这个我也听说了，好像很难进去，因为应征的人实在太多了，据说还要专门组织初试复试呢。"

"还是孔雀知道得多！"宋宋佩服地望着她，"虽然我热爱八卦，可你的八卦比我的质量高多了！"

"因为我和办公室接触多啊。"孔雀皱眉说，"所以我听说，路董也将自己的设计送过去了。"

"是什么设计？"宋宋立即问。

"是一件黑衬衫……"孔雀看了看叶深深，又艰难地吐出下面的话，"就是深深之前交上去的那一款。"

"我靠！"宋宋顿时勃然大怒，搡着椅背就跳了起来，"她赶走了深深，把深深搞得这么惨，居然还拿着深深的设计去当敲门砖！"

叶深深只觉得胸口气息噎住，她咬着下唇，胸口起伏，却什么话也说不出来。

孔雀叹了一口气，拉拉叶深深的衣服，说："没办法呀，我们进入青鸟的时候就签过合同了，在职期间设计的所有衣服，放弃自己的所有权益，全部归青鸟设计室所有。而路董是青鸟的董事，又是青鸟设计室的组建者和负责人……再说，深深那时候也拿过钱了，去还你家的房贷了吧？"

叶深深默然点头，含糊说道："所以，我希望渺茫……那件黑色衬衫，是我这几年来最好的设计之一。路微本来在业内就已经很厉害，人脉又广，我……拿什么和她争呢？"

"你怕什么啊？一定要去参加那个评审！"宋宋恨铁不成钢地跺脚，说，"既然你可以拿出那么好的设计，就一定能拿出更好的！用你的实力碾压她！"

叶深深靠在纸箱子上，默不作声。

见她这副气息奄奄的模样，宋宋叹了一口气，只能愤然说："那个路微真是混蛋！不讲理！横行霸道！"

叶深深按着自己的额头，低声说："我想不通的是，她恨我干什么呢？我承认我是有错，但悔婚的人是顾成殊呀！"

孔雀也点头唾弃："身为一个大男人，都和人确定结婚了，教堂也租了，婚纱也订了，宾客也请了，却突然临时反悔，把人家丢在教堂里，这算什么啊？"

"对，路微不是好东西，顾成殊也是个顶级渣男！他胡搞一通，别把别人拉下水啊！现在把深深害成这样！"宋宋更加不满，"对了，那个顾成殊是干吗的？路微这么厉害的人，在他面前却毫无胜算的样子。"

孔雀迟疑着说："我前几天去办公室送文件，听他们说顾成殊是做什么风投的，有人叫他天使来着。"

宋宋嗤之以鼻："那种混蛋也配叫天使？"

"不是，这个是叫天使投资人，就是扶助一些有自己创业的想法但是缺乏本钱的人，给他们投资，帮助他们创业，到处撒钱的。"

叶深深无精打采地点头："就是放高利贷的。"

孔雀自己也似懂非懂地给她们科普："应该有区别吧。第一，'天使'不要利息；第二，将钱投给对方之后，如果对方经营不善，'天使'会从各个渠道帮助对方；第三，对方如果能赚到钱，'天使'才会取走自己应有的回报。"

"这么伟大的事业，听起来真的像天使啊。"宋宋拍着大腿下定决心，"以后我要是需要钱的话，也找他借个万儿八千的，反正赚不到钱他会自认倒霉，赚了钱呢让他抽成就好了。"

"你以为向他借钱容易啊？代价肯定很大的好不好？"孔雀白了她一眼。

"反正我们最好还是别和这种人打交道。"见她们不知道扯到哪儿去了，叶深深下定语。

公交车已经来了，叶深深站起身抱起箱子，准备上车。

就在此时，她的手机震动。她看了看来电显示，一手抱着那个半空的箱子上车，一手接起电话："喂，妈妈……"

宋宋和孔雀站在公交车站向着打电话的她挥手，等着车子开走。谁知就在车门要关上的一刹那，叶深深却忽然脸色大变，抬脚就跨下了车，硬生生从即将关闭的车门中挤了出来。

宋宋赶紧接过她的箱子，问："怎么了？"

叶深深脸色苍白，低声说："我妈妈……出事了！"

第三章

天赋

Go with the Star

叶母出的是小事，也是大事。

她是青鸟下属工厂中缝纫一班的班长，在这边已经十几年，手艺和速度一直都没得说。然而今天出的一批新衣，经检验却全部不合格，问题就出在缝纫这一环节。

叶深深气喘吁吁地来到工厂里，到缝纫处一看，妈妈正在收拾东西，低垂着头在厂里的白炽灯下，脸颊上投着一片灰暗。

她快步走到妈妈身边，问："妈，出什么事了，你要收拾东西回家？"

妈妈抬头看看她，露出一丝勉强的笑容："深深，帮我拿一些回去，待了十几年，东西太多了。"

叶深深皱眉，一眼看见了丢在缝纫机上的一件衣服，她抓起来，发现是一件真丝的连衣裙，腋下撕开了一个明显口子。裙子缝纫的线很平整，却不够细密，裁剪留下的压剪缝纫余地不够，一扯就毛漏撕开了。

叶深深还在看着，妈妈也走过来了，看着衣服叹气说："做缝纫十几年了，什么事情都凭老经验，还以为这个支数的衣料，这么多的缝纫余地足够了，所以没注意针脚疏密，让大家稍微加密针脚就可以，没想到最后出来，所有衣料都这样用力一扯就撕开了……"

"那现在准备怎么处理呢？"叶深深捏着这件残次衣服问。

"前几天出来的成品全部返工再缝一遍，我……负全部责任。"妈妈艰难地说道，

"赔偿所有人工和损失之后，交接走人。"

"这一批残次衣服有多少？这可是真丝的，成本高。"叶深深捏着衣服的布料，迟疑着问。跟着她过来的宋宋已经不满地叫出来了："凭什么啊？阿姨你在这里做了十几年，现在就因为这么一点小纰漏，又要你赔偿又要赶你走？谁敢这么做？"

孔雀拉拉她的衣摆，示意她小声点儿。

然而正在旁边的厂领导早就听到了，一个大腹便便的中年人顿时赶过来，大声问叶母："叶芝云，给厂里造成这么大损失，你还委屈了？我还就告诉你了，对你采取的处理完全是按照厂里的规章制度来的，我不给犯错的人面子！"

叶母低着头，嗫嚅着，又羞又愧，满脸通红。

"李总助！"叶深深认得面前这个男人是青鸟的总经理助理，她把自己的妈妈护在身后，将手中的衣服拿起来，问，"既然按照流程来，那么这件衣服裁剪好下来的时候，是不是有布料和工艺说明？"

李总助愣了一下，转头看向身后另一个缩着头的男人。叶深深认得那男人，是厂里管采购与原料的赵主任。赵主任立即点头，说："当然说了！20×22D的真丝双绉纱，砂洗，10姆米……"

"不可能，这绝对不是20×22D的，更不可能10姆米，顶多18×20D，8姆米。"叶深深将裙子举到李总助面前，不容置疑地说，"我妈妈也是按照流程来的，听到他说的数据之后，没有仔细检查面料便直接按照标准缝纫，这是她的疏忽。但是主要责任，是出在面料上，而不是缝纫上。"

赵主任急了，瞪大了眼睛，劈头就将衣服扯了过来，递给李总助看："这么细密的支数，这种手感，她说只有18×20D，8姆米，李总助您信吗？"

李总助捏着料子，也是皱眉，难以分辨。

妈妈拉着叶深深的衣服，低声说："深深，那料子的手感……可确实不像是18×20D的真丝啊。"

叶深深无奈地看了看自己懦弱的母亲，跨出两步到赵总助面前，说："因为这面料中掺杂了双宫丝！双宫丝比单宫丝要粗一些，织出的面料当然要显得厚实，然而支数降低了，我妈妈却不知情，依然按照标准来缝纫，当然会出现漏毛和撕口！"

李总助顿时愕然，看了赵主任一眼。

赵主任急了，冲着叶深深大喊："你少为了替你妈开脱就胡说八道！我搞面料搞了几十年了，会看不出来双宫丝？"

叶深深压根儿不理他，只对李总助说道："双宫丝是两条蚕一起结成的茧，所以丝线会时粗时细，而且很难拉出长丝，一般只拿来做蚕丝被。所以您可以将剩下的料子拿

第三章·天赋

出来看看，混杂了双宫丝的料子，必定颣节较多，就算用砂洗改变手感，也依然可以检验出来。"

李总助摸着手上的衣服，又看看赵主任，见他急得一头是汗，哀求地看着自己，便将手中的衣服直接丢还给叶深深，说："你不是那个设计部的吗，过来厂里讲什么面料？"

"深深对面料很精通的！"宋宋急了，在后面几步抢上来，说，"以前我们在设计学校，凡是购买面料，老师都要带她去的，她蒙着眼睛都可以摸出面料的质地、支数和所有细节！"

"我也听说过，深深这方面是很厉害的。"旁边缝纫部的应主任也走过来了，她是个十分丰润的中年妇女，走过来拍了拍叶母的背，又说，"再说了，如果真是20×22D的真丝，芝云也是按照规定来，应该不会出错。"

赵主任大怒："这么说，你就是指我搞错了？"

应主任搭着叶母的肩，毫不相让："芝云是我们这边的，她十几年来出过这样的错吗？何况这回是真丝的面料，你不是号称进价50元左右1米吗？她家里条件这样，你让她怎么赔？这责任出在谁的身上，一定得搞搞清楚！"

一见有人附和，宋宋立即从旁边扯出来一根带子，说："深深，你蒙上眼睛摸给他们看！"

叶深深还在迟疑，李总助看了一下头上冒汗的赵主任，又看看应主任，便拖把椅子坐下，说："好，你要是真对面料看得这么准，我就叫人把那批真丝面料认真检验一下。"

他挥手示意别人去拿样布册子，厂里所有部门的人见这边的响动，全都哗啦啦地围了上来，七嘴八舌地议论着。

叶深深看向自己的妈妈，见她满脸畏惧忐忑，不觉无可奈何，扯过宋宋手中的布条，把自己的眼睛蒙上了。

一本全新的样布册已经拿到她面前，一小条一小条裁好的布块贴在上面，标注着数据。

应主任随便翻开一页，拉着她的手，摸向册子上那些大小一致的布料。

"60支纯棉斜纹布。"她捻了一下布料，毫不犹豫地说。

坐在她面前的李总助，看着样布上面标注的数据，60支纯棉斜纹布，一字不差。

在旁边有人惊叹的吸气声中，应主任翻过几页，再让她摸。

她捏着布料，这回稍微停顿了一下，才说："高捻工字皱压皱雪纺，纱支是……比70多，但好像又不到80，可能是75支？"

"哗！"周围人看着那上面的数据，纷纷发出赞叹——正是75支压皱雪纺，高捻，工字皱。

应主任抬头看着叶母，见她的脸上露出又惊又喜的笑意，便朝她微微点头。而赵主任则急了，上来伸手在叶深深面前使劲挥了几下，见她毫无反应，便夺过样布册，迅速翻过好几页，丢在她面前："有本事摸摸这个！"

叶深深伸手出去，发现是凹凸不平的触感，薄厚不一。她深吸一口气，手摸向方格中薄透的位置："多丽方格提花真丝欧根纱，纱支是……"

宋宋和孔雀都按住了胸口，等着她的下文。

母亲脸色苍白中涌起一阵红晕，只是目光还是恍惚的。

"20支和——"叶深深缓缓地说着，手指又摸向厚实的部分，捻在指尖感觉了片刻，才肯定地说，"80支。"

众人的目光落在样布上，待看清了数据之后，顿时哗的一下，更开了锅似的，为她这种过人的能力兴奋不已。

坐在她面前的李总助瞪大眼端详着面前叶深深，不由自主地站了起来。他抓过旁边那件撕破的衣服，迅速用剪刀剪下一小块，钉在样布册上，递到她的面前："你再摸一摸这块样布。"

在周围一片安静之中，叶深深蒙着眼看不见面前的情形，只捏着那块与其他布片差不多大小的布料，用自己的指尖去感受着一切细节。

在母亲的缝纫机边长大，几乎触摸过所有的衣料，从小到大唯一的玩具就是各式各样布条的叶深深，在一片黑暗之中，感受着手中柔软微沙的衣料。她的每一个神经末梢都在飞速地分析计算着衣料的数据，每一点感觉都从神经元上迅速传向自己的大脑，就像是有神祇在脑中驾驭着一切，洞悉所有。

在一片寂静之中，众人只听到她一字一顿却毫不迟疑的话："18×20D真丝双绉纱，砂洗，8姆米，密度40，单宫丝混纺双宫丝。"

赵主任的脸一下子变成猪肝色，说不出话来。

人群中不知道谁情不自禁地先鼓起掌，然后，又有几个年轻人"哇"地大叫，拍手赞叹。

应主任抱着叶母的肩，赞叹道："芝云，你养了个好女儿啊！"

宋宋欢呼蹦跳着，冲上来一把扯下叶深深蒙眼睛的布，开心地说："深深，我知道你厉害，不知道你这么厉害啊！"

在沸腾过后，众人的目光又落在李总助的身上。李总助挥挥手，对众人说道："看来这回的问题主要出在布料上。而且应主任说得对，原料部门把数据说错了，叶芝云对此疏忽大意，但不是主要责任人，扣罚本月一半奖金，其他就免了。"

"多谢李总助！"知道自己保住了工作，叶母激动得眼泪都快出来了。她回头看看叶深深，叶深深朝她点点头，脸上露出勉强的笑容。

李总助又回头瞪了赵主任一眼："走，去检查一下那批面料！"

两人走出厂房，走向仓库时，李总助见周围没人，压低了声音训斥他："你怎么回事？回扣吃多了吧？搞回来这么一批货！"

"哎，不关我的事！"赵主任赶紧凑近他耳朵，悄悄说，"这是之前厂里吃进来的一批次品，这回路董亲自发话，让出一批裙子，就用这批面料！"

李总助皱眉："大小姐亲自发话？"

"是啊，其实压根儿不是什么大不了的问题，就是撕口呗，出几件次品之后，让缝纫部所有人加加班再加固缝纫一次不就好了吗？"赵主任一脸懊丧，"最重要是让叶芝云赔钱走人！"

"叶芝云？"李总助尚不理解。

"哎呀，李总助您不知道啊？她女儿叶深深，就是破坏了路董婚礼的那个人！"

李总助那张油光满面的胖脸上顿时露出牙痛的表情："什么？那你不早说！"

"我、我怎么说啊？这也是路董私下吩咐我的，这种事要让别人知道，公司大小姐为了私怨而诬陷老员工赔钱离职，这可怎么得了？"赵主任可怜兮兮地看着他，"我当时不是给您打眼色了吗？"

"屁！我哪知道你是这意思，我还以为你是真吃回扣惹事了！"李总助甩了一把脸上的油汗，看了看赵主任面如土色的样子，不屑地说，"怕什么？人就在我们厂里，你还怕抓不住机会？放心吧，路董这事儿虽然砸在那个叶深深手里了，可我们一定会干得更漂亮的！"

"最好……"赵主任趴在他耳边低声说，"搞个大事，让她们母女俩死得透透的，再也没有翻身余地！"

叶深深被几乎所有的大服装厂拒绝了，因为她的实习期档案上写着清楚明白的评语——工作失误给公司造成了无法挽回的损失。

但即使藏起了档案，去小公司应聘，也永远没有回音。路微的人脉很广，至少在本市的服装业界没人不给她面子。

使路大小姐失婚的叶深深已经成为业内人尽皆知的名字，没有人会录用她。

一个星期后，好不容易有了一次面试的机会，本来已经谈妥，但不到半天对方就反悔了，打电话说："叶小姐，很抱歉我们还要考虑一下，您可以去别家试试看。"

接到电话的时候,她正在回家的路上,刚刚在街边买了一个冰激凌作为庆祝。

挂了电话,她握着手里的冰激凌发呆。

冰激凌渐渐融化了,她想丢掉又舍不得,于是坐在路边的长椅上,喝着甜筒里融化的冰激凌。

黏黏腻腻的,甜得发苦。

她在街边,茫然地看着面前的服装产区。

服装工厂扎堆儿在老开发区,尘土飞扬的水泥路十分狭窄,路边无精打采地站着几棵落满灰尘的香樟树。

青鸟旁边是菲莫尔,再旁边是拉格里丝,再再旁边是索图思……基本上这些厂名都是老板娘灵机一动凑出来的英文名字。它们生产着无数版型基本垃圾、颜色基本恶俗、设计基本抄袭的服装,走向各个服装批发市场。其中比较成功的已经开拓了海外市场——不过全都是毛里求斯和赤道几内亚之类地图上都难找的地方。

在这样的一堆厂子中,青鸟算是唯一一个认真做衣服的牌子。他们有自己的工厂,在全国开了几百家专卖店和专柜,拥有一支十来个人的设计师队伍,并且公司执行董事路微,在米兰进修过时装设计专业,去年还在国际上获得过一个不痛不痒但毕竟是国际的金奖。那之后,青鸟不再甘于大路品牌地位,开始发展高端服饰,路微也在那段时间上了好几个时尚杂志。

虽然那个奖项……叶深深咬住下唇,长出了一口气,只能告诉自己,叶深深,不要不开心,没什么……

"深深。"对面宋宋和孔雀拎着包跑过来,见她无精打采地坐在椅子上,孔雀敏感地发现了不对,"怎么这么沮丧?你不是给我们发消息说找到工作了吗?"

"看来我唯一的出路还是去摆地摊了。"叶深深叹了口气,无力地说,"其实夜市摆地摊也挺好的,赚的时候一天有一两百块,比刚刚上班的人还好呢。"

"忘记告诉你了,前段时间你加班的时候,我和孔雀还想去夜市摆几晚地摊的,结果现在夜市管理好严格哦,抓住就罚交100管理费!而且时不时都有人巡逻,压根儿不像以前可以随便摆了!"宋宋跳脚,"你想啊,每晚100块,每月3000,和收入刚好相抵,你这还摆什么地摊?简直是毫不利己专门利人呀!"

叶深深无力地靠在椅背上,喃喃说:"不然的话我还能干吗呢?我已经绝对不可能在服装行业内找到工作了。"

宋宋和孔雀默然对望,都心知肚明,但也没办法,只能拉着她到旁边小馆子去:"先吃饭吧,我们请你。"

拿着菜单,叶深深研究着,问:"那我能不能点个糖醋里脊?"

宋宋瞪大眼睛："你都穷成这样了？"

"没办法，我家每个月都要还房贷啊！之前我们存一点儿钱就赶紧提前还贷，结果现在一点儿积蓄都没有，我妈这个月奖金又被扣了，我现在真的身无分文！"叶深深说着，掏出自己的钱包看了看，松了一口气，"还好还好，还够去轻纺城买几件白T恤。"

宋宋还想说什么，孔雀轻轻在桌下踢她的脚，示意她闭嘴。

叶深深低落沉默，吃着糖醋里脊，皱眉思考着。等到一盘糖醋里脊吃完，她才抬头看向宋宋，问："对了，之前你说那个顾成殊……是天使？"

"好像是叫天使投资人。"宋宋纠正她，"这又关你什么事？"

"哦哦……是啊，当然不关我的事。那个渣男，能不沾边就不沾边，以免被他害！"她讪笑着，摸着自己的肚子，满怀憧憬地靠在椅背上，"等我有了钱，天天吃糖醋里脊。"

宋宋扶住自己的头，真的不想理她了："叶深深，你这张小猪脸配上你的愿望，真有说服力。"

孔雀开始掐宋宋的大腿，说："放心吧，以深深的能力，糖醋里脊绝对不是梦！"

宋宋龇牙咧嘴，终于换了话题："其实我也不准备在青鸟干了，这几天偷偷在投简历呢。你这回要是还顺利的话，我和你再一起去摆地摊！"

"好，我先探探现在的风向。"叶深深转头看孔雀，见她眼睛浮肿，便问，"怎么啦孔雀？看你很累的样子。"

"别提了，最近除了上班，我还兼了一份家教，快虚脱了。"孔雀趴在桌上说，"我得攒钱给我哥买个iPad，他考研呢。"

"考研要iPad干吗？再说了，就他那考了5年还考不上的脑子，凭什么呀？凭什么还要姐姐妹妹养着他啊？"宋宋怒了，一拍桌子，碗里的饭差点没跳出来。

孔雀哀怨地说："可他是我哥呀，我家里就他一个男丁，将来总要他继承家业的。"

"呸！一个二十七八的大男人，靠着辍学的姐姐和打工的妹妹养着，每天iPhone拿着、iPad抱着充阔少，这种混蛋能继承什么家业啊！啊？要我说，你爸妈也是极品，仅次于深深她爸！"

叶深深有点儿无奈："宋宋……"

"好吧，我说错了。"宋宋想了想，又说，"应该是仅次于顾成殊和深深她爸！"

叶深深和孔雀对望着，竟无言以对。

饭后宋宋和孔雀陪叶深深去轻纺城。

今年流行花色面料，夏日的炎热刚刚到来，大家都已经在销售冬春的布料和辅料，也都是美好的亮色。但对于叶深深来说，现在也是最好的"捡漏"时期。无数的过季品、瑕疵品、库存品，或者是没有赶上发货的外贸品、对方毁约没有销路等各种原因造成的廉价服装，正堆积在仓库角落里，暗地期待着有人吃下去。

"我们的生活真是充满了阳光啊！"叶深深摸着薄的厚的布料，脸上露出幸福得近乎痴呆的笑容，"这么漂亮的欧根纱1米只要6块5，韩国绒7块，纯棉印花布8块，树脂纽扣11块1000颗，蕾丝花边75块1公斤……"

宋宋连连点头："是啊，成本虽然低，但只要有好看的衣服，无论标价多少，女人都会疯一样来买的！"

叶深深张开手，闭上眼仰头深呼吸。在尘土飞扬的烈日下，她畅想着每一件衣服的成本和售价，眼前出现了成千上万的衣服发出去、数以万计的人穿着自己设计的衣服的画面，幸福得都快醉了："等我在夜市做大，挖到第一桶金之后，我就到这里买100米、1000米、10000米的布料，自己设计衣服、自己打版、自己制作！我要让全国人民都来买我的衣服，要让全世界人民都来穿我设计的衣服……"

身为现实主义的孔雀叹了口气，毫不犹豫地将这个想入非非的女人扯回阴凉的地方："醒醒吧深深，你还是先去买你需要的T恤吧。"

"哦哦……"叶深深讷讷地摸着鼻子，灰溜溜地走到旁边相识的老板那里，翻着自己的钱包："老板，还记得我吗？照例哦，30……不，20件T恤。"

"哦，你可是好久没来了。"老板熟练地数出20件纯白棉T恤，捆好给她，"还是8块一件，一共160。对了，我这边有一批待处理的印度丝章，你要吗？今年还挺流行的。"

叶深深拿起那批印度丝章看了半天，还是依依不舍放下了，摇了摇头。

她这些廉价T恤的厚度，压根儿撑不起这么重的印度丝章。再说胸章加上一对肩章就是30，加上成本，起码要卖50块一件才划算了。可在夜市，愿意花50买一件T的人并不多。

走出老板的店，孔雀和宋宋摇头教育叶深深："不是我们说你啊，深深你也太笨。其实网上有那种两三块一件的廉价涤纶T恤嘛，超市大甩卖专用的那种，你进一批丢在那里卖，定价10块钱跟抢似的，干吗一定要自己设计，自己动手？多累啊！"

宋宋和孔雀以前在夜市就是卖这种的，十分清楚。

叶深深摇摇头，说："毕竟我加工白T恤也和设计擦边嘛，要是纯粹卖衣服，总觉得自己这么多年学的东西都丢掉了一样。"

宋宋翻个白眼："死脑筋，什么时候饿死了你就懂了。"

叶深深眨眨眼，说："可我还没饿死嘛。"

宋宋与孔雀无语地交换了眼神："好吧，网上说得对，梦想还是要有的，万一实现了呢？"

叶深深拎着20件纯白T恤回到家，打开妈妈那台老旧的脚踏式缝纫机，将它从内到外擦了一遍，又将以前收捡来的布料拿出来。

大块的黑色布料，叶深深拿出来端详几眼，裁剪成憨态可掬的一个怪物头像，再用其他颜色的布料随意剪出几个五官，将头与五官拼接在一起后，纯色的白T恤就成了一件有着可爱怪物图案的花式T恤。再端详了小怪物一眼，叶深深觉得还差什么，于是便翻出几寸短短的蕾丝拼接在小怪物的头上，钉上零星的几点亮片和珠子。于是小怪物的头顶上便长出了一朵漂亮的花，它斜着眼睛看着花，傻笑得阳光灿烂。

她将衣服抖平，在镜子前比了比，脱去了外面的背心，穿上了这件T恤，站在镜子前端详着自己。可爱的小怪物和花朵就出现在她的胸前，不大不小，既不喧宾夺主，也不显得单调无聊。只是均码的T恤不太合身，穿在她的身上显得宽大了点儿。

她自言自语："这件真可爱，要不要留着自己穿呢？"

再想了想，她又脱掉了，将衣服小心地叠好放在旁边。

"算了，反正我做的每一件衣服都很可爱。"

将那些零碎布条再拿出来选择，她裁好了一只半闭着眼睛的猫头鹰图案，几层布料叠在一起，一层层地缝上去，开始制作起下一件衣服。

Go with the
Star

第四章
遇见一个天使

叶深深的好运似乎来了。

即将暑假，学生们考完试正准备回家。在轻松的时刻，夜市人流更加密集。因为她刚开始重操旧业，宋宋和孔雀过来帮她，她们还顺便进了一堆一块钱的耳钉和发夹，在旁边卖10块钱一对，还价到5块就卖。

"买两件T恤，送一对耳钉！买两个发夹，T恤打8折！"

宋宋的大嗓门儿一吆喝，无数人挤在夜市尽头的路灯下，收钱拿货，生意火爆。

叶深深伤感地发现，自己这么辛苦加工的T恤，一件也就赚个十来块，宋宋和孔雀卖个耳钉都比自己赚得多多了。

更伤感的是，才9点不到，自己的T恤已经卖完了。

"要不是没时间，真想做它个百八十件的。"她嘟囔着，开心地攥着自己的钱包，"哇，今晚收入真不错，净赚284，要是天天这样就好了。"

"看来我们三个人啊，迟早会变成三个小富婆！"

"是啊是啊，今晚去吃烤串吧！"宋宋一边数钱一边说。

"好呀，我请你们一人两串鱿鱼！"

"哇，居然请海鲜，深深你真大方！"

三人正嘻嘻哈哈地收拾着板凳台灯，后面忽然传来声音："你们三个，谁允许你们在这儿摆地摊的？夜市的摊位要租的，知道不？"

管理人员来了！

被抓住了不但要训一顿，还要交100元管理费。这可不是开玩笑的事，1/3多的收入就这样没了！

三人对望一眼，孔雀熟稔地将地上的桌布一收，宋宋抄起小板凳，叶深深则一手抓起小台灯一手抱紧自己的包，三人同时向前狂奔。

宋宋一边跑一边回头朝着管理员大叔喊："大叔你死心吧，我们最爱薅社会主义羊毛，是绝不会交摊位费或罚款的，绝不！"

"宋宋！"叶深深忍不住回头提醒她别太嘚瑟。

宋宋飞速地往旁边的小巷子一窜，消失不见了。孔雀也拐了进去。叶深深却跑过头了，焦急中还在回头看呢，冷不防砰的一声撞上了前面正走过来的一个人，两人顿时一起重重摔在了地上。

愤怒的管理员已经冲上来了。

叶深深惊叫一声，抓起自己的小台灯，爬起来狂奔向前。

前方霓虹灯闪烁，人流拥挤，她在人行道上以百米速度飞奔，发福的管理员大叔压根儿不是她对手，追了两个路口之后放弃了，只悻悻地丢下一句："下次别让我抓到你们！"

叶深深靠在身后的墙上，抚着胸口长出了一口气，甩了甩手里提着的台灯。

台灯发出哗啦哗啦的声音，她感觉不对劲，赶紧仔细一看，原来台灯的灯泡在刚刚跌倒时摔碎了。她惋惜地去摸自己的包包："又要花钱了，灯泡要3块5呢……"

她的手摸了个空。

她的包包不见了。那里面装着她的手机，装着她的钥匙，装着她今晚所有的收入。

叶深深顿时跳了起来，她的包包，在逃跑的时候明明是背在身上的，那么丢掉的时间只可能是——

"终于赶上你了。"

有人在后面呼呼地轻声喘气，声音中带着笑意："喂，你跑得可真快啊，就跟只小鹿似的。"

叶深深猛然回头，看向追上来的这个人。

巷子口透进来的霓虹灯，倏忽间照亮他的面容，又在倏忽间隐去。她看见他皎洁的肤色，含笑的双眼，弧度优美的唇角。

他的手伸向前，提着的正是她那个丢失的包，因为还在喘息而使得他的手也微微起伏，灯光下看来，修长白皙，骨节匀长，非常美丽的一只手。

他那含笑的唇角与仿佛落着星子的眼睛，清晰地映在叶深深的眼中，她只觉得心口轻轻地悸动了一下，慢慢抬手接过他手中的包，低声而仓促地说："谢谢你……"

"不客气。"他笑着抬头看看周围，又说，"这段路很黑啊，我陪你走到街口吧。"

叶深深跟在他的身后，默默走了几步，她终究忍不住问："难道……你不觉得我像是一个小偷，在被失主追赶吗？"

"别开玩笑了，你这么活泼可爱的女孩子怎么可能会是小偷？"他笑着朝她眨眨眼，"虽然灯光下看不清楚，但只需要依稀的一抹背影，我就知道像你这样的女生肯定不会干坏事。"

叶深深不由自主地脸红了，讷讷地嗫嚅着："谢谢……谢谢你了……"

那个男人端详着她，又说："虽然有点儿冒昧，但我能向你提一个请求吗？"

叶深深立即点点头，但又不知道他会提什么要求，又有点儿紧张。

他指指她身上的包包，问："这个包我可以看一下吗？"

叶深深迟疑了一下，把包包递给他，然后说："其实你刚刚就可以看的。"

"怎么可以呢？没有得到允许，男人怎么可以擅自翻看女士的包？"他拿着这个包，在旁边的霓虹灯下，仔细地查看后面缝上去的那几条皮革，说，"刚刚我捡起你的包时，觉得不太对劲，因为这个包包的细节和整体不符。一个普通的街头随处可见的包，却拥有着灵光一现式的细节，真奇妙不是吗？"

叶深深看着那粗陋的质地，不由得羞愧道："这个包包……很便宜，是个大甩卖的PU包……"

"其实PU革还不错，现在很多环保人士都喜欢仿皮，经常呼吁停止使用真皮革和皮草。比如23岁便担任Chloé设计总监的Stella McCartney，从来不用任何真皮，依然能设计出完美的款式。"他抬头看了她一眼，微笑道，"而且相比于真皮，PU有更多花纹和颜色选择，也好打理，所以搭配衣服和出门都很好用。虽然不如真皮耐磨，但你这个包在易磨区进行了包边，背带部分也用了真皮，实用性与美观性完美结合，非常出色的处理手法。"

"哪有这么好啊……"叶深深兴奋又羞愧。

他又再将它整体看了看，说："颜色的搭配也十分不错，去年FENDI有一款这样的设计，不过它是黄色背带与棕色包身，它下面的包边大约占了1/3个包身，适合上班族，而你这个宽度比较窄，更加街头随性一些。"

这一连串的溢美之词让叶深深都羞愧了，她迟疑了一下，终于还是说："因为当时那一批来料加工的皮衣，皮子克得很紧，裁下来的长条边角料，最多就只有这么宽的……"

他略一思索,问:"这包是你自己修改的?捡了工厂边角料改造成的?"

"是啊,因为原来的带子质量很差,而且包包做的时候也没有考虑到使用的实际磨损情况。但型还是不错的,而且只……只要15块钱嘛,所以我就买下来了,自己随便弄了弄。"

"你简直了不起,这太奇妙了。"他将包递还给她,惊喜地摊开双手,"不得不承认,有时候女生的独特思想,那种一闪而过的灵气,对于美的品味与捕捉,真的是男人无法企及的。"

叶深深在他炽热的目光注视下,忍不住羞涩起来:"但顶级的设计师基本都是男的。"

"是啊,但出色的设计师很大一部分是GAY。他们费尽力气,所追求的不过接近女性的思维和品味,并藉此接近完美。"他朝她挑挑眉,笑,"在审美上,女人才是上帝。"

叶深深觉得这个理论似乎并不正确,但又不由得心花怒放,捧着自己的脸不说话。

"深深!"后面宋宋和孔雀终于找过来了,两人提着东西,气喘吁吁地在巷子那边跑来。

"哦,我朋友来了,那……再见了。"叶深深赶紧背上自己的包,提起台灯,朝他挥手告别。

他追上两步:"那……要交换联系方式吗?说不定我也可以请你帮我修改一个乏味无趣的包。"

一触到那双含笑望着自己的眼睛,叶深深只觉得胸口又悸动起来。但她硬生生强忍住,只挥手说:"不,不了,我可能……没时间。"

他毫不介意,微笑挥手:"那,Bye……"

回到家时妈妈已经睡下了。

一室一厅的小房子里塞着满满的东西,所有的收纳方法都是骗人的,当东西足够多而地方足够小的时候,无论你用什么办法,永远不可能做到井井有条。叶深深在茶几上腾出一点儿空当,把摆地摊的东西放了上去。

客厅兼餐厅十分狭小,叶深深点亮了灯,6枝的吊灯只剩2个灯泡了,光线朦胧地照亮整个客厅。

听到外面的响动,妈妈在房间内迷迷糊糊地说:"深深,桌罩下有煎饺,你当宵夜吃吧。"

"好的。"叶深深端出来,拿出了筷子。

妈妈又问:"今天生意还好吧?"

"很不错的,妈妈,这次重操旧业有个好开始……我还省了一百块钱呢!"没被管理人员抓住罚款。

"哦,那真不错。"妈妈迷迷糊糊的声音也显得开心起来,"你明天还去吗?妈给你带一些可用的边角料回来。"

"嗯……还去的。"她应着,可是心里却根本无法落地。

今晚已经被驱赶了,看来如今夜市管理真的很严格。明天再过去估计也没法继续,情况有点儿不太好啊。

叶深深吃完宵夜,在客厅铺好席子——家里只有一室一厅,她初中开始就在客厅打地铺睡觉了。她趴在枕头上把包包里的400块钱数了又数,一想到里面有280是今晚收入的纯利润,顿时忘却了之前的烦恼,只觉得精神焕发,兴奋得根本睡不着。

既然失眠了,她索性盘腿坐起来,在茶几前将自己的本子翻开,开始在上面画着自己的设计。

"遇见了一个天使……"她用笔杆顶着自己的下巴,双眼朦胧地思索着,"一个女孩子要穿着什么样的衣服与一个天使相见最好呢?"

"年少无知的少女,穿着白色短裙,裙子下摆到膝盖之上4寸……"叶深深在纸上画下衣服轮廓。

"在一个春暖花开的清晨……"她在腰身以上画下对称纠缠的白色藤蔓,藤蔓上开出6瓣的花朵,曼妙地包裹着少女的身躯。

"林间雾气尚未退去,朦胧而幽远地蔓延在她的身下……"腰身以下是参差不齐的6层薄纱,轻柔下垂,如同薄雾弥漫。

她将整件衣服完成之后,在衣角上不易察觉的地方画了一片小小的叶子,然后举远一点儿仔细地端详着自己的这个设计,许久,觉得又有点儿单调了,缺乏亮点。

"花瓣,做成立体的怎么样……"她在纸上再细细地描着花朵的形状,"用什么做比较好呢?绸缎?不行,小小的一点儿绸缎,显不出丝绸的光泽来……玻璃纱?稍有疏忽就会像礼物包装……珠子?和林间少女的感觉有点儿远……"

她自言自语到这里,脑中忽然电光一闪,不由自主开心地挥了一下拳头——羽毛!林间小鸟的羽毛,染成颜色清新浅淡的颜色,做成花朵的质感绝对非常美!

她抽出淡粉色的彩色铅笔,在纸上画着羽毛花朵,唇角上扬。

她画着,目光又不由得落在自己的那个包包上,唇角也不由得露出一丝笑意。她放下铅笔,抓过自己的包端详着,自言自语:"运气真好,遇见了一个好人……就像天使一样。"

一个温柔的体贴的善解人意的天使。

可惜，她只是一个凡人，遇见天使的机会，或许只是一生一次的奇迹。她可能再也没有机会，第二次遇见他了。

"而且，现在我也不可能去摆地摊了……"她烦恼地撑着头，"谁叫我连租夜市摊位的钱都没有，我的幸福才刚刚开始就没了……"

幸福，什么是幸福呢？

她目前的幸福，就是继续摆地摊，每天赚个几百块钱。然而按现在的情况看，要继续在夜市做下去，可能终究得租一个摊位——

可是，哪来的钱租呢？

每个月的房贷和生活压得母女俩喘不过气来，妈妈存折上的数目似乎永远上不了三千块。而夜市摊位第一笔就要交半年的租金，她上哪儿去搞这七八千块钱呢？

母亲离婚之后，与亲戚都不太来往，如今为了租夜市铺面让母亲去向他们借钱，她肯定也会觉得为难。而叶深深自己，因为单亲家庭的缘故，从小就怯弱内向，说到好友也就宋宋和孔雀两个境遇相似的，但她们简直比她还穷，每个月还要付房租，怎么可能有钱借给她。

钱啊……叶深深现在感觉，只要自己能借到七八千块钱去交夜市租金，她肯定就能成为一个幸福的人。

如果有钱就是幸福的话，那么最幸福的人，是不是那个顾成殊？

顾成殊……

忽然之间，脑中有一个念头闪过，让她不由自主握紧了自己的双拳。她的指甲深深嵌进了自己的掌心，望着暗淡灯光的眼中却露出了隐隐的光彩。

脑中有个声音说，叶深深，你的人生有希望了！

那个把她的生活搞得一塌糊涂的罪魁祸首，那个害得她现在这么惨的混蛋人渣，总应该拉她一把吧？

叶深深在网上搜索了一篇项目方案，自己修修改改后，来到了市中心最高的楼下。

抬头看一看，高不可及的楼顶直入云霄。

物业客气地拦住了她，说："对不起小姐，没有预约我们是不能让您进去的。"

"我……我找顾成殊顾先生，就是那个云杉资本的顾先生……"

物业打量着她的衣着，带着温和的笑容打断她的话："请问您知道他们在哪一层吗？"

叶深深的嘴巴像离开水的鱼一样张了张,发不出任何声音。

天气晴朗,夏日的阳光,8点便让人感到炎热难当。

叶深深蹲在大楼的地下车库前,汗水湿了T恤的后背。

8点半,车子开始多起来。她努力地在车流中寻找自己曾见过的那辆跑车。

后来她忽然想到,很多人会开跑车去结婚,却没有多少人会开跑车来上班。于是她的眼睛开始直勾勾地盯着车窗内看,瞪得那种目眦欲裂,让所有进入车库的人心中都咯噔一下。

所以,远远看见这双眼睛的顾成殊,下意识就踩了油门儿,想要迅速掠过她进入车库。

没想到这个眼睛都绿了的肿脸少女,居然在他的车子进入车库的一刹那,在横杆前一跃而起,扑向他的车子。

要不是前面有个横杆使他的车子减速了,她必定能再度扑在他的车前盖上,用她自己的脸和他的车玻璃再进行一次亲密接触。

面对着趴在自己车上的这个叶深深,迎着保安"你被碰瓷了"的同情目光,顾成殊面无表情地开了车门,对她说:"上来。"

第五章
我们得干票大的

Go with the Star

半个月前刚刚撞过她的男人，带着她从车库上了电梯。

叶深深赶紧看了看楼层，原来是24楼。

电梯在上升，审问开始。

"叫什么名字？"

她赶紧朝他点头哈腰："叶深深。"

"找我干什么？"顾成殊已经打开了自己的手提包，从里面取出了支票本。

不过并不认识支票本的叶深深只是眼睛闪闪地望着他，努力挤出一个笑容："谈……谈合作。"

顾成殊的手微微一滞，瞥了她一眼。

电梯叮的一声，门缓缓打开。

他大步走出了电梯，叶深深赶紧狗腿子般地跟了上去。

穿过过道，刷卡进入玻璃门。门内前台早已站起，朝他一鞠躬："先生早。"

再一看他身后穿着白T恤蓝短裙的叶深深，前台略一迟疑，随机应变地朝她一笑："您好！"

"你好你好！"叶深深赶紧鞠躬回礼，见前面顾成殊已经快要不见了，忙一溜小跑跟上。

顾成殊的办公室在最里面，门外小办公间是伊文的。她今天依然蹬着8厘米高跟鞋，解开一颗扣子的真丝无袖衬衫和墨蓝色A字裙，精致打理的卷发，足可作为秘书界典范。

顾成殊将手中的包丢给她，说："给她10分钟时间。"

"好的。"伊文立即拨电话。办公室门关上之前，叶深深听到她甜美的声音："李先生对不起，今天顾先生与您的会面将推迟10分钟，是的，您可以9点10分过来。"

叶深深顿觉压力巨大，战战兢兢地跟着他穿过宽大的办公室，走到落地窗前的办公桌前。

顾成殊指指桌前的椅子，示意她坐下："谈一谈你的合作项目。"

叶深深一看墙上的钟，发现自己走进办公室已用了半分钟，赶紧手忙脚乱从自己那个PU包中翻出一张纸，开始念上面手写的字："关于叶深深服装项目的合作方案。"

顾成殊端起桌上那杯早已放在那里的热咖啡，啜了一口，不置可否。

见他没什么反应，叶深深赶紧解释说："因为……因为我听说您是放贷款的，所以我弄了个项目——其实就是想做生意，缺一笔钱，想找您……借钱。"

顾成殊的手不易察觉地微微一抖，杯中的咖啡泛起轻微的两圈涟漪："谁说我是放贷款的？"

叶深深听他声音好像并不高兴，立马慌了："那……那个我是听说的，其实我知道肯定不是的，放贷款的那好像都是黑社会嘛，您肯定不是！您……您是天使！天使投资人！对不对？"

有人轻敲两下门。是伊文端着一杯水，优雅地走过来放在叶深深的面前。

叶深深赶紧道谢，她却视而不见，转身就走，带上了门。

见叶深深尴尬地在喝水，手一直在发抖，顾成殊便放下咖啡，示意叶深深将手边那张纸递给自己。

她的字写得端端正正，仿佛小学生的，上面写着"兹因叶深深创业所需，特寻求项目合作，现列初期计划如下——"

顾成殊抬眼看她，见她满怀希望地看着自己，便用手指弹了弹那张纸，问："这就是你的合作项目方案？"

叶深深赶紧点头，说："我觉得我肯定会赚钱的！只要顾先生借钱给我，我一定能在今年就连本带利全部还给您！"

顾成殊嘲讽地扯起嘴角，抬手指了指旁边两摞装帧精美的册子，说："你知道那些是什么？"

叶深深茫然摇头。

顾成殊拿起一本，丢在她的面前："一共18本，是一个项目的方案。而这本编号为

0的，是目录。"

叶深深看看那套18本的项目方案，简直连翻开目录的勇气也没有，只能局促地坐在他面前，目光惶惑地扫过他面前那张自己手写的纸。

"如果没有的话，那么，至少给我一个PPT？"顾成殊好整以暇地看着她。

PPT，这什么东西叶深深压根儿没想着准备。所以她只好埋着头，怯怯地伸手，将自己那张手写的纸一寸一寸地拉过来："对……对不起，我不知道要做这么多内容。那……那我先告辞了……"

就在那张纸即将被她拖到桌角时，顾成殊却放下了咖啡，抬手按住了那张纸。

她羞愧茫然地抬头看他。

他望着她，目光平静而幽深："急什么，不是十分钟吗？你还有两分钟时间说服我。"

叶深深窘迫得满脸通红："我……那我要说什么呢？"

他看着她通红的脸颊，微微抬起下巴："就说一说，你拿了钱之后，第一件先要做的事情。"

"好的……"她看了看钟，耸起肩膀局促得将自己的脸缩在脖子中，"第一步，我准备拿着您借给我的钱，去进货。"

"进货？"他终于找到一个有价值的信息。

她望着正在一秒一秒走过的钟，急促地说："对，就先去批发原料。地铁12站路，轻纺城常年有纯白棉T恤卖。我是设计学院毕业的，之前也在夜市摆过地摊，知道一件白T恤只要8块5，像我这样的熟客，可以拿到8块钱一件。然后我可以在家中自己加工，我家有台脚踏式缝纫机，非常好用……"

她一说到自己的本行，顿时开始流畅起来，舌头也不打结了，几乎1秒3个字往外蹦："然后因为我妈妈在服装厂里，所以我手头能拿到边角料，反正这些工厂里本就该清理掉，几乎等于白送。所以我们的成本基本只有8块，就算买些辅料，蕾丝100码起批只要1块3到1块4，甚至金银丝的都只需要1块5……"

顾成殊见她谈到钱开始眉飞色舞起来的模样，便打断了她的畅想："成衣的销路呢？"

"也已经计划好了，就是南街夜市。那边靠近我的母校，夜晚十分热闹。夜市一个摊位的管理费加占道费是每月1200，一次性要交6个月也就是7200。一件T恤进价8块，算上蕾丝针线等成本，绝对不会过10块钱，我们定价可以在20块左右，还价到18或者15我们都有得赚……"

"不是我们，是你。"顾成殊冷冷地说。

她迟疑了一下，赶紧点头："哦，我……我要是顺手的话，一天能自己加工设计20件左右的T恤，算一件赚10块，一晚上的收入就是200块，算上浮动也能到150之间。等到了租下摊位之后，我一个人做衣服就忙不过来了，不过我妈妈可以帮忙。还有以前一起摆摊的好朋友宋宋和孔雀，她们周末肯定会帮我突击一下，每周大约能出250件衣服，就是2500块钱，一个月就能赚10000块，除去摊位费还有8800，减去宋宋她们的劳务费应该还有6000左右，当然这是最好的设想，其实刮风下雨或者淡季就要减少一点儿……"

顾成殊实在忍不住了，以手扶额，问："所以，你要求的融资额是多少？"

正在畅想未来的叶深深不太理解："啊？什么……融资额？"

顾成殊几乎都笑了："就是说，你准备借多少钱？"

叶深深犹犹豫豫地伸出一个手指："10000……"

顾成殊将脸转向窗外，俯视着下面蔓延到天际的高楼大厦，心情十分复杂。

见他没理会自己，叶深深顿时慌了，赶紧将手缩回去："要……要不8000……不，5000也可以！"

顾成殊长出了一口气，靠在真皮椅背上："叶深深，10000块钱，刷卡套现去吧。"

叶深深惶惑地说："我申请不到信用卡，我妈妈也没有，而且我听说套现的利息很高的，很高很高……"

门外又传来两声敲门声，伊文打开门，袅袅婷婷站在那里，声音优雅而冷淡："先生，很抱歉打扰，10分钟到了。"

叶深深看看坐在那里懒得看她一眼的顾成殊，再看看墙上的钟，只能磨磨蹭蹭地站了起来，俯身越过宽大的办公桌去拿那张手写的项目方案，羞愧无比地说："对不起，我……我先走了。"

就在她的指尖按在纸上，准备将它拖过来时，他却伸手将那张纸拿起，说："等一下。"

伊文还站在门口，请示地看着他。

他示意伊文进来，等她走到办公桌前3米远处，才指着她的鞋子，问叶深深："你觉得这双鞋子，怎么样？"

叶深深愣了愣，看向那双8厘米高跟的凉鞋。

纤细的皮革绕过白皙的脚面，形成两个优美的螺旋曲线。完美包住脚趾的带子，不多不少、分毫不差的距离，消减了后面踮起的脚跟作用在脚趾上的压力，卸掉了8厘米的力量，使她的双脚如履平地般舒适。

"真好的鞋子……"叶深深只能这样说。

第五章 · 我们得千票大的

顾成殊冷冷地说："Jimmy Choo的鞋子,当然好。但按照你的理论,可以去捡几条裁剩下的皮革,然后买一个鞋底,用鞋胶粘好,不是也可以穿吗?反正工厂都要处理边角料的。"

叶深深只能讷讷说:"鞋子……不一样的,很讲究楦型。"

"那么衣服就不一样?8块5的白T,捡来的边角料,虽然不合身、面料差、做工差,但凑合一下,也是一件衣服,甚至还可能物廉价美深受别人喜爱?"顾成殊站起身,走到伊文身边,端详着她的鞋子,"多少钱?"

"8300。"伊文轻快地吐出这个数字。

"你呢?是不是8块3就能做一双?"顾成殊望着叶深深,面带着嘲讽的笑意,"然而没人会记得低廉的凑合的叶深深,只会记得昂贵的完美的周仰杰。"

叶深深嗫嚅着,脸颊通红。

伊文朝顾成殊点点头,说:"李先生已经来了。"

"告诉他,我没空见他。上次谈的那个项目,我再追加他3000万,同时我会派一个财务总监去,让他现在就回去。"顾成殊回身在椅子上坐下,目光始终在叶深深的身上,"现在我有一个上午的时间,听你谈一谈你的项目。你可以修改一下要和我谈的方案,慢慢和我说。"

叶深深张了张嘴,却不知该说什么。许久,她才结结巴巴地说:"其实我……我就想借10000块钱……"

他冷笑,打断她的话:"我知道。你的理想不过就是白天做衣服,晚上摆地摊,每天有一两百块的收入,能足够生活就谢天谢地。你甚至觉得拥有一个夜市摊位都是一个伟大的成就。"

叶深深更心虚了:"因……因为……租摊位要一次性交6个月的费用,要7200……"

"对于投资者来说,你这样的创业者是最差的一种,拿到了钱之后立即将大部分资金投入不切实际的用途,未来做大做强的规划等于零。"顾成殊冷笑,毫不留情道,"你甚至拿个网店的规划给我都比这个强,那至少还能称之为'互联网产业',不是吗?"

真心只想来找有钱人借10000块的叶深深,没想到自己遇见的会是这样的局面。她在心里暗骂不靠谱的宋宋和孔雀100遍,一边只能咬着下唇,用轻得几乎听不见的声音,心虚地应付着:"对……那……那开淘宝店好了,我先去查一下淘宝开店要多少钱,以后再给您交一个策划方案……"

她转身就要落荒而逃,永远逃离这个自己完全没有设想过的局面。

顾成殊无计可施，终于提高了声音："叶深深。"

叶深深顿住脚步，可怜兮兮地回头看他："顾先生……"

他一步步走近她，盯着她说："我的意思，你还是不明白吗？我对小本生意没兴趣。"

叶深深软弱地"哦"了一声，许久，一片混乱的大脑终于理出一点儿头绪。

她仰望着面前的顾成殊，想着自己那轻易就被他毁去的前程，想着自己昏暗灯光下的妈妈，想着母女双双失业后自己这个家的存亡，无力感不知不觉就涌了上来。

她咬住下唇，以颤抖的声音，虚弱地说："我……我知道了，我明天不会来了。"

顾成殊盯着她，没说话。

"以后也……不会来了。"她低下头，避开他的目光，颤声说，"对不起，我不应该用这样的小本生意耽误您的时间。"

丢下这一句话，她转过身，快步向着门口走去。

脚步虚浮，略带趔趄。

就在她的手伸向门把手之时，顾成殊已经大步赶上了她。他的手按在门上，阻止了她。

他望着她，声音平静："叶深深，我说的是对小本生意没兴趣，不是对你的项目没兴趣。"

叶深深茫然睁大眼，透过30公分的空气看着他。

"恰恰相反，我对你的方案，很感兴趣。但我的意思是，我不允许你小打小闹。"他俯下身，认真而严肃地看着她，一字一顿地说，"我们得干票大的。"

叶深深的死党钱宋宋，最擅长的特技就是夺命连环call。

叶深深从云杉资本所在的大楼出来拿出手机看微信时，发现上面已经多了13条消息，一律来自宋宋。

"叶深深你这个混蛋死哪儿去了赶紧给我从实招来连老娘的消息都不回你要死啊！"

几乎要从手机屏幕中冲出的怒吼，夹带着火焰。

叶深深只傻笑着，将电话拉离自己的耳朵，小心翼翼地等到这条信息结束，才回复说："我刚刚有点儿事，所以手机调了静音。"

"调静音没有振动吗？"

"有……但是我当时很紧张就……就没注意……"

"紧张？"宋宋在那边顿时捕捉到敏感词汇，"怎么啦？谁欺负你了？你个温吞水赶紧给我说呀！"

叶深深嗫嚅着回复："没有没有……我在向别人借钱。"

"借钱？你怎么啦？要借多少？为什么不找我们？"

"没事的啦，我现在……现在觉得整个世界的幸运都降临到我身上了！"叶深深停了停，吞下口中"你们还不是和我一样穷"的吐槽，问，"你在哪儿？我过去找你再说吧。"

她走到地铁站中，握着地铁票等待着。心口翻涌的幸福让她怎么都站不住，一直不停地傻笑着，在站台上转圈。

她想起顾成殊对她说的话。

叶深深，我们得干票大的。

可叶深深何德何能，能干票大的？她也真的不知道，什么叫干票大的。

所以她咽了口口水，小心地问："就是说……我们要买下很多夜市摊位？"

她现在还记得顾成殊当时脸上的神情，一点点抽搐，一点点扭曲，一点点懊恼和一点点无可奈何。

他深吸了一口气，又长出了一口气，说："叶深深，难道你不想让自己拥有一个品牌？难道你不想在全国甚至全世界开设成百上千的专卖店？难道你不想让每个女人的梦想都是拥有一件你设计的衣服？"

叶深深睁圆了眼睛，条件反射般抬起手臂，抚摸向自己后脖颈的衣领处。

在这里，有一天会缝上一条细细的织唛布标，上面缝制着她选定的商标——

她在毕业又失业之后不到一个月，就有人和她探讨建立一个品牌的梦想，说她设计的衣服，将成为每个女人的梦想。

所以她兴奋又紧张，捧着自己的心口，问："怎么可能呢？我怎么可能创立一个品牌……"

"没有什么不可能。我会给你找最好的团队，提供最好的助力、所有优渥条件。你唯一要做的，就是坐在设计室，把你想画的设计图画下来。设计室的名字是你，设计师是你，品牌还是你。"

叶深深只觉得自己太阳穴血管突突的，心跳得那么剧烈，几乎要从嗓子眼里蹦出来。就像一个奇迹一样，在她最低谷的时候，忽然出现了一个人，要帮她推广为她出钱，铺好一切光明的前景，简直是不可思议。

她迟疑地问："真的吗？可……世界上在夜市摆地摊的女生那么多，能DIY几件衣服的更多，为什么你会愿意帮我，还答应要给我这么多？"

"没有其他的什么理由。"顾成殊微微俯下身，凝视着她的眼睛，一字一顿地说，

"我想让你知道,我不是个放高利贷的,而是一个天使。"

叶深深抱着自己的包,在地铁站台上一会儿傻笑,一会儿踮着脚觉得自己要飞了,一会儿又双手抱膝蹲在地上压抑自己胸口要漫出来的幸福。

她还把包拉开来看了又看,看着静静躺在里面的名片,背面是手写的数字,上面一个属于顾成殊的私人号码,下面一个是伊文的。

他说:"叶深深,近期我会拟好合作合同,到时候打你电话。若你有什么问题,随时联系伊文或我。"

一个随随便便就能给别人追加3000万投资的人,说要帮她组建一个工作室,叶深深工作室。

组建、推广、宣传……成为品牌,开设专卖店,成为每个女孩子的梦想……

只不过想借10000块钱摆夜市摊位的叶深深,被天上掉下里的馅饼砸晕了,把自己的手指咬了一遍又一遍,确定自己不是在做梦。

幸福来得如此突然,以至于她颤抖的手都拨不出电话号码。好容易拨出了妈妈的电话,却发现她电话已停机,她也只好一个人坐在地铁中,一路傻笑到宋宋的出租房内。

宋宋和孔雀租了一个老旧小房子,在工厂附近,中午的时候她们一般回到这边休息。今天她们一如既往抱着薯片,挤在电脑前看电影。

叶深深脱了鞋子冲进门,抓了两片薯片塞在嘴里,然后跳到宋宋的床上举着双手欢呼:"当当当……你们绝对不可能知道,我叶深深的人生已经改变了!"

宋宋翻她一个白眼:"没人关心你的人生!你先说说你为什么要去借钱?向谁借?借到没有?"

叶深深满面笑容:"没有!没借到哎!"

"肯定受太大刺激,疯了。"宋宋白了她一眼。

温柔的孔雀把手中的薯片袋子递到她面前:"深深你先说一说,什么事情这么开心?"

叶深深将自己包包里的名片一把掏出来,双手捏着递到他们的面前:"看到没有?云杉资本,顾成殊!"

宋宋和孔雀盯着顾成殊三个字看了一眼,又转头互相对望了一眼,两个人的脸上都是复杂的表情。

宋宋抓了一把薯片塞嘴巴里,说:"哦,这个混蛋啊。"

孔雀点点头,说:"还是个变态。"

叶深深"呃"了一声,脸上的笑容还勉强维持着:"怎么啦?难道你们都认识他？"

"当然不认识了！这种人，谁认识谁倒霉呀。"宋宋翻个白眼，"人渣。"

"垃圾。"孔雀也淡淡地下定语。

叶深深神情僵硬，讷讷地将那张名片塞回自己的包中，茫然地望着她们。

宋宋问："他是不是给你名片，许诺要让你成为全世界最有名的设计师啊？"

孔雀问："是不是还说，要建立你的品牌，让你的名字成为每个女人的梦想？"

宋宋问："是不是又说，你什么都不用操心，他为你宣传为你推广，你只要安心做你的设计就好啊？"

孔雀问："是不是还说，你的设计室，你的品牌，你的名字？"

叶深深傻了。

她茫然地站在宋宋的床上，看着面前的两个好友，觉得自己就像一个小丑，滑稽又可怜。

她默默地坐下来，努力让自己嗡嗡作响的脑子静下来，问："你们怎么都……知道？"

"因为前几天路微失婚之后，我们偶尔买了一本过期的时尚杂志，里面就有报道啊。"宋宋朝旁边的几本过刊努努嘴。

孔雀在里面翻了翻，抽出一本给她，说："你看，去年底的报道，FEI.Y的郁霏专访。"

"再次见到郁霏，看见她消瘦的模样与枯槁的神情，我们不得不叹息，一场爱情的结束，能给人带来致命的打击。"宋宋念着上面的字，还把郁霏的照片在叶深深面前晃了一下。

即使穿着再美丽的衣服、画着再精致的妆容、打了最温柔的光线、最好的摄影师操刀，也依然掩不去照片中人的枯槁消瘦。

叶深深将杂志抢过，目光迅速地掠过上面的关键词——中国最顶级设计师……多年设计生涯被幕后势力束缚……绑架设计师的理念和灵感……不折手段的压榨和逼迫……恋人出资成就了她，也以爱之名控制束缚了她……

"所幸，经过5年暗无天日的生活，一场情变终于让她重获新生。如今的她，脱离了控制她的那双黑手，成为了在时尚界自由翱翔的浴火凤凰。郁霏说，不为了金钱，而单纯为了艺术而去奋斗去追寻的日子，真的很美好！"

叶深深匆匆看完，问："那……这和顾成殊又有什么关系？"

"因为，控制操纵了她5年，不择手段压榨她的那个恋人，就是顾成殊！"宋宋连放到一半的电影都不看了，直接关了页面，打开搜索，输入"郁霏+顾成殊"。

页面顿时唰唰唰弹出无数消息，转载最多的是一篇两年前的访谈。那时的郁霏画着清淡的妆，含在唇角的笑容如同幽兰初绽。

记者：有特别想要感谢的人吗？

郁霏：是的，有一个人，他改变了我的人生。在我还是个平平无奇的毕业生时，他到了我的面前，递给我一张名片，对我说，我会让你成为影响全世界的设计师。

记者：那么这个人，就是你的资助者顾成殊先生？

郁霏：是的，他让我在毕业之后的第一天就建立起了自己的品牌。他告诉我说，我什么都不用操心，他会为我宣传为我推广，我只要安心做我的设计就好。

记者：目前看来他的承诺都做到了。

郁霏：是的，而接下来我们要做的还有更多。我希望自己的名字成为每个女人的梦想，也希望让我的设计室、我的品牌、我的名字铭刻进时尚史。如今，这是我人生更高的目标。

叶深深的脸涨得通红，有点结巴："什么呀……原来他当初对郁霏也是这样说的。"

"还不只呢！我当时也被这段话感动，鼠标就无意识地复制拖拽了一下，结果你瞧瞧我还找到了什么好玩的！"宋宋落井下石，直接又在搜索引擎中输入"顾成殊+路微"。

立即又弹出了许多报道，但大多都是关于他们结婚的消息的。毕竟，青鸟也是业内比较有影响力的一个牌子，年轻貌美的女董事更是业界的焦点，如今要和人结婚，也是一场盛事，更何况对方还是顾成殊。

而路微的访谈，是在两个月前，她正在甜蜜筹备婚礼时。

"我从没想过，人生原来如此轻易就能改变，只要你遇见对的那个人。在我刚刚得到国际大奖，还在憧憬未来会遇见什么人时，他来到了我的面前，递给我一张名片，对我说，我会让你成为影响全世界的设计师。他劝说我在青鸟之外建立起自己的独立品牌，成立属于我自己的设计室、我自己的品牌，冠以我自己的名字。婚后，我将什么都不用操心，自有他为我宣传为我推广，我只要安心做自己的设计就好。

"和他结婚之后，我要做的还有更多。圆满爱情一路携手，他会给我最温暖的包容，也会给我最强大的助力。总有一天，我的名字将成为每个女人的梦想！"

叶深深拖着鼠标看完这一段报道，简直目瞪口呆："世界上怎么会有……这样的人啊！"

宋宋唾弃道："大开眼界吧？对第一个和第二个女友说着一模一样的承诺，结果第一个被他剥削迫害，压榨了5年；第二个在结婚当日被抛弃，简直都没脸见人——你说这种极品渣男，怎么没有报应啊？"

孔雀以同情的目光看着叶深深："还不只呢！现在这神经病又找上了深深，而且还说着一样的话！"

宋宋一把卡住叶深深的脖子："喂，深深，你从实招来，你是不是也打算和前两个受骗受伤的蠢女人一样，准备相信他了？"

孔雀则端详着叶深深："不应该啊，这一张还没消肿的脸，拿什么去和郁霏还有路微那样的大美女比？顾成殊这是审美观直线下降啊！"

叶深深痛苦地捂住了脸。

宋宋立即揪住她的衣领，问："深深，你不会被他得逞了吧？你不会被他动手动脚了吧？"

"怎么可能！我们手都没碰过！而且，而且要早知道他是这种人渣，我一定、一定狠狠一个大耳刮子甩过去，告诉他你这个混蛋不会有好下场的，然后转身就走！"

叶深深说着，气得一把扯开自己的包，将里面的那张名片一把抓出来，几下就撕碎了，狠狠丢进了垃圾桶里。

孔雀见她气得胸口剧烈起伏，一张脸涨得通红，便轻轻拍了拍她的后背以示安慰。

宋宋则摸出自己的钱包，说："还好还好，咱及早发现了那个混蛋的真面目，深深的人生危机解除了。我宣布，为了庆祝，中午我请你们到楼下去吃顿好的！"

孔雀白了她一眼："你钱包里有多少钱？"

宋宋打开看了看，苦着一张脸说："别提了，每次打开钱包，我就怀疑自己刚刚被洗劫过。"

孔雀叹了口气，说："算了算了，我们去吃饺子吧。"

宋宋仰天长叹："……真是天涯沦落三朵花啊！"

第六章
拒绝合作

"你今晚还准备去摆地摊吗?"

在楼下饺子店,宋宋吃着饺子问叶深深。

叶深深点头,说:"好歹碰碰运气吧,工作是肯定找不到了,除了冒险去练摊,还能怎么办?"

"其实我也不准备在青鸟干了,这几天偷偷在投简历呢。"宋宋戳着饺子泪流满面,"可是混蛋啊,好不容易投中一份简历,居然刚好卡着本市最低工资标准,而且!实习期一年!只拿一半工资,太狠了!"

叶深深叹了口气,说:"青鸟还是挺好的,先干着吧。"

"呸!老娘还是陪你一起去摆地摊去算了!"宋宋说着,又想起来,赶紧问,"对了,你那个比赛的衣服设计了吗?就是吴老师推荐你去方圣杰工作室那个。"

"嗯,昨晚有了点儿灵感,所以设计了一件裙子。"叶深深托着下巴,又想起昨晚那个男人,不由得微笑出来。

孔雀抬手在她面前挥了几下:"深深?深深……"

宋宋白了她一眼,追问:"到底设计出了什么衣服啊,看你一脸痴呆的样子!"

"是一件……我将来一定要穿在自己身上的衣服!"叶深深幸福地深吸了一口气,说。

"哇!那看来,比你之前所有的衣服都让你觉得得意?"

叶深深用力点头："是的，是我迄今为止最满意的作品！"

"那赶紧做出来啊！"宋宋赶紧说，恨不得现在就拖着她去做。

"哪有这么快啊，现在还是先送设计稿去参选，吴老师说，等到设计图的打分出来之后，再自行制作样衣进行第二轮甄选，两轮的得分加在一起，得分最高的人，才能前往方圣杰工作室，去参加最终的选拔。"

"听起来好难哦！"宋宋头都大了，"不过我们对你有信心！深深你一定能顺利进入工作室的！"

"很难哦。"叶深深叹了口气，说："最终选拔后，能进入工作室的人有十个，但，这并不是最后的结果。进入工作室后，有半年时间的考察期，最终剔除后能留下的，只有两到三个人。如果超出这个数字，那么剩下的人还要进行最后一次比赛，获胜者才能留下。"

"我嘞个去……这也太可怕了。门槛这么高，一不小心就是扫地出门乖乖回家的节奏啊！"

"所以……"叶深深叹了口气，说，"比赛只能尽力，可目前我还是以赚钱为主，毕竟生活总是要继续的。我不能找不到工作就怨天尤人，把一切都压在我妈妈身上。"

"走吧！"孔雀吞下最后一个饺子，站起身，"陪你去买T恤。"

"昨天赚了些了，今天多买几件吧。"宋宋抓起自己的包，"实在不行我赞助你一些……"

"就你那个刚被洗劫过的钱包，算了吧。"

天气依然炎热。

轻纺城内依然灰尘弥漫，烈日下灰蒙蒙一片，水泥地上垃圾散乱。车子开过，迎面的风中夹杂着尘埃，拎着东西站在路边等公交车的叶深深，觉得呼吸有点儿艰难。

昨晚睡得太晚了，太阳炽热的下午，她站在路边有点儿迷糊。电话忽然响起，她摸出手机贴到耳边，木然地"喂"了一声。

"叶深深，过来一下。"

那边的声音传来，冷静、平淡、毫无波澜。

叶深深迟疑了片刻，空白的大脑中找不出与这个声音联系上的人，于是继续喃喃地问："谁啊？"

对方停顿了两秒，显然没想到自己会被别人忽视："顾成殊。"

"哦……人渣……"她低低地呓语，含糊不清，然而在一瞬间清醒过来，顿时"啊"了出来，声音有点结巴："顾顾顾……顾成殊？"

旁边的宋宋和孔雀顿时惊起，齐刷刷地转头看着她。

而电话那头的顾成殊，似乎没有听清"人渣"两字，所以只"唔"了一声，问："关于合同你考虑得怎么样了？我这边已经草拟了一份，你什么时候过来与我商讨？"

叶深深觉得头有点儿晕。她摸索着身后的栏杆，也不顾上面满是尘埃，靠了上去。

顾成殊的声音继续传来，在这样的灼热天气中，却带着一种过分平静的冷淡："关于你的酬金、初步的启动计划、未来的发展方向、工作室与品牌，最好我们这几日先商议一个雏形出来……"

叶深深的意识终于勉强清晰了一点儿。她只觉得自己刹那间被火气包围，一种说不清道不明的愤怒，让她将手机举到半空中，然后问："喂？喂？怎么回事没声音啊……喂？"

然后她掐断了电话，迅速将这个号码拖入了黑名单。

宋宋与孔雀对望一眼，不约而同地笑了出来。宋宋捂着肚子笑得在站台上蹦跳，而孔雀则捂着嘴，拉着叶深深的手臂窃窃地笑。

清静了两分钟之后，有一个固定电话打了过来。叶深深看着手机管家上显示的"云杉资本"字样，带着冷笑，再一次将号码拖入了黑名单。

这一次，真的解脱了，再也没有动静。

迎着宋宋和孔雀给她竖起的大拇指，叶深深长出了一口气，竖起双手在胸前交叉，怒吼一声："什么赚钱、什么前途、什么美好梦想……全都是骗人的！人渣退散！"

顾成殊握着手中的电话听筒，停了两秒钟，将它放了回去。

他的面前摆着一份合同。多年来，他已经很少有这样迅捷的速度了，可这回，他以最快的速度起草了这份合同，却找不到签合同的人了。

他的手按在合同上，看着上面的"叶深深工作室"6个字，只觉得一阵受了戏弄的耻辱从心头慢慢翻涌上来。

他将合同拿起来，连同下面他收集的好几页设计图，在手中捏了一捏，又丢在了桌台边上。

啪的一声响，让坐在外面的伊文都受到了惊动。她走进来看见他恼怒的神情，便将合同拿起来，说："这可真奇怪，我还以为像她这样出身底层的女孩子，会不顾一切地扑到您身边的，不计较任何代价。"

顾成殊没有回答，他的目光缓缓移过去，落在合同上。

伊文正翻着下面的设计图，看着后面的几页彩图，那是叶深深在自己的本子上涂鸦的几件衣服，其中一件如同虞美人般鲜艳的红裙，熠熠生辉。

"真好看。"伊文看了又看,问,"我可以把这页拿去让人定做一件吗?"

顾成殊冷笑着,说:"恐怕不行,这件衣服已经属于路微了。获奖后Element.c收了它,并在这个基础上衍生出一组12件的设计,是明年春夏的主打作品。"

"真可惜,她确实很有灵气。"伊文说着,又抬头认真地看向顾成殊,"先生,我想叶深深或许是听到了些什么。现在外间关于您的传言有些太过分了,或许我们应该去找媒体干涉一下这些言论……"

"别人的话,从来损害不到我一分一毫。无论是信我的,还是不信我的,我从来不在乎。"顾成殊打断她的话,漠然抬手,"叶深深做出什么愚蠢的选择,又关我什么事?"

伊文挑眉,拿起那本策划书:"先生说得是。"

顾成殊指指那本书,说:"拿去喂碎纸机。"

"那么,之前的计划呢?"伊文问。

顾成殊毫不犹豫地说道:"换人。"

伊文略一思索,说道:"作为您万能的秘书,我向您推荐一个人,他拥有非常特殊的才华,而且目前的境遇也十分糟糕。"

顾成殊望向她,不置可否。

"就是您刚刚提到过的Element.c,有一位新设计师Alvaro,因为风格关系所以与他家有了冲突。先生若有兴趣的话,我马上为您联系。"

"Alvaro……这个名字,应该是个男设计师?"顾成殊还在沉吟,却有人笃笃敲了两下开着的门,走进来说:"Alvaro还可以的,我喜欢他的设计。"

顾成殊看他一眼:"沈曁。"

沈曁笑着径自走到顾成殊的桌前,拉过旁边的椅子坐下,在此时窗外透进来的明亮光线下,那双含笑的眼睛与弧度优美的唇角,相得益彰,无比动人。

连伊文这样身经百战的人都有点儿目眩神迷,那张一向公式化板着的面容上也浮现出了笑容:"沈先生要喝什么?"

"奶茶,你会给我吗?"他支着下巴,一双波光粼粼的眼睛凝视着她,微笑问她。

伊文避开他的笑容,瞄了瞄他的长腿和小腹说:"一杯奶茶的热量需要运动一小时才能抵消。"

"我就知道伊文你嫌我胖了……"沈曁干脆趴在了桌子上,一脸委屈地看着她,"放心吧,现在压根儿没人敢拉我做模特了。"

"自作自受,谁叫你撞到了那个垃圾手上。"伊文翻他一个白眼,转身向外走去,"不加糖好吗?"

"好歹给个微甜嘛,求你了伊文!"沈曁赶紧冲她背影喊。

顾成殊压根儿不理会他们的对话,只径直向沈暨问重点:"认识Alvaro?"

"哦,那是个天才!"沈暨立即忘掉了奶茶,转过头眉飞色舞地说,"我挺喜欢他的设计,就是脾气有点儿古怪。不过哪个天才没有臭毛病呢——除了我之外。"

顾成殊完全无视他最后一句话,将手中的合同加设计图丢到他面前:"看看这个。"

"叶深深……听名字就应该是个可爱的女孩子。"沈暨直接翻到后面去看设计图,只扫了一眼,立即站了起来,脸色大变。

顾成殊没理他,目光只落在那张虞美人红裙的设计图上。

沈暨将那幅裙子看了许久,又立即翻过第二页,去看后面的那几张设计。等翻完了那几页设计图,他的呼吸都开始急促了,只睁大不敢置信的眼睛看着顾成殊。

顾成殊抱臂看着他,问:"有什么想法?"

"她就是叶子的主人?"

顾成殊点了一下头。

沈暨又急问:"这就是你中止婚礼的原因?"

顾成殊又点了一下头,没说话。

沈暨掩上最后一页纸,将手按在上面,将自己的震惊情绪压下去之后才缓缓说:"其实我今天到这里来是因为路微过来找我,希望我能劝说你,让你不要因为一些莫名其妙的原因而放弃她。但如果是这样的话,我也无话可说。只是……你不考虑路微以后会受到多少嘲笑,心理压力会有多大吗?"

"我有什么必要考虑她?"顾成殊冷冷说道,"在她欺骗我时就应该考虑到自己有这样的结局。"

沈暨看着手中的合同,又问:"你要和叶深深合作了?"

"我已经决定放弃她了。"顾成殊简单地说。

"放弃她而去找那个男设计师Alvaro?"沈暨睁大了眼睛,不敢置信,"我还以为你会和她结婚!"

"我为什么要和一个害死了我母亲的女人结婚?"顾成殊站在落地窗前看着外面,冷冷地反问。

"成殊,不要迁怒于她,容老师的死,她是完全无辜的。"沈暨说着,又不由得叹了口气,说,"不过加上这次,你不是差点儿找了两个疑似她的人结婚了吗?而且你对她那种爱恨交加的样子——"

顾成殊打断他的话:"没有爱,只有恨。"

"好吧,羡慕嫉妒恨的恨。"沈暨说着,看看他的模样,又笑了出来,走到他身边

第七章
双重幸福

Go with the Star

经过几小时的奋斗，晚上叶深深提着30多件衣服直奔夜市。

看见她拎了这一大包，宋宋和孔雀都被吓到了："深深，你也太拼了吧？这是今天弄出来的吗？"

"叫我快枪手叶深深吧！"叶深深紧握双拳，做了一个奋斗的手势，"加油加油加油！"

然而愿望是美好的，现实是残酷的。

愤怒的夜市管理员大叔今天第一时间就蹲在了她们昨天摆地摊的地方，大有守株待兔的架势。

悄悄拖着衣服来到夜市前头，她们刚刚把桌布铺好，开始摆放衣服，结果巡逻的人又来了："喂，三位同学，地摊不能擅自摆设的，先来填张单子，交一百块临时摊位管理费。"

"没……没有啊，我们就是随便来看看的，不摆不摆！"三人赶紧一溜烟收拾起桌布。

从头走到尾，在夜市空档和过道里见缝插针摆了两次，谁知今天管理员们都跟吃错药似的，隔个三五分钟就来巡逻一次，简直逼得她们走投无路。

再一次灰溜溜地收拾起东西时，叶深深手里胡乱抱着的T恤在夜市的铁架子上一挂，顿时撕出一个大口子。

叶深深惨叫一声，赶紧扯过这件T恤看，领口到下摆，一条长长的撕裂口。

"8块钱啊……"她带着哭腔喃喃。

宋宋心疼地拉过来看了一眼，孔雀却听若未闻，看着对面摊点上的镜子一动不动，说："你们看。"

宋宋往镜子里看了看，问："孔雀你心理素质真不错，还有闲心照镜子？"

"不是，我是说，你们看到那辆车了吗？从开始就一直跟着我们，沿着夜市一路过来。而且，我们摆了两次地摊，这车子就停了两次！"

宋宋和叶深深疑惑地从镜子里打量着那辆车。车上的司机已经下来了，正向她们走来。可惜从镜子里看来，他的面容模模糊糊的，太考验眼力了。

越走近，叶深深越觉得熟悉，但夜市的灯光昏暗，实在看不清。她还在想着，身后那人已经向她打招呼，声音温柔轻缓，镜子里照出他唇角上翘的弧度。

"嗨！"

"啊……"她仓皇地转身看他，看见了他含笑的眼睛中，反射着万千点明亮灯光。

昨晚她被夜市的管理员追赶时帮她捡回了包的那个男人。

她下意识地抱紧怀中的衣服："嗨……好……好巧啊。"

他微笑道："是啊，我也觉得好巧。每次我看到夜市有个缺口可以进去时，结果车子一停下，你和你朋友就把那块过道空地给占了。"

叶深深一时噎住，只能结结巴巴地说："我们……我们马上走，不会挡道的……"

他赶紧说道："开玩笑的，其实我一眼就看见你了。你这件橘黄色的连衣裙在夜市的灯光下颜色融洽，搭配上你的肤色又显得格外亮眼，在这杂乱的背景中简直是熠熠生辉，不然我怎么会迅速被吸引了目光？"

叶深深觉得他是在夸自己好看，不由得有点儿羞涩，低头避开他的目光，又不由自主地欢喜微笑。

他身材修长，她只到他的胸口，低头时看见他穿的是一件藏蓝色V领短袖T恤，搭配黑色牛仔裤。除了T恤领口下方同色但不同质的一条10厘米宽竖纹之外，全身上下没有任何标志和纹饰。

叶深深脑中灵光一闪，瞪着的眼不由自主地睁大了。她凑到他的面前，借着夜市旁边摊点的灯光，仔细地看着他的那件衣服，从胸口看到腰间，研究着那块纹路眼睛都快掉出来了："没错，撕破掉的胸口可以这样处理呀！同色不同质的料子拼接也是一种设计！"

他见她研究自己的衣服，便说："Element.c今年夏季成衣，新设计师Alvaro的作品。"

"Element.c走华丽复古风，闷骚的代表。就算黑灰色的翻领短袖T恤上都要弄个袖章，就算纯色衣服都要在肩上列一排星星。新设计师为什么要弄一件这么素的衣服？"叶深深嘟囔着，"不过款型真好。"肯定是四位数的东西，她怀里这些8块钱的T恤是没法比的。

"所以我说是新设计师，还没被Element.c的风格彻底浸染。他理念还是有的，如果能坚持住的话，会成为一个好设计师——但在那之前，我估计他已经被扫地出门了。"他说着，微笑抱臂看她，"是否有启发你灵感？"

叶深深拍了拍怀里装衣服的袋子，说："有啊，我浪费掉的8块钱又回来了。"

他一眼看见了那件撕破的衣服，笑道："是啊，这么好一件衣服，撕破了确实挺可惜的。"

后面的宋宋凑上来，一把卡住叶深深的肩膀，眼睛闪闪亮地问叶深深："深深，你朋友？做模特的？"

叶深深被她一卡，差点儿没栽倒，赶紧扶住旁边摊位的铁架子，才算稳住了身体。

铁架子震动，上面的灯光不停摇晃闪烁。在凌乱的灯光下，他微眯起眼看着面前众人微笑，水波般摇动的光芒果真像秀场的灯光一样，照得他恍惚而迷人。

周围仿佛瞬间静了下来，叶深深感觉自己根本移不开目光。只有冷静的孔雀说："不像，模特的体型一般偏薄偏窄，他这样的肩宽，没有他的码子——除非是业余的。"

宋宋顿时两眼放光，充满期待地问："所以深深，是你男朋友？"

"哈？"叶深深还没回过神，宋宋的问话已经连珠炮般冲击而来："你恋爱了？男朋友这么帅？什么时候开始的？怎么遇到的？看起来是个有钱人？"

叶深深不由得抬手，捂住她的嘴："我和他一点儿关系都没有！"

"切，谁信啊！他叫什么名字？星座、血型、身高、体重，你赶紧给我报上！"

叶深深竭力在她的问话中寻求突破口："不是的，只是……见过一面的人！"

"两面。"他笑着纠正，"加上这次。"

叶深深艰难地点了点头。

宋宋顿时心花怒放，踌躇满志地一揽叶深深的肩，凑到她耳边轻声说："那话说在前头，你别怪我啊，要是你搞不定他，那我就补上！肥水不流外人田对不对？"

叶深深不敢置信地看着她，终于明白了宋宋的心理。她凑到宋宋的耳边，低声说："可我连他名字都不知道。"

"……"宋宋瞪大眼，张着嘴巴却说不出话。

"对不起，是我忘了自我介绍。"他向着她们点头，更加重了脸上那抹笑意，"沈暨，诸暨的暨。"

"钱宋宋，宋朝那个宋。我这个名字不错吧，每天有人送钱，哈哈哈。"钱宋宋立即说，一边抱住叶深深的肩膀，"叶深深，不是那个夜深深的夜，是叶子的叶。这是孔雀，就是那个孔雀的孔雀。"

"很别致，你们的名字都又好记又可爱。"沈暨笑道，"我得去找我爷爷问问，为什么给我取个这样的名字。我都小学二年级了还写不好，被无数同学嘲笑。"

"哈哈哈，没有啦，我就是很普通的名字。"宋宋开心极了，笑得花枝乱颤，连家族秘密都说了出来，"我弟弟叫钱唐，他别提多郁闷了，哈哈哈……"

叶深深无语地看着她，孔雀直接露出了鄙视的神情。

"那，我们先走了，看来今天不能摆地摊了。"叶深深说着，拉了拉宋宋的衣服下摆。

"加个联系方式吗？"他掏出手机问。

宋宋立即伸手去掏手机，刷他的二维码。叶深深和孔雀无语地对望一眼，孔雀抬头望天，叶深深磨磨蹭蹭地摸出手机。

在回家的地铁上，宋宋一路翻看着沈暨的朋友圈，有点儿失望："什么呀，上星期刚申请的微信，只有一张天空的照片。"

孔雀凉凉地说："不会是做传销的吧？"

叶深深则迟疑地说："不会很快就要开微店吧……"

"是吗？"宋宋却一点儿都不失望，捧着自己的下巴花痴地笑，"不知道卖什么呢？面膜？代购？保健品？哎呀好，期待呀！超级温柔大帅哥开的店，就算倾家荡产我也要买买买！"

和一个陷入花痴的女人打交道，唯一的办法就是忽视她。

所以叶深深和孔雀不约而同地将自己的脸转向一边，宁可去看车窗外流动的黑暗。

地铁上人很少，一片寂静中叶深深抱着一件也没卖出去的衣服，沉沉地坐着。

地铁的车身微微起伏，叶深深的脑中忽然光芒一闪，顾成殊曾经说过的话，在她的耳边清晰响起——

他说，叶深深，你甚至拿个网店的规划给我都比较靠谱，那至少还能称之为"互联网产业"，不是吗？

她睁大眼，慢慢地说："对啊，好歹……这还是互联网产业呢！"

"你是说微店吗？"宋宋赶紧问。

"不，我是说网店。"叶深深握紧双拳，脸上露出隐隐的光芒，充满希冀憧憬，

"我要开一个专门卖自己设计衣服的网店。"

设计学院三朵花都是行动派，当天晚上三人就聚在叶深深家里商议网店的事情。妈妈也已经回来了，去厨房给她们煮汤圆。

"之前顾……之前有人跟我说过，开网店也算是互联网行业。"叶深深吞吞吐吐地说，"我想来想去觉得也对，现在是网络时代，而且，开个网店不需要本钱呢！"

宋宋顿时蹦了起来："对啊，夜市不让我们卖，难道我们不会换个地方吗？深深你太棒了！"

"网店……行不行啊？"母亲茫然地看着她们。

"行的阿姨，现在很多网店都做成大牌子了！"宋宋就是个热血派，充满幻想地说，"等网店做大了，我们就按照成功网店的轨迹，二三线包围一线城市，开实体专卖店，专卖店再开连锁店，最后进军专柜，转向高端生产线！"

叶深深也被她带动了，握紧双拳，说："就算以后的事情我们不敢想，至少现在闲着也是闲着，为什么不弄个网店呢？"

孔雀点着头，眼睛发亮："我们赶紧凑凑钱去进货！进那些两块钱一件的积压T恤、5块钱一套的库存睡衣！就算9块9包邮，一件都能赚两三块呢！"

宋宋附和："是啊是啊，虽然每单赚得很少，可只要生意好，积少成多的话绝对没问题的！"

叶深深迟疑片刻，终于摇头低声说："可是，我想卖自己原创设计的衣服……不仅仅只是卖那些东西。"

宋宋有点儿郁闷："可是我觉得那个赚钱比较快啊！我昨天还看到有2块3一件的呢，不过要500件起批，我们两人凑一凑，1000多块钱还是可以弄出来的……"

叶深深有点儿犹豫，但终究还是坚持说："可是那样的话，人人都可以卖，而且又有谁会记得你呢？你又准备怎么做成一个品牌？"

孔雀无奈："哪儿学的啊，就咱们这处境，你还考虑起品牌了？"

叶深深垂着头，咬紧下唇。

妈妈端上了汤圆，三个人在灯下慢慢吃着。叶深深握着调羹许久，终于轻轻地说："如果我开店不能卖自己设计的衣服，那么我宁可去找一份和服装无关的工作，反正路微只能触及服装业，肯定不可能影响其他行业的。可如果我不能设计衣服的话，那么做什么对我来说……又有什么区别？"

"哎，你怎么这么犟啊！天底下抛弃了自己专业的人那么多，背叛了自己梦想的人更多，也不少你一个呀。"宋宋有点儿无奈地叹了口气，拍了拍她的头，"好吧，说真的卖垃圾T恤一单赚两三块，也确实累了点儿，而且别家也可以卖，我们竞争优势不够啊！那就照你说的，咱开个原创设计服装店！"

叶深深点点头，又有点儿迟疑："但是，我又有点儿担心……万一，万一我的T恤不受欢迎的话……"

"放心啦，你的T恤在夜市超级受欢迎的，大家都喜欢！网上的人肯定也喜欢的。"宋宋豪迈地保证，孔雀也点点头。

只有叶母还有点犹豫："这个……真的可以吗？"

"有什么不可以的？反正我们需要的只是动动手指注册一下。"叶深深对宋宋和孔雀说，"反正我是没有出路的人，我先做，你们继续上班，观察形势看能不能养活我们自己。"

他们的网店名叫"宋叶孔雀"。

叶深深家狭窄的客厅成了她们的办公场所，拍照只能靠手机，但宋宋的PS技术不是盖的，调一调色也像模像样。

开店第一天是周末，三人花了一整天时间拍照处理上传之后，讨论了一下，将价格一律定在29块8。一百来件衣服，弄好后她们都是头晕眼花，天色也暗了。

妈妈做了四菜一汤，四人吃了一顿饭，庆祝"宋叶孔雀"正式开店。

宋宋和孔雀走了之后，叶深深捧着一颗激动的心，开着电脑，挂着聊天工具，刷着上面的店铺，看着一件件拍得美美的衣服，幻想着明天醒来时店铺里所有的衣服被人哄抢一空。

"宋叶孔雀……"

被散布到微信上的店铺名，第一时间出现在沈暨的手机里。

他拿起手机进入店铺查看，手指在一件件图案各异的T恤上滑过，不由得微微笑了出来："挺可爱的。"

对面的女孩子问他："有什么重要消息吗，让你连吃饭时都舍不得放下？"

沈暨将目光转向餐桌对面。桌上的郁金香正在怒放，头顶吊灯的光辉柔和地洒下，水晶杯的反光通透耀眼。在花朵与光辉的后面，路微神思恍惚，嘴角勉强带着笑容。

沈暨在灯光下朝她微微一笑，将手机关上了，有点儿抱歉地说："本来不应该在陪女士吃饭的时候看这些的，但这是我特别关注的一个女孩子……一秒钟都舍不得错过。"

路微虽然精神不太好，但也立即起了女人普遍都有的八卦心："是谁呀？难道说……沈暨你也有自己喜欢的女孩子了？"

"关注只是产生好奇的第一步。"他纠正她。

路微支着下巴问："叫什么名字？什么身份？给我看看她照片？"

"这可不行。"要是你知道了她就是叶深深，场面还能收拾吗，他心里想着，支起下巴笑望着她，"路董百忙之中还抽空找我吃饭，难道是对我最近的生活有兴趣？"

"明知故问，当然是为了评审的事情。"路微说着，头往前探，认真地看着他，"这次能去工作室进行最后评审的，本市真的只有一个？"

"是的。"沈暨摊开双手，"你也知道我就是凑热闹的，只不过因为闲着没事，所以被圣杰拉过来挂一个评审组长的名，事实上参选作品我只看过一遍，还是他们选好后我才看的。"

"所以，你注意到我的设计了吗？"她终于明确摆出了打探的意思。

"没注意名字哎……"沈暨露出迷惘的神情。

他的眼睛含着粼粼水光，在灯光下那种迷离惘然的模样，令路微这样的暴脾气都发作不起。明知他是在装糊涂，她还是只能耐着性子询问："目前设计图的第一名，是什么样的？"

"一件……令人心动的，充满了设计感的衣服。"沈暨微笑道，"虽然不是适合所有人，但绝对会是所有女人的梦想之一。"

路微的唇角微微上扬："黑色的？"

沈暨含笑的双眸从睫毛下望着面前的郁金香花："白色的。"

路微唇角的笑容，凝固在她妆容精致的脸上。

"一件白色的少女短裙，充满了精灵与迷雾的气质。"沈暨抬起眼，那双波光潋滟的眼睛望向面前僵硬的路微，声音轻柔和缓，"评审组在这件白色短裙与一件黑色衬衫之间抉择了好久，交给我的时候，分数是并列的。"

路微用力吸气，眼睛也不由自主地睁大了，瞪向面前的沈暨。

而沈暨安之若素，一脸年少单纯的无辜："然后，凭借我的个人爱好，我给白色裙子加了0.1分，因为它的细节太过完美，我非常欣赏。"

路微的手紧紧攥住餐巾，强自压抑下自己双手的动作，肩膀却开始颤抖起来。

一个城市，最后能到北京工作室参加复试的只有一个人，而她目前的分数，居然不是第一。

沈暨站起身，抬手按在她的肩膀上，安抚她的激动情绪："放心吧，样衣还没出来，最后的结果还是要看实物的效果，你还有机会，加油。"

路微看着沈暨离去，只觉得胸口热流抽搐。无法抑制地，她将手中的餐巾狠狠摔在桌上，然后抓起手机，用颤抖的手快速拨号，那边的人也很快接起："路董……"

"你上次说叶深深参加方圣杰工作室评审的作品……是一件白色裙子？"

"是的，一件白色的短裙。"那边传来一个生硬低沉的声音。

"这走狗屎运的混蛋……"路微气得咬牙切齿，又反问，"她现在在干什么？"

"她……开了个网店。"对方犹豫着说。

"网店？呵呵……"她脸上的肌肉在突突跳动，在灯光下显出一种异样的扭曲，"把店名发给我！"

第二天早上4点半，叶深深就醒了。

她抓过茶几上的手机，先打开自己的网店看。

奇迹一般，一夜居然有两个人下单，各买了一件T恤。

哇哈！她兴奋地跳起来，爬到沙发上捧着手机看了又看，难以抑制地傻笑。

她又打开电脑，看着上面确确实实被人拍下的两件衣服，捧着自己的脸笑得阳光灿烂："我就知道嘛，这两件衣服是最好看的，真是有眼光！一下子就把我店内最好的两件衣服拍走了！"

她在客厅里的动静太大，连妈妈都被她惊动了，在房间内迷迷糊糊地问："深深，怎么啦？"

叶深深兴奋地朝着里面喊："妈妈，有两单生意了！"

"哦，是吗？"妈妈赶紧穿好衣服，出来一看，脸上露出笑容来，"我家深深真厉害，赏识你的人这就出现了。"

叶深深再也睡不着了，她坐在凌晨四五点的客厅中，把自己的素描本拿过来画着，精神奕奕。直到秃掉的彩色铅笔画到了头，她拉开抽屉看看没有备用的了，只好叹了一口气，丢开笔看看时间，早上8点。

趴在茶几上画得腰有点儿酸疼，但叶深深依然还是精神满满。她在三人闺蜜群里发消息给宋宋和孔雀，问："你们知道吗，我们的店里，已经卖出去两件衣服了！"

"唔……真的啊？"宋宋显然还没起床，声音模糊地说，"那你给快递打电话，我们赶紧发货。"

"好的好的！"叶深深兴奋得抓心挠肝，再打开页面刷了一下，眼睛顿时瞪大了，"哇！不是吧！这几个小时又卖出去五六件了！不会吧不会吧，生意怎么会这么好！"

趁着午间休息，宋宋和孔雀跑到她家来："情况怎么样？"

叶深深赶紧给她们撕单子，一边指指正在等待的快递员，说："赶紧帮我填单子，装袋。"

"哇，咱们这个网店太了不起了！你看这个人，一买就是6件，看来不久后店里日销万件不是梦啊！"宋宋兴奋地说。

叶深深一边抄单子一边开心笑："我衣服做得好，宋宋照片也拍得好，孔雀的推荐词也写得好，我们可不是吃素的！"

"真好……"孔雀说着，又迟疑了一下，说，"但是……开店第一天生意就这么好，你们不觉得有点儿奇怪吗？"

宋宋头也不抬狂抄单子，说："有什么奇怪的？这么好的衣服，价格又低还包邮，我自己要有钱也买一百件！"

叶深深迟疑了一下，然后点了一点头，迟疑地说："是啊，东西卖得好才好呀，应该……没事吧？"

孔雀看看她们，低头写着单子，不吭声了。

家里一扫前几日的低沉气氛，人人都很开心，叶母甚至做了只葱油鸡。饭桌上宋宋熟稔地拍着叶母马屁，诸如"阿姨做的饭还是这么好吃""这就是家的味道"之类的话流水般往外掏，叶母开心，孔雀也心照不宣地凑热闹，一时小餐桌上其乐融融。

叶深深扒着饭，听着电脑上不时响起的通知声，觉得心里的幸福满得都快溢出来了。

幸福的日子，就连好消息也是双重的。

吴老师给她打电话，开心得都要飞起来了："深深，你知道吗？老师刚刚接到消息，你已经通过了方圣杰工作室的初审！"

"啊！真的？"叶深深捂着胸口，激动得简直要跳起来。

"而且，你知道你是第几名吗？"老师简直比她还开心还激动，"第一名！第一名！你的设计图是第一名！"

叶深深捏着手机，在电话这端简直连气都喘不过来了，她只呆呆傻傻地咧嘴笑着，看看电脑上如潮的成交量，听着电话彼端老师的祝贺，觉得自己幸福得快要融化了。

第八章
奇迹之花

Go with the Star

　　设计图入选后,开始进入样衣流程。

　　叶深深拉着宋宋和孔雀直奔轻纺城。毕竟现在店里只有简单加工的棉T恤,而且还快要卖完了,她们得去丰富品种,最好背心、吊带、热裤、短裙都有充实的货源。

　　轻纺城在烈日下依然尘土飞扬,不过她们这回可财大气粗了,素色T恤一下子先来个50件,准备把店做大做强。

　　一看她出手阔绰了,店主立即两眼放光,等知道她开了个网店之后,立即神秘兮兮地拉着她们说:"我这边有一个朋友,接了一个外贸单子,天丝的吊带背心,快做完了结果老外破产了,那些东西堆在仓库中等着处理,在网店卖绝对好评如潮!"

　　宋宋让他赶紧叫人送个样品过来看看。

　　拿到手一看,宋宋顿时眼睛都亮了,捏着背心对叶深深说:"东西看起来不错,你觉得呢?"

　　叶深深拎起来一捏,直接丢回店主怀中去了:"首先这是腈纶不是天丝;其次这码子绝对偏小,我看不是老外破产,而是老板克扣原料,把码子做小了被拒收吧!还都是均码的,大人穿不上,当童装又是低胸,难道让小朋友们露胸吗?你还是拿回去当抹布吧!"

　　店主默不作声把样衣一塞,赔笑不说话了。

　　宋宋在旁边嘴角抽搐,孔雀悄悄向叶深深竖起大拇指,拉着她就要出门。

老板娘赶了出来，说："我们还有批进料加工的货，东西真的不错，我敢拍胸脯保证！就是肉粉色的裙子颜色深了一点，你要的话我给你们拿来看看。"

裙子拿到手一看，东西是真的不错，可那粉色偏差也真是太厉害了，灰蒙蒙一片，难怪被人家退货。

"8块一件……不，7块一件！一共500件你们全部拿走，我们要腾仓库了，这个价格，本都回不来！"

"呃……"叶深深迟疑了一下，仿佛没看见宋宋对她拼命使眼色，转身就走。

后面老板娘还在坚持不懈地问："6块5呢？6块，6块全部拿走好吧？"

被孔雀拉走的宋宋郁闷得要命："深深，这么便宜的衣服都不要啊？"

"是啊，稍微PS一下，颜色调亮，放在我们店里，绝对卖得很好的！6块吃进来，19块卖出去，天啊赚翻了……"

"可我们的店是自主设计的店啊……"叶深深皱起眉，低声却坚决地说，"这种东西卖出去，对我们有什么好处呢？"

"赚钱啊！赚钱啊！赚钱啊！"重要的事情讲三遍，宋宋都快疯了。

孔雀拍了拍她的肩，然后说："算了，深深也有自己的打算嘛。"

"真是拿你没办法了……"宋宋郁闷地掏出手机，不打算理她们了。不过打开手机看见店铺里还在不断出货，一百件衣服已经被拍得只剩个零头，她又开心起来，说，"哎算了算了，坚持我们的特色也好，免得浪费口碑。"

叶深深凑过去看店里的记录，发现衣服卖得已经差不多了，顿时笑得满脸痴呆，自言自语："怎么可能，新开的一家店立马就卖出去这么多，会不会被判定为刷信誉啊？"

"怎么可能？人家大店一天好几万件都卖，我们才卖了多少。"孔雀说着，帮她挑着白色的布料，"这件样衣很重要，可是关系着深深能不能进入方圣杰工作室，所以我们一定要不惜血本，做得非常非常好才行！"

上好的布料上好的辅料，连用来做花的鹅羽都恨不得一根一根挑选出最整齐漂亮的。所有东西加起来，叶深深简直倾家荡产，连回程的车费都是宋宋帮她出的。

"帮你女儿制作样衣？"

青鸟厂里的员工与叶芝云倒是挺熟的，对于叶深深也都是印象深刻，所以听说要他们帮忙，大家收了包烟、吃了些点心也都答应了。

"不会……出什么事情吧？"宋宋看着纸样师画图，小心地问叶深深。叶深深有点儿迟疑："应该……不会吧，大家都很热心在帮我呢。"

"毕竟这可是路微家的工厂啊！"宋宋左顾右盼，压低声音免得被人听见，"万一她私下动手脚针对你呢？你就不能在家里自己做吗？"

"本来我以为没问题的，可吴老师把时间弄错了，原来样衣时间截止时间是下午5点，如果赶不上的话，他们评审组就下班不收了。我一个人就算勉强可以打样裁剪缝纫做后道，时间肯定也来不及啊……太赶了。"叶深深无奈地说。

"唉，那我们就小心点儿盯着吧。"宋宋说。

叶深深点点头，又说："我想应该没事的，大家都是看在我妈的面子上才帮我们，都是热心人。"

样衣制作得确实很顺利，叶深深看过打好的版后，和裁剪师稍作沟通，他立马调好刀子剪下，纹丝未错，直接交给叶芝云。

叶母亲自上缝纫机，她的手艺简直行云流水，薄纱下缀6层云雾般的裙摆，线条流畅之极。裙子雏形出来之后，叶深深小心地在裙上绘出舒展的藤蔓。叶母拿起旁边裁好的长条薄纱，按照叶深深的图样，小心地卷成细长藤蔓枝条，甚至还借助弯折的形状做出嫩芽与叶柄的小突出，整体又浑然天成，仿佛所有枝条都在春天生机勃勃地缠绕生长着，自由曼妙。

旁边负责染色的人将染好颜色又吹干的鹅羽拿给叶深深看，颜色是她亲手调制配色的，羽毛都只剪取了上半截，染成了非常浅的珠光粉，加上羽毛天生的哑淡光彩，形成一种早春般朦胧幽远的娇嫩感。

几个锁钉的女孩子都是赞叹不已："羽毛为花瓣，12颗米粒珠做花心，太好看了！我们从来没有做过这么漂亮的花朵！"

她们戴上薄纱手套，免得弄脏这件衣服，几个人头碰头靠在一起，将羽毛一片片细致地缝缀在上面。一朵朵珠光粉色的花朵渐渐开在藤蔓之上，羽毛天生的弧度使得花朵站立起来，带着微微合拢的半开姿态，6层花瓣，每层4片，一共24片花瓣，隐藏着花瓣中间的12颗透明的细小米粒珠，就像雾气缠绕的深林中的花朵，迷离摇曳。

最后一片羽毛花瓣缝完，叶深深怀着激动的心将它套在旁边的木头模特上，仔细地检查每一处细节。

裁剪，完美；缝纫，完美；装饰，完美；版型，完美。

她摸着衣服的手不受控制地轻轻颤抖着，激动得眼泪都差点儿掉下来。宋宋拉着叶母的手兴奋地说："太美了！深深这回要是不得第一名，我就把这件衣服吃下去！"

旁边几个女孩子也都被迷住了，各个拿着手机与这件衣服合影拍照。等她们拍完之后，孔雀赶紧将衣服从模特上剥下来，交到整烫手中："要赶时间了，已经快3点了。"

"放心吧，很快的！"整烫工接过衣服笑了笑，换过一条干净的新台布，将衣服小心地铺在上面，然后拿过熨斗烫好下摆的线条，又小心地整理熨烫上身，十分注意地避过那些娇嫩盛开的花朵。花朵在熨斗上喷出的白气中微微颤动，就像春日雪原之上初初绽放的奇迹之花。

整理过后，整件衣服平整柔软，简直焕发着闪耀动人的光芒。他关掉熨斗，将衣服小心地折好，更注意将那些娇嫩柔软的花朵都折到里面去，以免在外面被压平压扁。

孔雀取过旁边的袋子，递给叶深深。

叶深深长吸一口气，勉强压下激动的心情，将折好的衣服轻柔地塞进去包好，然后又将袋子郑重地装入一个扁平的纸盒之中，用胶带严密地封好，缠了足有三圈才放心。

她在盒子上亲手贴上"奇迹之花，设计制作：叶深深"的字条，抱着衣服，向着面前所有帮助她的人深深鞠躬，向他们致谢。

"好啦好啦，别客气了，赶紧送过去吧！"大家催促她赶紧走。

她赶紧抱着盒子，向着外面飞奔而去。

坐着地铁前往评审组所在的酒店，一路上盒子被她紧紧抱在怀中，始终舍不得放下。

这是她完美的作品，是她要藉以踏上虹桥的第一步，更可能是她身为设计师的起点。

她的梦想，她的人生。

评审组的人很友善也很负责任，等看到她交的盒子上写的是叶深深时，更是露出了笑意："你就是叶深深？"

"是的。"她看着面前的大叔，十分忐忑。

"哦，大家都很喜欢你的设计，给我们留下了很深刻的印象。"他说着，将房间里的一排架子拉开，把她的盒子放进一个格子，贴好标签，锁上后将钥匙投入一个信箱中，说："放心吧，已经锁好了，保证万无一失。这个信箱的钥匙在评审组长那里，明天他会亲手打开这些样衣格子，取出来和大家评定，在那之前，没有任何人能碰到你的样衣。"

叶深深看着整整齐齐的几十个盒子，安心地点点头。

交完衣服回到家，兴奋点过去，累了好几天的叶深深终于撑不住了，觉得身心俱疲。

妈妈还没下班，她胡乱吃了点儿东西，扑在沙发上睡着了。

睡了不知多久，电话铃声将她吵醒。

叶深深从关于方圣杰工作室的一夜迷梦中被唤醒，迷迷糊糊中一身是汗。她依然趴在沙发上，连姿势都没换过。东北朝向的窗子外已经透进了明亮的光，外面令人烦躁的蝉鸣声传来，她一动也不想动。

电话不依不饶，一直在响着。

叶深深终于清醒过来，她一手抓过手机贴近耳朵，一手插入自己的头发中，呢喃着问："喂？"

"深深，出大事了！你看到我给你发的微信了吗？你不会还在睡觉吧？你赶紧上我们店啊！"

宋宋的声音从电话那头冲出来，几乎要撕裂她的耳膜。

叶深深的脑中还有点儿乱哄哄的，她茫然坐起来，问："什么……什么大事？"

"开店铺啊！！！"宋宋狂吼。

叶深深愣了一下，然后立即跳起来，去开自己的高龄破电脑。

宋叶孔雀，她们的店中卖出去的衣服已经有买家陆陆续续开始收货了，评价也已经一个个到来。

叶深深瞪大双眼，死死地盯着那些评价。除了寥寥几个中评之外，其余全都是差评。

"垃圾""烂货""买来就扔掉了""根本不能穿""我是脑子进水了才会买这东西""退我钱都不要，就要在大家面前揭露你家东西有多差！"……

评价一个比一个恶毒，甚至还有图文并茂的，上面附上被扯烂的或者戳破的衣服照片。

叶深深坐在自己那台破电脑前，大脑一片空白，耳朵嗡嗡作响，双手和身体无法控制，一直在发抖。

看到第一个差评时，她还赶紧在回复框中输入了："亲，这是怎么回事，如果不满意的话请您退货好吗？"

但她没有发出去。因为她看到了第1个、第2个、第10个、第29个评价出现。尤其是买了6件的那个，给了1个中评5个差评，说，哪怕给我件白T恤也就算了，可店主偏偏发挥突破天际的脑洞自己动手，把衣服搞得跟坨屎似的，我简直要怀疑你是不是传说中的破坏之王，说不定还破坏人家婚礼呢哈哈哈……

叶深深浑身颤抖地坐在那里，瞪着一个一个跳出来的差评，眼前变得一片模糊。

借着午休的时间，宋宋和孔雀赶到叶深深家里商议对策。

"婚礼……你看到婚礼那条评价了吗？"宋宋愤愤地使劲捶了一下手中的抱枕，"是路微，绝对是她请的职业差评师，肯定没错！"

叶深深垂下头，口中含糊地应了一声，许久，大脑也没有恢复清明。她声音颤抖，气息急促地问："可……可是我们才刚刚开店，她怎么就知道了呢？而且……而且我和妈妈都已经被逼成这样了,她为什么还要这样针对我?我们有什么深仇大恨值得她这样赶尽杀绝?"

孔雀默然许久,才低声说:"可是……整个公司都已经知道了啊。"

叶深深大脑纷乱,只茫然问:"什么?"

"其实大家都知道了。"孔雀叹了口气说,"宋宋和你不是第一时间在朋友圈发了我们网店的事情吗?你们的微信公司很多人都有啊,路微肯定当时就收到消息了。"

"可为什么……为什么她这么恨我?"叶深深气急,眼中迅速涌上一层水雾,"我已经被她逼得找不到工作、摆不了地摊,到现在我连开个网店她都要这样害我!"

"她就是一个神经病!"宋宋破口大骂,气得脸都青了,"下午就去辞职!老娘不干了!临走之前我也要找她骂一顿!"

"她应该不在公司,办公室的人说,她今天晚上6点的飞机去北京。"孔雀小心地看了看叶深深,说,"听说……和方圣杰有关系。"

宋宋嗤之以鼻:"知道自己堂堂正正比赛赢不了深深,所以就飞去北京走后门啦?"

"如果可以走后门的话,估计早就走了。这回……好像说人选已经初步定了……"孔雀吞吞吐吐地说着,眼睛瞄向叶深深,见她的脸色渐渐苍白,赶紧又改口,说,"不过昨天才交样衣呢,消息都没出来,她今天就去,也实在太迫不及待了点儿。"

"就是啊,她也就敢在背后给我们网店做做手脚!"宋宋双手叉腰,说:"还飞北京去,呵呵!她实在太小瞧我们深深了!深深那件裙子简直是天下第一,我不信路微能搞出比她更好的!"

叶深深觉得胸口弥漫着不安的悸动,一种不知何来的茫然失措感让她坐立难安。她艰难站起来,走到电脑前,双眼没有焦点地看着上面的评价,喃喃地问:"你们说……我们这个店接下来该怎么办呢?"

怎么办呢?差评如潮的一个新店,眼看着是开不下去了。

然而宋宋和孔雀都和她一样,呆坐着没法说话。

室内一片寂静时,钥匙转动,传来开门的声音。可开了许久的门,却没人进来。

叶深深咬着下唇,快步走去开了门。

门口确实是她的妈妈,她怀中抱着一个沉重的箱子,鬓发全湿,满脸疲惫,正艰难地拿着钥匙。

叶深深愣了愣,抬手接过她手中的箱子,问:"妈妈,今天怎么回来这么早?"

叶母沉默了一会儿,勉强露出一个笑容,说:"可能是年纪大了,手生了……我居然把厂里机器弄坏掉了。"

"机器?"叶深深茫然问。

叶母点点头，脱掉鞋子走进来，看见了宋宋和孔雀之后，因为疲惫也只看了一眼，便脱力地坐在了沙发上："十几万的平缝自动开袋机，我以前操作过的呀，怎么就坏了……"

叶深深不由得毛骨悚然："十几万……难道要我们赔偿吗？"

"不啊，厂里也知道我赔不起的，说马上会叫人来修的，到时候维修费算我的就好了。"母亲怔忡地摇摇头，说，"不过我最近老是出错，厂里是容不下我了，所以叫我……"

宋宋和孔雀以复杂的眼神对望了一眼，两人赶紧站起来，说："那，阿姨我们就不打扰了，先走了。"

"哦。"叶母点点头，还在发呆，等她们走后，她才抬手捂住自己的眼睛，低声说，"也没什么，我看你现在开网店也挺忙的，妈先帮你几天，慢慢再找工作。"

叶深深站在母亲拿回来的箱子前，用力咬紧牙关。阳光从北向窗口照了进来，午后的灼热闷着她的周身。汗水混合着恐惧，令她呼吸困难。

胸口有剧烈的火与痛，几乎要爆炸开来。

20年来与她相依为命的妈妈，靠辛劳撑起生活，还以为女儿毕业后就能松一口气，可以两个人扛起这个家。却没想到，她没用的女儿终究搞砸了一切，害得两人如今落得这般田地。

路微，轻易破坏了她们幸福的人，轻易就搞得她们一家人这么落魄凄惨的人，如今却偷走了她的设计，带着荣耀的光环，奔向国内所有设计师梦想的顶级工作室。

路微偷走的不仅仅是她的梦想，还有她的人生。

叶深深用力地握着手中的包，身体无法自制地颤抖起来。

母亲看着她，见她脸色这么难看，有点担心地叫她："深深……"

叶深深用力地呼吸着，长长地吸气又长长地呼出，昨晚胡乱吃了点儿，到现在已经是下午两点多，她粒米未进，虚弱与打击让她几乎控制不住自己。许久，轰鸣的大脑渐渐平静下来，她低声说："没事……好像有点儿热。"

母亲叹了口气，到厨房去下了两碗面条。

叶深深站在客厅中，隔着厨房门的玻璃看见妈妈站在昏暗的灯光下沉默地笼罩在水蒸气之中。在水汽的变幻里，她的面容显得晕黄枯槁。

叶深深呆了许久，低头看向脚边妈妈带回来的箱子。她的资料被凌乱地丢在箱中，十几年前的资料，黑白的单寸照片，那时候还不到30岁的母亲，青春蓬勃的光洁面容上带着笑意。

叶母端着两碗面出来，问："看什么？"

"妈妈，你那个时候好漂亮。"叶深深低声说。

"是啊,当年妈妈也是厂里一枝花啊。"妈妈走过来端详着自己的照片,脸上露出一丝笑容。但很快她又叹了口气,把文件夹合上,拍了拍说:"算了,不要我就不要吧。我们都努力找找工作,现在你也毕业了,我们母女二人一起的话,肯定能越来越好的。"

叶深深"嗯"了一声,慢慢地抬头看她,泪水终于还是涌了出来:"对不起,妈妈……对不起……"

"深深,你没有错,怎么会对不起妈妈。"叶母揉了揉她的头发,轻声说,"你是我的乖女儿。"

叶深深咬紧下唇,拼命将自己的眼泪含在眼眶中,不让它流下来。

吃完那碗面,叶深深洗了碗,手伸在泡沫之中,浮浮沉沉,一种悬空的虚浮感。

现在是下午3点,路微将乘坐6点的飞机前往北京。

她觉得自己的心也像是被悬挂在空中,无法落地,几近绞痛地收紧,抽搐,令人窒息。

她用力地呼吸着,冲洗掉自己手上残存的泡沫,终于拿起自己的手机,看看在屋内休息的妈妈,走到门口去给吴老师打了个电话。

电话响了好几声吴老师才接起,还没听到她的声音就叹了口气,说:"叶深深,你怎么搞的啊?"

叶深深喉口像是被人扼住,胸口起伏得更加厉害:"吴老师,我……"

吴老师听她艰难涩哑的声音,也只能无奈,说:"我是真觉得你是个不错的孩子,又因为里面有熟人,说了许多好话才将你推荐进去的。而且你的设计图都得了第一名了,这是多好的机会?结果你却这样浪费掉了!"

叶深深靠在墙上,双唇颤抖,几乎不成语句:"吴老师,我不知道……到底怎么了?"

"怎么了?我也想知道怎么了!"吴老师恨铁不成钢的声音在那边传来,几近谴责,"你的设计图,还有青鸟那个路微的设计图,上了9分,是所有参评的人中仅有的两个。而你那张设计图并没有什么不切实际的设计,只要用点儿心,出来的实物绝对能忠实还原设计图上的内容。我真的以为你能凭借微弱的分差击败路微得到唯一的一个名额,前往方圣杰工作室的!可如今结果出来,你知道自己样衣的得分是多少?"

叶深深咬紧下唇,她不敢问,可又不得不问。最后,她蠕动双唇,低若蚊蚋地问:"是……多少?"

"0分,废衣一件!"

叶深深全身都失去了力气,她的双脚再也支撑不住自己的身体,整个身躯顺着墙缓缓地滑下,双眼毫无焦点地跌坐在地。

第八章 · 奇迹之花

所有设想过的路，全都在她面前轰然崩塌。

梦想与现实，未来与现在，再无挽回机会。

她久久不出声，连呜咽也没有，吴老师在那边反倒担心起来。她叹了口气，又说："唉，算了，你没有准备好，也是我的原因。毕竟，是我把时间打听错了，让你在那么匆忙的时间内赶出样衣是太为难了……"

"不……我的样衣，绝对没有问题的……"

她在眼前的一片黑暗之中，喃喃的，却用力地挤出一句话。

"可今天就是评审结束日期，结果已经出来了，你的样衣得分是0分。"吴老师在那边以无奈的口气说，"获得本市唯一一个名额的人，是路微。"

叶深深茫然地重复："我的样衣没有问题……我亲眼看着它被做出来，亲手把它包装好，抱在怀里送过去的……我的样衣没有问题……"

"没有问题怎么可能是0分？你好好反思一下自己吧！"吴老师显然对她十分恼怒，在那边将电话挂断了。

叶深深茫然地坐在楼道上，地上满是灰尘，她也已经顾不上了。她大脑一片空白，让她只能用力地抓紧手中的手机，死死地抓着，仿佛痉挛般，青筋暴露。

路微赢了她的那件设计，是她的。

以她的心血为敲门砖，路微打开了方圣杰工作室的大门。

"说我的设计是垃圾，是烂货……那她为什么要抢我的设计给自己？那她为什么要抢我的？为什么还要对我的样衣动手脚……"叶深深死死地捏着自己的手机，拼命地呼吸着。

她失业，她妈妈被青鸟扫地出门，还要赔偿一大笔维修费。她满怀憧憬欢喜建的网店，一夜之间被她搞垮，再也开不下去。在自己被逼得走投无路时，路微这个罪魁祸首，却志得意满踩着她的肩膀一步登天，要进入国内最好的工作室。

自己已经如此窝囊懦弱、一忍再忍，为什么她还要一而再，再而三，赶尽杀绝？

7月天气，空气就像烧起来一样滚烫，她肺都焦灼了，胸口剧痛，只觉得眼前昏黑中涌起赤红，几乎神志不清。

再也忍耐不住，叶深深狠狠地扶墙站起来，一步步走下楼梯。她没有注意到自己还穿着拖鞋，也没注意到自己穿着居家的短裙与旧T恤，她只怀着心口的怒火，不顾一切地，就像是扑火飞蛾一般，向着前方跑去，包裹着全身怒火，头也不回。

Go with the Star

第九章
夕阳魔法

夏日午后，满街的树都无精打采地立在稍显西斜的日头中。

叶深深奔出小区，奔过街道，站在公交车站。她呼哧呼哧地喘气，等待着公交车。

就算再怎么呼吸，空气依然是灼热的，就像吸入大团的火焰，她无论如何都无法冷静。

她觉得自己心口被灼烧着，只想不管不顾地跑到路微的面前，当着所有人的面狠狠痛骂她一顿，将自己这段时间来所有的委屈与痛苦都发泄出来。

几乎连意识都不清晰了，下了公交车，她一路疯了般地直冲向航站楼，拼命寻找前往北京的航班。

下午4点多的航站楼，人头攒动，各种肤色各种语言混杂在一起，如同通天塔般混乱。

叶深深在人群之中混乱地寻找，看着大屏幕上的航班信息。在变幻的数字中寻找6点飞往北京的航班。

透过人群的间隙，她看见一袭红裙分外醒目。正是身材高挑的路微，她身上皱麻的砖红色长裙宽松轻飘，头发也是松松地绾着，姿态随意地将双手插在裙子口袋中，正仰头漫不经心地看着航班信息，口中嚼着口香糖。

她的身后，司机正帮她托运行李。

叶深深拨开人群，急切地向着路微冲去。

路微已经一手拿起了机票，一手提起了自己的小包，向着安检口走去。

"路微，你给我站住！"叶深深终于追上了她，大吼出来。

路微回头看了她一眼，嚼着口香糖翻了个白眼，压根儿不屑理她，转身继续向前走。

叶深深只觉得胸口的火一下子灼烧到了额头上，太阳穴的血管在突突跳动。她在她身后大吼："你凭什么把我开除出青鸟！凭什么不让我开网店！我叶深深……碍着你什么？"

路微冷笑，慢条斯理地站住，却没有回头。

"你这个混蛋，你把我的设计还给我！你到现在还拿我的设计去方圣杰工作室，你还给我……"

叶深深指着她怒骂，周围的人不知发生了什么，正在议论纷纷，路家的司机已经一把抓住了叶深深背后的衣服，将她拖了回去："叶深深，你少在这儿污蔑路董，给我滚回去！"

他下手又狠又快，叶深深一个趔趄，顿时控制不住，摔倒在地。

周围的人惊叫出来，路微终于回头看了一眼，然后提高声音说："老金，人家一个小姑娘，你怎么可以这么粗鲁？"

司机立即把摔在地上的叶深深又扯了起来，皮笑肉不笑地说："对不起啊叶深深，我是粗人，一个不留神手就重了，你见谅！"

叶深深拼命将自己的手臂从他的手中甩开。膝盖剧痛，磕破皮的地方有血正缓缓渗出来，但是她仿佛毫无感觉，只大步走到路微面前，指着她怒吼："路微你这个强盗！偷了我的东西，还要害我！"

路微瞟了她一眼，从口袋中取出锡纸，吐出了口香糖包在其中，丢进了垃圾桶。然后她才从容地问："叶深深，你脑子有问题吧？你凭什么向我要回设计？你凭什么觉得那是你的东西？"

披头散发狼狈不堪的叶深深，倔强地站在她面前，狠狠地盯着她："是我的，就是我的！那是我脑中想出来的、我用手画出来的！它应该属于我！"

"没错，是你想的，也是你画的。可你已经被我们青鸟招进来，成了实习生，按照你当时签下的合同，你是青鸟设计室的一员，而我，刚好就是设计室的负责人。"她双手抱臂，微眯起眼盯着她，毫无愧色，"就凭我是路微，是青鸟的董事，负责设计这块——所以叶深深，别说你的设计我修改了一两处，就算我一笔都没有改过，这设计，也是青鸟的，是我的，而不是你叶深深的！"

叶深深胸口急剧起伏，一口恶气堵在喉咙口，却压根儿出不来。许久，她才在混乱的大脑中仓促地找到一丝微凉的清醒，咬牙逼问她："可现在你把我赶出青鸟，还把我妈也赶出来！这也就算了，我们开个网店谋生又关你什么事，你居然……居然还找差评师，你太下作了！"

路微冷笑一声，毫无愧色地抬眼望着头顶明亮的灯："咦，我让你的店客似云来，你怎么不感谢我啊？至于差评，你自己的东西不好，我也没办法。"

"你……"膝盖的痛让叶深深几乎站不住，她双唇颤抖，死死地盯着她，"你为什么不给我留条活路？"

"我倒是想啊，可我这么赏识你，招收你进青鸟，结果你反过来害我失婚呢，我找谁说去？"路微抱起双臂看着她，冷冷地说，"真是升米恩、斗米仇，对一条狗施舍得太多了，就不知天高地厚，敢来咬我了！"

叶深深愤怒得无法抑制，不管不顾地红了眼，准备扑上去和路微拼命，可手臂早就被司机阿金死死抓住，她只能徒劳地挣扎着，喉口堵塞住什么也说不出来，眼泪反倒倾泻了下来。

路微看她红着眼狼狈疯狂的样子，厌弃地弯起唇角，一丝冷笑："叶深深，你给我、给青鸟造成的损失，永远无法弥补！我今天就是要告诉你，叶深深，无论你上天入地，摆地摊还是开网店，只要是和这个行业沾边的，我都会让你这辈子死无葬身之地！"

周围的人对她们侧目而视，所有人都对义正词严的路微投以诧异目光，所有人也都在以异样的眼神看着狼狈不堪的叶深深。在他们眼中，叶深深就是一个对白富美无理取闹的神经病。

就连二楼候机室的人也都被下面的喧哗惊动，许多人站在玻璃栏杆处，低头看着下面这场骚动。

刚从贵宾休息区出来的一个人也微微眯起了自己的眼睛，俯视着下面披头散发状若泼妇的叶深深，紧抿唇角。

在众人鄙视的目光之中，叶深深只觉得大脑嗡嗡作响，膝盖的疼痛让她几乎连站都站不住。她徒劳地张口，想要辩解与控诉，却什么话都难以说出口。

她只能绝望地，勉力靠着自己的倔强，一字一顿，仿如发誓般说："路微，总有一天你会后悔的！我不信你这种人能成功，不信你能始终迫害我，不信你能站在行业的巅峰！"

路微冷笑着，声音低缓而从容，口吻轻快："叶深深，我也可以清楚地告诉你一件事，像你这样低阶层的出身，本来就不应该学设计。一辈子都摸不到Thomas Mason的命、存一百年的钱也买不起一百克vicuna的资本，你有什么资格跟我叫嚣？所以我现在踩着你的肩膀，要前往方圣杰工作室，而你，去死吧！"

路微涂着樱花色唇膏的双唇间缓缓吐出最后几个字，如同判定她的人生。

说完，她妆容精致的脸上露出最后一丝嘲讽的笑，转过身将身份证和机票拍在安检口的台上。

叶深深站在她的身后，一动不动。

排队的人群早已不耐烦，将她推搡在一边。

她这才感觉到，自己膝盖的剧痛。

她扶着膝盖，一瘸一拐地退开两步，看着过了安检装好东西的路微。她看着路微的身影即将消失在拐弯处。

一股异样的冲动，让她再也忍耐不住，大叫出来："你以为，我这辈子就是这样了吗？你以为我没有未来吗？"

路微脚步不停，仿佛没听见。

"我不会改行，我就要在这一行待着！"她不管不顾，继续怒吼，"总有一天，我会让你明白，不管你是什么身份，不管你多有钱，不管你现在去北京还是巴黎，最终，总有一天，我会彻底超越你，我会比你更成功！"

路微终于停下了脚步，她回头看了她一眼，高傲地扬着下巴，嘴唇微动。

太远了，身在嘈杂中的叶深深听不到她在说什么。但是她看着她的口型，知道她是在说，凭什么。

所以她用力嘶吼，就像把那些话硬生生地以最大力量从自己的胸口逼出来一般："就凭我有信念，我拼命努力，我依靠我自己，而不是你这样的小偷、强盗！"

路微缓缓扬起下巴，眼睛也在一瞬间变得锋利起来，带上了愤恨与不屑。

而机场的保安终于朝着叶深深走来，准备驱赶这个吵闹又狼狈的女生。

叶深深已经转过身，大步向外走去。

就算膝盖上的血正顺着小腿流下她也毫不理睬，只顾穿过人群，走向大门口。

楼上的候机室，站在那里目睹了一切的男人，转身大步下了楼。在走完楼梯最后一步时，他将自己手中的登机牌直接撕碎塞进了垃圾桶。

前面埋头大步向前走的叶深深固然走得快，而他的长腿更有优势，几步便赶上了她，一把抓住了她甩在空中的手臂："叶深深。"

"放开！"叶深深还以为抓住自己的人是路微的司机老金，她将手狠命一挥，想要挣脱。

谁知他的手握得如此有力，她一时收势不住，竟差点儿摔倒在地。

他眼疾手快地揽住她的腰，将她扶住，说："是我。"

叶深深听到这个清冷质感的声音，愣了一下，终于回头看去。

顾成殊。

这么喧闹的环境，这么凌乱的背景，他依然穿着明净的白衬衣，袖子挽到手肘，就连眼神也依然清冷摄人。

而浑身上下尘土裹着油泥的她，站在他面前，涌起一种无法抑制的局促与羞愧来。她低头盯着自己的脚尖，不敢看他，也不说话。

"我刚刚在楼上看到你们了。"顾成殊声音平静地说，"也听到了你对路微说的话。"

悲愤与羞愧瞬间席卷了叶深深全身。她埋着头，咬住下唇呆了许久才说："对，就算再艰难，就算希望再渺茫，可总有一天……我要让路微后悔，后悔她今天对我和妈妈所做的一切。"

他不置可否，目光落在她的膝盖上，然后拿出手机搜索了一下附近药房，说："走吧，不然这个夏天你没法穿短裙了。"

叶深深的胸口还在急剧起伏，大脑还是一片灼烧般的昏黑。所以她几乎没有意识地只机械地跟着他往外走。

机场中的人们又恢复了冷漠的神情，各自走向自己应去的地方。

唯有已经进了登机口的路微，透过玻璃看着他们。

她的目光落在顾成殊牵着叶深深的手上，双眼的焦点逐渐模糊，却满怀悲哀怨憎。她的双手无意识地收紧，死死捏着自己的包，连骨节的青筋都爆了出来。

眼看着顾成殊与叶深深走出了她的视线，路微才如梦初醒，她猛地拉开拉链，将包中的电话拿出来，按下了号码。

在机场外的药房里买了药，热心的药房阿姨跟叶深深说："天气热，就别包扎了，自己回家多涂涂药就好。"

谢了阿姨，叶深深跟着顾成殊走出药房，她看着前面的顾成殊，狼狈地欲言又止："那……那个……"

顾成殊侧头看了她一眼。

叶深深咬着下唇，埋着头："就是……我想说，你的航班会不会延误了？"

"不会，行程取消了。"他淡淡说。

"哦……那好巧。"叶深深想露出点儿表情，可又扯不动肌肉，那张脸十分难看。

顾成殊也不看她，只随口道："是很巧，我本来以为你会选择一辈子自生自灭的，所以想到米兰见一见某个即将被Element.c淘汰掉的设计师。"

说到Element.c淘汰的设计师，叶深深恍惚想起上次在夜市遇见的沈暨说过的话，他说那个与Element.c风格格格不入的新设计师，恐怕待不了多久——看来已经是业内公认了。

"其实他不是我心中的最佳人选，只是因为你拒绝了我，而我又不想浪费我的策划，所以准备找一位设计师，继续我曾经在你身上设想过的计划，碰碰运气。"顾成殊微仰头看着天空，缓缓说道，"但我听到了你对路微说的话。我觉得，或许我不需要去米兰了。"

叶深深不解其意，只能傻傻地看着他。

他却又不继续说下去，只转了话题，问："还不赶快擦药吗？"

叶深深"哦"了一声，赶紧在路边的长椅上坐下，曲起膝盖给自己清洗伤口。

膝盖一曲，她恍然想到裙子会露底，又赶紧放下了，狼狈地弯下腰往膝盖上倒药水。

顾成殊接过她手中的药水，蹲了下来。

叶深深有点儿紧张，不太明白状况。

他用双氧水将她的伤口清洗过，叶深深的膝盖痛得一缩，他抬手按在她的裙子上，抬头看她："连这么点儿痛都承受不住的人，还敢当着这么多人发誓要打倒路微？我是该说你不知天高地厚呢，还是无知无畏？"

他嘲讽的口气刺痛了叶深深，她咬紧牙关强忍着疼痛，膝盖紧紧并拢，双手不知道该放在哪里，只能别扭地放在腿上。

她忽然想起自己在中学时的外号，被宋宋和孔雀知道后嘲笑了好久——软绵绵。因为她一直都闷声不响，软软的，怯弱的，低头走路，抿嘴微笑，连大声说话都不太敢。

可她没有父亲，只有一个当缝纫女工的母亲，没有钱也没有背景，没人撑腰也没人疼惜。直到结识了宋宋和孔雀，在性格火爆的宋宋和强韧的孔雀的带领下，她才慢慢摆脱了自卑孤僻的个性，可以正常地和别人交流交往。

或许自己这样的性格，在所有人看来，都不可能和路微对抗吧。

若不是被打压得太惨，她又怎么可能跑过来当众控诉？

叶深深低垂着头，用力地握紧双拳，散落的头发半遮半掩着她的面颊，投下淡淡的阴影。

顾成殊抬眼看见她眼中的水汽，但她强忍着，不让泪水滑落，只有微微颤动的睫毛出卖了她。他微微皱眉，似乎也有点懊悔自己刚刚的语气。但他并不道歉，只用棉签蘸了碘酒，在她的伤口上轻轻涂抹开来。

已近黄昏的夏日，夕阳是一种迷幻般的金紫色，照在顾成殊专注低垂的面容上。叶深深看见了他覆盖住眼睛的浓长睫毛，也看见了他紧抿的薄唇。

叶深深记得自己好像在书上看过，说睫毛长的人行事专断，薄唇的人冷漠无情。这都是不好的，可偏偏在此时的夕阳下，却显得那么动人。

在一瞬间叶深深忽然心旌摇曳，无法自已。

不管怎么样吧，叶深深平生第一刻，觉得自己像个公主，值得人温柔呵护。

接顾成殊的司机很快到来。

顾成殊让叶深深跟自己上车，先送她回家。

路灯已经陆续亮起，一盏一盏流逝在车窗外的夜空之中，就像一条条明亮的光线长长拖过去。

顾成殊将目光从窗外收回，回头看着叶深深，问："你准备如何实现对路微发下的誓言？"

叶深深愣了愣，不知所措："我……我还在想。"

他的唇角扯起一个似笑非笑的弧度："喔？"

叶深深羞愧难当，又情绪低落，只埋头坐在车上，一动不动。

见她神情灰暗，顾成殊又问："去方圣杰工作室的事情怎么样了？我听说你的设计图很受好评？"

叶深深嗫嚅着，竭力忍住自己的眼泪。真奇怪，刚刚无人帮助时，她只知道愤怒，可现在有人来问询，她却觉得眼中湿热，眼泪怎么都忍不住。

她抬起手掌，捂住自己的眼睛，颤声说："不……路微赢了。"

"嗯。"他端详着她的神情，云淡风轻地说，"那件黑色的真丝衬衫，确实设计得不错。但你后来那件白色的短裙，也是受到了评审组的一致赞誉——我还以为，你有希望的。"

"我的样衣是0分。"她咬着牙，终于从牙缝间挤出这几个字。

"怎么回事？"顾成殊皱起眉，立即问。

"我不知道。"她依然捂着眼睛，可颤抖的双唇还是出卖了她，让他清晰地看见她的悲恸怨愤与无助，"我的样衣没有问题，送过去的路上也没有出问题，唯一的可能……是评审组的人，为了路微……给了我这个分数……"

"不可能。"顾成殊直接下了断语，否定了她的说法，"我认识评审组的负责人，他绝对不可能做出这种事！"

叶深深听着他坚决的口吻，只觉得一种无力感涌了上来："可是，从始至终都在我眼皮底下做好的样衣，怎么会出问题？我抱在怀里送过去的样衣，怎么会出问题？就算我的样衣做得不好……那也不至于成为废衣，一分都得不到！"

顾成殊皱一皱眉，直接拿出手机拨通了沈暨的电话，劈头就问："方圣杰工作室的复试人选是谁？"

"是路微。"沈暨的声音缓慢，有点儿无奈，"叶深深送过来的是废衣，评审组的人一致给出了0分。"

顾成殊也不问衣服的问题出在哪里，只反问："那件衣服现在在哪里？"

沈暨思索了一下，说："好几位评审都是设计学院的教授，学校就在旁边。废掉的衣服我想应该是他们拿去丢掉了。"

"丢了？"顾成殊皱眉。

"是啊，像服装设计这样的，每天都要出一堆废衣，我想可能会集中在一起丢弃吧。"

顾成殊不再问他，只转头问叶深深："你们学校的废旧衣服一般丢在哪里？"

叶深深迟疑了一下，说："综合楼地下室仓库。"

顾成殊看了看时间，对司机说："你先回去吧，我自己开车。"

顾成殊带着叶深深来到学校门口，幸好守门的几位老伯记忆力不错，还记得叶深深，放他们进去了，又在后面喊："快7点了，记得早点儿出来啊！"

"好的！"叶深深感激地朝他喊。

顾成殊跟着叶深深往综合楼走去，她的膝盖受了伤，一瘸一拐的，再加上穿的还是拖鞋，那姿态，那行动，简直不堪入目。

一种难以抑制的冲动，让顾成殊终于开口说："怎么每一次见面你都这么狼狈。"

叶深深埋着头往前走，悲愤交加。

第一次被他的车子撞；第二次被赶出路微家；第三次在车库前堵他的车，第四次……就是这次了，摔成这样。可——她又不是故意的，而且，她会这么惨，很多时候，都是拜他所赐。

然而，好歹这个人现在是带着她去找她的东西，是在帮她，所以她也只好忍住回嘴的冲动，继续做那个软绵绵的叶深深，一声不吭。

综合楼的保安是个胡子大叔，听说她来找自己误丢的衣服，顿时同情地看着她："哎呀，这事儿你看……今天确实有个教授过来了，好像扔了个扁盒子。结果他发现地下室都被衣服塞满了，就把管仓库的老刘训了一顿，让他把里面好好清一清。所以，就在你们来之前半小时，老刘刚刚找了辆大卡，衣服全都拉走，一件没剩了！"

叶深深顿时呆住了，绝望地问："拉到……哪儿去了？"

"这个我还不知道，我帮你问问。"大叔十分热心，打了个电话之后，跟他们说，"没办法了，已经拉到城西废旧物品集中处理中心去了，卡车都回来了。"

走出学校时整个城市的灯都已经点亮，明亮的光线交织在他们面前，几乎迷失了所有方向。

叶深深拖着沉重的步伐，跟着顾成殊走到外面的车子边。

顾成殊示意她上车，然后发动了车子，向着前方开去。

叶深深捂着自己受伤的膝盖许久，才忽然醒悟过来，愕然说："我家……我家在反方向……"

"不去你家。"说着，他将车子停了下来，趁着前方红灯，在导航上输入目的地，"垃圾堆也好，处理场也好，我们把那件衣服翻出来。"

第十章
荒野星空下

Go with the Star

废旧物品集中处理中心，俗称垃圾场。

远离了城郊，荒僻野地中，一栋建得方方正正的大楼，四周全都是垃圾处理堆，有的勉强有个仓库，有的露天堆放着。在堆积如山的垃圾堆上，有几盏手电在晃动着。

门卫大爷剔着牙靠在门上，抬手一指那些手电的光点："喏，这么多垃圾，一天到晚烧到头，焚化炉就这么几个，烧得过来吗？可不就赶紧被人捡走，捡得越多越好，越快越好吗？你看这些人连夜都在捡，真是勤劳致富。"

顾成殊向他打听："那么，今天下午服装学院刚运过来的那车衣服，现在在哪儿呢？"

"哦，你说那堆奇形怪状的衣服啊？"门卫大爷顿时笑了，"专门捡旧衣服的刘老四抢下了那车货，结果发现不是缺个袖子，就是少个裤管，他都快气死了！"

叶深深解释说："那些本来就是设计学院的学生试验制作的，都不能算是衣服……"

"所以他直接就倒后面坑里去了，准备卖给做再生棉的厂家。"门卫大爷指了指后面不远处。

叶深深站在关上的门外，还在迟疑，顾成殊已经转身向车子走去："走。"

后面果然有个浅坑，里面成百上千蓬乱的破烂衣服堆在那里，被车子的远光灯照亮，一件件满是沙尘和泥浆。

站在车灯之前的顾成殊，毫不犹豫地挽起了自己的袖子。

身后明亮的光线照亮了他的身影。他挽起的衬衫袖子刚到手肘，在强光下略带丝绸光泽的140支纯棉面料，厚度2.5mm的海贝母扣，衬衫明晰的轮廓与利落的线条，无一处不妥帖的细节，昭示着只有全定制才能做到的分毫不差。

然而穿着高级定制衬衫他却直接下了那个泥坑，伸手开始翻找那些乱七八糟的肮脏衣服。七零八碎的破衣烂衫，在坑底不知道沤了多久的布条，沾着各种不明污秽的料子……他仿佛完全没有在意，只迅速在衣服堆中翻找着。

叶深深愣了愣，赶紧也下了浅坑，在离他不远处，借着车灯的光芒，埋头寻找自己那件衣服。

"被教授丢掉的时候应该还在盒子里，如果能原封不动找到那是最好。"在埋头翻找时，叶深深听到顾成殊这样说。

她点了点头，默然直起身子看他。满天的星辰都在他们身上，夜风吹过荒原，带着悠长的回声，从他的耳际擦过，又从她的身边流过。

她心里涌起一种难以言喻的波动，不由自主地，她向他走近了两步，开口想要说什么时，脚下却被布条绊住，膝盖一痛，顿时向前重重摔倒。

一双手将她即将与荒地接触的身体抱住了，及时而稳当。黑暗之中，她看见顾成殊明亮的眼睛，就像此时郊野天空的星子坠落于其中般，含着一点无法掩去的光芒。他扶着她站起来，皱眉问："你就不能小心点儿？"

叶深深低下头，避开他的目光，窘迫地说："我……太着急想找到那件衣服了……"

顾成殊盯着她低垂的脸，皱起眉，再回头看满坑的破衣烂衫，说："这样不行，估计到天亮也找不到你那件衣服。"

他转身就往上走，叶深深赶紧跟了上去。

他出了浅坑，回头向她伸手，握住了她的手将她拉出，却并没有放开。而叶深深只觉脚痛得更厉害，她一瘸一拐地被顾成殊扶着，也没有力气倔强了。

顾成殊带着叶深深到刘老四得活动板房前，拍着门大喊："刘老四，刘老四在吗？"

一个老头儿开了门，钻出头来看他："你谁啊，找我？"

"我要找一件衣服。"顾成殊简短地说，"应该是被你丢到后面那个坑里了。"

"自己找去！"刘老四没好气，就要关门。

顾成殊却抬手撑住他的门，刘老四一个干瘪老头儿，无论怎么使劲也无法关上大门，气得瞪了他一眼。而顾成殊盯着刘老四，从包里掏出一叠钱："找到衣服的人，这些给他。"

刘老四看了他半秒钟，还没出声，顾成殊又拿出一叠钱，说："帮我叫人去找那件衣服，这些给你。多于十个人，给你加一倍。"

刘老四立即转身抄起屋内的应急灯，出门冲着板房内大喊："起来，都给我起来，找一件衣服！"

半个小时后，一个纸盒子放在了顾成殊的面前。

盒子上，被撕破的字条还留着开头的"奇迹"和最后的"深深"四个字。叶深深只觉得心口一阵剧跳，她抢过盒子，打开来一看，白色的短裙，被胡乱塞在那个塑料袋中，透明的袋子上，打了一个大大的叉，预示着淘汰。

顾成殊丢下钱，带着叶深深回到车上。

在行驶的车上，叶深深将衣服拿出来，放在自己的眼前，慢慢地看过。

车窗外照进来的晕黄色路灯光，照在她手中的衣服上，一件完美的衣服，如烟似雾的薄纱，摇曳多姿的藤蔓，花朵的质感娇艳又别致。

然而，在白色的薄纱上，一团一团的粉色乱七八糟地晕染开，领口、胸口、腰间、下摆……就像侵袭的肮脏垃圾，彻底毁掉了这件裙子。

"是谁……弄的？"叶深深死死地抓着衣服，将它抱在怀中，咬牙控制自己涌上来的眼泪，却控制不住自己颤抖的声音。

顾成殊瞥了她一眼，缓缓说："我听说，评审组的安保做得很好，基本上没人有机会接触到你送过去的衣服。"

"是……我亲眼看着工作人员封存的，钥匙也直接投到信箱里去了，只有评审组长才能打开。"

"那么，必定就是出在你的制作过程中。"顾成殊冷静地说，"想一想吧，能下手的人，究竟是谁，为什么。"

叶深深只觉得大脑嗡嗡作响，她努力回想，却一无所获："不太可能啊，都是我妈妈的朋友，大家都认识的，热心地义务帮我的……"

顾成殊的声音骤然变冷，打断努力回忆的叶深深："你妈妈的朋友……青鸟的工人？"

她点了一下头，脸色苍白。

"和路微争夺前往工作室的机会，居然还去找路家工厂里的人帮忙，叶深深，你的心可真宽。"他嘲讽地说道。

叶深深抓着那件被污了颜色的衣服，僵直地坐着，一动不动。

她也知道这一点,所以从头到尾她都认真地和大家一起制作这件衣服,应该是没有任何被人动手脚的可能性才对。

"我告诉你怎么回事吧。"顾成殊拐过一个路口,眼睛瞥了她一下,冷冷地说:"是羽毛上的颜色,染到了裙子上。"

"可是,羽毛染好后,已经烘干了……"说到这里时,她脑中忽然一闪念,顿时呆呆地坐在了那里。

整烫的时候,喷出来的蒸汽,重新熏蒸了羽毛。然后,未等水汽蒸发完毕,就立即折叠好衣服,湿润的花朵被小心仔细包裹在了里面,珠光粉色晕染了一大片——而那个时候,她还满怀欣喜地将这件已经废掉的衣服抱在怀中,满怀憧憬地送去评审。

"就那么小小一个细节,不需要动手,不需要欺骗,连证据也不会留下。"顾成殊见她脸色惨白,显然已经明白了原因,才以冷淡的口气缓缓说,"对付你这样单纯无知的人,真是毫不费力。"

车子经过街道,顾成殊停下,伸手说:"裙子给我。"

叶深深木然把衣服递给他,他下车进了路边一家干洗店。

隔着车窗,叶深深听不到他说话的声音,但却看见店主人拿着衣服为难地看了看,又终于点点头,拿到里面处理去了。

他又回到车上,说:"估计要一个小时左右才能弄完。"

叶深深点了点头,觉得疲惫至极,便将头靠在椅背上,怔怔地坐着发了一会儿呆。

顾成殊看看时间,即将10点。

"饿吗?先去吃饭。"他问了她一句,却压根儿没征询她的意见,便带她去吃饭。

城郊的深夜,压根儿无处可去,只在附近找到一家咖啡店,叶深深喝了杯奶茶吃了两个点心。

时间还早,他们坐在里面消磨时间。顾成殊给沈暨打电话,却发现他电话关机了。他放下电话,抬眼看向面前的叶深深,她正急促地转开自己的眼睛,假装正在看窗外的黑夜。

他没说话,但那不动声色的了然眼神,叶深深简直跟裹着层玻璃纸一样,轻易就可以被他看穿里面的一切。所以她终于还是忍不住,问:"为什么……要帮我呢?"

顾成殊淡淡地说:"是啊,为什么要帮你?我们之间没有交情,也没有交易,甚至连寻常的交往都不曾有过。"

叶深深低下头,想起了自己毁约不接的那个电话,一种心虚羞愧涌上心头。

"然而,我是一个天使投资人。"他端着手中咖啡,双眼凝视着她,唇角轻微一丝弧度,"做天使拯救别人是我的爱好。"

叶深深想起被自己撕掉的名片，还有挂断的电话，嗫嚅着，难以启齿。挣扎许久，她才鼓起勇气，问："我……我想问您，上次我们说的那个事情，还算不算数？"

"什么事情？"他仿佛已经全然忘记，将目光在她身上轻轻一扫，望向了窗外。

窗外有车子一闪而过，明亮的光线在他的眼中流星般滑过，愉快的光芒闪烁着。他不接她的话茬，只等着她下面的话，仿佛是俯视着一只溺水的蝴蝶，明知自己是她绝境中唯一的助力，却始终不肯伸出手指，只是嘴角挂上一丝似有若无的弧度，等待着她主动呼救。

而叶深深握着手中的杯子，想着自己如今面对的困境。路微的手段这么厉害，纵然她无望挣扎，从夜市到网店，可是无从依凭的孤身奋战、历经奔波终于还是一事无成的结果，让她的心口又涌上来一阵绝望。

她知道，面前这个人，可以轻易帮她抵达遥不可及的彼岸，然而……她的脑中又难以抑制地闪过他所有的极品事迹，她明知对面这个男人人品败坏，声名狼藉，又如何能向这个混蛋说出求助的话？

而顾成殊眼看她心中矛盾交锋，也不说话，只好整以暇地坐在她对面，平静地看着她。

终究，对路微的恨与对成功的渴望还是压倒了叶深深。她提高声音，狠狠地说："就是你要帮我——"

好不容易积聚的勇气，终于挤出喉口时，却被急促响起的手机铃声淹没。

她下意识地咬住了下唇，将所有还未来得及出口的话吞回到肚子里去，伸手到口袋里去摸自己的手机。

顾成殊带着自己也不理解的懊丧，将脸偏开了。

电话那边传来的是孔雀的声音，语气急促："深深，你在哪儿？"

叶深深"啊"了一声，下意识地回答："我在城东这边。"

孔雀在电话那头松了一口气，说："哦……我在你家楼下等了很久，可你一直没回来，我有点儿担心。"

叶深深愣了一下，问："担心我？"

孔雀沉默了一下，然后说："路微的司机老金发了个消息。"

"……真是坏事传千里，消息居然这么快。"她无力地靠在椅背上。这么说，她在机场的事情，已经传遍了。

"重点不是这个！"孔雀在那边迅速转移了话题，"是我听说，你在机场宣称要超越路微，成为比她还厉害的设计师？"

听他这么一转述,叶深深有点儿羞耻,但她深吸了两口气,又镇定下来,说:"对,没错,我说了。"

"是吗?"孔雀停顿了一下。就在叶深深以为她又要说出"人贵有自知之明"之类嘲讽的话时,她却只说:"深深,干得好!"

叶深深沮丧又忐忑的心情,在这一刻忽然波动起来。她毫无把握、前途未卜的荒谬决定,得到了第一个人的肯定,这让她就像溺水的人抓住了一根稻草般,紧紧攥住不放,又感动又喜悦:"真的吗?你……你不觉得我太没有自知之明了吗?"

"有。"孔雀的声音从电话那头传来,略带模糊,"但要是我,我也会这样。"

叶深深紧握着手中的电话,呼吸微微急促起来,眼中也蒙上了一层薄薄的泪光。

电话那边孔雀的声音,更加清晰:"深深,你现在在哪里?赶紧回来,我们三个人,一起努力奋斗吧!"

叶深深顿时愣住了:"我们……三个人?"

"对啊,我和宋宋都决定不干了!"孔雀在那边激动地说道,"深深,我们不怕别人,也不靠别人!什么路微,什么顾成殊,都统统甩到一边去吧!我们三个人一起开网店,慢慢来,不管未来怎么样,可我们不亏欠别人,不求人也不怕被人利用、伤害,你说是不是?"

叶深深的目光,转向旁边的顾成殊。

孔雀的声音这么响,在此时安静的咖啡店内,她不确定顾成殊听见了没有。但她看见了顾成殊的唇角,一丝轻微的冷笑。

孔雀又说:"其实往好处想,差评也没什么,好歹你积压的T恤卖掉了,接下来就有流动资金了。虽然才3000块,但你可以买下那一批裙子不是吗?裙子可以买500条,剩下来的钱还可以买一批辅料。所以路微还算帮了你呢。"

叶深深呆了许久,觉得对,又觉得好像不对,想了半天,她终于喃喃地问:"可我们的店全是差评呀!谁还会来买我们的东西?"

孔雀理所当然地说:"关闭啊!我们再注册一个店铺不就好了?"

这么简单的答案,叶深深觉得自己全身的力气都散尽了,她"哦"了一声。

"所以,深深,赶紧回来吧,你,我,宋宋,我们一起干吧!"

挂了电话,她忐忑地抬头看顾成殊,而他只是看着窗外笼罩在黑暗中的城市,沉默冷笑。

他问:"你刚刚,接电话前,想对我说什么?"

她蠕动了一下嘴唇,但终究还是说:"没……没什么。"

千辛万苦酝酿好,准备向顾成殊求助的勇气,在好友的一个电话下就崩塌了。是啊,不到万不得已,和自己朋友一起奋斗,总比被这个劣迹斑斑的男人裹挟着前进好。

顾成殊瞥了她一眼,浓长睫毛将他锋利冷淡的目光遮掩了大半,却依然让叶深深觉得头皮发麻,不由自主地缩起身子,往后面缩了半寸。

她听到顾成殊的声音,冰凉缓慢地从她的耳边流过:"如果你执意要这样,我也无话可说。毕竟每个人都有每个人的命运,我不是上帝,改变不了一意孤行的扑火飞蛾。"

叶深深的心里涌起一股暗暗的酸涩与羞愤。她轻轻咬一咬牙,抬头对他说:"我会努力的。我已经找到志同道合的伙伴,我相信只要慢慢来,一定能成功。"

"慢慢来?花几十年从小网店到大品牌?你等得了,我都等不了!"顾成殊嗤之以鼻。

叶深深不知道他为什么比自己还急切,只能尴尬地捏着自己的手指尖,说:"那我也……只能这样啊。"

"叶深深,你有向上飞的力量,不要浪费它。"顾成殊望着她,眼眸幽深,在此时窗外流动的灯光下,有一种攫人的力量,"我不想看着一只可以横渡长空的飞鸟,浪费它硕大无朋的羽翼,最后变成养鸡场里一只普通的下蛋鸡。"

她没说话,店内一片死寂,她只听到自己急促的呼吸声。

她小心翼翼地看向顾成殊,终究不敢与他目光对视,只敢偷偷瞄着他的身躯。柔软而细密的质料,每一分都恰到好处的尺寸。这是路微嘲笑她永远用不起的Thomas Mason,是萨维尔街量身定制的衬衣,是从米兰到巴黎,熠熠生辉,浮光掠影。

也是一个可怕的,拥有长睫毛与薄唇的男人。从郁霏到路微,他从不缺乏利用与欺诈,暗藏着毒刺的玫瑰。

叶深深不自觉地捏紧了自己的裙角。厂里因为瑕疵而处理掉的裙子,下摆撕裂了一个小口。她拿回家裁掉了下摆,改成了短裙。大家都赞赏地说,对啊,深深你的腿长,多露几寸更好看。

这是她的人生,是轻纺城8块一件的棉T恤,是母亲用脚踏缝纫机用边角料缝制出来的款式,是烈日与风沙混杂的喧嚣轻纺城,是炎热烦躁,灰暗贫瘠。

这两个世界,判若云泥。

"母鸡……有营养、会下蛋,也还好嘛……"叶深深用力地梗着喉咙,不让自己的声音颤抖,也拼命地控制自己畏缩的泪水,"顾先生,我觉得,人最重要是不好高骛远,不做亏心事。就算我做一只普通的母鸡,可我每天有米吃有水喝,准时下一个蛋,睡得安稳踏实不亏不欠,一辈子不知道天空有多大……也没什么。"

她是一个世界的,而他与路微是另一个世界的。他们习惯于从别人身上攫取自己所需要的东西，所以，路微不遵守约定，难道顾成殊就会守信吗？

"发过的誓呢？"顾成殊盯着她的眼睛，嘲讽地问，"不会已经忘记了吧？"

叶深深深埋着头，低声说："我……我会慢慢来的。"

"呵。"顾成殊笑了笑，说，"真是人各有志。丑小鸭始终喜欢在泥潭游曳，终究飞不上高空变天鹅。"

她不敢再说话，只低着头。

她知道顾成殊说得对，甚至她也懊恼自己的懦弱与动摇。有时候她也想，或许自己是羡慕路微的，不是因为她是青鸟的大小姐，而是因为，她肆意张扬的性格，是自己所永远无法拥有的。

刘海遮住了她的眼睛，一片阴影，她始终没有抬起头来。

"那么叶深深，祝你前途广阔。"顾成殊看了看表，站起身，"衣服估计处理好了，走吧。"

洗衣店老板弄得不错，染上的颜色全部消失了。

可是，就算衣服已经恢复，又有什么意义？她终究得了0分，终究失去了前往方圣杰工作室的机会，终究输给了路微。

顾成殊送叶深深回去的路上，她一直低头沉默。他也不说话，只偶尔瞥一下坐在身边的她。

直到车子缓缓停下，顾成殊略一抬手表示告别。叶深深这才发现，已经到了自家小区门口。

她的膝盖还是疼痛，迟钝地谢了他，抱着那个装衣服的盒子就要下车。顾成殊却抬手将盒子拿走丢在后座，只把那个装着药的袋子拎起来，丢到她怀里去。

她呆了呆，赶紧伸手抱住，站在路边看着他。

顾成殊再也没说什么，直接就把车门关上了，说："衣服先给我，看看你运气怎么样。"

沈暨是被哐哐的砸门声惊醒的。

他茫然坐起，大脑一时还无法正常运转，用了很久的时间才确定那声音来自自家门。

趔趄地扶墙而出，走到大门口，外面的人显然已经用脚在踹了，一声巨响，门都在震动。

他第一反应就是"那个世界上最可怕的人"来了，顿时吓得全身寒毛直竖，彻底清醒过来。直到趴在猫眼上一看，才松了一口气，一把将门拉开，问："顾成殊你疯了？认识你十几年都没见你这么失态过！"

顾成殊恼怒地反问："你说呢？平日从不在12点之前回家的人，找你有事时就10点上床睡觉！"

"连续几天评审应酬，我都快被逼疯了。"沈暨说着，见隔壁邻居被惊动了，赶紧朝他点头致歉，然后把门关上，问，"怎么不打电话不按门铃？"

"电话关机，门铃没人应。"顾成殊将手中的纸盒子丢在他面前，"要不是你在家里睡觉的消息来自我万能的秘书，我才不相信你真在里面。"

"伊文确实是个好秘书。"沈暨说着，毫不愧疚地坐在沙发上，将那个盒子拿过来，打开看，"这是什么？"

顾成殊没有回答，因为沈暨已经迅速地跳了起来，睁大眼睛："叶深深的设计，《奇迹之花》！"

顾成殊点了一下头，说："她的设计图得分是第一，那么，这件样衣的得分是多少？"

沈暨打开了客厅的吊灯，将衣服拿起，离远了看整体效果，再拿近一些，在明亮的光芒下仔细地端详着细节。从羽毛制作的繁盛花朵，到疏密有致的纯色藤蔓，再到摇曳如烟雾的薄纱裙摆，被他的目光一一扫视过。

顾成殊任由他慢慢看，去冰箱里找了一瓶水喝。

"实物的效果非常好，一件忠实还原设计图又更加熠熠生辉的样衣。"沈暨慢慢地说，"如果当时我看到的是这件衣服，那么毫无疑问，我会向圣杰保举叶深深，甚至不需要经过考察期。"

"所以，这次评审最后赢的人应该是叶深深，是吗？"

沈暨轻抚着那些羽毛花朵，抬眼看他："可惜，她送来的是一件废衣，错过了机会。"

"没有错过机会。"顾成殊抬起下巴示意了一下墙上的钟。

时间是午夜11点56分。

"今天是评审结束的日子，然而，午夜12点的钟声还没敲响，今天还未过去。"

沈暨不由得笑了出来，说："可是我们已经没有时间召集评审组的所有人了。"

"据我所知，方圣杰给了你一票否决权。"

沈暨抬头看着顾成殊的眼睛，有点儿烦恼地托着脑袋，手指绕着自己染成茶褐色的头发，犹豫了半晌才说："虽然如此，但……路微已经开心地前往北京了。你觉得让她这样空欢喜一场好吗？"

顾成殊微微皱眉,仰头看着吊灯,水晶切割面细碎闪烁地反射着光线,在他们身上蒙上一层不安定的光斑。

"毕竟在这件事上你是对不起路微的。一个女孩子,在婚礼当天被人毁约,你有没有想过她蒙受了多大的屈辱?"沈暨说着,又叹了口气,说,"虽然她也有不对的地方,但你一开始就不应该以那样轻忽的态度对待自己的婚姻。"

顾成殊抬起手,制止他再说下去:"叶深深这件事,你怎么说?"

"这个忙,我想帮,但是不能帮。"沈暨认真地说着,将那件衣服又拿起来看了看,问,"就算你不考虑路微,可你有没有想过,我们帮叶深深顶替了路微的名额,将路微从云端一下子扯了下来,那么……路微这辈子会放过叶深深吗?"

顾成殊冷笑说:"我做事从不考虑失败者的感受。"

"那你考虑过叶深深的感受吗?"他反问。

顾成殊微微皱起眉,顿了许久,才缓缓说:"有我在,她不会成为失败者。"

"或许吧,毕竟你永远都这么强势,说到做到。但你打算一辈子都这样帮她,永远让她这样被你拉着前进?你根本不是为了她好,只是为了达到自己的目的而已。"沈暨说着,抬头看向墙上的钟。

午夜12点,秒针刚好跨过那一秒。

"结局就是结局,已经来不及了,不是吗?"沈暨站起身,将那件衣服拿起,问,"可以给我吗?这会是我十分喜欢的一件收藏品。"

"随便你。"顾成殊打开门准备离开时,沈暨在他身后问:"对了,下一步叶深深准备怎么办?"

"她准备……"顾成殊停了片刻,说,"开网店,一个令所有人惊叹的网店。"

第十一章
幸福花儿开

Go with the Star

　　宋宋和孔雀以破釜沉舟的方式从青鸟辞职,她们的第二个网店"叶宋孔雀"开起来,陷入悄无声息的死寂中。
　　心满意足前往北京的路微,似乎放弃了针对她的小网店,可店里也始终没有买家。孔雀尚且淡定,而摩拳擦掌想要大干一场的宋宋则每天都快急疯了,连带着其他两人看着无人问津的网店,也是无精打采。
　　过了半个来月,林林总总做好的T恤也有百来件了,可店里始终只是偶尔销出一两件,半个月的进账居然只有两百来块。
　　加上妈妈,一共是4个没有工作的人,每天坐在那里无所事事闲得慌,心更慌。
　　终于有一天,看着堆在客厅里的衣服,妈妈也忍不住了:"深深,你看这可怎么办?这样下去……不是办法啊。"
　　在这边蹭饭的宋宋和孔雀,都忍不住将目光转到那堆衣服上。
　　叶深深低头吃饭,默然无语。
　　每月都要还的房贷已经快到期了,可上次赔偿那个开袋机已经让她们拿出了家里最后一点钱,就算吃饭水电能勉强对付过去,但房贷不还上,她和妈妈就要无家可归了。
　　宋宋叹了口气,说:"我还好啦,前几天厚着脸皮向我爸妈要了点儿钱,刚交了房租,孔雀你呢?"
　　孔雀咬着下唇考虑着,许久,她捏着筷子艰难开口:"深深,或许……我们应该把轻纺城那批纱裙给吃下来。"

宋宋有点诧异："你还记得那批裙子啊？颜色很差哦！"

"虽然差，可是便宜啊！绝对会马上卖掉的！"孔雀咬着筷子，低声说，"毕竟我们开的是网店嘛，什么样的东西好卖，我们就应该上什么样的衣服，对不对？"

宋宋看着那些衣服，也点头附和："也是啊，十几块钱的东西，大家压根儿就不会期望买到多好的！更何况那裙子又不坏，就是颜色有点脏而已，买的时候说一句'色差'就行了，没人会在乎的！真不喜欢也只会自认倒霉。"

听着她们的话，叶深深看看堆积如山的成品衣服，再看看忧愁的妈妈，又面对着充满期待的宋宋、孔雀，不知不觉心中就蒙上一层难耐的恐慌与歉疚。

毕竟，一开始是自己出的主意，将她们拉过来做网店，后来又一意孤行，要做自己设计的衣服，可现在却搞成这样，让每个人都陷入困境。

巨大的愧疚与心虚几乎淹没了她。

那些曾经下过的决心，想要靠自己的设计一鸣惊人、想要建立自己的品牌、想要光芒四射的梦想……在这一刻面对着现实，全都毫无还手之力地被击溃，成了可笑的荒诞妄想。

她闭上眼，竭力忘记自己曾对路微吼过的那些豪言壮语，竭力忍住自己即将涌上来的眼泪，喃喃说："好。"

宋宋的脸皮就是那么厚，忍着爸爸后妻的白眼，从那里又搞到了1000块钱，并杀到轻纺城将那批裙子砍价到5元一条，抱了200条回来。

"粉色纱裙……颜色偏灰。"孔雀写到这里，被宋宋一把拍掉，直接按删除键，"笨蛋！哪有人这样写的？应该说'有色差介意勿拍'呀！"

孔雀捂着头："会不会被人骂啊？这色差也太严重了……"

"真的这么严重吗？我是不是P得太狠了？"宋宋看着照片上颜色娇艳迷人的小清新裙子，再看看地上灰蒙蒙脏兮兮的网纱裙，自己都心虚了。

"或许……有什么办法弥补一下？"叶深深拿着裙子看着，强迫自己把注意力转移到这批网纱裙上。粉色确实染得不太好，料子与款型倒是不错，或许能有办法弥补的。

宋宋在她身边坐下，抱住她的肩说："好啦，大家都是这样开网店的嘛，我们只是和大家一样而已，干吗有心理负担。"

叶深深咬紧下唇："是我想多了……我还以为，自己努力学了这么多年设计，会有用的……"

其实，什么用也没有。该失业还是失业，比赛该输还是输，网店没人理会就是没人理会。

"哎呀，时间早着呢，我们先赚到钱把现在的难关度过去，等咱们有了钱，你就可以尽情地去搞设计，去打败路微了！"

"可是，我要怎么才能打败路微呢？"叶深深更加痛苦了，"她是获得了国际设计奖的著名设计师，她还得到了方圣杰工作室的邀请，飞到那边去实习了。说不定她很快就能被挖角，成为著名品牌的设计师了……"

"我才不信呢！她的成功都是窃取你的东西，国际设计奖应该是你的，方圣杰工作室的邀请也应该是你的。像她这样的小偷，以后没有人给她提供灵感了，鬼才会看上她，请她去当设计师呢！"宋宋嗤之以鼻。

叶深深没回答，她盯着手中的粉色裙子，大脑一片混沌，也不知道自己在想些什么。过了许久，眼睛十分酸痛，她才把目光转到白墙上，发现看着裙子太久了，白墙上都出现了一片浅浅的绿色痕迹。

她捂着眼睛想了想，跳起来跑到装辅料的盒子里，扯出一块黑纱，再拆开网纱裙的松紧带，将黑纱裁好大小后缝在裸色粉纱的外面。等黑纱缝好后，她仔细端详着，觉得差了什么，便又取出几片大小不一、颜色不同的亮片，在裙子上比较着，然后挑出最大的黑色亮片，拿针将它们次序间疏地缝在黑纱上。

等到成品出来，她穿上裙子在镜子前照了又照，又点亮灯看了一遍，再跑到阳台上看了一遍，然后才走到宋宋和孔雀面前，展示给她们看："怎么样？"

宋宋"哇"了一声，说："好看！"

孔雀看了半天，终于挑不出什么毛病，慢慢点头："黑纱后透出的粉色，淡化了那种偏灰的色感，黑色亮片更使隐约的粉色显得轻盈朦胧，太好了！"

宋宋抄起旁边的相机："你别动，我拍下来传到店里去！"

叶深深捂住自己的腿，有点不好意思："还是像T恤一样，平铺着拍吧，我的身材……太一般了吧。"

"穿得很好看啊，而且有PS，怕什么。"她说着，咔嚓咔嚓拍了好几张，然后火速看了看，连颜色都不调，只把她膝盖上的伤口P掉，脸遮住就发了上去，同时看着之前挂上去的T恤："店里至少要有10件东西，我们现在只有9件……哎呀懒得再拍再放了，反正也卖不掉，弄个一块钱补邮费的链接充数得了。"

确定了纱裙修改办法后，几个人分工合作，擅长砍价的宋宋穿鞋子准备去买黑纱和亮片，叶深深和妈妈坐在沙发上钉亮片，富有文艺气息的孔雀给纱裙写了一段空灵小清新的描述，并附上各种细节图，诸如"6层美国Gauze加密网纱，如云似雾摇曳生姿"和"日本PVC亮片辉煌灿烂耀眼夺目"之类不知所云又十分唬人的语句。

修改了描述之后，孔雀愣了两秒钟，然后说："你们看。"

叶深深放下手中的裙子凑过去看了一眼，不敢相信自己的眼睛："上架才十几分钟，怎么就有人买了？"

刚刚才上传的亮片网纱裙，简直像是被人守候许久终于逮着了一样，迅速拍下了一件。

叶深深瞠目结舌，自言自语："不会又是路微叫来的吧……"

门口宋宋把刚穿好的鞋子甩掉，跑回来看："有可能哦……"

"不像，这个叫蜜雪儿的人，我刚刚看了她的资料。"孔雀点开顾客的头像，展示她的资料，"四金冠买家，这得十几万个信用吧，谁会拿这样的账号去做差评师？"

"真的真的？"叶深深端详着，确定资料的正确性，"这可能是我第一个真正的客人。"

"等一下！"宋宋最关心钱的事，率先点着屏幕上面的成交额"1.00"，问："怎么回事？"

叶深深眨眨眼，反问："不是……挂的价格是19块9吗？"

孔雀想了想，顿时大叫："宋宋你个弱智！补一块钱邮费给写错了，居然链接到这件衣服上去了！"

三个人手忙脚乱，立即把东西下架。

宋宋指着屏幕问："怎么办？我们先不发货，然后跟她沟通？"

"发，为什么不发？"叶深深咬牙说，"好歹是本店第一个客人，一块钱也卖了！"

叶宋孔雀是一家可怜的小网店。即使她们倒贴邮费，把那件一块钱的衣服发出去，千辛万苦期待着好评，结果过了两天对方收货了，居然连评价都懒得给她们，看来是习惯系统默认好评的那种客人。

然后，网店又陷入生意清淡中。

不过毕竟是19块9的裙子，她们每天把货物更新一次，两三天内倒是也走了几件，总比当初一单生意都没有要好。

"会好起来的，慢慢来嘛，毕竟有转机了……"三个闺蜜坐在那里给粉纱裙缝黑纱和亮片，肥皂剧看了一部又一部。

孔雀点头说："对啊，成本这么低的衣服，一件可以赚十来块钱呢，等这批衣服一出手，我们去进那些两块多一件的T恤，做成一个低价衣服品牌，那个应该会赚得更多！"

"……你开玩笑吧，两百件裙子还没卖掉呢，哪有办法多上品种。"叶深深托着下巴，有气无力。

"没事啦，200条裙子成本也才1000块钱，而且这件裙子四季都可以穿的，从夏卖到冬，我就不信卖不出去！"宋宋说着，手机忽然振动，她拿起来看了一下，欣喜若狂地举到她面前，"你看，这不就又卖掉一件？"

叶深深起身去收拾裙子装袋："不错不错，今天总算开张了，毛利19块9，利润9块。"

宋宋的手机又响了一下，她瞪大眼睛看着手机说："不，是18块。"

"双喜临门啊。"叶深深打开电脑，抄下买家的地址，准备发货。

这么一会儿时间，又卖出去一条。

叶深深毛骨悚然，把手中的笔一丢，说："你有没有一种……不好的预感？"

宋宋点点头："好像……是有那么一点儿。"

"叮咚"一声，又被下了一单。居然还有人一口气买三件的。

宋宋跳起来，手心的汗都出来了："是不是应该赶紧关闭交易？"

叶深深的手都在颤抖，她硬着头皮，正要火速将衣服下架时，"叮咚"又一声，叶深深倒吸了一口冷气，结果心惊胆战地抬头一看，原来是聊天工具在闪。

"老板，人家一口气下单三件呢，能不能打个折、免邮费再送个小礼物呀？"

叶深深长出了一口气，赶紧给发个笑的表情："当然可以，我给亲送个我们店里的零钱包好不好？"

"可是老板，我们是三个朋友一起买的哦。"

"送三个好吗？"

"太好啦，老板真豪气，难怪蜜雪儿都大力推荐呢。"

关掉对话框，对方付款，叶深深赶紧起身去布料堆里翻出一块果冻色帆布，一边用划粉在背面划线，一边叫宋宋："你赶紧去查一查蜜雪儿。"

"蜜雪儿？什么东西？"

"我们的第一个客人，一块钱买裙子的那个。"她操起剪刀和拉链，开动缝纫机，开始做零钱包。

"请你告诉我，这粗劣的纱网、毫无章法的裁剪、乱翘的线头、歪斜的缝线、可笑的松紧带……你让人把这样一件衣服送到我的面前是什么意思？"

沈暨将手中的纱网裙丢在顾成殊面前，肉粉色的纱网外一层黑色的纱，缝缀着几个亮片，赫然就是叶深深店里卖出去的唯一一件网纱裙。

顾成殊瞧了满脸嫌弃的他一眼，然后将裙子拿起来，将外面那层黑色纱网掀起，将里面的粉色纱裙拎在手中给他看："如果是这样一件裙子，你觉得怎么样？"

沈暨痛苦地捂住眼睛："垃圾……哀悼那些穿上它的女孩子。"

顾成殊将黑色纱网放下，将裙子抖平："这样呢？"

"从本质上来说，还是差……不过相比之下，算是一件能穿的裙子。这条短裙的颜色不对劲，但是外面的黑纱可以通过对比度来减弱灰度，有效遮盖里面粉色的缺陷。"沈暨说到这里，依然面带着嫌弃的神情，但皱了皱眉还是说，"我想起来了，今年很多大牌都推出了波点纱短裙，Valentino有一条还未上市的裸粉色纱裙，我通过特殊渠道看到的样衣，外面也采用了罩黑纱的设计。不过那件裙子的黑纱上面是刺绣蝴蝶和花朵，效果虽然不是这条可以比拟的，但是气质略有相似。"

"Valentino是设计，这条是迫不得已。"顾成殊将裙子丢到他面前，"没有黑纱网之前，它是叶深深从批发市场以每件5块的处理价吃进来的垃圾货。"

"所以，是叶深深赋予了这件裙子新生？"沈暨恍然大悟，将裙子拿起来，仔细端详着细节，又拉远看了整体效果，才说，"简直是化腐朽为神奇，之前她那个包也是。"

"嗯，目前来看，叶深深常有突发的灵感，但毕竟是小打小闹。"

"但你不是说，她要开一个……"沈暨回忆着当时他的话，"令所有人惊叹的网店？"

"现在还完全不行，需要深层次的营销，才能让她打开局面。"顾成殊微微皱眉道，"而且，她究竟有没有驾驭一整套服装制作流程的能力，还未可知。"

"那你准备怎么办呢？把她丢到服装厂去历练？"

"不，我已经找到了一个很好的人选，最近他刚好闲着没事，完全可以带着叶深深开启第一阶段。"

沈暨顿时丢开裙子，兴致勃勃地问："被你看上的人，那可绝对是个厉害人物！难道是圣杰？可他回国后好像一直都很忙吧？"

顾成殊没说话，目光落在他的身上，与他对视。

沈暨莫名其妙，抬手摸摸自己的鼻子："别这样看着我，我一朝被蛇咬十年怕井绳，对男人注视我的目光过敏……"

顾成殊鄙夷地站起身，到浴室去了："走的时候记得关门。"

"简直莫名其妙，你看上的那个带领叶深深的人究竟是谁？"沈暨在他身后追问。

他压根儿没理会，径自到浴室去了。

无可奈何的沈暨要离开时，又对着浴室大喊："我参观一下你的衣橱，看看你最近的置装，不介意吧？"

顾成殊没有回答，沈暨已经自行摸到更衣室去，拉开门一看，两秒钟后又直接关上了："没劲，三打一模一样的白衬衫，一打除了花纹与领口、袖口之外别无任何差别的衬衫。顾成殊，你对穿着这样应付了事，不觉得浪费了容老师的基因吗？"

没人理他，只有哗哗的水声。

"对了，如果按照你母亲的遗言，你是不是应该和叶深深结婚？"沈暨靠在门外，又提起这茬事。

"对。"他在里面平静地说。

沈暨说："深深挺可爱的，你可以试试看。"

顾成殊停了水，手按在花洒上许久，才慢慢地说："我还没想好，到底要不要听从母亲的遗言。"

沈暨顿时愕然："可你当时已经决定跟路微结婚了。"

他听到顾成殊的声音从里面传来，低沉而缓慢，带着隐隐的回声："要实现我的梦想，路微是一条捷径，而叶深深是最艰难的一条独木桥。我担心自己在她身上投入太多，会血本无归。"

沈暨默然，靠在浴室外的墙上，考虑了许久才说："是，选择深深，风险很大。"

发梢的水滴落在赤裸的肌肤上，顾成殊清晰体会到那种细微而明确的触觉。他想着叶深深，在人来人往的机场中，她的眼睛异常明亮，她那时不顾一切的倔强神情，如同瞬间划过他眼前的炽烈光芒，到现在还在他的面前。

或许，是有希望的，但谁知道呢？

"若这是一笔风险投资，那么，叶深深一开始就不可能通过我的评估。纵然我母亲喜欢她，然而我对她的未来并不看好。设计并不仅仅靠的是才华与灵感，她这样的人，缺乏个性、灵魂、系统的能力与洞察未来的智慧，能走出来的几率微乎其微。"

太过不确切的发展方向，太低的成功几率，太不可预知的未来可能性。

"所以，给点儿钱就够了，未必需要再付出其他什么东西。"他仿佛是下决定般，又重新开了水，声音也变得模糊起来，"能用简单的关系处理的，何必再用其他关系来束缚我自己？"

尤其，还是婚姻这样可怕而沉重的承诺。

他已经冷静地下了决定，沈暨也不再劝解。他向门口走去，想想又心软地停下了脚步："对了，一定要给叶深深找个好一点儿的引路人，毕竟，这关系着她能以设计师的身份走多远，也关系着容老师的梦想。"

水声还在继续，他以为顾成殊没听到，正要离开时，却听到里面的水停下，顾成殊的声音低低传来:"我会的。"

"蜜雪儿,时尚大V,粉丝儿白万。PS功力……比我还强。"宋宋望着电脑上蜜雪儿的主页。一张P得晶莹剔透的脸,瞪着眼睛嘟着嘴唇,俯身露出半条沟,符合一切网红的特性。她的身上穿着的正是从这里一块钱买去的那条亮片网纱裙。经过她凶猛的PS,正焕发出大牌的光彩。

叶深深端详着她上身的玫瑰花V领衫,赞叹:"是H家的新款呢,配起来真好看!"

"是啊,一件上衣顶我们一百件裙子。"宋宋白了她一眼。

叶深深激动地问:"难道是她被一块钱深深地感动了,所以帮我们做个广告来回报?"

"别傻了……"孔雀点开她以前发的照片,冷静地说,"你看,她前天穿的是Roland Mouret,Kate王妃常穿的那个牌子;大前天穿的是Rodarte,大大前天穿的是J.W. Anderson……而且,全都是正品,不是仿款。"

"所以……这样的时尚博主,为什么会花一块钱来买我们店里的衣服?"叶深深反问。

孔雀皱起眉,翻到博主推荐,念了起来:"好吧,蜜雪儿干了一件无聊的事,我在网店里乱逛时,看到有个新店把补邮费挂错成了衣服,于是恶作剧地拍了下来。谁知两天真的收到了店主寄来的裙子,试穿之后发现真是意外之喜,衣服非常可爱,其实真正的价格(RMB19.9)也非常可爱,这简直是我这辈子穿过最便宜也最具性价比的衣服,么么哒叫叶宋孔雀的这家新店,多谢了哦。"

叶深深眨眨眼:"这推荐语,听起来好真情实意。"

"对啊,而且她的粉丝买不起她平时穿的大牌,还买不起这件不到20块的衣服吗?"孔雀略一沉吟,直接给蜜雪儿发了一条消息过去,介绍了自己是叶宋孔雀网店,感谢她的推荐。

时尚大V的推动力很足。

当天叶深深和妈妈、宋宋、孔雀11点多了还坐在客厅里钉亮片赶货,200件裙子哗啦啦一瞬间下去了一小半。

"20块不到的裙子,可以一年四季穿到头,多有性价比!事实证明群众的眼睛是雪亮的,好东西大家都知道!"宋宋兴奋地边抄单子边说,"还有,这种颜色的裙子,进价居然出5块,我们实在太仁慈了!明天去把剩余的200件都吃进来,4块一件,爱卖不卖！"

叶深深和孔雀不敢置信地看着这个浑身上下都闪烁着资本家气息的好友，无语地对视一眼，又将头低下去赶工。

妈妈做好了宵夜，每人一大碗饺子，一群人围在小餐桌上吃饭。上一次这么幸福还是上个月了，现在田舍翁又陡富，个个都开心得合不拢嘴："发财了发财了，今天卖了100多件，2000多到手啊！"

消息音响起，孔雀低头看了看手机，愣了一下，把屏幕递到叶深深面前。

是蜜雪儿回复她的私信——

"以后再需要宣传尽管找我呀，毕竟像你们这样爽快又大方的合作者很少呢。"

后面是一串心和飞吻，显然蜜雪儿的心情非常好。

"爽快又大方……"叶深深和宋宋的目光，都落在这两个形容词上。

叶深深长出了一口气，不由自主喃喃道："那个混蛋……"

宋宋诧异地看着她，愕然问："谁？"

叶深深呆了呆，又摇了摇头，说："没有，我也只是猜测而已。"

孔雀压低声音，问："那你猜测会是谁？"

叶深深咬了咬下唇，低声说："顾成殊。"

饭桌上陷入一片沉默。

三个闺蜜的心情都十分复杂，只有妈妈不解，问："顾成殊是谁？这个名字好像有点儿熟悉。"

叶深深艰难地说："是个……人渣。"

妈妈不解地看着她们，见她们三人的脸上神情怪异，便也不再问，收起碗筷到厨房洗碗去了。

宋宋一拍桌子，说："我觉得这事绝对不可能！"

"对啊，怎么可能呢？"孔雀也附和，"我们和他没有半点交情，开了个网店又关他什么事呢？他又怎么会暗地做好事，帮我们店里找大V推广？"

"就是啊……怎么想都不可能，我看，或许是别人向蜜雪儿买推广，她买错了吧？"

"又或许是她真的凑巧买到了我们的衣服，被我们感动了，所以才帮我们吧？"

叶深深坐在桌前，默不作声听着她们的话，眼前忽然出现了那一个夜晚，带着她连夜奔波，去寻找那件衣服的顾成殊。那时候他的眼睛在星光之下明亮闪烁，满天的星辰都不如他眼中那一颗。

"最重要的一点,深深可是当着我们的面直接拒绝了和顾成殊合作的,估计他早就老羞成怒,对我们恨之入骨了,怎么可能还帮我们?"孔雀提出了最重要的证据。

宋宋用力点头,然后转头看叶深深:"深深你觉得呢?"

"我觉得……"她恍惚地收回自己的目光,看着面前自己最好的朋友,咽了口口水,勉强点了一下头,"是我搞错了,他应该不可能帮我们找人推广。"

宋宋女王般地一挥手,说:"反正,我们走了狗屎运,不管这件事的起因是什么,我们要开始在网店界乘风破浪了!"

孔雀提议说:"这批衣服卖完之后,开始卖廉价T恤吧。"

宋宋点头,深以为然:"从这件裙子的热销可以看出,便宜还是硬道理啊!"

叶深深沉默着,迟疑地摇了摇头,说:"不。"

孔雀垂下眼,将自己的目光转向旁边,不说话。

叶深深绞着自己的手,低声说:"目前来看,其实我们自己改造的衣服,还是能受欢迎的。而毫无技术含量的批发零售那些涤纶T恤,只会让我们陷入二手贩子的境地,最后终究还是会淹没在芸芸网店之中……"

孔雀终于忍不住,问:"那么深深,你还是要卖你自己设计的那些T恤吗?虽然这几天那些T恤被裙子带动,销了不少,可你要知道,这种东西真的无法养活我们的!"

叶深深一时语塞,也不知道自己该如何说,她张了张口,脸先红了。

"好啦好啦!"宋宋随时掐掉吵架的苗头,"深深要坚持梦想,孔雀要赚钱,大家都没错。而我呢,梦想有个名气响当当的网店,也想要赚到很多钱,所以,我希望能有一个可以联系起来的两者兼得的办法。"

两人都是低头沉默,叶深深心乱如麻,正在想着要不要向孔雀示好,却听到孔雀说:"好吧,我们还是坚持一开始的路线,走自主设计这条路吧。"

叶深深有点儿惊愕又有点儿激动地抬头看她。

孔雀避开她的目光,有点尴尬地说:"不过,深深你也知道,我们开的是网店嘛,面向着形形色色很多人,要争取到其中大多数人,所以……什么样的东西好卖,我们就应该上什么样的衣服。"

"对对,我们先设计一堆爆款!"宋宋立即举双手赞成,"深深你看哈,网纱裙虽然烂大街,可是现在大家都在穿,看见了都要顺便买一条,所以这款卖得这么好。所以我们的衣服质量不需要那么好,但价格一定要低。水钻、碎花、流苏、雪纺、蕾丝、欧根纱,什么元素热我们上什么……你觉得呢?"

叶深深迟疑着,勉强点了点头。

其实,这些元素都是很好的。只是被用滥了,而且粗制滥造的太多,劣质的雪纺蕾丝欧根纱充斥着市场，所以才会导致大家觉得这些东西不好而已。她知道那些所谓的爆款，其实完全不需要设计，和轻纺城小店门口那些图纸一样，只需要拼凑一下最近比较火的元素，或者直接抄袭品牌的衣服，这边增加一点，那边减少一点，就算是一件衣服了。

可是，叶深深看着面前的好友，心中升起无比愧疚的感情。是她把她们拖下水，她还一意孤行不想走她们设定的路，那么，自己也必须要做一些妥协让步。毕竟，能答应让她自己设计就已经是宋宋和孔雀对自己的期望，她也不可能一开始就想着弄不接地气的设计。

"那……我今晚回去后，把卖得好的那些店都看一看……找找灵感吧。"

糖果色的雪纺布料，荷叶边的领口和袖口，边缘镶上一层层的白色蕾丝。胸口做同色雪纺花朵，衬以蕾丝，再用松紧带收紧腰身，裙摆用撬边线做出翻卷的波浪……

妈妈已经熟睡，叶深深坐在客厅中开着电脑，翻看着各家成功店铺中卖得最好的衣服，吸取其中的流行元素。

台灯照着她手下的本子，橘色的灯光在纸上泛出温暖柔和的颜色。她笔下的衣服渐渐成型，雪纺加蕾丝，娇嫩的颜色，花朵与网纱，一切"仙"的要素都具备。

她画着，彩色铅笔在纸上渐渐消掉了一切的锋芒，笔画变得粗糙而模糊，到最后完全失去了那种纤细精致又一丝不苟的笔触。

这也没什么不好啊，精美的东西始终是易折的，而且用那么纤细的笔触要涂出来一个画块是多么艰难。粗糙随意的笔画能迅速涂满画面，又省力又方便，大家都是这样的，为什么不试着走一走这条大家都在走的阳关道呢？

像路微一样，不费力气地踏上前往成功的道路……

她茫然而麻木地画着。夜已经深了，她在调暗的灯光下终于觉得疲倦，将脸靠在设计图上，握着手中的彩铅便迷迷糊糊睡了过去。

她做了一个好梦，梦见满街所有人都在穿她新设计的这几套衣服，各种喧哗，阳光照在明亮的街头上，眼花缭乱，异常刺眼……

Go with the Star

第十二章
我只想要你的钱

"深深,你是天才啊!"

握着她的设计图,大家都赞不绝口。

宋宋最为激动,举着她的设计图看着,惊叹道:"绝对爆款!具备了一切流行元素,我敢保证这几套衣服能狂销10000件!"

"事不宜迟,现在是夏天,赶紧把样衣做出来吧!"孔雀有点儿烦恼,"可是深深是设计系的,宋宋是学视觉效果的,我是平面设计,做样衣……搞不定啊。"

妈妈在旁边听到了,说:"听说有些厂里的样衣师愿意接外活儿的,我好歹也认识几个人,帮你们去问问吧。"

叶深深点头,又叮嘱妈妈说:"千万不要找和青鸟有关系的。"

毕竟一朝被蛇咬十年怕井绳,顾成殊上次警告她的话还言犹在耳。

那天下午,一个叫孙建武的男人经过辗转介绍之后,上门来了。一进门看见三个年轻女孩,他立即上前握手,笑得满脸油光:"美女们好!"

孔雀甩开他的手,指引他到宋宋面前:"在我们这边,一切她说了算。"

"哦哦,女老板好!怎么也没个当家人?"他笑着,把宋宋看了又看,"老板娘一个人出来打拼,老板在家会孤单的哦!现在那些小妹子,十七八岁就缠着已婚男人了,不要脸……"

宋宋郁闷地翻他一个白眼："我们都还没结婚！"

"啊？还没结婚？那你们出来干啥？女孩子嘛，打扮得漂漂亮亮，找个好老公嫁掉，一辈子伺候老公孩子就好了嘛……"

叶深深打断他的话："孙先生，初来乍到的我们也不知道您的手艺高低，能不能先做个样衣给我们看看？"

孙建武连连点头："好说好说。"

孙建武虽然脾气和她们不对盘，但做起样衣那是轻车熟路。宋宋买面料和辅料，孔雀和叶深深打版，叶母十几年的缝纫功夫更是派上大用场。不到两天，就送来了那几件样衣。

糖果色的雪纺在她们手中鲜艳欲滴，加上蕾丝和花朵元素，简直每一件都透着那么飘飘欲仙的感觉。

孔雀一件一件看过，欣喜地说："很好呀，内衬用40D弹力荧光色雪纺，1米只要3块多不到4块，外面用100D糖果色雪纺，1米大概6块，胸口的花用裁下的雪纺边角料制作，加上蕾丝、撬边线等配料和人力成本，一件衣服的成本我们能控制在12块以内！就算卖19块9包邮我们都是赚的，毕竟我们与快递的协议是包邮区5块一件，全国8块呢。"

"怎么可能19块9呢？那当然是39块9了！"宋宋欢欣鼓舞，"看吧深深，你这几件衣服实在太棒了！"

"真的吗？"叶深深不敢看那些衣服，只低头嗫嚅着问，"真的好看？"

好看吗？其实她自己再清楚不过。她手下诞生的这几套衣服，毫无个性，毫无特色，与成千上万小加工厂中出来的流水线东西一样，料子垃圾、版型垃圾、品位垃圾，在上面可以看到所有爆款的影迹，却又因为太熟悉以至于根本想不起来抄袭了哪件衣服……

宋宋激动地抱着她说："我连店里的宣传都已经想好了——每个温婉小女人都梦寐以求的仙女裙！"

孔雀也点头，说道："广告词就这样写——柔软如棉花糖的布料将娇嫩如花朵的肌肤轻轻拥抱，重磅蕾丝特有的华丽浪漫，随着每一个公主的舞步翩翩起舞……"

虽然所谓的重磅蕾丝其实只要3毛钱1尺，虽然人都知道一件39块9的裙子就帮自己成为公主是绝对的妄想——这是只存在于PS中的情景——但这并不能阻碍无数少女的梦想。

"接下来就是把衣服P得美美的往页面上一放，又便宜又好看，再吹一吹版型和料子、做工，还不打动千万少女的心？"宋宋说着，拍了拍叶深深的肩，兴奋蹦跳着带孔雀下楼去了，"我去联系代工厂，孔雀你去买面料。深深你好好休息一下，这几天做样衣你太累了。"

叶母也出门买菜去，脸上难得出现了笑容。

确实疲惫至极的叶深深，到房间里想要小憩一下。可是大脑中的意象纷繁复杂，耳朵嗡嗡作响，竟怎么都无法安睡。她叹了口气，爬起来又走到客厅中，将沙发上的样衣拿起，拿在手里仔细看着自己设计的这几款衣服，发了一会儿呆。

其实，也还是有优点的。至少，娇嫩的颜色很少女，雪纺的料子很仙，束腰的松紧带能轻松勾勒出小蛮腰……

叶深深还在自我安慰着，外面传来了敲门声。

她赶紧把衣服放到沙发上，跑去打开门："这么快就回……"

站在门外的人，让她的心脏都骤停了。

顾成殊。

穿着比平时稍显温和的蓝色细条纹衬衫，挺拔颀长地站在外面灰暗的楼道之中。

他的目光落在蓬头垢面的她身上，波澜不惊："叶深深，开网店这么悠闲？"

她讷讷地站在门口，张了张嘴，却说不出任何话。

"蜜雪儿和你有关系吗？"

这句曾在心里翻来覆去想了很多遍的话，这一刻忽然全都消失了，叶深深压根儿理不出自己想要询问的话，只能呆呆站在那里。

直到上下楼的人诧异地看向他们，她才回过神来，赶紧侧了侧身，让他先进来，然后跑进屋去把自己身上的睡衣换下来。

出来一看，本来就狭小的室内，散落一地的网纱短裙更显凌乱不堪。顾成殊站在这样乱七八糟的背景之中，居然还是一身清贵气质，简直让叶深深深刻理解了什么是"出淤泥而不染"。

他弯腰捡起沙发上丢着的样衣看了看，问："这是什么？"

"我们店里的……新衣服。"并非出于本意的设计，让叶深深心虚羞愧，她的脸腾的一下红了，嗫嚅着，说不出话。

他走到沙发前，将5件衣服铺在沙发上看了一遍，神情还是那么平淡，只问："刚做出来的样衣？"

"是……大概这几天就能下工厂开始制作了……"叶深深忙着在脑中搜刮词汇来对付他，"毕竟我们刚刚起步嘛，想要先做几件适合网店卖的爆款。而且这种衣服成本能压得很低，利润也比较可观，我们就不用压力这么大……"

说到这里，她才醒悟地回过神来——顾成殊和她们店又没有关系，甚至，两人之间也没什么交情，自己到底是为什么要对他解释这么多？这样心虚，有必要吗？

而顾成殊目光又在这几套衣服上扫了一遍，问："是你设计的？"

"是的……"她硬着头皮说。

他伸手拎起第一件粉红色的连衣裙，目光从上到下扫视了一遍，然后抬手抓住领口左右一扯，刺耳的声音响起，薄薄的雪纺裙顿时被撕成了两半。

叶深深呆站在那里，一时还没回过神，只愕然睁大双眼。

而他的手一松，任由手中轻飘的破布落地，又拿起第二件欧根纱的上衣，看也不看就抓住下摆同样将它撕破，丢在地上。

撕到第三件的时候，叶深深终于明白过来了，她不由自主地扑到他的身边，抓住他手中那件果冻绿的裙子，结结巴巴地说："顾先生，这是我设计的衣服，我们店里刚刚出来的样衣……"

"这不是你'设计'的衣服。"他冷冷瞥了她一眼，直接将那件裙子又撕出一个大裂口，"这是你'抄袭'了各种烂大街的元素，'拼凑'出来的'垃圾'。"

第四件淡紫色的百褶长裙，在他的手下发出惨烈的撕裂声，轻飘飘委地。

眼看着他又抓起第5件印花蛋糕裙，叶深深再也忍耐不住，脱口而出："顾先生，你和我们店一点关系都没有，我和你也一点关系都没有，你这样不由分说把我们店里的东西毁掉，我会报警的！"

顾成殊的手顿了一顿，但也只是稍微一顿而已，哧的一声脆响，这件层层网纱加层层蕾丝的裙子终于还是没能逃脱毁灭的命运，变成一地斑驳的垃圾。

他将她这一组5件的衣服全部毁掉，然后拍了拍手，仿佛还在嫌弃那些衣服脏了他的手似的，缓缓说道："对，我和你们的网店一点关系都没有。"

叶深深瞪着他，见他目光直视自己，那双深渺幽黯的眼睛盯着自己时，连一瞬间的闪动都没有，如此毫无犹疑、理直气壮。

心虚的人，反倒成了她。

她不由自主地垂下眼睫，望着地上这堆破烂，不知不觉脸上红一阵白一阵的，也不知道自己是在心虚，还是在委屈，亦或是羞愧。

也不知过了多久，她嗡嗡作响的耳边，传来顾成殊的声音，冷冽的嗓音，一如既往："叶深深，我在意的不是你的店，而是你的人生，确切地说，是你作为设计师的人生。"

作为设计师的人生……

"我……"叶深深咬住下唇许久，才终于找到替自己辩解的说法，"我觉得我的店毕竟是网店，我无法脱离潮流，我得去适应现在的趋势，得去接地气……"

"完美的款式、优良的版型、上好的料子，这些才是合格的服装，才是所谓的'地气'，才是每个人梦寐以求的衣服。而你现在弄出来的这些东西，你觉得算是什么？"他目光锐利地盯着她，嘲讽地问，"万万千千的网店之中，泯然众人的衣服，然后不解世事的年轻女孩子冲着你修图过度的虚假照片和异常低廉的价格买了衣服，拿到手发现是一块当抹布都不吸水的破布，她的心里升起的，必然是对这件衣服的轻视与不屑，是对你这个设计师的鄙视与厌弃。就算凑合着穿出去，显肥胖的不走脑剪裁、显肤黑的鲜艳颜色、显俗气的廉价蕾丝……若不是对自己外貌毫不在意的人，谁会想再穿第二次？"

叶深深的双唇蠕动了几下，却发不出任何声音。她以复杂的心情畏惧地望着面前这个人。逆光中她看不清顾成殊的表情，只依稀看见他深邃轮廓，目光锐利。

"当然了，这衣服她们就算想多穿几次基本也是不可能的，因为所有的劣质蕾丝一过水就会缩水变皱，太过薄透的料子与稀疏针脚的结合会导致缝合处抽丝绽线——你不要管我为什么知道这些，反正你想的是管它呢，你已经顺利卖出了衣服，收货的人只会评价说'没想到这么便宜也能买到这么好的衣服'，没有人会对一件二三十块的衣服寄予厚望，更没有人会记住这件衣服出自叶深深之手。幸好，要是记住了，那才真是你的耻辱，永远洗不掉的黑历史！"

冷酷又残忍，这么真实地切中要害，可却是不折不扣的真理。他的话令叶深深的身体都颤抖了起来，无法说出一个字来替自己辩护。许久，她才深深吸气，轻声说："又不是我一个人这样做……很多人都是这样的……"

顾成殊眯起的眼中开始有动怒的迹象，他斥道："你不要给自己找借口！你和他们不一样，你是叶深深，是发誓要成功，要把路微都甩在身后的人！"

叶深深想着自己对路微说过的话，眼中不由自主漫上了一层水雾。她的声音轻微颤抖，小声地说："我……也想自己的衣服受到很多很多人的欢迎，得到很多很多的赞誉……可现实是，我如今这样的处境，只能拿得出这样的东西……"

他见她颤动的睫毛下含满了水光，觉得自己可能确实太过严厉——何况自己又不是她的谁，便顿了一顿，稍微放缓了口气："店里没有客源有很多原因，比如你们是没有名气的新店，比如你们之前没有什么自主设计的衣服，大家都还在观望。但，这些绝不是你急功近利的理由。"

叶深深的心中又闪过蜜雪儿的事情，她嗫嚅着说："还要……多谢顾先生帮我们一把，不然我们一件衣服也卖不掉……"

"蜜雪儿吗？"顾成殊随手拉一把椅子坐下，说，"叶深深，之前我们谈过合作，虽然你单方面中断了我们的约定，但我依然欣赏你，觉得你是可以培养好的——只需要我拉你一把。所以这次，我想了想，还是先不要放弃你吧。"

叶深深的脸腾一下红了，结结巴巴地拙劣解释道："我，我觉得还是和朋友一起开店比较开心……"

顾成殊冷冷地扯一下唇角，露出类似冷笑的弧度。

其实，他何尝不知道她拒绝的理由，是因为他名声狼藉，是她心目中不折不扣的人渣。所以在他提出与她合作的时候，她三番两次地拒绝，宁可自己像一只玻璃瓶中的苍蝇般毫无出路地横冲直撞，也不肯与他并肩。

顾成殊没有像之前一样放过她，却转过话题反问："开心？据我所知，你们简直山穷水尽了。"

对于这个消息灵通神通广大的人，叶深深也没法掩饰，只能局促地绞着手指："还好，这回得您的帮助，赚了1000多块……"

"1000块？这投入产出比，可真是悬殊。"顾成殊的目光落在旁边的短裙上，口吻淡淡，"你知道蜜雪儿一条推荐多少钱？"

叶深深忍不住又开始结巴："不……不知道。"

她在心里泪流满面，不由想给自己一个巴掌。这副蠢样，惨不忍睹啊！顾成殊这种刻薄的混蛋，肯定已经在心里将她嘲笑死了。

"不知道最好，免得你承受不住。"他却连嘲笑都懒得表现，直接将话题略了过去，问，"那你现在觉得呢？是你们三个人努力奋斗乐在其中比较好，还是我打乱你们的步伐逼着你们快速前进比较好？"

叶深深看着堆积如山的纱裙，想着他帮自己之前一个客人也没有的店铺，心中五味杂陈。面前这个人，比她头脑清醒，目标明确，他是直指前方的指南针，毫不偏差，更不拖泥带水。最重要的是，他不但是个行动派，而且还是个力量派……

然而，郁霏和路微这两个名字，迅速闪现在她的脑海中。

她的后背忽然出了一层薄薄的冷汗，她在心里问自己，叶深深，究竟是流汗比较好，还是流泪比较好呢？

无望地朝着遥不可及的未来奔跑，和踏上一条毒蛇遍布的捷径，到底哪个才是她应该选择的？

她犹豫半天还不说话，顾成殊也不开口，两个人仿佛在比试耐心一般，谁也不说话。

终于，还是叶深深先做了抉择，她开口，艰难地说："顾先生，其实我当时去找你，真的只想借10000块钱。"

一片安静。室内没有空调，天气炎热，顾成殊解开自己的袖扣，慢悠悠地卷着袖子。

叶深深大气都不敢出，等待着他的回答。

终于，顾成殊冷冷的声音在她耳边响起："所以你的意思是，你想要我的钱，但是不打算让我插手你的事情，我没有任何权利干涉你的人生，对吗？"

叶深深的脸腾地红了，但是事实的确如此，她的想法就是这么自私利己。她确实不打算让顾成殊介入自己的生活和事业，哪怕一丝一毫也不想。

叶深深嗫嚅着，终究还是狠狠心豁了出去，咬紧牙说："是的，所以现在……要是顾先生也能借我一些钱就好了。"

这么厚颜无耻的话，让顾成殊的手都不由自主停了一停。

虽然，他也确实只想与她将关系止步于金钱事务，但听她这样赤裸裸地抢先说出来，还是让他大开眼界。

他抬起眼睛瞥了她一眼，那双冷冽的眼眸锐利得让叶深深觉得双腿一软，差点儿都站不住了。

室内静止了三秒钟，然后她听到顾成殊的声音，平静无波："可以，要多少？"

真的得到他的肯定回答，叶深深反倒大脑一片空白，不懂这个分分钟几千万上下的人为什么会垂青她这个挣扎在倒闭线上的小网店。

"就……还是10000块吧。"进货，出货，目前有这么些流水大约够了。

"没出息。"他冷冷地说，"胆子给我大一点，我不是跟你说过吗？要干就干票大的，叶深深。"

叶深深心惊肉跳，观察他的脸色似乎不是开玩笑，就硬着头皮，说："20000……"

顾成殊笑了："不错啊，可以买12000件纯棉T恤，4000条被处理的纱裙，真是了不起的雄心壮志。"

叶深深终于投降了："那……顾先生的意思呢？"

"你始终还是没看清自己的前方，不懂得如何去走接下去的人生道路。"他盯着她，目光锐利而冷静，口气坚定地道，"叶深深，别企图以错误的路线抵达彼岸，你的路始终只有一条——不要成全你的店，要成全你自己。必要的时候，不顾一切地牺牲，不择手段地成长，直到有一天，超越你面前所有的人，站在行业的最巅峰，才能实现你的誓言，受到万众仰望！"

多日来，被现实的重负压得喘不过气，在成本、销量和闺蜜期望的夹缝之中煎熬绝望的叶深深，第一次听到了这样的话。就仿佛有个人硬生生撕裂囚禁她的牢笼，将她从黑暗中拖出一般，让她几乎无法控制自己的激动，连身体都颤抖起来。

她的人生，她的梦想。在现实中找不到前方的她的道路。在身边所有人都期望着她设计出低廉、俗烂、快销的衣服之时，有一个人对她说，不顾一切地牺牲，不择手段地成长，成全你自己。

这么自私，又这么痛快。

她用力呼吸着，充满希冀地看着他，问："真的……我真的可以实现自己的理想吗？"

"我既然看上了你，就说明你有值得我付出的潜力，需要你自己怀疑什么？"他的话语这么肯定，毫无犹疑的口吻，令叶深深的心中油然升起一种坚定与骄傲混合的情绪。一直因虚弱无凭而茫然下坠的心，也因此而忽然被一种强大的底气托起，波动在胸口的不安就像云气消散。

她望着顾成殊，轻轻地答了一声："是。"

"你可以继续守着这个网店，但是我建议你放弃8块钱的T恤与5块钱的垃圾裙子，将网店转型为叶深深独立设计工作室。你自己设计、自己找厂家生产、挂自己的牌子。"

叶深深眼睛都亮了，她点头说："如果要做独立设计室，那么就必须要配备打版师、样衣师、跟单员等一干人，再也不能像现在这样，几个人在家里就开始做了。"

"那就招人，联系加工厂，我相信你熟悉这个行业，应该找得到。"顾成殊简短地说，"唯一不需要担心的就是钱，因为这个我负责解决。而且，这是一笔无息借款，亏损了也不需要你还，在你店铺的资产超过百万之前绝不要求归还，你觉得怎么样？"

还能怎么样，叶深深简直不敢相信自己以前对他的印象了——难道这个人真的是天使，而不是她印象中的恶魔、混蛋、人渣？

叶深深张了张嘴，嗫嚅着问："那顾先生……有什么要求？"

"没有，我就是一放贷款的，平生唯一的爱好就是乐于助人。你可以叫我天使。"他站起身，向门口走去，"好了，具体事情伊文会联系你的，你准备好收钱就可以。"

就在走到门口时，他又回过头，对着目瞪口呆的叶深深说："这一回，记得保持手机畅通。"

叶深深打了个电话，把宋宋和孔雀紧急叫回。她们三人坐在沙发上，一边缝裙子上的亮片，一边召开了第一次股东大会。

"深深，你真觉得和顾成殊合作没问题？"宋宋反坐在椅子上，把下巴搁在椅背上，盯着叶深深问。

"应该……没问题。"叶深深从盒子中拣出一片黑色亮片慢慢缝着，"我们有个优势,能避免大部分危险。"

"什么优势?"宋宋和孔雀都睁大眼。

"就是……我们不会喜欢他啊。"叶深深的脸上展露出天真无邪的笑容,"郁霏为什么那么惨?因为她被骗了感情嘛!路微为什么被抛弃?因为她想嫁给他呗!而我们呢……早已经洞悉了这个人渣的一切底细,所以,我们当中任何一个人,都绝对不会对他动心的!也绝对会每天都打起一万分警戒心来防备他!所以我想了想,顶多最坏的后果就是我们和顾成殊的合作撕了,我们又回到一无所有的小店,这根本没什么损失嘛,对不对?"

宋宋若有所思地点头:"有道理……反正我们都知道他的本性嘛,只要他的钱的话,简直是有百利而无一害!"

"你们醒醒吧,忘记我们之前看过他控制郁霏的事情了?如果他为了网店的发展不择手段呢?甚至企图控制我们的人身自由呢?"孔雀则清醒很多,"他绝对会对你的设计进行干涉呀!你看,他还没加入我们呢,已经把我们做好的样衣都给撕了,等他真的入股后,那还得了?"

叶深深皱着眉头:"但是他承诺过了,只借钱,不入股,无利息,亏了也不用我们还。"

"真的假的?!"宋宋瞪大了眼睛,"深深,你简直是了不起啊!能让顾成殊这样的人渣签下这种不平等条约,我对你刮目相看!"

这么优渥的条件,连孔雀都呆住了,找不出反对的理由。

"所以,我们一定要团结一致,时刻注意提醒彼此!"叶深深握紧拳头,充满期待地说,"联合起来,对抗人类暴政!"

第十三章
沈天使与顾恶魔

Go with the Star

当天下午,伊文亲自过来处理借款的事情。

她们在靠近轻纺城的小区租了一个两室一厅,房间给宋宋和孔雀住,客厅当仓库和办公室,摆了一张桌子准备给未来的样衣师。

既然要开始转型,三人当着伊文的面,简单分了工。

宋宋拍着胸脯表示自己可以搞客服、采购、跟单、后勤……总之一切杂活儿都交给她就对了。

孔雀是平面设计,但以前选修过服装,而且制图也很熟练,便担任了打版师。

叶深深负责设计和工艺。

伊文表示一切她们自行决定即可。就在上车关了车门的时候,她又退下车窗问:"对了,你们网店里那个19块9一件的裙子还在卖吗?"

叶深深点头,幸福地说:"只剩一百来件了,卖得很好呢!"

伊文的手扶在方向盘上,侧头看着她,唇角浮出微笑:"但是按照顾先生的想法,你们应该把那些衣服直接打包丢到垃圾焚化炉去。"

叶深深顿时呆住了,许久,才嗫嚅着说:"但是……但是这些衣服都是我们一起赶出来的衣服,忙到很晚呢……"

"随便你们啦,顾先生不会干涉你们的,只是担心你们浪费时间和精力。"她说着,又朝着叶深深微微一笑,发动车子离开了。

她从后视镜里看见叶深深默然站在那里，机械地挥手。

"签下了这么惨烈的不平等条约，还落不到一点儿好，顾先生您也太惨了。"伊文自言自语着，想了想，又说，"不过，什么都不知道的小丫头，你估计更惨。"

云杉资本所在的大楼离叶深深所在的老城区并不远，没有堵车的时候不过半个小时车程。

伊文回到办公室，看见坐在会客室一个女人。

白色的真丝郁金香裙，带着玫瑰的渐变镂空花纹，使她完美的身材更引人注目。尤其是裙子下方越发密集的镂空，恰到好处地修饰出她的一双修长美腿，搭配Gianvito Rossi镂空黑白双色凉鞋，简直完美无缺。

伊文的脸上浮现出七分笑容，向她走过去："郁小姐的新发型可真漂亮。"

郁霏抬手撩了一下发尾："刚刚剪的LOB头，合适吗？"

"非常棒。"伊文的目光落在她手边的小盒子上。

"他喜欢的甜点。我刚从巴黎回来，经过我们都喜欢的那家店，所以给他带了一盒。"郁霏抿唇迟疑了一刹那，将盒子递给她，说，"我给他打电话，说我过来了，但他说不在办公室，所以我就在这儿等你。"

伊文不动声色，只笑着接过来："对，顾先生最近关注了几个项目，还准备帮人组建一个工作室。"

"什么工作室？"郁霏立即问。

"设计工作室，和——你当初的一样。"伊文笑容得体，神情轻松愉快，就像在聊无关紧要的家常，"一个刚毕业的新人，女设计师，让我简直觉得是时光倒流。"

郁霏托着下巴看她，笑得十分温柔："叫什么名字，有什么作品呢？"

"她叫叶深深，以前自主设计过几款T恤，在夜市摆地摊出售，现在在开网店。"

郁霏的脸上的笑容加深了："是吗？"

"是的，但谁在乎呢？顾先生说，就算是从地摊上拉一个人过来，也能成为顶尖设计师——只要他愿意打造她。"伊文的目光，含笑地落在她的脸上。

郁霏的脸色微变，不过唇角的弧度还是勉强保持着。

伊文仿佛没看到，继续用平淡的口吻说道："很可惜，有些人却并不知道成就自己的是什么。"

"是才华，是天分，是不屈不饶的奋斗与付出。"郁霏的声音柔婉动人，与她姣好的外形十分相称。

"郁小姐说这句话的样子，怎么有点像顾先生。"伊文微笑着，说，"不过究竟孰是孰非，还是要看现在这个摆地摊的女生，究竟会成长到什么程度了。"

郁霏笑着点点头，站起来说："我还有事，就先走了。"

"好的，再见。"

郁霏点一点头，转身就走出了会客室。

在门口时，她又停下了脚步，问："你说，那个设计师叫叶深深？"

"是。"伊文随口应道。

郁霏再不说什么，高跟鞋敲打在大理石地面上，清脆的声响远去。

伊文走出会客厅，将蛋糕连盒子一起丢进了垃圾桶。

她敲顾成殊办公室的门，发现他果然在里面，便说道："郁霏走了，蛋糕我也帮先生处理掉了。"

"嗯。"顾成殊看着外面炽烈的阳光，没有回头。

伊文以为没事了，便准备带上门出去。

却听到他的声音，从后面缓缓传来："她现在怎么样？"

伊文略一思索，说："穿着Erdem的连衣裙和Gianvito Rossi的鞋子，剪了个新发型来看您，却全都浪费掉了，您说怎么样？"

顾成殊笑了笑，说："你真是我可爱的秘书。"

伊文耸耸肩："我就是这么嫉恶如仇。"

顾成殊站起来走到窗边，向下面看去。

他看见一辆白色的车子从街道上开过去，消失在拐角的树荫中。

那是郁霏的车，是他去年送给她的生日礼物。

伊文还敬业地等在门口。

等待是值得的，因为她终于听到顾成殊的声音："希望叶深深，不要辜负我的期望。"

伊文想象了一下叶深深的模样，挑挑眉没说话，因为她真的难以想象这个女孩子成为顶尖设计师的情景。

顾成殊回头看见她的神情，知道她在想什么："说实话，我自己都感觉难以置信，我居然真的去路边找了个摆地摊的女生来实现我的目标。现在想来，自己都觉得是个疯狂的想法。"

"祝您好运。"伊文简短地说。

"是吗？"他的脸上，忽然浮现出一丝微微的笑意，这难得的笑容让伊文这样的人都觉得诧异，睁大了眼睛看着他。

"但是不知为什么，我总觉得，她身上有些东西，熠熠生辉，令人着迷，值得我去赌一把。"

叶宋孔雀找的样衣师，当然就是之前合作过的孙建武。这回出的新衣，是叶深深刚设计好的一件秋装7分袖外套。

孙建武技术确实不错，拿了图纸之后，很快就做好样衣送来了。大家一拥而上审查每一个细节。肩膀、后背、下摆、门襟，一寸一寸审视过。没想到貌似猥琐的孙建武做得一丝不苟，平整服帖。

孙建武得意地介绍："黄白色油画凹凸纹短外套，衬衫领，插肩套袖，按扣门襟，7分袖……样式真不错，很别致但也很好穿，我在各个厂里都没看到过这么好的款式。"

叶深深见他赞赏，也十分开心："短外套容易在抬手时显局促，袖窿下方插片拼接了吗？"

孙建武拍着胸脯点头："连花纹都对得妥妥儿的！"

叶深深很激动，这可是第一件即将正式在自己网店里卖的衣服，这种感觉与当初在T恤上缝个花样之类的，简直是天壤之别。

宋宋开心地带着孙建武到旁边商量："孙师傅，介绍人说你和厂子里相处不愉快，已经辞职了，我们刚巧要招个全职的样衣师，你看你有兴趣过来不……"

他们在一旁商议着，叶深深则完全顾不上这些了，她只是抱着衣服，激动地将脸贴在那黄白色的凹凸纹布料上，恨不得在上面摩挲一万遍。

宋宋与孙建武谈妥了薪水待遇，孙建武当即就坐在店里电脑前，开心地在网上斗地主了。

宋宋拿起门口的伞："我去轻纺城看看料子，把那几条春秋裙的布料搞定。"

叶深深和孔雀看看外面的毒日头，哀悼地朝她挥挥手。

"哦，对了，宋宋……"孔雀迟疑着，但终究还是走到她身边，小声问，"我能不能预支一下工资？"

宋宋皱眉，问："怎么啦？不是一个月还没到吗？"

孔雀窘迫地说道："家里……有点事要急用……"

宋宋顿时连鞋子都甩开了，问："不会是你那个哥哥又买什么东西了吧？一个男人，屁用没有，整天就是买买买！"

孔雀声音低得几乎听不见："他最近交了个女朋友，要给她换个新手机。"

"我靠！有没有搞错啊，你们听听！给哥哥的女朋友买手机！"宋宋一手叉腰一手高挥，造型如同茶壶，"告诉你哥，本月工资还没发，没钱！"

"是啊，要是有别的用途，预支也没什么，但要是这事的话，不行。"叶深深附和，搂住孔雀的肩，"说真的孔雀，你少和你那个吸血鬼哥哥打交道了，多想着自己一点！"

孔雀转头看了她一眼，眼圈一红，默默点了点头。

"把孙建武开掉。"

宋宋去了轻纺城不到半小时，发来微信说。

叶深深茫然地"啊"了一声，探头看看外面，见孙建武正坐在电脑前兴致勃勃地斗地主，赶紧写下："怎么了？"

还没等她发出，宋宋已经发了一张照片过来了。

她点开一看，顿时呆在那里。

她设计的那件秋装外套，黄白色凸纹外套的图纸，挂在一家布料店的门口，和其他一堆图纸一起，因为崭新而显得格外突出。

宋宋打字很快，一大段就发了过来：

我去轻纺城的布料街，这边好几家前店后厂都有这份图纸了，只要你在店内选定布料，店主马上就可以按照图纸做好交货。上午已经有小杂牌过来定了几千套。

叶深深只觉得一阵炙热顿时涌上自己的太阳穴，她摔了手机，立即快步走出去，敲了敲孙建武的桌子："孙师傅。"

孙建武用她那台旧电脑斗地主正斗得欢，听到声音赶紧笑嘻嘻地抬头："叶小姐，有啥吩咐？"

叶深深深吸一口气，强自压抑下怒火，勉强露出一个笑容："是这样的，我这边老家有个亲戚，也是个熟练的样衣师。他听说我开了个工作室，就执意要过来，我这边也回绝不掉……"

孙建武笑容凝固，脸色僵硬了起来："哦……叶小姐的意思是？"

叶深深努力让自己的笑更自然些，说："孙师傅，真是对不住啊，您帮我们做的样衣我们会按件算给你的……"

"这是要赶我走？"孙建武顿时脸上变色了，鼠标往下一顿，站了起来，"我就说，小娘们当得什么事！这才半天不到，你要老子玩呢？！"

他这一嚷嚷，在里面看电视的孔雀也被惊动了，赶紧摘下耳机跑了出来："怎么啦？"

叶深深只好无奈说道："孙师傅在这边不合适，我想请他另谋高就。"

孙建武指着叶深深大吼："不合适？老子在这行干了十几年，样衣做了几百件，还没有人说老子不合适过！妈的刚叫老子留下又赶老子走，这算啥事！"

叶深深压根儿不会吵架，更不会和这种浑人吵，只气得脸红一阵白一阵，说不出一个字。而孔雀更是个闷嘴葫芦，只瞪大了眼睛惊恐地看着他们。

幸好大门打开，宋宋已经火速赶来了。她显然在门外听见了她们吵架，一进来就捋袖子冲上，对着孙建武大吼："干什么？老子长老子短的，就冲你说话这么难听，我们开了你一点都不冤！"

孙建武出口成脏，宋宋声高音尖，两人对骂斗了个旗鼓相当。

孔雀拉着叶深深，低声问她："究竟发生了什么事？"

叶深深带她到自己房间，将宋宋的手机递给她。

孔雀一看就愣住了，咬住下唇许久，听外面还在吵闹，她低声对叶深深说："千万不要声张偷窃创意这件事，免得这个人老羞成怒，到时候我们店肯定不得安生。"

"是啊，现在只能先把这个无赖打发掉了，再找一个稳妥的人。"叶深深皱眉想了想，一把拉开自己的抽屉，将里面一叠设计稿翻了翻，然后抽出一张来，走了出去。

外面宋宋还叉腰和孙建武在对吼，叶深深走到他们面前，叫了一声："别吵了！"

她抬手将那张设计稿递到孙建武面前："我要找的样衣师，是要裁得出又缝得出这件衣服的，你行吗？"

孙建武瞪着眼睛，转头看了那张设计稿几眼，顿时老羞成怒："去你妈的！这种鬼设计，怎么可能搞得出来？"

"靠，居然敢说深深鬼设计，你不会做就乖乖给我们走人，别在这儿丢人现眼！"宋宋嘴巴绝对不饶人。

孙建武唾沫星子都要飞到她脸上去了："睁大你的狗眼看看！这神经病的裙子，用布料拉出褶皱在胸口弄一朵大花，鬼才知道怎么弄！另外做一朵花用别针别上去我还能理解，这布料褶皱怎么搞？"

"那也不一定，准确地利用布料的特性和设计手法，完全是可以在衣服上弄出花朵褶皱的。"门口有个声音传来，温柔清朗，不疾不徐，在这样的炎夏听来格外舒适。

众人转头一看，原来刚刚宋宋进门就吵架，忘了关门，现在门口正站着一个人。

是一个面容带笑的帅哥。他穿着灰色T恤，浅蓝水洗牛仔裤，手里提着一个双G提花的旅行包，就这么随意地一站，但因为身材太好面容太帅，顿时让所有人都深刻理解到玉树临风的涵义。

宋宋立即哇地叫了起来："沈暨！"

宋宋朝沈暨扑过去，抱住他的手臂，比见了亲人还亲。

沈暨向她点头微笑，又转头看向叶深深和孔雀，随意将手中的旅行包往地上一丢，走过来说:"我来看看吧。"

宋宋看了一眼他的包,然后赶紧抱起来拍去灰尘放在沙发:"Gucci哎,别这样丢啊……"

沈暨认真地将那张设计图看了足有半分钟,叶深深看着他专注的眼神,望着那明净如琉璃的深色瞳仁,随着眼珠的转动而微微颤动的纤长睫毛,觉得自己有点儿紧张。

孙建武不耐烦了,正要继续嚷嚷,沈暨终于微笑着抬起头,望着叶深深说:"非常棒的设计!充分利用了肩省、领省、袖窿省、腰省、腋下省、侧省等一切可以利用的因素,配合胸口的褶皱,将所有布料不加裁剪而是处理成褶皱,汇聚成一朵花的形状,简直是太大胆又太考验打版师和样衣师了!"

叶深深见他竟只看图便完全领会了自己的设计,顿时激动得连连点头,说:"是啊,所以这件衣服几乎无法做出来,我一直压着这张设计稿。"

孙建武"嚯"了一声,说:"你也知道做不出来啊?这傻逼设计,鬼才弄得出来……"

沈暨瞄了他一眼,微微皱眉说:"当着三个年轻女孩子,你说话别这么粗鲁。"

孙建武差点儿跳脚,但最终还是气急败坏地在沙发上一屁股坐下,说:"好,你行!你今天要是把这件衣服做出来,老子算自愧不如,乖乖走人。你要是做不出来,老子就在这儿不走了,看你们怎么开店做生意!"

沈暨也不理他,又看了那张图纸片刻,才抬头对叶深深说:"应该没问题。不知道你们这边有布料吗?"

"只有几米前些天剩下的凸纹布了。"

"太厚的恐怕做不了,我去看看。"他说着,在堆放布料的角落里寻找了一番,拿起外套内衬剩下的布,见是鹅黄色消光春亚纺,便拉过来捻了捻,说:"这个应该可用,深深,你觉得呢?"

这一句深深,明明是相识以来的第一句呼唤,却说得如同久别重逢般熟稔,让叶深深只觉得心口一跳,有种温温的东西涌过心口,不自觉便点了点头,"嗯"了一声。

他将一卷布料扯出铺在台面上,也不测量,更不出纸样图,只对照着设计图直接就拿着划粉在布料上画出样式来。

孔雀在旁边都惊呆了,说:"我电脑上有作图软件,你要不要先在上面作一下图?"

"不用了,这件衣服不求完美,只是试一试这种概念是否能成功,相信就算做得不好,深深也不会介意的,对不对?"

他说到这里,又抬头看向叶深深,那双明亮的眼中满含笑意。

他说话的时候,为什么要一定望着对方……望着对方也就算了,为什么眼睛偏要这么温柔迷人……

叶深深这样懊恼地想着，只能再度"嗯"了一声。

沈暨再不说话，仓库内只剩下划粉在布上滑动的声音。但很快他就放下了划粉，直接拿起了剪刀。

孔雀忍不住又问："这样行吗？看起来……这衣服做出来没胸没腰的，肯定没有版型的。"

沈暨朝她眨眨眼，说："放心吧，相信深深的设计。"

他口中说着，剪刀已经平滑地裁开了布料。轻薄的春亚纺在他的手下发出轻微的"哧"一声，就像被树枝划开的湖面。一整块的布很快变成了裁好的一大块布，只是这布料奇形怪状的，上面如果没有沈暨划下的各种记号，肯定会被人当成是一块废料。

"说真的，我不喜欢缝衣服。"沈暨一边说着，一边还是无奈地坐下来打开了缝纫机。缝纫线快速地生长着，肩部的褶皱出来了，弯弯如一痕新月；领口的褶皱出来了，两条细细延伸的痕迹；袖窿和腋下的褶皱出来了；腰间和侧身的也出来了……

各处本应裁掉的多余布料，被完美处理成优雅的褶皱，延伸向胸口，在那里，还有多余的布料，配合着汇聚成一朵花的痕迹。

奇迹般的，在花纹之下，衣服依然型版平整，分毫不差的腰线和胸线，一点都未曾被这朵虚幻的花所影响。

他剪断最后一根线，拎起衣服抖了抖，展示给她们看："时间有限，做工粗糙了点儿，抱歉。"

叶深深、宋宋、孔雀三个人已经全部站在他面前，呆滞了。

孙建武看了一眼这件衣服，脸就绿了。在宋宋的眼刀和沈暨的笑容面前，他一个字都说不出来，只能悻悻收拾东西走人。

为了庆祝从天而降的天才沈暨来到工作室，三人给叶母打电话让她不必送饭了，四个人跑到小区外的小店里吃饭。

宋宋眼冒红心，追问沈暨："你以前是在哪家厂里的？好厉害哦，肯定是打版组长了！"

沈暨随口说："以前在广州，一个你们肯定没听过的小厂子里做打版，每天加班、加班、加班，了无生趣，就辞职跑这里来了。休息了个把月看报纸上的招聘，结果刚好看到你们的店招人，就过来了。"

"骗人！"宋宋捶着他的背说，"广州紫外线那么强，在那边待过的人还有你这么皮肤白得晶莹剔透的？"

沈暨更加无辜了："所以我辞职是正确的嘛，每天加班的人哪有时间出去照紫外线？"

叶深深看着花痴得无法自拔的宋宋，尴尬得要命，只能将头转过去寻找服务员。

宋宋摆出一副当家人的模样，说："不过沈暨你可要做好心理准备，接下来的一段时间会是我们特别忙碌的时候。因为我们本周就准备出两套新版服装了，不然现在都是T恤和网纱裙凑数，店面空荡荡的，实在不好看。趁着最近人流多，我们得赶紧上新。"

叶深深有点艰难地趴在沙发上："可是，人是要靠灵感的呀……我这几天灵感真的不太多……"

沈暨对她说："是的，灵感很重要，不过其实你还有些简单的办法，可以让网店充实起来。比如多做几组基本款式，你可以在设计上稍微加点儿变化，在基础款上变动领口或者袖口之类的，厂里面出货快，我们也显得货源充足点儿。"

叶深深有点迟疑："这样算不算敷衍？"

沈暨笑着摇摇手指："当然不算了，可以算作一组设计风格的延续，更算是为剩余的布料找出路。"

一说到节约成本，孔雀顿时连连点头。宋宋斗志满满地握紧双拳："我感觉，有了沈暨之后，我们的战斗力爆棚，前途一片光明！本周出两套新衣服简直不费吹灰之力！"

"是吗？那么……"沈暨微笑望着面前的三个女生，说，"别两套了，直接出五套衣服吧，不要错过斗志最高昂、客流量也最多的时机。"

孔雀顿时惊呆了，宋宋手中的杯子直接掉在怀里。叶深深目瞪口呆地望着沈暨，都忘了将纸巾递给宋宋救急。

沈暨笑眯眯地看着他们，说："哦，不好意思忘了告诉你们，我加班加习惯了，所以是个工作狂。"

这个世界太可怕了，尤其是员工比老板还热爱工作的时候。

当天晚上叶深深一群人就受到了爱的鞭策，沈暨带着他们集体加班到凌晨一点半。

"来来，大家给我电话，明天你们睡得晚一点吧，我9点钟叫你们。"沈暨一句话让众人都想杀了他，不过下一句又让大家爱上了他，"我先送深深回家，明天给你们带早餐。"

宋宋和孔雀住在店里，沈暨送叶深深回家。

坐在副驾驶座上的叶深深，一上车就差点儿睡过去了。在朦胧中感觉到一缕轻微的气息拂过自己的面容，她陡然一惊，睁开眼一看，原来是沈暨俯过身，在帮她系安全带。

"谢谢……"她有点儿不好意思地道谢。

沈暨发动了车子，唇角还是含着笑意，清明的双眸中，外面倒映的灯光灿烂流过："回去再睡好不好？我不太熟悉这边的路，你得指点我。"

"嗯，好呀……"她靠在真皮座椅上，累得窝在那里，一动也不想动。

窗外的灯一盏盏流过，叶深深望着他握着方向盘那双漂亮的手，沉思许久，终于开口说："那个……沈暨，我们这边，给你的钱不多……"

"无所谓，我热爱工作。"他笑道，"记得以后给我涨薪就好。"

叶深深想着他之前在夜市穿的Element.c的衣服，随意丢在地上的Gucci包，又看了看车子，艰难地转移了话题："呃……而且，我们也不是什么很厉害的品牌，只是一个小网店，还刚刚起步。而以你的才能，我觉得肯定可以找到很有名的牌子的……"

"深深，你是不想要我了吗？"他打断她的话，声音带着一股幽怨，"别这样啊！我很希望能有一份稳定工作的！请你千万要收留我！千万不要赶我走！"

听着他语气中的恳求意味，叶深深无语地靠在了椅背上："好吧……认真开车好吗？"

他这才松了一口气，车子平稳地驶上高架桥，叶深深坐在他的旁边，极力想睁大眼睛，却因为困倦而终于打起了瞌睡。

直到沈暨的声音在她耳边轻声响起，她才发现他已经打开了右边车门，正在低唤她。

她迷迷糊糊地半睁着眼，看见他的面容在路灯的光辉下温柔而朦胧，明亮的眼睛一瞬不瞬地盯着她，又笑得眼角微微上扬，带着一种说不出的迷离："深深，到家啦。"

她不知为什么，呆了一呆后慌乱至极，手足无措地去摸自己的包，然后赶紧就要下车。

他按住她的肩膀，帮她解开安全带，说："你看，睡迷糊了。"

幸好此时的灯光昏暗，映不出她脸颊上陡然涌起的晕红。

她一直走到拐弯处，回头看时，他还在望着她，披着一身淡淡的暖橘色光芒，朝她挥手，含笑说："晚安。"

叶深深赶紧转了个弯，消失在他的视线中。

她抱着自己的包，在走上楼梯时，在心里问了一遍又一遍，神啊，我叶深深何德何能，为什么会派一个天使到我身边？

再想了想，又自言自语："或许是知道我身边有个恶魔了，所以就仁慈地让天使来拉我一把吧。"

又想了想，她又拍拍自己的头："其实顾先生也不算特别恶魔啦，起码，给钱的时候真的有点像天使。"

第十四章
引路人

Go with the Star

　　第二天早上，众人吃着沈暨带来的早餐，一边听着宋宋和服装厂里的老板打电话："嗯，是的，要尽快，我们要两百件，里面的袖口和领口或者下摆之类有点儿基本变化……为什么？腾一个工人给我都没空吗？喂……老板娘？喂？！"

　　放下电话，宋宋连吃饭的心情都没了，抓过手机就要出门。

　　沈暨问："怎么回事？"

　　"好几个厂子都说最近太忙了，抽不出手接我们的单子。连一个工人都抽不出？我就不信了，直接去找老板吧！"

　　沈暨略一沉吟，说："我和你一起去。"

　　宋宋气急败坏："你不了解情况，我怀疑这事肯定是某人从中作梗！"

　　沈暨笑着说："有什么不了解的，不就是路微嘛。"

　　宋宋愣了愣，没说话直接就带他出去了。

　　孔雀捏着烧麦瞪大眼，指指他们的背影："深深，你听到了吗，你和路微的恩怨，连他都知道！"

　　叶深深"嗯"了一声，爬过去打开抽屉，把沈暨的身份证复印件又翻出来看了一遍，那上面的人确定无疑就是他，应该是没错的……

　　"要不要去公安网站上看看，是不是通缉犯？"孔雀问。

　　叶深深无力地靠在桌上："说真的，我觉得他很厉害，要是他能待在我们这边，肯定是好事。"

孔雀不屑一顾:"一天就被收买,花痴。"

"哈?4年的朋友你敢鄙视我?"叶深深正要扑上去挠她痒痒,电话已经响起了。宋宋在那边说:"深深,去买布料,然后把我们衣服的纸样和样衣送过来。"

叶深深惊喜地问:"搞定了?"

宋宋在那边沉默了片刻,然后说:"沈暨和老板娘说了5句话,她就把自己需要赶工的10000条裙子忘记了,保证明晚给我们发动全厂工人赶工,一夜出货……"

叶深深也沉默了。

当天下午,在沈暨的要求下,他们这群乌合之众开了一个会。

"明晚就要开始赶制衣服了,但是,我很担心又像上次一样,被人直接把图纸都拿去了。"叶深深烦恼地说,"就算老板娘肯帮我们,可我知道有些工人私底下会偷偷将别人的衣服多做一件,拿去卖掉。"

宋宋懊恼点头:"就是啊,如果是在网上卖卖也就算了,最怕的就是像上次一样,被卖给了加工厂,直接挂在那里供小服装厂来定做,简直是马上就成烂大街款,料子差版型差,连带咱的原版都完蛋!"

沈暨附和:"这就是所谓的劣币驱逐良币,我们一定要避免这种事情的发生。"

宋宋托腮望着他:"那你能保证老板娘那边不出事吗?"

沈暨略一思索,说:"这样吧,宋宋你和孔雀守着店,我和深深的工作比较机动,可以把手头的活儿移到厂里去,时刻盯着。"

宋宋不敢置信:"去厂里?那乱糟糟的地方,哪有空地给你们?"

"我和老板娘说好了,她那边给我们腾一块地方放桌椅。到时候我们发给工人设计图,盯着做好,直接清点拿回所有图样与衣服,绝对不会出纰漏。"

叶深深感动地说:"真是中国好老板娘。"

宋宋翻个白眼:"老板哭了。"

老板没有哭,老板还请他们吃饭了,席间和沈暨讨论了一下服装出口非洲的事情,沈暨直接把流程给他画了张表格,还打包票帮他们写外文合同,老板兴奋得满面生辉。

老板娘则一个劲儿地旁敲侧击叶深深是不是沈暨的女友,听说他前几天刚应聘过来才松了口气,说:"我有个妹妹,长得比我可漂亮多了……"

沈暨一直含笑听着,也不答话,也不表示。

老板娘终于没辙,挑明了说:"明天我妹妹过来,你见见?"

"可以呀,我喜欢交朋友。"沈暨微笑道,"到时候我女朋友也该过来了,大家可以一起出去玩,热闹。"

老板娘顿时泪流满面。

老板十分给老婆面子,转移了话题。

吃完饭,沈暨与叶深深带着笔记本去了工厂里。老板娘真的在厂里给他们腾了一块空地,摆了一张桌子。叶深深从小跟着妈妈在服装厂里长大的,甚至感到这种环境无比亲切。

厂里的工人也开始来加班了,机器开起来十分吵闹,大家都在闹哄哄地准备开始忙碌。

叶深深兴奋地看着这片工厂,想着他们是为自己设计的衣服而忙碌,不由得全身充满干劲,翻开图册下手完善自己的设计。

沈暨站在她身后看着她绘图,忽然说:"其实没有。"

她愣了一下,回头看他:"什么没有?"

他在工厂明亮的白炽灯下看着她,眼波流动,光华灿烂:"没有女朋友。"

"干……干吗要对我解释?"她的脸腾地就红了。

他却只微笑着,依然盯着她的眼睛,低声说:"怕耽误你给我介绍。"

叶深深呼吸短促,觉得他的目光简直比头顶上的白炽灯还要夺目迫人,只能狼狈地转开脸,结结巴巴地说:"不……不会的……"

他似乎很满意她这样的窘迫,终于放过了她,拉了一把椅子到对面去,翻着她的设计稿,开始制作新衣服的纸样。

叶深深站起来,捧着自己微红的脸去看工人们制作服装去了。

她从小就在服装厂长大,对于服装制作十分清楚。大学主修服装设计,打版缝纫全都不在话下,毕业设计的服装也是自己亲手制作的,算是入过门。

然而,以前只是耳濡目染,如今一进入实战阶段,尤其要掌控这一切,她开始感觉有些失控了。

样衣被甩到她的面前,裁剪、缝纫、质检围上来叽里呱啦问:

"这样拼版行不行?今晚要赶工,赶紧下决定!"

"就50件衣服,要首件鉴定吗?"

"要首件验货的话,裁剪加缝纫,可能晚上11点才出来第一件,你准备那之后再开始正式流程吗?时间赶得及吗?"

"要不要水洗等后段加工?"

被四五个声音高低各不同的人围着同时问话,叶深深感觉自己就像是进入了嗡嗡嗡的蜂窝，一时竟目瞪口呆。

"不用水洗，不用首件，我们的版绝对没问题，你们严格按照样衣来就可以。"就在她不知所措时，旁边沈暨将他们拨开了，打发走了质检，又对裁剪说，"版我已经拼好了，叫你的徒弟们赶紧把布拉好，我们做的是6件版，铺设版面时拼得比较密，多了浪费少了会吃版，叫他们小心点儿。"

裁剪拿着纸版看着，小心地问："这个……料子倒是绝对能省，可衣服的丝向会正确吗？"

"放心吧，我考虑进去了。"他说着，又问，"我们的裙子内衬是有弹力的布料，你们提前放布了吗？"

"放了放了，我们专业的，绝对没问题，24小时妥妥儿的！"裁剪班长拍着胸脯保证。弹力布不事先放布收缩的话，制作好之后再收缩就无法保证码子和上身效果了。

沈暨又转头对锁钉班长说："拉链、纽扣、线绳我们都是备了60份，我预计这次各件衣服能出54件左右，损耗控制在5%之内，你们应该没问题吧？"

等锁钉班满意地拿着东西离开，整烫班长则问："我们这边有什么要注意的吗？"

"还真有。"沈暨将旁边设计图拿起，指给她看，"这件小外套的腰间，为了收腰效果，腋下使用了两条罗纹布。"

"好的，我会让他们小心点不要熨烫到罗纹。"

各司其职的工人们开动机器，布料被铺成厚厚的大叠，裁剪的师傅用裁剪机干脆利落地剪着叠好的布料，缝纫机哒哒哒的响声交织出有节奏的声音，一片欢腾。

沈暨轻松地转过身看叶深深："基本没什么大问题，接下来我们就只要时不时去看一看就好了。"

"还好有你在，不然这千头万绪，我都不知道怎么开始弄了……"叶深深佩服地看着他，"我之前只改造过几件衣服裙子，还没有自己弄出过从设计到生产的一整件衣服呢。"

"是的，真正伟大的设计师不仅仅只是坐在桌前画画而已，还需要把控好所有的流程，对每一个微小的细节了然于心，具有完全控制一件衣服从无到有的过程。"沈暨说着，唇角一丝浅淡的笑，温柔凝望着她，"你只是经验不足而已，其实对你来说，这些全都不是什么复杂的事情。而我很荣幸，能陪伴一个未来的伟大设计师成长，避开那些小小的弯路，走上正确的道路。"

叶深深在他凝视自己的目光之下，觉得心口热潮涌动，声音也略为暗哑："我真的能……成为一个真正的设计师吗？"

沈暨笑着，抬手揉揉她的头发，还没说什么，后面就有人叫他。

第一件衣服已经裁剪好了，缝纫班的人围着研究了一阵子，班长招手让他们过去，疑惑求解："你们这个版，我们有点儿看不懂啊，这边怎么有缺口？"

沈曁看了一眼，将布片提起来抖了抖，按照那个缺口捏出两个褶子给她看："为了突出收腰的效果，设计中的后背那个褶必须出来。"

"那个不应该是用划粉点出的吗？你这个燕尾型的缺口是干吗用的？"

"因为今晚要劳你们熬夜加班嘛，我怕困倦时一不留神，褶子会弄得不正。而且点划粉时也需要尺子一遍遍量，多麻烦对不对？而现在你们只要拉住这个燕尾型，自然而然就能扯好褶皱，保证分毫不差。"沈曁微笑道。

"原来如此！"班长豁然开朗。

叶深深站在旁边，看沈曁弯腰按着布料，对众人嘱咐缝纫要点，特别提点了前襟和后背的细节。她长长地出了一口气，一边感谢上帝将经验丰富的沈曁送到自己身边，一边赶紧和众人一样聆听他的教导。

基本上来说，按照他设定的点来，只要工人们不是特别走神，都能出一件版型平整的衣服。

这边已经开工，缝纫机与裁剪机欢快地响着，而后面的锁钉整烫工们刚开机器，一群人慢悠悠地换着台布，闹哄哄地分话梅吃；有受不了后面吵闹的工人们转头喊："嘚瑟！我们今天准备12点回去睡觉！你们就给我熬到天亮吧！"

"切，就你那慢手，小爷我先回去美美睡一觉，明天一点钟起床过来熨烫都没问题！"

因为厂里一般都是计件工资，所以虽然熬夜加班，但是因为他们给的价格比较高，一晚上能赚两三百块钱，所以工人们也都很开心，说说笑笑，转眼就到了11点。

出的第一件衣服是黑色小外套，飞快送到了大烫手上。迫不及待的叶深深跑到烫台边守着，几乎连眼睛都舍不得眨。

沈曁回头看她，见她绕着烫台一脸傻笑，烫好一件衣服就捧起在脸上摩挲个没完，不由得笑问："深深，怎么激动成这样？"

"我设计诞生的第一……第二件衣服啊！我的亲生孩子……"叶深深激动地抱着衣服，眼中差点涌出眼泪来，"以前那些简单加工的衣服，和这个一比就是收养的！"

沈曁笑着走过来，抬手揉了揉她的头发，说："就算是亲生孩子，也不能老这样抱着啊。"

"这倒也是，揉皱了就不好了……"叶深深赶紧放下说。

沈曁看了她一眼，将衣服轻轻抖开："不，我是指刚烫好的衣服温度高，万一伤到你的皮肤可怎么办。"

叶深深双手捂着脸颊，开心地说："不会的，我脸皮厚。"

沈暨不由得笑了出来："深深，你真可爱。"

厚脸皮的叶深深，忽然脸皮瞬间变薄，脸腾的一下就通红。

刚刚出来的这件衣服相当不错，线条流畅，廓形端正，缝线、色差、布丝、对格、起皱各方面一一检查，全都是无懈可击。

沈暨将衣服举起，示意叶深深，她兴奋地抬起双手，套上这件刚刚诞生的衣服，站在他的面前。沈暨弯腰帮她将纽扣扣上，双手轻按在她的肩上，查看左右的省、折和省尖是否平整。然后又拉起她的双手，查看侧缝线，确定缝线笔直且没有出皱之后，又将她扳过来查看后背，才笑道："不错，基本过关。"

叶深深兴奋地在镜子前照了又照，有点遗憾地说："可惜啊，我们现在还只能做均码的衣服，等将来做大了，再出全码的。"

沈暨笑着摇头，说："这可不行。比如那件复古裙，绝对只能做S码的，顶多M码。因为稍微有点肉的人，就算能勉强穿上，也绝对不好看，所以肯定不会买的。像这样的裙子，L就没有生产必要了。"

"这倒也是哦……"叶深深点头附和着，睁大眼睛看着他，"喂，沈暨……"

"嗯？"他帮她脱掉外套，提着肩膀仔细折叠着。

"你以前真的只是个打版师？"

他笑了，举起手说："对天发誓，我打版很多年了！"

"好吧……"他这么认真，叶深深觉得自己再追究也不好意思。

时近午夜，叶深深有点儿坚持不住了，昨晚已经没有休息好，今天又熬夜，即使想要和沈暨一起撑着，依旧瞌睡不止。

沈暨去借了一条薄毯子给她，说："你将就着睡一会儿吧，我在这里盯着就行。"

她有点儿迟疑，觉得他昨夜应该比自己更累。

见她犹豫，他便笑道："你先睡，等下我要是累了再换你。"

"嗯，好……"叶深深迷迷糊糊地抱着毯子睡去。在嘈杂的工厂中，轰鸣的机器就像是催眠曲一样让人困倦，但又令人睡不安稳。她不知道自己睡了多久，忽然觉得外面的晨光熹微，已经照到她的脸上了。

她迷糊惺忪地睁开眼，看见沈暨坐在桌前，正在整理手中的一叠纸样。

他低垂的面容在明亮的光线下这样好看。染成茶褐色的头发，柔软地覆盖在他的额头上，光洁的肌肤与柔和的线条，使他不笑也带着一种温柔的意味，而丰隆的鼻子又使他绝没有半点儿脂粉气，完全是一个俊美男人……

仿佛感觉到了什么，他的睫毛微微一颤，抬起眼向她看过来。

她立即转过头，像做了亏心事的孩子，马上就避开了。

"早啊，深深。"他微笑着说，眼下微有灰影。

"你怎么不叫我啊？不是说好了我们轮流吗？"她一看时间都快6点了，赶紧掀开毯子坐起来，愧疚又郁闷。

"看你睡得很香，就想让你再睡一会儿，谁知时间一下子就走得这么快。"他说着，回头看了看，递给她一杯水说，"正想叫你呢，衣服已经基本赶出来了，我们清点一下吧，接下来在基本款上动手就是你的事情了。"

"嗯，好。"叶深深坐在那里喝了半杯水，清醒了一下，然后将工人们上交的衣服一一点数，做好记录。

那件复古裙版式复杂，结束了裁剪和缝纫流程后，整烫完毕在刺绣那边钉珠。而款式比较简单的半身裙已经在装袋。叶深深和沈暨亲自质检，然后将裙子一一装入塑料袋中。

"等赚到一笔钱之后，我们就去定做一批自己家的袋子和盒子，印上我们的专属图案。"叶深深喜孜孜地幻想着，和沈暨商议，"哎，你说我们店的标志应该是什么呢？"

沈暨仔细叠着手中尚有余温的衣服，问："一片叶子怎么样？"

"叶子……"叶深深思忖着。

"就是你在自己的所有设计图上都做标记的那个一笔画叶子，很漂亮。"沈暨说。

"那个呀，创意不是我，是个阿姨教我的，让我要注意在作品上留下自己的记号。"叶深深随口说。

"什么阿姨呀？"沈暨眉眼弯弯地看着她。

"5年前，我还是高中生的时候偶然遇见的。是她看到了我画的设计图，鼓励我考设计学院的，不然我真没想过要当设计师。"叶深深随口说着，又摇头说，"但我们店是叶宋孔雀，只有一片叶子怎么行呢？"

沈暨笑着看了她一眼，说："那好吧，YSK怎么样？"

"嗯，这个好！"她笑道，"而且你开头的字母也是S，这样我们四个人都包括在里面了，多好！"

沈暨抬手揉揉她的头发，笑道："好，等店内稳定了，我们也去弄个自己的商标。"

清点完衣服，沈暨收回样衣和图纸，一一整理确认无误。等所有一切搞定，已经到了10点钟了。他们一再感谢老板娘，结清了钱款之后，才把东西弄上车送到店里去。

宋宋和孔雀应该是回旧住处搬东西去了，屋内一个人也没有。

"对不起啊深深，我今天恐怕要先回去休息了。"沈暨说着，眼中满怀愧疚。

叶深深赶紧说："快回去休息吧，好好睡一觉！"

"你真是个好老板。"他笑着，又问，"要送你回家吗？"

叶深深摇摇头，说："我先在这里洗个澡，待会儿就在这里合一会儿眼吧。"

"那我先走了，拜。"他朝她挥挥手，下楼去了。

"这才像个正常人嘛，我还以为你真是加班不用睡的超人呢。"叶深深嘟囔着，关上门洗了个澡。她之前早已在这边放了备用的衣物，甚至连牙刷都有。

她裹着浴巾披着湿发趿着拖鞋从浴室出来时，却忽然发现门已经被打开了，逆光中正站着一个人，而且还是个身材高大修长的男人。

叶深深顿时"啊"了一声，紧紧地捂住了自己的胸口，惊恐万分地缩成一团。

那人回头看见她的浴巾，便将门一把关上，问："叶深深，你干什么？"

叶深深终于看清了他的面容，正是顾成殊。

叶深深抖抖索索地捂着胸："我……你……怎么会进来的？"

"伊文给我的钥匙，我听说今天出第一批货，所以过来看一下进度。"他看着她蜷成一团的样子，无奈把脸转过去了，"你就当自己穿了件抹胸裙，有什么值得遮的？"

她这才回过神，发觉自己既没有露胸也没有露大腿，就算坦荡荡站在他面前也不过露个肩膀以上和膝盖以下。

但是，这种裹着浴巾的羞耻感，还是让她难以放开自己抱胸的手："我……我没穿过抹胸裙。"

这蠢极了的回答，让她自己的内心都在默默流泪。

顾成殊放弃了和她说话的打算，将旁边刚刚打包的衣服拎出来看了看，挑出一件长裙丢给她。

叶深深火速到后面去换上衣服，发现正是那件紧身复古裙，虽然是无袖的，但从锁骨到脚踝包得严严实实的，而且又是偏小的码子，简直跟一层蛇皮似的。

她觉得他是故意的，但也只能咬牙深吸一口气，再深吸一口气，艰难地将后面的长拉链拉上，然后小步走出来。

顾成殊已经重新打开了门，听到脚步声后回头看了一眼，说："自己做的衣服，却穿不下。"

叶深深在心里默默流泪，说："这件衣服只有很高很瘦的人穿才好看，所以得用码子限制一下，稍微宽一寸就失去这种味道了。"

"高瘦的人穿什么不好看？"他反问。

如此残酷的回答，偏偏如此贴近真理，叶深深只能俯首帖耳："是啊是啊……"

他在沙发上坐下，随手拆开旁边的几件衣服看过，问："听说店里出事了？"

"对啊，招了一个样衣师，结果把我们的设计泄露出去了。幸好被我们及时发现，把他换掉了。"

"嗯。"他随意应了一声，又问，"那件衣服的设计，你确定只能是那个样衣师泄露出去的？"

叶深深斩钉截铁说："对，绝对没错。那件衣服的设计图看过的人只有我、宋宋和孔雀，唯一的外人就是孙建武，不是他还能有谁？"

顾成殊点了一下头，看着手中的衣服，也不再说什么。

叶深深犹豫着说："还有就是，有件事不知道该不该麻烦您帮我们查一查……"

叶深深说着，懊恼得恨不得掐自己大腿。不是说好了合作嘛，怎么有事要他解决时还是这么胆怯。

"什么事？"他仔细地看着手头那件衣服的走线，问。

"是这样的，我们这边新招了一个人，是个样衣师。"她有点儿紧张地左右张望，确定没人才继续说，"我，我觉得他有点奇怪……"

顾成殊转头瞥了她一眼，问："做得不好吗？"

"不！非常好！完美得让人无法挑剔！简直是……天上掉下来的救星一样！"

他顿了一下，又问："那么是什么问题？"

"就是……太完美了。"她想着沈暨，艰难地说，"任何方面都这么好的一个人，看起来又很有钱，却忽然过来应聘我们这样一个小网店，担任一个每月几千块的样衣师……顾先生您不觉得奇怪吗？"

顾成殊"唔"了一声，将手中的衣服丢在沙发上，没说话。

"所以，顾先生您能不能帮我们查一查，到底他以前是干什么的，来我们这边是不是有什么原因。因为……我很担心又是路微搞的鬼……"

"你被路微吓傻了吧？有些人不可能是她请得动的，少胡思乱想。"顾成殊打断了她充满幻想的话。

叶深深呆了呆："啊？"

"别忘记了你们花的是我的钱，所以你们店里进出什么人，来历我都查过了。沈暨没有任何问题，你想怎么用就怎么用，不用有顾忌。"

"哦……"她迟疑地应着。

"还有什么问题？"

"没有了……"

顾成殊站起来,向着门口走去:"衣服还不错,但针脚线头太多,以后最好找个长期合作的厂子,别再让人熬夜临时赶工。"

"是。"叶深深狗腿地应了。

"你以前毕竟只改过几件T恤,没什么实际经验,有什么不懂的,多问问别人,比如说懂行的人。"

"好。"其实,我毕业设计也是自己设计后裁剪缝制的。叶深深在心里这样说,但是一想到昨晚自己不知所措,完全无法掌控现场状况的样子,顿时又心虚起来——说真的,要是没有沈暨,她肯定完蛋了。

"我会好好向他学习的!"叶深深重复道。

顾成殊走到门口,叶深深跟过去准备送他出门,谁知刚刚迈了几步,只听到哧的一声,她顿时脸色大变,啊的一声惊叫出来。

顾成殊下意识地回头。

那件过紧的衣服,后面那条长拉链终于崩爆了。

叶深深欲哭无泪地抬起双手,拉住自己的衣服后背,庆幸自己此时面对着顾成殊,而爆开的拉链在后面,他绝对看不到自己裸露出来的后背。

顾成殊的目光定在她身后两秒钟,然后迅速转开了脸,大步走到样衣边,翻了一件宽松的连衣裙给她。

她拿着连衣裙,抬手按着后背,面对着他,螃蟹一样横着挪进了浴室中。

在心里庆幸了一百遍拉链是在后面而不是在前面,她换好了衣服出去一看,顾成殊已经走了,门也已经关上了。

她松了一口气,站在室内有点儿茫然地转了一圈,然后目光落在墙上贴的镜子上。

她忽然想起来,当时自己背对着的正是这面镜子。

顾成殊当时看着她身后的两秒钟,那……那岂不是从镜子里……

"啊啊啊啊啊啊啊!!!"

叶深深蹲在地上,痛苦又羞愧地哀叫出来。

"我恨劣质拉链!"

第十四章 · 引路人

第十五章

成全梦想的重要人物

> Go with the
> Star

回到云杉，顾成殊一眼就看见了倒在沙发上睡觉的沈暨。

顾成殊拿起旁边一本合同拍在他的肩膀上："找我？"

"别吵我……我沦落至此都是为了你——的委托。"沈暨痛苦地翻了个身，"昨晚通宵，我觉得我困得要出车祸，刚好到你这边楼下了，所以上来休息一下。"

"哦，原来如此。"顾成殊毫无同情心地走到自己位置上坐下，说，"新出的成衣不错，我刚去看了。"

沈暨不理他，似乎已经睡过去了。

"你们店里，谁负责采购辅料？"他又问。

沈暨无奈，痛苦地嘟囔："宋宋。"

顾成殊将脸转向窗外，盯着下面遥远的车水马龙，不自然地说："告诉她，以后买辅料的时候，一定要注意质量——尤其是纽扣和拉链。"

"唔……"沈暨也不知有没有听进去。

顾成殊忍不住又问："你在店里时没有出过质量事故吗？"

"返工过一件上线上歪了的衣服……算吗？"他发出不明意味的呓语。

"算了。"顾成殊放弃了让沈暨传话的打算，心想，叶深深应该会提醒他们拉链的事情吧——虽然，她是个马虎得连内衣都忘了穿的女生。

可不知为什么，精神有点儿恍惚，无法把注意力放到那些他看惯了的数字上。

那么，下次是不是该提醒他们把镜子挪个方向？

下次……这样的事情还会有下次？

顾成殊的目光又不由自主地落在沈暨的身上。他想起在伦敦的时候，沈暨曾神秘兮兮地跑来找他炫耀，说自己要去美国，因为他找到关系混进了一场走秀，可以去后台帮忙。

顾成殊当时压根儿不想理他："你不是自己都走过秀吗？"

"这回可不一样，是维密的后台，你理解我的激动吗？"

顾成殊当然理解他的激动，但也因为他太激动了，所以这个秘密被他兴奋地告诉了很多人，于是被沈暨最怕的那个人知道了。然后沈暨的阴谋破产，被发配去中东某国看了一星期裹得严严实实的女人，别说维密后台，连维密前台都没摸着。

这成为沈暨心中永远的痛。虽然后来他认识了好几个维密天使，也终于去过了维密的后台，但他遗憾地认为，自己在最懂憬的时候错过了的东西，永远找不回来了。

换言之，现在沈暨在后台，而自己在前台。

他在后台能看到的东西，或许自己这辈子永远都看不到。而叶深深的拉链爆掉这种应该出现在后台的东西，沈暨又曾经接触过吗？

顾成殊的目光又不由自主地落在沈暨的身上，结果他以为在睡觉的沈暨，居然已经睁开了眼。他靠在沙发上，皱着眉头说："成殊，有件事不知道该不该跟你说。"

废话，你既然提出了，肯定就是要说了。所以顾成殊没接茬，等着他说下去。

"我觉得，对于叶深深，你干涉得太多了。"沈暨还带着没睡醒的恍惚，但低沉的声音却并不迟疑，清楚明白。

顾成殊给他一个"才去了几天就嫌我管得多"的眼神。

"深深的个性内向绵软，她确实很需要一个像你这样强势又有控制欲的人替她扫清前面的道路，指出她应该去往的方向。但也因为太软了，所以她缺乏原则，甚至缺乏作为设计师该有的信心与自我。之前她会因为朋友的话，去尝试着弄什么网络爆款，而现在遇到了你，她会将你所为她设定的一切奉为圭臬，坚定不移地信任——但，这样是不对的。"

顾成殊反驳道："我不觉得自己给她设定的路不对。"

"你究竟是真的为她好，还是只想达到自己的目的？"沈暨揉着自己的太阳穴，叹了口气，说，"我承认你的基本方向是正确的，但，有件事我一定要坚持——绝对不可以干涉叶深深的设计，干涉她独立的思路与风格。"

"甚至任由她去设计地摊货？"

"宁可任由她去设计地摊货。"

眼看里面两个男人已经有了争执的苗头，伊文只能进去，给顾成殊送上一杯水，给沈暨放下一杯奶茶："身材变形别找我。"

沈暨端起杯子向她致谢，然后起身走到顾成殊身边，靠在桌子喝着奶茶，说："深深现在还是只无头苍蝇，对她来说，最重要的不是催促她走上高端设计的道路，而是循序渐进，让她一步步接触服装产业，从最底层的环节开始，再慢慢走到最高处。"

顾成殊抬头看了他一眼，默默喝水，不说话。

"别忘了，我第一次接触这个行业，是容老师让我帮她染一块布料开始。我至今还记得那块湖蓝色的布料从我手中诞生时的光彩，那是我设计人生的开端。"沈暨举着杯中奶茶，若有所思道，"我知道你想以打造郁霏的方法来打造叶深深。没错，那应该是一个飞快成名的办法，以各种炒作、宣传和曝光，加上本身也确实拥有一定的能力，很快就能打造出来一个明星式设计师，鲜花、掌声、品牌，应有尽有。现在郁霏是成功的，她是国内炙手可热的新锐设计师，也是最为有名的女设计师，但那又有什么意义呢？没有根基，没有细节，没有成长，她的作品是失败的。至少三年来，我没有看到她一份像样的设计，到现在，连灵气都荡然无存了。"

顾成殊沉默许久，低声问："那么，你觉得叶深深该走什么样的路？"

"当然是她自己的路呀！我们就算再关切，又怎能擅自改变她的人生？你之前说过，她的起点太低，能走到高处实在太难，所以我觉得，一切得看她自己能成长到什么样，我们做的，只能是不让她偏离轨道，而不是揠苗助长。当然，如果她在你心中只是另一个郁霏，那么当我什么也没说。"沈暨垂眼看着手中的杯子，轻声说，"但我希望能帮她成就另一种，完全不同的人生。"

"不是勉为其难为了我而去带她一阵子吗？现在怎么改变主意了。"顾成殊瞄了他低垂的面容一眼，问，"她对我而言，有非同寻常的意义，对你难道也有？"

"嗯，她让我想起一个人，我最熟悉的人。"沈暨握着瓷杯的手不自觉地加重，轻声说，"很久以前就已经彻底消失的对未来和生活还充满期望的那个沈暨。"

顾成殊沉默地看着他，没说话。

"因为我的人生已经彻底毁掉了，再也没有办法跋涉出来。所以，我会努力地帮她，就像帮助当年的自己一样，看着她一步步实现我的梦想，成长为我想要长成的那个模样。"

沈暨说着，又抬头朝他笑了笑："因为我不甘心。我想看一看，如果我当初没有跌落，最终能走到哪一步。"

顾成殊默然拍拍他的肩，没说话。

而沈暨深吸一口气，将自己胸中那些压抑的气息都挤出去，然后笑着举杯与他的水杯相碰。

瓷杯与玻璃杯相击，叮的一声清脆回响。

"来，为深深的美好未来祝福，为深深的艰难未来哀悼，干杯。"

新一批衣服出来后，所有人都陷入歇斯底里的忙碌之中。

孔雀理货，沈暨拍照，宋宋处理照片上新。模特的重任居然落到叶深深的头上，因为宋宋高大，孔雀娇小，只有她刚好中等偏瘦。

沈暨打印了专业模特动作48式挂在身后墙上，拍照的时候只要说一声"第9式"或者"第21式"，叶深深对照着那个动作原样做就行，和做早操差不多。

"沈暨，我有个问题。"她被操练到最后，终于忍不住了，问，"为什么你老是让我摆第9式呢？"

沈暨看看取景框上的她，微笑道："因为你做这个动作的时候特别美，像天鹅一样优雅动人。"

叶深深本想羞涩一下，可是沈暨的神情如此认真又如此严肃，让她都不好意思反应过度，只能干咳了一声，然后说："沈暨，你的甜言蜜语真跟不要钱似的。"

"我只说实话。"沈暨正色道。

旁边正在上新的宋宋翻个白眼："深深，你这手足无措的样子，是被这复古裙勒的吗？"

叶深深摸着背后那条长拉链，不自然地将脸转了过去："那个……一定要注明，码子偏小偏瘦，请谨慎拍下。"

"奇怪了，你干吗脸红？"宋宋瞥了她一眼，有点儿诧异，"沈暨的甜言蜜语你都扛过来了，你摸着一条拉链脸红什么！"

叶深深尴尬得要死，没办法，她现在一看见这件裙子就想起自己当时爆掉的拉链。一想到自己当时内衣都没穿，就更想死。

她胡思乱想，一边不自然地摆着姿势，沈暨便收了相机，说："深深，休息一下吧，是不是太累了？"

"可……可能是吧。"她如释重负地在沙发上坐下。

宋宋一边输入价格一边念叨着："话说……顾成殊让我们把所有衣服价格后面都多加一个0，这样真的能卖出去吗？"

叶深深顿时瞪大了眼睛："所有的？都加0？"

"对，所有。"宋宋说着，泪流满面，"算了，还是听话吧，反正卖不出去也是他出钱。"

第十五章 · 成全梦想的重要人物

"对啊，营销费很贵的，羊毛出在羊身上。"沈暨说着，看着旁边清点衣服的孔雀，将自己带来的一个袋子递给她，"来，孔雀，这个给你。"

孔雀抬起头，有点疑惑地打开一看，是一个箱型的皮包。

"昨天我在地铁站附近看到你了，你当时穿着高跟凉鞋，走得很匆忙，差点儿崴了脚。"他说。

"对……对啊，我哥让我给他拿个东西，结果……结果在地铁里遇见了个变态。"孔雀顿时脸红了，讷讷地说，"所以我决定以后出门不穿超短裙，也不穿高跟鞋了。"

沈暨皱起眉，说："为什么不穿？你的优势是纤腰和细腿，超短裙和高跟鞋能最大地突出你的优点。"

宋宋则拍着桌子暴怒："什么变态？你不会被人占便宜还跑了吧？跑得还差点儿连脚都崴了？你你你……你个没出息的，照姑奶奶我的脾气，一脚踹他命根上！"

孔雀无奈白了她一眼："别开玩笑了宋宋！你172，我156，我被人群挤在水平线之下的时候站都站不稳，怎么踹人？"

"那就照面门扇他，使劲扇！"宋宋又在提不切实际的建议。

叶深深把话题扯了回来："那么沈暨，你这个包包是？"

"是我一个朋友突发奇想做的，他觉得特别适合赶地铁和公交车上下班的女生。"沈暨说着，将包包打开，示意里面的隔层，"这里是放鞋子的，还附赠麂皮鞋套。你穿高跟鞋出门的时候，可以放一双平底鞋在包中，如果想要走快点，或者脚累了，随时可以换。"

"哇，真是太棒了！"宋宋眼睛都亮了，抱着箱子左看右看，"还有没有啊，给我也弄一个好不好？"

"没有了，这包包经过评测后认为顾客需求量太小，所以就没批量生产，我这边只有一个样品。"沈暨说着，又拿出两个钱包，"不过这也是样品，中性设计，女生拿很简洁干练，只有两个，红色的给你，白色的给深深。"

"沈暨你太好了！"宋宋张开双臂给了沈暨大大一个拥抱。

叶深深有些不好意思，将钱包翻来覆去看了许久，说："设计真好，若是搭扣有个装饰肯定会特别好看。"

"深深就是这么敏锐！"他笑着抬手，指在搭扣上，"正品出来的时候，搭扣上会有一个金属字母的装饰，非常完美。"

他修长白皙的手指点在她的白色钱包上，与那稍带点米色的白色如此接近，好看得让她的心脏都不由自主地快了一点点。

宋宋指着她的脸，大嘴巴不肯饶人："深深你什么毛病啊？之前对着那件裙子脸红，现在又对着钱包脸红！"

叶深深惶急凌乱，正在尴尬得不知如何是好，幸好手边电话响起，居然是伊文的。叶深深受宠若惊地接起："伊文姐您好！"

"今天上新啦？"她的声音从那边传来，居然带着一种难得的轻快。

叶深深赶紧应了一声："对啊，正在上新。"

"君君在刷网页，我看到了。"她把电话挪开一寸，那边果然传来云杉前台妹子的声音："深深，那件宽松版的裙子帮我留一件哦，我喜欢！还有那件单边压褶的半身裙，我要玫红色的！"

叶深深连声说好，想想又小心地说："但是……我这边料子选的是中等价位的，而且缝纫什么的，可能稍微会有些瑕疵，不够完美，毕竟是工厂品质。"

君君"哎呀"了一声，说："可是真的好美啊，我已经迫不及待想象自己穿上的样子了！你帮我挑一件线头少的就行！"

"好的，没问题。"叶深深应了，正要挂电话，那边又传来伊文的声音："我要黑的。"

叶深深呆了一下："啊？"

"单边压褶的那个半身裙，我要黑色的。"伊文的声音终于不再冷静了，带上了一种难以抑制的上扬音调，"我准备搭配Maje胸口系带白衬衣，还有BV黑白墨绿三色拼接蝴蝶结高跟鞋，一定非常完美！"

叶深深一想到她这混搭的效果，顿时激动得泪流满面："伊文姐，请您一定要给我们发评价，带图的！"

"那还得看效果，不好看我是不会拿出来的。"伊文骄傲地说。在电话挂掉之前，传来君君的喊声："深深，一定要快点儿给我们弄好！不然我们抢不到了！"

叶深深捏着手机莫名其妙："抢不到？"

电话已经挂断，传来忙音。沈暨朝着她眨眨眼，说："要留哪件裙子的，趁早哦。"

丈二和尚摸不着头脑的叶深深还在迷惘，宋宋已经扯过沈暨逼问。孔雀看看乱成一团的他们，到房间内换了衣服，选了一双平跟凉鞋塞进沈暨送给她的包："我今晚有事，先走了，晚一点回来。"

宋宋朝她挥手："回来时记得给我带一份小区门口的煎饺。"

"好的。"孔雀又看看沈暨，朝他挥挥手，踩着自己的高跟鞋就下楼去了。

沈暨听她的脚步声消失，站起来拿起手机："我出去一趟。"

宋宋立即敏锐地察觉到了不对劲，问："你跟着孔雀干吗？"

沈暨打开门："她刚刚换了超短裙。"

"废话嘛，你都夸她纤腰细腿穿超短裙最好看了，她怎么可能不穿超短裙？"

"我跟着去看看。"沈暨说着就打开门，"免得她又在地铁被人欺负。"

"……有没有这么巧啊？"宋宋刷着网页，疑惑地托着腮。

叶深深赶紧去提鞋子："我也一起去吧。"

"不用，人多了反而不好，我跟去看一看就行，没有最好。"

这一看就看到了晚上。

宋宋趴在电脑前，一边牵挂着一去不复返的孔雀和沈暨，一边念叨着煎饺。叶深深有点儿无奈，终于还是穿好鞋子说："好吧，我去买。"

晚上8点半，摊子刚出来，煎饺还没贴好。叶深深站在旁边等着煎饺出炉，身后却忽然传来一声："叶小姐，出来买宵夜啊？"

叶深深只觉得头皮发麻，回头一看，果然是孙建武。

她勉强点点头，"嗯"了一声。

孙建武站在路灯下，一脸懊丧地看着她，说："我碰到你们可算倒了八辈子血霉了，你知道吧？我前几天重新回工厂去，厂里已经不要我了！这事你们得管啊！"

叶深深压抑住自己，好言好语跟他解释："孙师傅，你是自己辞职之后到我们这边来应聘的，你之前从厂里出来的事，跟我们并无关系，怎么能算在我们的头上呢？"

"我之前是偷偷接外活儿帮你们做几件样衣，结果你们说要请个专职做，我才索性把厂里那边给辞了的，结果才那么两天，我回去人家已经不要我了，你说这是不是你们害了我？我之前不知道损失这么大，就那么走了，现在我得找你要补偿，不然的话——"孙建武分明就是个无赖，说完了还嘿嘿笑了两声，"你们三个女老板娘，我叫上10个兄弟天天堵门，你看怎么样？"

叶深深心里有点儿毛毛的，看漆黑一片的周围只有一盏路灯，自己又孤身一人在这儿，卖煎饺的老板已经悄悄把小车子往后挪了一点儿，估计不准备帮她。她不想与孙建武纠缠，转身就要走，他却几步跨上来，拦住了她的去路："这个损失，你们赔不赔？"

"不可能！"叶深深一口就否决了他的妄想。

"不赔？不赔老子让你们开不了店！"孙建武双手叉腰，嚣张大吼，"老子混道上的，叫十七八个人——"

"叫七八十个人也没用，我马上报警！"叶深深倔强地仰头，与他对视，一点儿都不怕他的嚣张气焰，还把手机都拿出来示威，"你再缠着我们，我就报警了！"

"报警，你有本事报警试试！"他大吼着，把她手里的电话一把夺过来，直接摔到了草丛里。

叶深深气急，面对这个五大三粗的男人也有点儿害怕，但还是咬紧牙关，愤怒地反瞪着他："你自己在厂里干得不好辞职了关我们什么事？回去人家不要你了又关我们什么事？我们找到了更好的人接替你了，你自己技不如人就该离开！"

"好啊，那你们把我开了，补偿呢？"他步步紧逼，唾沫星子都要溅到她脸上了。

叶深深抬手挡在自己的面前，目光却毫不避让，因为她知道，自己只要一转移目光，气势就要输了："说到补偿，我们还没要你赔偿呢！你把我们的设计泄露出去，给我们造成多大的损失你知道吗？"

"谁把设计泄露出去了？谁？妈的还诬陷我……"

孙建武气急败坏，抬手就要去推她。此时背后有一只手臂伸过来，隔开了他们，一个冷冽的声音低声响起："你想干什么？"

橘黄色的路灯照亮了他的身影，给他镀上了一层金边，让他挺拔颀长的身躯在这样的暗夜中仿佛自带光芒。

正是顾成殊。

孙建武比他矮了不止一个头，抬头一看他的样子，气焰顿时压灭了半截："你……你哪来的？管什么闲事？"

顾成殊看了满脸倔强不肯服输的叶深深一眼，又微微眯起眼睛，回头瞧了孙建武一眼："你不是要赔偿吗？她的店由我出资，所有财务由我这边经手，你要赔偿的话，找她没用，得找我。"

孙建武欺负女人是好手，可看见他就哑了，刚刚还高亢的嗓音也弱了："你们得给我个说法！我辞职到你们这边当样衣师，结果当天就把我开了，害得我没了工作，你说是不是该赔偿我？"

顾成殊神情平静："签合同了吗？"

"什么合同？我们这一片的工厂，大家都是说了就算，哪有什么合同……"

"没有合同，只是口头约定对吗？"顾成殊微微皱眉，"而且当天就让你离开了，原因是你达不到我们的用工标准，我认为这还未走到聘任这一步，只属于试用。你技不如人，就该走得心服口服。"

孙建武理亏词穷，只能耍无赖："我不管！反正你们得赔偿我损失！"

"我们倒是不介意走法律流程解决，只是你也知道，这个官司你没有任何胜算，必输无疑。到时候我们会在诉讼请求中要求过错方承担诉讼费用，请你先准备好一笔钱替我们付钱——对了，还有误工费、名誉损失费、精神损失费等一系列赔偿也要请你准备好。"

孙建武啃不下这块铁板，只能咬牙找场子："好，你们去告我啊！老子等着！老子叫上百八十个人……"

顾成殊淡淡地说："相信我，我能找到的人绝对比你多。"

"老子等着！"眼看自己和顾成殊打起来绝对没有胜算，补偿也绝对没有可能，他只能一边骂骂咧咧，一边假装愤怒地窜入了小区旁边的巷子中，再也不见了。

叶深深看着孙建武消失，默默抬头看着顾成殊："顾先生……"

顾成殊看着她在灯光下有点儿后怕又有点儿庆幸的面容，问："刚刚不是挺倔吗？我还以为你真不怕呢。"

"我……我觉得对这种人不能示弱，不然他肯定会得寸进尺……"叶深深有点儿不好意思地低下了头。

所以就双腿打颤还咬牙正面迎击吗？顾成殊垂下眼，开始拨打手中的电话，低声说："你的方法很正确。"

草丛中她的手机亮了，叶深深把它捡回来，去煎饺摊子上扯了张餐巾纸擦干净。

老板及时地打开锅盖，热腾腾出锅的煎饺冒出香味："要几个？"

"10个……不，15个吧。"叶深深说着，拿起第一份犹豫了一下，终于鼓起勇气递到顾成殊面前，"顾先生，为了感谢您帮我，我请您吃宵夜。"

顾成殊的目光在煎饺上定了两秒，又移开去看她。

真难以想象，眼前这个软绵绵不敢看他的女生，在面对孙建武那样一个气势汹汹挑衅的男人时，居然能咬着牙倔强地顶回去。

看起来，并不是内外一片软糯的女生。

顾成殊想着她在机场的那一场爆发，又想着刚刚一瞬间她眼中那尖锐的光芒，心想，或许是需要机会，才能把那些他需要、同时也喜欢的东西，一点一点激发出来吧。

他这样想着，等低头一看，自己的手不知什么时候已经拿过了她递给自己的煎饺。

这种油腻的路边摊东西，他从来不吃，即使看着叶深深期盼的眼神，他也毫无兴趣，抬起手递还到她面前。

被拒绝得如此干脆，叶深深快快地抬手去接，一边结结巴巴地说："沈暨都和我们一起吃的……"

顾成殊皱起眉，在她的手指碰触到那份煎饺时，又收了回去。他垂眼看了看，终于尝试着吃了一个。

还行，不算太糟糕的味道。

不过，看着叶深深如释重负地偷偷露出微笑，他迟疑了一下，和她一起站着，吃下了第二个。

"怎么样？不错吧？"她开心地问。

"嗯。"他不做任何评价。

叶深深看着他沉静的侧面，那低垂的睫毛盖住了眼睛，上面投下来的灯光完全无法照出他眼中的表情。

突如其来地，她眼中又闪过自己那条拉链爆掉的画面。

她的脸顿时腾地一下又红了。她偷偷地打量着顾成殊，可顾成殊那张黑暗中半明半暗的侧面，真的完全看不出他在想什么。

好尴尬……

好像有些什么诡异的气氛开始在他们身边蔓延，让她的心跳都加快了。她下意识地摸了摸自己今天的衣服，好死不死，今天又是一件拉链在后面的连衣裙。

而顾成殊的目光转向了她，他显然也注意到了她摸拉链的手。他停顿了片刻，这让叶深深的心跳顿时急促起来，手也迅速就收回了，仿佛做了亏心事似的藏在了身后。

这拙劣的掩饰，让顾成殊也顿了顿，然后假装若无其事地把目光转开，问："你们那批裙子的拉链……"

拉链。这两个字让叶深深简直头都要埋到胸口去了："啊……啊？"

"拉链太劣质了，最好能换掉。"

他的声音轻描淡写，让叶深深偷偷按住自己的心口，悄悄松了口气——

看样子，他应该什么都没看见吧，谢天谢地！

不然的话，她可真的要羞愧死了。

夜风清凉，路灯暗暗，他们从小区门口进入，走回工作室。

路并不长，但顾成殊走得很慢，叶深深也只能放慢了脚步陪他，一边担忧着带给宋宋的煎饺要冷掉了。

"那个……顾先生今天这么晚过来啊？"叶深深试探口风。

"嗯，白天很忙。"

完全不是想听这个啊顾先生！我想知道你又要来监督什么。

"孙建武的事情，我会去处理，他不会再出现在你们面前了。"他却转移了话题，问，"我刚刚听你和孙建武争执，说衣服泄露的事情？"

"是啊，就是那件黄白凹凸纹的外套。"叶深深赶紧把事情的来龙去脉都说了一遍。

顾成殊停下了脚步，微微皱眉，然后问："你觉得这件事确凿无疑？"

叶深深一时无法理解他的意思，许久，脑中嗡的一下，才猛地抬头看他，语无伦次地说："可……可是顾先生，除了他之外，只有我和宋宋、孔雀三个人能接触到设计图……"

"你再想一想，孙建武去你们那边第一次设计样衣，关系着应聘与未来前途，他怎么会第一次就盗窃你们的设计，做这种一下子就会被抓住的蠢事？"

叶深深张了张嘴，脸色煞白，却无法说出任何话。

"其实你心中早有怀疑，只是你不敢去面对而已，所以就强迫自己把怀疑放在了心里。"顾成殊毫不留情地说。

"可是……可是她们都是我最好最好的朋友。"叶深深艰难地说，"她们甚至为了我，从青鸟辞职了，和我一起在这样一个不知道会不会有将来的网店中打拼。如果不是为了和我的友情，又是为什么呢？"

"重感情是你的优点，但不要让这个蒙蔽了你的双眼。"顾成殊横了她一眼，然后又说，"不过这种事根本不用急，狐狸已经露了尾巴，那就马上可以逮住了，你如果不愿意动手，到时候冷眼旁观就行了。"

叶深深低下头，没答话。

顾成殊自然知道她是抗拒的，但她自己也知道抗拒无效，所以只能沉默地接受。他也不再多说，只说："好了，我来看看你们上新的情况，另外督促你们做好准备，因为从明天开始，一场艰苦的战役就要打响了。"

叶深深的耳边顿时出现了伊文曾说过的话，她脱口而出："抢？"

"对，没错，花了那么多钱，要是达不到'抢'的效果的话，那就算我们失败。"

顾成殊是一个行动派。所以很快她们就知道"抢"的真谛了。

首先是伊文穿着Maje白衬衣、BV蝴蝶结高跟鞋，搭配叶宋孔雀的裙子，出现在了网店的买家秀之中。而坚强的君君也穿着Kenzo的上衣，搭配上她的玫红色裙子，挤在了伊文的下面。

第二天某时尚杂志编辑兼网络时尚达人就在自己的公众号上贴出了一组图片，主题是《大牌小牌超混搭》。里面有用ASOS半裙搭Givenchy上衣的，用Barbara Bui麂皮流苏夹克配Nike鞋的，用Talbots毛衣配Dior大衣……

唯一一个中国面孔，居然是伊文那件淘宝买家秀。"别问我照片从哪里来，我是朋友圈看到别人转发的，这也是我做这个话题的诱发剂。不得不说，在Maje白衬衣、BV蝴蝶结高跟鞋面前，这件无名的裙子显得毫不逊色，甚至成功HOLD住了大牌咄咄逼人的气场，展现出了自己独特的魅力。简单的线条与优雅的褶皱，一切看似随意实际上连最微小的细节都掌控得完美无缺。我知道你们都不禁想问这条裙子的来历，但很遗憾，我不做广告。"

评论最后还加上一个45度的微笑狗头表情，令人心中更加痒痒的。不过幸好很快就有人"善解人意"地在下面评论中揭示了"叶宋孔雀"这个店，并且被点了几千个赞，一直顶在最上面，让所有想要求地址的人一眼就可以看到。

第二天又一个时尚博主推荐她家的衣服："其实是看了蜜雪儿的网纱裙之后就开始对那家店有印象啦，但是没有下手，因为人家这样特立独行的风格，最怕撞衫嘛！最近她家那件单边压褶半身裙也是美美美，但我不要跟风啦！所以最后入手的是她家的小外套，刚刚收到立即试穿，搭配的是Herve Leger的裙子，简直超嗲的，现在就盼着秋天快快来，迫不及待要穿上呢！"

"是不是本博主和别人的眼光都不一样呢？外套和裙子都很好穿，但本博主偏偏就是一眼看中了店内那条复古裙。无袖又紧身，特别考验身材，客服也任性，还提醒本博主衣服偏小，不到瘦不得已不要买。当然以本博主的任性更是非买不可，穿的时候略有艰难，但滑进去之后简直就像紧贴在身上的皮肤一样完美，版型好得一寸褶子也没有，对于一件紧身的衣服来说这真是最难能可贵的品质。站在镜子前面照一照，前凸后翘腰细腿长，妈妈再也不用担心我的身材！"

……

仅用了一两个星期，叶宋孔雀已经在网上炒得轰轰烈烈，简直恨不得洗脑式营销。密集的宣传甚至激发了一堆逆反者说，这家店简直脑残，店里就这么几件衣服，买营销都得小几十万了吧？到底在下一盘多大的棋？

"多大的棋……"叶深深看着铺天盖地的营销，简直无力，"顾成殊会不会做得太过了啊？我那几件破衣服怎么可能当得起这样的赞誉和宣传？"

"放心吧深深，你绝对当得起。"沈暨看见她这模样，不由得笑了，走到她身边陪着她一起包装，说，"这可是我第一次心甘情愿熬个通宵也想看着它诞生的衣服，相信我的眼光！"

"真的吗？"叶深深低声嘟囔着问。

宋宋翻个白眼："拜托你们哦，赶紧的，干活儿啊！我和孔雀包装邮寄，你们赶紧去厂里继续开工！我的天啊，一下子全卖光了怎么办啊……"

叶深深点点头，目光落在疯狂抄单子的宋宋身上，她甩着酸痛的手臂，嘴里埋怨着"太多了太多了"，脸上却满是幸福的笑容。

她的身旁，是在装袋准备发货的孔雀，安慰着她说："放心吧，明天我就去买个打印机，到时候发货不需要这么累啦。"

这是她最好的朋友，三年来相濡以沫，她们贫穷又幸福，互相支撑着一直走到现在，又为了她们共同的事业而打拼。

她要如何能相信，这两个朋友中，有一个人是背叛者。

见她怔怔发呆，沈暨还以为她是担忧自己的衣服，便对宋宋做了个"稍等"的手势，蜷缩到沙发上找了一个最舒服的姿势："深深，你真的放心吧，告诉你一个小秘密，我的眼光很好的，看好的品牌一般都能受欢迎！之前COACH在走下坡路的时候，大家都说这个越来越烂大街的品牌马上要完蛋了。但后来我得知Stuart Vevers担任它的执行创作总监时，立即就去找了新款看，那时我就笃定，COACH要再创新高峰了。果然你看，最近这两年，COACH最新几个系列很受好评！"

"是吗？"叶深深无精打采地收拾着去厂里的东西，一边问，"你能看到COACH的新款？"

"这个……网上图片非常多！"沈暨有点儿尴尬。

"可是，顾成殊和我又没什么特别交情，现在他替我投这么多钱……"

"你怕什么，他最近投资了一个APP，搞得轰轰烈烈的，许多资本都过来参股，企图上市时大捞一笔，所以那个公司的资产暴增60多倍……然后他抽股份走人了，剩下一群人还在搞上市呢，希望上市后能捞百倍。"沈暨嗤之以鼻，"连顾成殊都不看好，一群人太过贪心，肯定死得很惨。"

宋宋和孔雀面面相觑："60倍？听起来很可怕啊……"

叶深深则惊愕地想，不会是那个被顾成殊追加了3000万的李先生吧？那暴涨60倍的钱该是多少？太可怕了应该不是吧……

孔雀说："沈暨，你对顾成殊很了解嘛。"

沈暨十分自然地笑道："当然了，他可是给我老板发钱的人，而且我没告诉你们吗，我是个八卦男。"

"深深，花钱，拼命花！"宋宋怀着对资本家的羡慕嫉妒恨，狠狠地说，"像顾成殊这种有钱人，就算砸钱养10000个我们这样的小店都不成问题嘛！"

"没错，扶植一个伟大的设计师，就是他对这个世界唯一的贡献了！"沈暨下断语，对叶深深眨了眨眼，"而且，这个推广费你一定要让他自己付，绝对不要走我们店里的账。"

叶深深在他温柔的笑容照耀下，觉得自己心口快要融化了。她捧着脸用力地点头："绝对！"

叶深深是个充满了活力的女生，给点儿阳光就能灿烂，何况还是来自沈暨的阳光。

去厂里下订单让他们赶紧赶工之后，她又拿起画笔奋斗到半夜。直到沈暨走了，宋宋和孔雀都睡下了，她才收拾起自己的设计稿，准备回家。在关门时她又情不自禁地走到样衣柜面前，打开来看自己设计的这几件衣服。

她的手指从上面轻轻滑过，感受着布料的感觉。冰凉顺滑的是丝绸，柔软温暖的是棉布，光滑轻薄的是雪纺，厚实粗糙的是罗纹……

她将自己的脸贴在上面，觉得心口涌起浓浓的甜蜜。这一两个月来发生的事情，简直是迅雷不及掩耳。从一个被开除青鸟的实习设计，到现在开了自己的网店，出了第一批自制的衣服，而且还是自己设计的衣服，还有人砸重金帮自己推广。人生的大起大落实在比游乐场的过山车还要刺激。

叶深深摸着衣服，眼睛渐渐湿润。她将脸贴在衣服上，轻声呢喃："叶深深，你可真幸运，宋宋和孔雀能一直陪在你的身边，就算你做再脑残的决定，也和你一起打拼。"

想了想，她又轻轻地嘟囔："还有沈暨，简直就是上帝派来拯救你的，要是没有他，你连第一步都踏不出去。"

脑海之中，又浮现出一张冷峻的面容，那双直视他人的眼睛，永远那么光芒锋利。她迟疑了片刻，才低低地说："好吧，顾先生，你也是成全叶深深梦想的，重要人物。"

第十六章
背叛者

Go with the Star

叶深深回到家,已经是午夜12点。叶母听到她开门进来的声音,从内间出来,带着睡意埋怨说:"深深,都12点了。"

"哦,今天有灵感,一下子就忘了时间了。"叶深深吐吐舌头,又一脸兴奋地说,"妈,我跟你说哦,我们店现在推出的几件衣服,简直卖疯了!"

"我女儿的衣服,当然受欢迎了。"叶母说着,又叹了口气,说,"你好几天没回家了,要不是我每天送饭去给你们,我都快见不到自己女儿了。"

"哎呀,我也是为了我们的幸福未来嘛!"叶深深说着,把手中的包丢在沙发上,重重地躺下去,"现在我们的衣服定价挺高的,销量也好,利润很高。等到以后不需要营销投入的时候,我们只要平安地做下去,就都能赚到很多钱——妈妈,到时候我们买一套大房子,工作室就设在家里,你说好不好啊?"

"小财迷,要这么大的房子干吗,我们母女俩够住就行了。"叶母说着,从冰箱里拿出冰冻汤圆,开火给她煮宵夜。

叶深深幸福地望着自己家缺了好几个灯泡的吊灯,荡漾得快唱起歌来了。

厨房里的叶母回头看她,犹豫片刻,低声说:"我……今天在街上遇见你爸了。"

叶深深愣了愣,下意识地说:"我没有爸爸。"

叶母低头望着锅里翻腾的汤圆,声音模糊:"不管你认不认,他都是你爸。"

叶深深只觉得一种冰冷从自己的心口猛然窜上来,胸口那种甜蜜的幸福被全部压住，烟消云散。她坐起来，嗓音晦暗："就算见到了又怎么样，还不是在你面前炫耀他那个儿子。"

叶母摇摇头，说："这次倒没有，他情绪很低落的样子，不知道出什么事情了。"

"关我们什么事。"叶深深将头转向一边，就像赌咒发誓一般地说，"放心吧妈，我会好好赚钱，让你也可以在他面前吐气扬眉炫耀我的。"

叶母默然笑了笑，捞起汤圆，将碗端到她面前，说："快吃吧，我不想炫耀自己的好女儿，我就想自己女儿能胖一点儿，你看你现在瘦的。"

"哪儿瘦了啊，还不是每天被你喂得胖胖的。"叶深深捏捏自己的胳膊，把父亲的事情丢在一边去，幸福地吃起甜蜜的汤圆来。

店里暴涨的客流量，需要大量的货品来支撑。

"深深，后面补的那批货啥时候能出来啊？你们知不知道，仅仅那件黑色半身裙就被下单了3000多件！我们一时半会儿怎么弄啊？"宋宋提着自己的包像无头苍蝇，"先修改货品注释说半月后才能发货！面料、辅料、厂家、赶工……啊啊啊要疯了！"

"你这像是要疯的样子吗？"孔雀看着她欣喜若狂的模样，不屑地说。

"爽疯了！"宋宋按着自己的胸口大口喘气，"老娘盼了20年，终于盼到发大财的机会了！深深，还是你目光如炬，替我们挑选了一条阳关大道啊！我辞职跟着你真是太英明了！"

孔雀更加不屑："目前整个店的净利润只有10000来块钱，你还得拿去买面料和付加工费，这算发什么大财？"

"总之……会发的！"宋宋说着，挥手大吼，"中午我请客！大家吃好的！记在店里的账上！"

"切……"其他两人只能表示不屑。

沈暨高风亮节地在加班："我这边还有个客人在询问，你们先去吃吧，随便什么帮我打包一份。"

宋宋吃饭向来习惯不好，就算在店里吃饭，也要问了Wi-Fi，一边吃饭一边刷手机。

孔雀扯着自己的短裙，叶深深想着自己新的设计，两人都在出神时，宋宋忽然一拍桌子，大叫出来："有……有没搞错啊？这这这，这不是沈暨吗？"

叶深深被她的一声大吼吓得筷子都掉了，她战战兢兢地捡起筷子，孔雀探头去看手机："怎么回事？"

宋宋举着社交媒体上点开的照片给她们看："看！本地论坛中疯传的这个视频，截图明明就是沈暨嘛！这……后面这个女生不就是……"

她瞪大眼睛看向孔雀。孔雀有点儿不自然地转开头，说："不会吧……还被人拍下来了啊？"

叶深深赶紧凑头去看，念出："乘客用手机在地铁拍下了见义勇为护花使者地铁侠！"

宋宋大吼："什么鬼？赶紧看看视频！"

被点开的视频上先是一片杂乱，然后是一个猥琐矮男人被对面一个身材高挑的男人揪住衣领，重重地撞在了车厢上。叶深深和宋宋立即看出，这个制服了对方的人，正是沈暨！

比猥琐男高了足有一个头的沈暨，轻易地将他抵在了车壁上，那个男人痛得龇牙咧嘴，一边口中还在尖叫："我X……怕人摸还穿这么少，骚货就是出来勾引人……"

"她有穿得少的自由，但你绝对没有猥亵她的自由！"沈暨一把卡住了他的喉咙，把他后面的脏话堵了回去。他回头示意孔雀，缩在那里的孔雀抖抖索索地看着他，然后终于鼓起勇气，抢起自己那个装鞋子的箱包，啪的一声，重重地拍在他的脸颊上，差点儿没把他的脸给打肿。

周围响起鼓掌声，地铁已经到站，门叮的一声打开。沈暨将那个猥琐男甩在地上，示意孔雀："走吧。"

猥琐男在地上摔得口齿不清，还在嘟囔："凭什么……又没摸你！"

见他还敢出声，旁边另外几个男女也围上来，踹了他好几脚。

而沈暨回头，对着他冷笑："女生打扮得漂漂亮亮出来，是社会的福利，要是因为你这样的人而不敢爱美，是全人类的损失！像你这种损害社会福利的垃圾，我见一次打一次！"

"哗……"周围的掌声和口哨声更响了。

车门关上，地铁启动，沈暨与孔雀汇入了人群。那个猥琐男悻悻地站起来，还企图钻到别的地方去时，已经被车上的乘警抓住了。

视频再晃了几下，就此结束，果然是手机拍的。

发上来才几天的视频，已经被转了几十万次，评论更是热烈，各种"好帅""心心"和"我要给你生孩子"的评论多不胜数。其中更有许多人认为，这种又高又帅又正义的配置，肯定是哪个公司的明星要出道了，现在在造势呢。

宋宋跳起来抓着孔雀的手臂，差点儿没把手机屏幕拍在她的脸上："怎么回事？我们需要解释！"

孔雀艰难地说："就是……上次我出去的时候，遇到地铁猥琐男了，然后沈暨帮我解决掉了。"

"居然真的遇到了？！"宋宋捂着小心肝，一脸神往，"沈暨太帅了！全国人民都被他帅哭了！其中包括我！"

"是啊，他……人真的很好。"孔雀低声说。

叶深深看着孔雀低垂的睫毛，掩盖着下面水波一样的目光，令她的心口也仿佛水波一样在晃动，沈暨的微笑在她眼前恍惚如电地闪过，似远又近。

沈暨，沈暨……

就像初春的阳光一样照耀着每个人的沈暨，温暖柔和得令所有人在看见他含笑眼神时都要心悸的沈暨；以天使降临的姿态将她们从毫无头绪的泥沼中拯救出来的沈暨……

叶深深逃避般将自己的目光转开了，不敢再看孔雀的神情。

孔雀与宋宋会不会也看到她眼中的神情，知悉她那种悄悄生长着却不能言说的暧昧情愫呢？

三人吃完饭回去时发现沈暨正坐在电脑前，听到开门声便回头朝她们微微一笑："回来了？"

宋宋大叫一声："地铁侠！"扑了上去。

沈暨赶紧抬手挡住她扑过来的身体，不明就里地看向叶深深和孔雀。

叶深深举起手机，说："我们看到你在地铁里保护孔雀的视频啦！"

"哦……"他也没多说什么，只按住宋宋的肩，然后说，"先别激动，我们现在有麻烦了。"

"怎么啦？谁敢惹我们的麻烦？"宋宋立即做好了战斗的准备，关于地铁侠的话题就这样被迅速转移掉了。

"我不是在做客服嘛，结果……"沈暨将电脑屏幕转过来，面向所有人，"你们看。"

大家听他声音凝重，赶紧个个把头凑了上去。

聊天窗口上，买家发了一个哭的表情，说：亲，这样可不好哦，要知道天仙家也有一模一样的衣衣，可是比你家这件要便宜9块9呢！我是听大家推荐来的，你要是不给我便宜点儿，我就去他家了！

宋宋大怒，立即扑到电脑前，噼里啪啦在搜索框里输入天仙家。果然，在店铺首页赫然出现了一模一样的外套。她点进去看大图和细节图，发现所有细节丝毫不差，一样的衣领一样的兜，恨不得连木耳边的褶皱都一样多。

"有没有搞错，都五皇冠的店了，居然还抄袭我们的款式，而且还堂而皇之挂在这里卖！"宋宋气急败坏，直接就点开客服，直接开骂："卑鄙！无耻！下流！"

"亲，怎么啦亲？"

"我是叶宋孔雀的店主！你们店里抄袭了我们的衣服，叫你们负责人联系我！"

那边沉默了一阵子，发来一个"七夕将近，大礼多多，各位亲们请一定要注意本店最近的活动哦……"

下面是一长串的活动，刷了长长的屏。

宋宋怒发冲冠，又发过去："人呢？给我滚出来！"

"七夕将近，大礼多多……"

眼看只有自动回复，再也没有人理她了，宋宋气得七窍生烟，狠狠一摔鼠标，大吼："老娘要去投诉！什么垃圾店，等着瞧吧！"

投诉开始。

截图取证，出示己方上架时间和对方上架时间，上细节对比图，上设计特点，不过一个星期，裁定就下来了，对方确实是抄袭，衣服被强制下架。不过因为对方认错态度良好，所以只扣除了20点信誉，并要求在店铺首页公开道歉。

"有没有搞错啊，什么叫认错态度良好？"宋宋都气爆了。

"你看他们的致歉书，确实态度很良好嘛。"沈暨无奈地说。

店铺首页左边偏下的视觉盲区中，果然放了二指宽的一条致歉信息，也真难得沈暨居然能找得到：

各位亲们，由于本店把关不严，新招的设计师虫虫的衣衣居然是抄袭的。仙仙家一向只卖原创，所以虽然亲们都很喜欢这件衣衣，可对方要求下架也只好向亲们道歉了哦，我们已经开除了虫虫，请大家继续监督我们哟！

本来因为投诉赢了而开心的众人，顿时都觉得一口血涌上喉口，竟被这种厚颜无耻惊呆了。

宋宋大吼："我敢肯定，那个设计师肯定只是换了个名字，毫发无损在那边继续干！"

"不过好歹……好歹对方把衣服下架了对吗？"叶深深说。

沈暨皱眉思索了一下，立即搜索了这件外套，点击同款。

结果令他们目瞪口呆。

共搜到"天仙家下架美衣代购，亲们这可是已经下架的，别的地方绝对买不到的哦！"78条，是否查看其他相关搜索？

除去多如牛毛的代购，还有各种小店："时尚博主xxx同款衣衣，绝对百分百细节相符，亲们赶快下手哦！"

还真是百分百细节相符……除去那些简单粗暴直接盗图的，沈暨点进有自拍图的看一看，皱眉道："这也太像了吧？简直就和我们家的一模一样。"

"不会吧……"宋宋目瞪口呆。

孔雀思索道："可能是卖家冒充买家，直接把我们的衣服给买走然后拆了做一模一样的版式？"

沈暨若有所思，点头说："也有可能。"

宋宋气得直接开启暴走模式，怒吼："妈的，老娘和他们势不两立！我要一个一个一个一个去投诉，投诉到所有盗我们版的店全部下架！"

孔雀无奈问她："你是不是傻了？这些店没有100也有80，你准备像对付天仙家一样去磨去取证去要求裁决？我还告诉你吧，不只这一个网站呢，其他电商购物网站也有天仙家的衣服，而且还在卖，你又准备怎么去投诉？"

"我要打官司，起诉！"

"起诉你个头啊！这件衣服备案知识产权了没有？就算你赤裸裸这样去投诉，前几天新闻上早就说了，有人起诉抄袭时，先交了14万保证金好吗？"

一说到钱，宋宋顿时软了，趴在电脑桌上跟死鱼似的，一动也不想动了："那可怎么办呢？难道我们只能妥协了？任由他们抄袭，任由他们拿我们努力的成果乐呵呵赚大钱？"

沈暨叹了口气，说："好了，看你气得满头大汗，我请大家吃冰激凌好了。等我们冷静下来想想，说不定有什么办法呢。"

他穿好鞋子下楼，想想又说："深深，我拿不了4个，你过来帮我一下。"

"没有可能的。"

站在那里等冰激凌时，沈暨忽然说。

叶深深一手一个冰激凌，站在8月烈日下，不明就里地抬头看着他。

"就算拆了衣服裁出一样的版式，可由于拼版的方式不同，所以裁剪下来的布块也不一样，衣服的织路顺逆走向就会不同——而这些衣服，布料与我们的不一样，但织路走向，与我拼的版是一模一样的。"

叶深深不由得愕然，脑中虽然已经想到最坏的那个原因，但还是不敢也不肯去猜测，只颤声问："你的意思是……"

"有人直接把我做的版泄露出去了,而且,是传给了很多卖家。"

"可是……可是不可能啊,这几件衣服是我们当时直接去厂里赶的工,图纸原样收回,布料和衣服数目都清点过的,没有任何可能泄露的途径……"

沈暨缓缓说:"有。"

叶深深用力地握着手中的冰激凌筒,因为恐惧而身体微微颤抖起来,不敢听,却又不得不听。

而沈暨的声音在她耳边响起,清清楚楚,让她几乎连逃避的办法都没有:"制版的电脑就在房间里,宋宋和孔雀,都有机会直接从电脑里拷走。"

宋宋和孔雀……

叶深深咬紧下唇,咬出显眼血痕来,却无法说出完整的句子来。

顾成殊曾经警告过她的可能性,终于成了真。温情脉脉的面纱终于撕下,她不得不面对背后最残酷的一切。

许久,她才声音颤抖地说:"也许是……是他们直接买了我们的衣服拍照片,所以才一模一样,其实真正发货的是不一样的……"

"别欺骗自己了,深深。以你的眼光难道看不出来,那些店的照片上,版是一样的,但用的料子与我们的有细微的不同,绝不可能是我们店里生产的。"

叶深深呆呆地站在那里,一动不动。

沈暨叹了口气,终于直接问:"你觉得,她们两人中间,到底谁的嫌疑比较大呢?"

毋庸置疑,连沈暨也知道了,顾成殊提过的可能性,终于成了无可辩驳的事实。

然而叶深深拼命摇头,说:"不可能!谁都不可能!我们三个人是最好的朋友,我们一起开店,这个店里无论发生了什么事情,好的坏的,每个人都有一份!"

沈暨微微皱眉,轻声说:"深深,别骗自己了。"

"我怎么能相信?"她激动地把冰激凌又丢回冰柜内,按着自己的胸口问,"你相信我吗?如果你相信我的话,那你就应该知道,宋宋和孔雀和我一样,都应该是值得相信的!我们三个人,一模一样,叶宋孔雀是我们三人的店,我们绝对不会伤害它!"

沈暨看着她因为激动而涨得通红的脸,叹了一口气,说:"深深,我理解你的心情,可是,有些事情,你总得接受。"

叶深深站在炽烈的阳光之下,觉得自己眼前一阵晕眩。她觉得身体虚弱得厉害,不由自主地蹲下来,将头埋在自己的臂弯之中,一动不动。

其实她怎么会不明白?只是她不愿意面对而已。

因为，她真的不敢面对。她不相信亲如姐妹的三个人之间会有背叛，更不相信这世上会有什么东西，值得她们中的任何一个人，背弃过去三四年相依相伴的美好时光。

然而事到如今，被沈暨一言道破，叶深深知道自己已经再也无法逃避。她茫然地睁眼，看着面前在阳光下浮着一层尘灰的古旧街道，声音颤抖："那你说……怎么办？"

"我们得先查证，到底谁是出卖我们的人。"他弯下腰看着她，轻声问，"你信得过我吗？如果相信我，我会帮你试探。"

叶深深在这样的烈日之下，觉得自己的肺都快要炸掉了。她拼命张大嘴呼吸，就像一条跳上岸后濒死的鱼，缺氧般大脑空白。许久，她才机械地点了两下头。

沈暨拿出手机，拨通了电话，打开外放。他的声音轻快，依然和平时一样温柔和煦："宋宋，冰激凌先等一等哦，我和深深现在有点儿急事，得赶紧去一趟轻纺城。你在我那台电脑上登陆一下QQ，帮我把CAD中最新的那个文件导出来传给我好吗？"

盛夏的午后，蝉鸣声频繁而喧哗。叶深深蹲在地上，听到宋宋的声音从手机的那边传来，清清楚楚："啊？CAD文件？我晕，我哪会导啊！等一下哦，我叫孔雀帮你弄出来！"

沈暨的声音平静而温和："好吧，看来还是孔雀能干。"

"切，我也很聪明的好不好，待会儿她操作时我看看不就会了？"宋宋说着，转头喊，"孔雀，来把文件弄出来哦！"

"那么，麻烦你们了哦。"沈暨说着，挂断了电话。

他看着依然蹲在地上无法起身的叶深深，淡淡地说："孔雀。"

叶深深抱紧了自己的双膝，蹲在那里，身体一直在颤抖。

孔雀，纤瘦的孔雀，温柔的孔雀，因为提到沈暨而目光波动的孔雀。

沈暨轻轻叹了口气，俯身轻拍着她的后背，却也不知道自己该说什么。

她一直静默着，没有动弹。

沈暨才说："我们有三种处理方法。"

"我自己处理。"她的声音闷闷地，却毫不犹豫地打断他的话。

"好吧，但我们必须告诉顾成殊。"沈暨举起自己的手机，说，"这么大的事，顾成殊身为出资方，肯定要知道。"

叶深深咬住下唇，许久，才低低地"嗯"了一声。

消息发出，没过多久，轻微叮的一声，裁决到来。

沈暨看着顾成殊的回复，默然不语。叶深深终于等不下去了，打破沉默，喉口干涩如撕裂般艰难："他……怎么说？"

"他建议我们先准备好确凿的证据，下手的时机要等到……"沈暨抱臂靠在树上，低声说，"人赃并获。"

叶深深抱紧自己的膝盖，她想着孔雀，想着她们的那些过往的岁月。眼前的7月天气渐渐地暗了下去，而那些她们欢笑的往昔容颜，却如同金光灿烂的斑点，一点点在面前的黑暗中明亮起来，让她感觉到极度的晕眩与痛苦。

不知过了多久，沈暨才听到她的声音，恍惚游离地问："所以……就是我们要设计去揭穿孔雀，对吗？"

"不，我们得换个说法。"沈暨俯身轻揉她的头发，声音如同溪流一样，清澈而平静，"该面对的迟早要面对，该有勇气的时候绝不能退缩。这不是针对某个人，也不仅仅是为了你。这是为了保护你的朋友，还有与你一起奋斗的人。"

"是……我不能冤枉自己的朋友，也不能放过敌人。"叶深深咬紧牙，压抑自己要哭出来的冲动，"所以现在的当务之急，就是分清敌我——哪怕，用一点点手段。"

"新设计的，三只兔子。"

叶深深举着自己的设计图，给大家看。

宋宋依旧第一个叫出来："哇，太可爱了！我喜欢这件外套！"

黑色的太空棉外套，上面并排站着三只呆萌的漫画兔子，一只兔子咬着胡萝卜，一只兔子顶着西瓜，一只兔子抱着大白菜。

"嗯，这个款型简单，但上面的图案得好好制定，一定要突出这个萌感来。"沈暨说着，端详着这三只兔子，商量问，"我们该用烫画呢，还是印花，或者刺绣？"

"算成本吧。"孔雀拿起笔计算着，"烫画2块5一幅，但是看起来品质不太好；印花如果是热转移的话6块，但是牢度可能耐不住太多次洗涤；机绣1000针要1毛2，如果要追求精度的话起码需要10万针左右……"

叶深深说："就机绣吧，用最高精度的，花个几十块都无所谓，我们现在不走廉价路线。"

宋宋顿时笑了出来，搂住她的肩问："深深，从哪儿学的啊，一下子就不差钱了？"

叶深深勉强笑了笑，孔雀说："当然是顾成殊那里。钱没赚到多少，挥金如土的架势倒学了个十成十。"

"就是呀，深深，你把我们一起摆地摊时候的日子都忘记了吧？小没良心的。"宋宋说着，又托着腮说，"那时候啊，我们也够可怜的，为了一百块钱管理费，被夜市管理人员追得满街乱窜……现在想想，咱还真是一起从穷日子里跋涉过来的。"

孔雀嗤之以鼻："说得好像你现在就能飞快掏出一百块管理费似的。"

宋宋赶紧凑到叶深深面前，问："深深，你去向顾成殊说一说，咱账户上那个钱，可以拿来发工资了吧？"

"发！"叶深深点头说，"今天就发！"

发完了工资之后，店铺的账面上居然还有46195元。

"巨款啊……"宋宋垂涎三尺地看着，"这要是坐地分赃，咱一人能分15000呢。"

"宋宋，有点儿出息好吗？"连沈暨都忍不住笑了，"再说了，46000顶什么用，还不够一条广告推广费用。"

"真是有钱任性。"宋宋吐吐舌头，"有时候我也在想，顾成殊拿钱砸我们这个店铺，究竟是秉着什么样的国际主义精神？"

沈暨看看叶深深，起身将那张三只兔子的设计图纸扫描了进去，然后说："好啦，要下班了，我带回去制版吧，希望明后天就能把纸样弄出来。"

"辛苦啦，工作狂。"宋宋向他招手。

"为美好的未来奋斗！"沈暨向叶深深招招手，"深深走吗？可以搭我的顺风车。"

"好吧。"叶深深点头，跟着他一起出了门。

宋宋看着他们的身影消失在楼道，泪流满面："我喜欢的男人在泡我喜欢的女人……世界太残忍了。"

孔雀咬住下唇，神情晦暗，默然在电脑前坐下。

沈暨开车上了高架桥，向着市中心驶去，最终停在云杉资本的楼前。

已经过了下班时间，里面只剩了顾成殊。他见他们进来，便将一个档案袋丢在叶深深的面前，里面是薄薄一叠资料："先别看，好戏刚好上演到最重要的时刻。"

他将自己的电脑屏幕转到他们面前，自己也走过来斜身坐在他们旁边的桌上。

屏幕上正在远程监控的是一个电脑桌面，聊天软件上，"一路蔷薇""孔雀&胆"正在聊天中。

"下午我把顾成殊传来的软件装在我和孔雀共用的电脑里了。"沈暨对叶深深说着，放大了那个远程画面。

此时对方的屏幕上，"孔雀&胆"正打开扫描件，沈暨刚刚扫描进去的三只兔子赫然占据了大半个屏幕。而她将扫描图片截图，发给了对方。

"孔雀……"叶深深看着镜头上的人，不由自主地怔愣着，仿佛还不敢接受自己所要面对的事实。

两人的聊天在屏幕这边即时上演着。

一路蔷薇：这就是最新的设计？

孔雀&胆：嗯，下午刚拿出来的。

一路蔷薇：我不需要这样的设计，没用。

孔雀&胆：但是她最近没有设计礼服裙，网店也用不上礼服。

一路蔷薇：我就说破网店能鼓捣出什么好东西，你发给小孟吧，他会把设计发布出去的。

孔雀&胆：天仙家上次一场风波，这回又泄露得这么早，我有点担心，还是等两天吧。

一路蔷薇：随便。但你记得要提醒那个蠢货设计几件晚装，我现在急需。最好你赶在她上架之前将设计图传给我，我赶在她前面尽早发布版式，到时候，她就是侵权抄袭的人了。

叶深深呆呆看着这一串对话，没有出声，没有表情，也没有动弹，简直连呼吸都没有。

顾成殊和沈暨在她旁边看着，见她一动不动，只有脸色惨白可怕，唇色青紫。沈暨轻轻拍了拍叶深深的肩膀，低声说："深深，别担心，至少，宋宋肯定会站在你这边。"

而顾成殊却并没出声，只将目光又转过去，看向屏幕。

"孔雀&胆"沉默了许久。她先是在对话框中打出"可这样她会被我害死的"，但迟疑了片刻，又删掉了，打出"没有必要指她抄袭吧，你选取那个关键设计理念就好了"。但她犹豫了许久，停在那里，没有发出去。

一路蔷薇：到时候你可以回青鸟，先做两年设计副总监，最后会让你全权负责青鸟设计这一块。我也可以允许你带一两名朋友回来，除了叶深深，其他人都可以。你哥的研究生名额也联系好了，你的前途简直一片光明，祝贺你。

"孔雀&胆"这边的对话框停了很久很久。

终于，她将自己已经打出来的那句话一个字一个字地删掉了。

孔雀&胆：好。

那个字出现在聊天之中的一刹那，叶深深眼中含满的眼泪终于滑落下来，滴落在胸口上，洇出大团水渍。

屏幕上的聊天结束，但远程的监控还在继续。

"孔雀&胆"将聊天记录清空，电脑屏幕上再没有半点操作动作，只有鼠标指针偶尔滑动一下，却也断断续续的，并没有打开任何东西。显然，她正坐在电脑前发呆。

见那边已经没什么重要信息，顾成殊便将面前的档案拿起打开，说："两个月前，孔雀回到了老家，晚上11点在她们县医院挂号，医生诊断是软骨挫伤，系殴打所致。"

从医院系统中拉出来的单子，显示着医生开的药。

叶深深捏着这张单子，没有回答，只抬头看着他。

顾成殊知道她想问什么，便说："据邻居说，是她的哥哥对她给的生活费不满意，就打电话回家向父母说，她没有兑现自己供养哥哥的承诺。父母认为她翅膀硬了就不顾家里了，所以气愤之下失手将她打伤了。"

叶深深捂住脸，眼泪忍不住又涌了上来。

"这是通话记录单。"他又将一卷单子放到她面前，"就在你和宋宋辞职之后，路微的司机老金和助理小孟频繁联系孔雀，以及她的哥哥。"

"老金和小孟……在我辞职后联系她和她哥哥？"叶深深喉口干涩，几乎不成语。

"对，然后她就辞职了，跟你们一起开了这个店。就在开店不久，她哥哥买了这些。"他又从档案袋中拿出两张复印的发票，放在她的面前。

一个平板电脑和一个手机，孔雀曾对她们提起的，她哥哥想要的东西。

"她从青鸟辞职，和你们一起开店的时候，你们甚至还因为怕她哥哥搜刮她的钱所以不肯给她提前支取工资，可她却轻松地给自己的哥哥买了这些东西。"

沈暨拿过收据看了看，叹了口气望着叶深深，说："可怜的孔雀。"

叶深深捂住自己的脸，支着额头靠在桌上，眼泪顺着脸颊扑簌簌就滑落了下来。

她声音轻微，几乎控制不住自己的喉咙："孔雀……她也是没有办法，才会被迫做出这种事……我不能怪她，甚至，没资格责怪她，她并不是为了她自己……"

顾成殊冷冷地问："就算你不怪她，可是你们这个店，又准备怎么办？"

怎么办。

在刚刚尝到微小的成功时，最好的朋友就成了背叛者，怎么办？

叶深深的目光茫然地又透过泪水，移到了面前的电脑屏幕上。

就在他们以为孔雀已经离开时，却见那个鼠标又慢慢地动了起来，它移到图片文件夹上，点了进去。

像素很低的画面，凌乱的构图，用手机随意拍下来的点点滴滴。叶深深看见她们三个人的过往，全在上面。在街头奶茶店里合吃一份双皮奶；在街角一起逗一只流浪猫；一人一朵蒲公英坐在河边噘嘴作出吹的姿势……

每一张画面都是她们永远逝去的美好时光。

永远逝去的，再也没有的时光。

那一边的孔雀翻着她们的过往，越来越快，到最后画面都来不及显示，成了一片灰白。

她终于停了下来，图片最终定格在一张夏日的黄昏。在学校的操场上，宋宋一手揽着叶深深，一手自拍，笑得见牙不见眼；被她勒住肩膀的叶深深猝不及防地睁大了眼睛，惊慌失措地挤出一丝笑；而在她们身后的孔雀举起双手，在她们俩的头上作出V字型的兔子手势，唇角微微上扬。

画面停顿了三四秒钟，然后鼠标开始游移颤抖，显然那边的孔雀，手掌正在发抖。她的鼠标指针慢慢移到左下角，点击了关机。

叶深深始终没有动。

她坐在那里，面色惨白，呼吸凌乱，身体僵硬般一动不动。只有脸上的眼泪，一直在悄无声息往下流淌。

沈暨默然抽了两张纸巾，塞在她的手中。

她虚弱地抬起手，将纸巾用力按在自己的眼睛上。手捂住了自己的脸，终于发出了一点断断续续的哽咽声。

顾成殊仿佛没看到，等她双眼红肿，再也流不出眼泪，才将一个U盘递给她，说："录下来的画面，我给你拷了一份。"

沈暨看了他一眼，暗示他不应该在此时这样做。但顾成殊视若无睹，那个U盘还递在叶深深的面前，一动不动。

叶深深觉得自己整个大脑都是一片灰白，她竭力不让自己倒下，睁大眼睛许久，才看见面前的顾成殊，也看见他递到自己面前的东西。

她慢慢地抬手，握住了这个U盘。她的手掌颤抖，痉挛般不受控制，因为握得用力，骨节都泛出青白色，指甲都几乎嵌进了掌心。

她垂下头，头发遮住了她的眼睛和半张脸。

就在他们以为她会支撑不住时，却听到她的声音，低低地，轻轻地说："我……无论如何，我……不想放弃孔雀这个朋友。"

顾成殊唇角扯起一个嘲讽的弧度："不想放弃她，所以即使可能被她害得背上抄袭者的罪名、可能被这个行业扫地出门、可能被路微踩在背上报复，你也心甘情愿，在所不惜？"

叶深深咬紧下唇，停顿了许久，终于开口，说："我相信她，最终，她一定不会走到最残酷的那一步。"

"感情动物。"顾成殊简直连看都不屑看她一眼。

叶深深呆站在他面前许久，然后才艰难地开口，声音喑哑："我会挽回这段友情，挽回孔雀的。"

顾成殊皱起眉，见她居然真的转身准备离开，忍无可忍地叫她："叶深深！"

她停下脚步，却没有回头，只背对着他等待他下命令。

他微微眯起眼睛看着她，却不说话，仿佛在比赛谁的耐心比较好。

最终当然是叶深深妥协了，胸口升涌的心虚让她无奈地转过身，默然望着他。

隔着六七米的距离，她看见顾成殊抬起手，微曲的手指，动了两下。

她无可奈何，艰难地又往前走了两步。

顾成殊打量着她，许久，才问："有晚装吗？"

叶深深摇摇头，不明所以地看着他。

沈暨在旁边说道："方圣杰工作室最后的甄选，需要穿晚装。"

叶深深一时没反应过来，只愕然睁大眼睛，喃喃问："方圣杰工作室……最后的甄选？"

"对，本来初选的时候，因为你上交的是废衣，所以已经失败了。"沈暨在旁边微笑道，"不过我们走了个后门儿，把你塞进去了，所以现在你和其他选手一样，要争夺进入工作室实习的名额，一共10个。"

就像被突如其来的光芒照亮，叶深深不自觉地呼吸加快，喃喃问："那最后的比赛内容是……"

"晚装，不同的两件。一件为自己量身定制，决定评委们对你的观感，一件交由模特展示，正式打分评审。"沈暨说到这里，仔细地上下打量着她，"你先替自己设计一套吧，我们得赶紧制作。其他人都是到了北京之后就开始设计制作了，而你因为是临时加进去的，所以时间比较紧。等你弄好之后，我陪你前往北京。"

叶深深点了点头，有点儿迟疑地说："但是，我这边还有孔雀和路微的事情……"

"很合适，我们可以直接在最后的比赛中将此事了结。"顾成殊平淡地说道，"你不是不肯放弃孔雀吗？你不是相信孔雀不会这样绝情地对待你吗？带着你给孔雀设计的衣服去参赛，看看她究竟会不会将你的设计卖给路微。"

叶深深愕然睁大眼，迟疑惶惑，一句话也说不出来。

"这一回，究竟孔雀是出卖你，还是良心发现保护你，最终是你万劫不复，还是路微坠入深渊,至少你们都应该在现场,好好地直面对方。"顾成殊的唇角勾起一丝弧度,难得露出一个笑意,"像我这样的人,看热闹从来不嫌场面太大。"

叶深深不敢相信地睁大眼睛,看着面前这个神情轻松得仿佛在嘲讽的男人,不由自主地握紧了自己的双手。在她接受了最大的打击、面对着人生最大难题的时候,他居然要让自己在决定命运的这一刻,拿着朋友与她之间的信任来做赌注。这个男人,究竟有多冷血⋯⋯

"你拼命阻止我们替你解决背叛你的孔雀,口口声声自己会处理好,坚定不移地相信孔雀,相信你们之间的友情——那么现在,你敢不敢拿自己人生中这么重要的机会,去赌一把孔雀与你之间最后的友情?"

赌赢了,她获得友情和步入顶尖工作室的钥匙;赌输了,失去最好朋友和大好前途。

决定她人生的这一刻,要交到孔雀的手中,牵系于对方的一闪念。这可怕的后果与无法预期的未来,让叶深深一动不动地站着,连抬一下手指,动一下睫毛的力气仿佛都失去了。

"看来你不敢赌。"顾成殊冷笑道,"毕竟,你自己都不敢相信,孔雀真的会抵住路微的诱惑,守住你们的友情。"

不敢吗?真的不敢吗⋯⋯叶深深站在那里,默然咬住下唇,脸色苍白。但这一刻,她的喉咙被什么东西堵住了,让她根本无法将任何话说出口。

"既然你不敢拿自己的前程赌,那么我立刻会着手对孔雀的处置,我会让她心服口服。而你,抛掉这个定时炸弹,从此以后的道路会顺遂很多,恭喜你。"

听着他刻薄的嘲笑,沈暨叹了一口气。他轻轻揽住叶深深的肩膀,看向顾成殊:"你这样让深深选择,太残酷了,我们其实可以——"

"我赌了。"叶深深打断他的话,以坚定的声音说道。

沈暨愕然看着她:"深深?"

叶深深咬着下唇,用那双倔强而绝望的眼睛盯着顾成殊,一字一顿地说:"孔雀是我最好的朋友,我相信她,相信我们过往所有的日子,她,绝对不会将我为她设计的衣服卖给路微!"

顾成殊冷冷地看着她,说:"好,那么我拭目以待,看看到时候那场比赛中,你设计的衣服究竟有没有被路微给抢注掉!"

Go with the Star

第十七章
风雨

三只兔子。

叶深深望着自己的设计图，那上面三只呆萌的兔子，无知地并排站在一起，亲亲密密。

孔雀来到她身后，俯身看着她手中的图："不是要拿去做了吗？怎么还在看？"

叶深深慢慢抬头看孔雀，眼睛一眨不眨地看着她，说："我在想，这三只兔子是我亲手画的，应该不会有人和我撞设计吧。因为，这三只兔子，代表的就是我们三个人，永远站在一起，永不分离。"

宋宋搞定了一个买家，一边打印地址一边转头看她们，说："我想应该不会吧，毕竟，三只兔子形象的衣服可能有，但是这种动作设计和形象，可只属于我们啊！这回谁要是敢抄袭我们，我就跟他拼命！"

孔雀点头，又说："不过谁知道呢？说不定我们的衣服一上市，就又被抄袭了。"

"只要不是直接抄走版面，衣服总是有区别的。希望这次的三只兔子不要再被抄袭，不然，我会很伤心很难过。"叶深深说着，抬头看着她。

孔雀"嗯"了一声，有点儿不自然地走到冰箱前："喝酸奶吗？"

"我要蓝莓味的。"宋宋举手。

"深深肯定要原味的……沈暨你呢？"他们的冰箱里，除了饮料和饼干基本没有别的东西了，几个人的生活都是这么不健康。

沈暨说："我和深深一样。"

宋宋对着他露出诡异的笑容："我就知道。"

孔雀咬咬下唇，唰的一下打开了冰箱。

夏日的午后，拉上窗帘的室内有点暗。力不从心的空调呼呼吹着冷风，几个人蜷缩在沙发上喝着冰酸奶，充满幸福的画面。

孔雀吃了一半，抬头看着叶深深，问："对了深深，接下来要设计什么衣服？"

叶深深随口说："看吧，要换季了，或许大衣、外套什么的。"

孔雀点头，沉默了一会儿，然后问："你有打算……设计几件礼服裙或晚装吗？"

沈暨看向叶深深，却发现她脸上没什么变化，只是睫毛微微一颤，握着酸奶的手也不易察觉地收紧了。

果然，来临了。

叶深深勉强控制自己的呼吸，也控制自己的手，垂下眼睛看着杯中的酸奶，用勺子搅拌着，说："没有啊，淘宝店需要什么礼服晚装？"

"是啊……"孔雀应着，停了片刻又说，"可是我觉得你设计的裙子是最好看的，要不趁着现在设计一两件出来，将来或许能用上呢？"

"说的也是啊，只要设计出来了，总会有用的。"叶深深没有看她，目光盯在墙上的画框上，看着那里面杂乱的花草，缓缓地说，"就算我用不上，别人也能用得上的。"

孔雀呆了呆，没说话。

叶深深转头看她，露出一个笑意："比如说——你呀！"

孔雀脸色剧变，手猛地一颤，酸奶顿时打翻了。

叶深深赶紧给她扯了两张纸巾，问："怎么啦？"

孔雀低声问："你……说什么？"

"我是说，我们以前不是说好了要一起穿着我设计的礼服结婚的吗？我最近刚好有灵感，要为你设计一件礼服。"叶深深微笑看着她，轻声说，"只给你的，世界上除了我之外，谁也不能为你设计的衣服，你说好吗？"

孔雀听着她的声音，只觉得心口猛地一颤，不由自主地抬眼看她。

叶深深的唇角含笑，目光一直凝视着她，轻声说："说好了，要一起穿着礼服步入婚礼殿堂，一辈子做闺蜜的，我会信守承诺的。"

"我也会！"宋宋兴奋地举起手，说。

孔雀绞着双手，咬紧下唇，然后，艰难地点了一下头。

叶深深设计的是一件白色的燕尾裙，领口缀满羽毛，下摆的燕尾十分明显，前面到膝盖上三四寸，后面却是拖地的，缀满白色的柔软羽毛，看起来更显飘逸，曲线妙曼。

宋宋劈手就夺过了她的设计图，捧着爱不释手："太美了！我好想穿啊！"

"这是给孔雀设计的啦。"叶深深微笑望着孔雀，说，"花了几天想设计，又用了一个多星期终于弄出来，完善细节经过了三四天，所以现在才拿出来。灵感是——白色孔雀，所以用了羽毛。前短后长的设计不但模拟孔雀尾羽，还可以显得身材更高更修长，高腰和前面的短裙摆会强调出孔雀的纤长双腿，至于材料嘛……鸵鸟羽柔软性比较好，我觉得肯定可以营造出那种柔软飘逸的感觉。"

孔雀将那张设计图拿过来看着，脸上露出惊喜的波动："真可爱……是给我的吗？"

"当然啦！"叶深深一手搂住她的肩，另一手搂住宋宋的腰，"我已经想好啦，我要设计三件礼服，这一件是你的，还有我和宋宋的，等我们三个人结婚的时候一起穿上，多幸福啊！"

"深深，赶紧给我做吧，想想就好激动！"宋宋捧着脸颊，眼睛瞄向沈暨，"我已经做好充分准备了，现在万事俱备只欠新郎！"

沈暨只是微笑着，将那张设计图拿过来端详了一遍，说："确实，完美的设计。突出了孔雀的一切优点，这肯定会是世界上最适合孔雀的衣服。"

叶深深看着孔雀，笑问："喜欢吗？"

孔雀抿着唇，看着设计图许久，轻轻地点一点头，说："喜欢……很喜欢。"

宋宋突发奇想："我跟你们说，这件裙子一定要放在店里当镇店之宝，到时候标价100万，所有进入我们店铺的人第一眼就看到这件衣服，但所有人都是流着口水买不起，因为这件衣服只属于孔雀，哈哈哈！"

在欢笑声中，只有孔雀看着那张设计图，默不作声。她的唇角明明是上扬的，可是眼中除了恍惚的雾气之外，什么也没有。

"你确定，你真的能用友情挽回孔雀吗？"

沈暨与叶深深去工厂制作那件白色羽毛裙时，他问她。

羽毛裙已经基本制作完成，只剩下缀羽毛的工序。工厂的工人们正在缝缀白色鸵鸟毛，为了不弄脏羽毛而戴着手套，一根一根理顺毛羽。

叶深深望着这柔软蓬松如云朵的裙子，轻声说："一定会的。因为我们早就说好了，要永远做好朋友。过去是，现在是，将来，也是。"

沈暨抬手从鸵鸟羽毛上轻轻抚过，感受着那些轻柔温暖的触感，没说话。

叶深深长吸了一口气,声音也微微颤抖起来:"我们要一起步入结婚礼堂,一起当妈妈,一起变老……永远永远都是闺蜜。"

沈暨的目光从羽毛裙上转到她的身上,他久久地凝视着她的面容,从她强抑的平静中看到背后的悲恸。

他轻轻点了点头,说:"希望孔雀不会辜负你。"

毕竟,为了保下孔雀,为了挽留这段友情,她将自己所有一切都压上了。若真的被孔雀背叛,她以后可能再也没办法得到这种一步登天的机会。

叶深深抓紧手中的羽毛,就像抓紧虚无缥缈的希望般,舍不得放开:"我们三个人,都会很好很好的……"

她的手抓得那么紧,连青筋都几乎爆了出来。

沈暨轻叹了口气,将她的手握住,轻轻将她的手指掰开,然后又紧紧握在手中。

"等裙子做好之后,我们就要带着它前往北京了,你害怕吗?"

叶深深长长地吸气,又缓缓吐出,摇了摇头:"不。我相信孔雀。"

沈暨握着她的手,不太紧,但那么温暖包容:"总之,你能做的都已经做了,我想,孔雀一定能感受到你的心意的。"

两天后,那条蓬松柔软的羽毛裙,穿在了孔雀的身上。

娇小的孔雀在羽毛的簇拥下,单薄瘦弱的胸部显得弧线丰满,缎带紧束的腰间以同色刺绣点缀,与下面的蓬松恰成对比。无数缠绕围绞的细小哑光珠围绕腰间,而从羽毛之中伸出的纤细双腿,使整个人看起来匀称修长,体型完美。

"太完美了……"宋宋捂着自己的胸口,不敢置信,"孔雀,你一定要穿着这件衣服结婚你知道吗?因为如果我是个男的,我一定死缠烂打把你娶到手!"

孔雀羞怯地微笑着,转头看向沈暨。

沈暨带笑的面容上,那一双眼睛无比明亮,目光在她身上几乎无法移开:"确实很棒,无可挑剔。"

宋宋简直崇拜地问:"深深,腰间的刺绣花纹是怎么想出来的?搭配上那些小珠串简直好看死了!我爱死这件裙子了!"

"嗯,这个同色藤蔓刺绣和珠子的设计,我也觉得很棒……"叶深深说了一句,却接收到沈暨的目光。他微微摇了一下头,她愣了愣,便转了话题,说:"放心吧,等设计你的衣服时,我也会出一件特别特别美的衣服的!保证和这件一样,拼尽全力!"

在宋宋的欢呼声中,沈暨又对孔雀说:"你这件衣服,是深深迄今为止最得意的作品,所以她会带着这件衣服到北京,拿给一些很重要的人看。"

孔雀愕然睁大眼，从镜子前猛然回头。

沈暨笑着对她眨眨眼，说："如果通过了，深深将会经历命运的重要转折，以后的人生，应该会是一片坦途。"

孔雀脸色渐渐苍白，脸上勉强浮上来的笑意，也显得格外惨淡："是吗……"

"是的，所以，你现在可不能将衣服给别人看哦，免得大家失去了惊喜。"沈暨在旁边的箱子中放置汽泡纸，示意她先将衣服换下。

孔雀十指微微颤抖，摸着自己身上的裙子，回头看向叶深深，她正打开电脑，研究着上面的图版。那上面，正是这件裙子的设计图与纸版样式，只需要轻轻一点鼠标，就可以全盘传给另一个人。

她仰头望着沈暨，声音微颤："如果深深在北京发展了，那么，你也要……陪着深深一起走？"

沈暨迎着她那双一瞬不瞬盯着自己的黯淡眸子，垂下了眼睫，轻声说："是。"

孔雀沉默地转过了头，呆呆地看着镜中的自己。

叶深深在一片安静中回头，看见站在镜子前一动不动的孔雀。她一直望着镜中的自己，许久，未曾动弹一下。

就像一只沉默的白色孔雀，站立在枝头，除了华美与孤单什么也没有。

电脑已经开启，叶深深默然转过了自己的头，勉强抑制从自己的心中升腾起的绞痛与恐惧。

她在心里拼命地想着她们那些过往，想着孔雀点开的相册内闪过的一页页往日，一张张笑容。

还有，那个时候孔雀无法控制的颤抖的手。

那是她们的往昔，是牵系着承诺的丝线，是她用了自己的前程换来的赌注。她凭着孔雀那一瞬间下意识的行动，倔强地相信她们的友情，宁可不进入自己梦寐以求的方圣杰工作室，也要换来顾成殊答应不处置孔雀的承诺。

孔雀，孔雀……请你一定不要辜负我。

然而，从始至终，孔雀只看着镜子，没有看她一眼。

飞机即将降落，首都机场却下起了瓢泼大雨，盘旋许久终于找到机会着陆，全机的人都在躁动中松了一口气。

叶深深转头看身边的顾成殊和沈暨，却发现一个在看报告，一个在玩游戏，外面的电闪雷鸣仿佛跟他们毫无关系。这让第一次坐飞机的叶深深坐立不安，感觉自己和他们压根儿不是一个世界的人。

从空中俯瞰暴雨中的北京城，是一个个套在一起的模糊四方光圈，灯光在雨中晕染成一片。机身下降的脱力感，让叶深深觉得头晕目眩，耳朵更是嗡嗡轻响。

她不由自主地抬手捂住耳朵，沈暨轻轻碰碰她的手肘，将手中的口香糖递给她。她拿过来嚼着，觉得确实有所缓解，也让她稍微忘却了不适。

沈暨看见她不安的神情，便找了话题问她："之前没有坐过飞机吗？"

叶深深点头，转过头对他说："我是第一次跨过长江，第一次到北京，第一次离家这么远……"

"以后你还会走得更远的。"他笑道。

机身轻震，成功降落。

叶深深隔着窗户，望着外面的瓢泼大雨，低声说："是啊，我以后会去更远的东北、西藏……"

"有点儿出息好吗？我是指去巴黎、米兰、伦敦、纽约！"沈暨轻拍她的后脑勺，"而这一次，是你设计人生的第一步！"

叶深深的呼吸下意识地加重了，一种浓烈温热的血沿着心脏的抽搐，缓缓流向全身。她不由自主地握紧了自己的双拳，拼命地压抑自己对未来的期待与不安。

就像长久沉浸在黑暗沉闷海底的鲛人，忽然之间被前所未见的力量带着向海面上浮，看见头顶上跳动的微光渐渐扩大，让她想要不顾一切地沐浴在那种灿烂之下，又惧怕自己真的暴露在那片光辉之下时，灰飞烟灭。

而她只是一个摆地摊出身的女孩，真的能按照他们的期望，到达他们所希冀的彼岸吗？

她将自己的目光转到他们的身上。坐在她旁边的沈暨，笑容如春日阳光般温柔，似乎足以将困扰她的所有冰霜消融。而稍远一点的顾成殊，锋利的眉眼与挺直的背，是足以帮她撑起整个世界的山峰。

在他们的帮助下，自己真的可以到达那遥不可及的迢遥高空吗？

仿佛感受到了叶深深的目光，顾成殊睫毛微微一动，那双锐利的眼转而向她看来。叶深深只觉得心口猛地一跳，立即转过头，假装自己在看窗外的景象。

顾成殊面无表情地合上了手中的文件，说："带好东西，跟我们走。"

叶深深赶紧应了一声，提起自己随身的小包。沈暨随手帮她拎过笔记本电脑的包，端详着她新的包，问："以前那个你自己修改过的包呢？"

"呃……妈妈说带着那种东西到北京不好看，所以临时去买了一个新的。"叶深深有点儿不好意思地说，"你知道的……女孩子有了一点儿钱之后，都想换个好包包。"

"嗯，的确如此。"沈暨说着，想了想又说，"但我还是更喜欢你以前那个。"

叶深深露出勉强的笑容:"那我以后自己设计一个。"

"那顺便也帮我设计个同款男式的,我们一起背着出去,多登对。"沈暨笑道。

叶深深胡乱地点点头,心又怦怦跳了起来,总觉得同款包的感觉,似乎有点儿不对劲的、暧昧的感觉……

她不由自主地偷眼去看顾成殊的脸色,他却只看着已经走得没多少人的机舱,在旁边冷冷地说:"走吧。"

到达下榻的酒店,叶深深洗了澡收拾一下,差不多就是晚饭时间了。顾成殊给她打了个电话,让她下来。

她赶紧换上替自己准备的晚装出门,站在门口却茫然失措,苦恼地发现自己因为精神恍惚,竟忘了问下去到哪儿。

就在她翻包找手机时,却发现沈暨从电梯厅走来了。

"深深。"他笑着朝她摆摆手,"刚刚想起来,这家酒店弯弯绕绕的,各个厅又分布分散,方向感不好的人可能要找很久,所以我上来带你下去。"

就像失散的雏鸟遇见了大鸟一般,叶深深的心里顿时涌起一股暖流。她赶紧点点头,跟着他就要走。

沈暨却抬手拦住她,举起手中一个大包:"刚借的,我想你肯定需要这个东西。"

叶深深诧异地问:"什么?"

"化妆包。我有个朋友是开造型工作室的,我让他放一套全新的彩妆在里面,你可以放心用。"

叶深深本来是不信有行李箱那么大的化妆包的,但等沈暨打开之后,她就信了。

"你会化妆吧?"他拿起各种梳子和发夹看着,问。

叶深深迟疑地说:"一点点……"

然而沈暨没想到,她所谓的一点点,竟然是一边打电话给宋宋,一边询问各种东西的用途,其中甚至还有眼影和粉饼的区别问题。他无奈地接过电话,对宋宋说了:"深深这边有点儿急,我们下次聊哦。"然后挂了电话,抬手将她的头发扎了起来,用发箍全部拢到脑后。

叶深深吓傻了:"沈暨你别告诉我你会!"

"我当然会。参加各种发布会的时候,后台都有一大堆人在化妆补妆,看也看会了。"他说着,抬手抱住她的面容,俯头仔细端详着,"浓妆不适合你,我们化一个比较清淡透明的妆容。你的护肤程序做了吧?先上隔离和粉底。"

"这个我会的!"叶深深赶紧说。她紧张地帮自己的脸拍好隔离和粉底,然后坐在

第十七章 · 风雨

他面前。他开了所有的灯，给她上蜜粉定妆，在灯光下用镊子夹起双眼皮贴，说："闭上眼睛。"

她闭着眼睛，感觉到他俯身离自己那么近，呼吸轻轻地喷在自己的脸上。他身上有香根草与佛手柑的淡淡香气，似有若无，在她面前的黑暗之中暗暗侵袭过来，几乎笼罩住了她全身。

她感觉到他的手轻触到自己眼皮的轻微酥麻感，不由自主地，胸口有什么东西，一片一片地缓缓绽放出来，消融在急促流动的血液之中。

他轻微而快速，熟稔而温柔地扫过她的眉眼，描画她的双唇，连睫毛都细细地一根根涂过，就像对待卢浮宫的艺术品一样珍惜而慎重。

她看着镜中的自己，和镜中贴着自己的沈暨，眼睛里忽然渗出一点儿湿润来。

她想起他曾对她说过的话，每一个女孩子都值得喜欢。

可是，我是不是值得你特别喜欢的那一个呢？

有一种绝望而空洞的心情，几乎笼罩了叶深深。可以从几千个同色块中轻易找出细微色差那一块的叶深深，可以闭着眼睛摸出布料缺少5支数那一片的叶深深，却无论如何也不知道，更不懂得如何才能知道，沈暨对别人，和对她的喜欢的区别。这感觉，真让人绝望。

可是沈暨，你是这世上，我特别特别喜欢的那一个。

收拾好之后，沈暨与她一起走到电梯口。他按了键等待电梯上来，转身上下打量着她，那双天生就含着7分水分的眼睛，在此时的灯光下光彩熠熠，欣赏着自己亲手创造出来的作品："一字肩，无袖，曳地裙摆——深深，我喜欢你这件晚装。"

叶深深恍惚而茫然地听着他的夸奖，有点儿羞怯地移开目光，说："还是你帮我打版的。"

"试穿的时候光注意审视衣服了，而且灯光和发型、妆容都没有考虑。当时我觉得对于你这个年纪来说，可能礼服样式简单了一些，但细节做得非常好，完美地修饰了你的身材，所以我也认为已经是件非常好的衣服了。"沈暨笑着说道，"谁知你还考虑到了灯光的因素，这种料子本身带着丝绸光泽，在明亮的灯光下你就像中世纪油画中的林中仙女般，散发着一团淡淡光辉，天然地超越了所有花哨的样式。这是一件看似不经意却无比契合你气质的晚装，太完美了。"

叶深深低头默然微笑："嗯，设计的时候也想过要弄个复杂的款式，但最后还是决定简单一点儿，因为我讲究实用主义。"

"这就是你最迷人的地方，一个浪漫的实用主义者。"沈暨正笑着，电梯已经上来了。

他将电梯门挡住,让她先进去。

快速下降的电梯之中,沈暨在她背后的镜子中看见了一缕头发散落。他抬手重新帮她绾好头发,两个人的姿势就像是在拥抱一样,只是并没有接触到。

他低头看见她苍白的面容,因为紧张而一直在颤抖的睫毛,便轻轻叹了一口气,伸出手,握住了她下垂的右手。

叶深深的睫毛猛然一颤,仿佛被针尖刺中般,迅速地望向他。

"别担心,深深。"他的声音温柔而清澈,在这个小小的空间里,仿佛正柔软地包围着她。

她慢慢地"嗯"了一声,仰头看见明亮的灯光,光芒之中的沈暨通体明亮,笑意温柔:"天才必定脱颖而出,朋友必将守护友情,正义必能战胜邪恶,对不对?"

叶深深长出了一口气,脸上也不由自主地露出了一丝笑容,还没来得及点头,叮的一声,电梯已经打开。

穿过曲曲折折的走廊,来到两扇大门前。

侍应生为他们打开大门,呈现在面前的是广阔的大厅,辉煌的吊灯交织出灿烂的光芒,倒映在大理石地面上,又被高跟鞋的跟踩得闪烁不定。

灯光之下,映照着三五成群的人影,聚在一起的男人们都是正装,女人穿着晚装,穿插来去的服务生也打着端正的领结,手中托盘的高脚杯中盛满香槟,酒会气氛营造得十成十。

沈暨在门口的桌上给叶深深拿了一杯百利甜,想想还是告诫她:"毕竟是酒,最好别喝,以你的酒量,无论见谁都只能啜一滴。"

叶深深赶紧点头,抬头时却发现站在人群之后的路微。

她穿着一件明艳的酒红色单肩晚装,流线型的褶皱从左肩上婉转地流向全身,优雅丰盈。她手中端着一杯香槟,转身的一瞬间,目光与她对上。

叶深深看见了她微微睁大的眼眶,与微微缩小的瞳孔。

叶深深毫不畏惧地扬起下巴,与路微对望。

路微显然想不到她居然会出现在此时此地,更想不到她竟敢这样直视自己。她的目光掠过叶深深的全身上下,从礼服到发型再到妆容,全都妥帖精致,无可挑剔。

一直沉埋的玉石,在这一刻被拂去了尘埃,光彩照人,令一直自矜的路微都黯然失色。

路微恼怒而迟疑地移开了目光,看见了她身旁的沈暨,目光略有波动地闪了两下。

沈暨向她抬手,微微一笑。

路微的脸色更加难看，她绷紧下巴，绕开人群走过来，问："沈暨，什么时候过来的？"

沈暨随口说："下午，听说北京雨下得很大，过来看雨景。"

路微还没来得及追究他明显的谎言，旁边一个女生撩着头发笑盈盈走过来："是呀是呀，今天的雨真的很大呢！"

沈暨露出惊喜的笑容："朱莉！"

她张开双手向沈暨示意："宁可来看雨景，也不来看我！"

沈暨笑着张开双臂与她拥抱："是我的错，连你这几天就在北京也不知道，不然早就赶过来了！"

旁边又有几个女孩赶到，个个笑靥如花，争先恐后与他打招呼。难为沈暨居然还能个个叫得出名字，还细心地提醒着她们："妮妮，你不是对豆蔻粉过敏吗？还敢喝亚历山大，小心明天起红疹！崔西，上次真抱歉，你想要的花纹我没找到，不知后来替代的那种布料做出来效果怎么样？"

一群人聚在一起，五六个女生之间一个沈暨，赫然成了酒会最热闹的一个圈子，路微与叶深深反而被晾在一旁。

路微抬头看着头顶吊灯，冷冷地说："你挺了不起啊，居然能找到沈暨，带你进来瞻仰方老师。"

叶深深假装没听到，她强装镇定地站在沈暨身旁，心里七上八下，不知道路微是否真的拿到了自己的设计，不知道孔雀是否真的出卖了自己，不知道这场关乎自己未来的胜负究竟会如何。

忐忑又恐惧中，她不知不觉就举起手中的杯子，喝了一口酒。

味道还不错，香醇爽滑，和奶茶差不多。所以她看着喧闹中谈笑自如的沈暨，不知不觉又举杯想要再喝一口。

然而一直与众人谈笑的沈暨，仿佛耳后长了眼睛似的，抬起来轻轻挡住了她的手腕，转头对她说："别被口感骗了，这是酒，你不能再喝了。"

众人的目光顿时都聚集到叶深深的身上。妮妮率先抬起下巴，对着叶深深一撩："沈暨，这位是谁呀？"

沈暨介绍道："这是叶深深，也是学设计的。"

女孩子们纷纷向她点头微笑："哦，是同行！"

也有人琢磨着沈暨刚刚的举动，说："沈暨带来的，肯定非同寻常了。"

"确实非同寻常。"说话的人正是路微，她在旁边一声冷笑，慢悠悠地说道，"她以前是我们青鸟的一个实习生，后来因为工作严重失误，被公司开除了，听说失业后在夜市摆地摊为生，又有人说开了一家网店，专卖十几二十块的垃圾衣服——这样的人，来到今天这样的场合，不是非同寻常是什么？"

旁边的女孩们全都愣住了，看着叶深深的眼神也颇有点儿玩味迟疑，但出于给沈暨面子，又不好说什么。

"事实上，她是今天参加最终评审的参赛选手之一。"沈暨笑着，假装不经意地将自己的手搭在叶深深的肩上，"她这次也带了自己作品来，是一件白色的羽毛裙，感觉应该会很不错。"

"白色羽毛裙……"路微轻蔑的冷笑落在叶深深身上，"那可真巧，这回发布会可不只一件白色的羽毛裙哦，你对自己的那件，有信心吗？"

她的话说得轻描淡写，却让叶深深觉得心口一震。她看着路微得意的神情，胸口浮起一阵波动的恐惧。路微，似乎一切都已经尽在她的掌握之中，自己来到这里，仿佛只是自投罗网。

她咬住因为恐慌而微微颤抖的下唇，竭力挤出一句："至少，我的设计是独特的。"

"呵呵，独特……那我拭目以待。"路微丢下一个冷笑，转身施施然走向门口。

叶深深紧握着手中的酒杯，想要反唇相讥，沈暨却拉住她的手，说："何必做这些意气之争，反正终究还是要看最后的胜负。"

旁边女孩子们不知道她们之间的恩怨，只把关注点都放在沈暨拉着叶深深的那只手。

叶深深的脸腾的一下就红了，与刚刚电梯里无人处的一握手不一样，这可是在大庭广众之下，而且又是在她被所有人奚落的时候。她抬手正要甩开沈暨，沈暨却朝她微微一笑，在灯光下朝众人认真而严肃地说道："不好意思啊，她是我老板，我得好好伺候她。"

一众人都是大跌眼镜，甚至有人连杯中的香槟都泼了出来："她……不是摆地摊的吗？"

"是呀，她摆地摊，我在她手下打杂。"沈暨面不改色地说着。叶深深不安地想要抽回自己的手，而他却握得更紧，朝着众人笑着挥手，拉着叶深深往旁边休息区走去，甚至见她脚步迟疑，还小心翼翼地替她提起裙角，"小心点儿，不要踩到哦。"

见他这般做小伏低的模样，众人都是面面相觑，投在叶深深身上的目光中，除了揣测之外，更多了羡慕嫉妒恨。

叶深深的脸更红了，脸上薄薄的妆容也掩不住里面透出的羞赧颜色。沈暨给她递上小点心，她接过来，默默地用小叉子吃了几口，又忍不住抬头看他，目光在他秀美的侧面轮廓上定住，竟再也移不开，仿佛被捆缚住了一般。

沈暨，无所不能的沈暨，温柔体贴的沈暨，神秘而难以知晓过去未来的沈暨。

她还在想着，面前人头忽然一阵攒动，许多人朝着门口涌去。沈暨身材比较高，站起来便越过人头看见了来人："今晚的主角，方圣杰来了。"

叶深深赶紧踮起脚，企图观摩这位业界大牛，传奇人物。

面前的人群潮水般分开，她首先看见的却是顾成殊，而他也正抬眼看向她，在看到她与沈暨站在一处十分亲密的模样时，他的眼睛难以察觉地微眯了一下。

她心虚地迎接着顾成殊的注视，头皮发麻。不过幸好他只瞥了她一眼，就收回目光，与身旁的方圣杰说了句什么。

方圣杰留着碎卷的中分长发，一张瘦削清癯的脸，苍白无血色的面容上，唯有眼睛明亮锐利。他听着顾成殊说话，目光在叶深深的身上定了约有三秒，又向沈暨点了一下头。

沈暨抬手朝他示意，然后在叶深深的耳边低声说："顾成殊在帮方圣杰弄工作室融资的事，这也是你能站在这里的原因。"

叶深深默然点点头，沮丧地想，原来还是和自己的能力无关，纯粹只是金钱的力量。

"今天其实是方圣杰工作室成立的周年庆典，邀请了很多业界人士参加。工作室实习生的最后甄选活动只是今晚顺带的节目。这次入围者有50人，都是全国无数怀着梦想的设计师，经过层层推荐和遴选进入的——你是走后门的特例。"沈暨又在她耳边轻声指点着，"方圣杰身后的几个人，就是今晚的几位贵宾，同时也是评委。穿黑色宽腿裤的那个是时尚杂志《ONE》的主编宋瑜；金色短裙那位你应该认识，国内顶尖的模特；后面那位你应该也很熟，她现在可是娱乐圈炙手可热的女星……"

叶深深觉得心口涌上一阵心虚慌乱，嘴唇张了张，想说什么却又说不出来，只不由自主地抓紧了自己的裙摆。

沈暨看到她苍白的面容，便不再介绍了，低声说："别紧张，放轻松。"

"我……"她只觉得大脑嗡嗡轰鸣，人都几乎站不住了。她茫然恍惚地抓着他的衣袖，艰难地张着双唇问，"你……听到路微刚刚的话了吗？"

沈暨将她额前的乱发拂开，低声说："她在虚张声势而已，你别担心。"

"不，她当时的神情……她已经知道我那件白色的羽毛裙了……"叶深深几乎语无伦次，说不出话来。

"对，她知道。不过也不代表什么。"沈暨的唇角甚至还带着一丝微笑，轻声安慰她，"她可能是在后台看见你的设计了。"

叶深深惶惑地回忆着，想着路微那诡异的笑容，正要说什么，却听到主持人在上面说："那么下面就请最终进入决赛的所有设计师，随机领取号码牌。模特们将根据设计师抽取的号码，依次上台展示自己设计的衣服。"

沈暨在她的背上轻轻一拍，说："去吧。"

她这才悚然惊觉，仓皇地回头看他，他做了一个"加油"的手势，然后将手掌贴在自己胸口，对她微笑："别担心，你会赢的。"

叶深深抽到的号牌是36。她惶惑不安地将号码牌捏在自己手中，站在台边看着已经开始走上来的模特们，双眼涣散。

今天到场的人，全都是捧方圣杰的场过来的，并非一场正式的秀，所以音乐很轻松，模特们走得也随意，裙裾飞扬中，一下子已经走掉了十几位。

她正在看着别人的设计，后面忽然有人拍她的肩："来来，亲爱的转个身。"

她吓了一跳，下意识地转身看向后面的人。

是一个长着娃娃脸的男生，一头染得金灿灿的头发，连眉毛也漂成了金色，身穿着一件蓝白波点的衬衫，胸口开了3颗扣子，配着墨绿色的9分窄脚裤，在这样人人正装的场合中显得太不正经，又异常出挑。

他朝她眨眨眼，目光在她身上上下打量着，又示意她转到侧面给自己看，然后才露出惊叹的笑容，说："太棒了！如果今晚只能有一个赢家的话，我猜就是你和我之间的一个！"

叶深深呆呆地看着他，不明所以。

"我也是想要进入工作室的人，熊萌。你可以叫我小熊，但是千万不要叫我萌萌。"他说着，朝她挤眉弄眼地笑，"我敢肯定，留下来的几个人中，必定有两个名额是我们的。"

叶深深"哦"了一声，艰难地抿唇："我叫叶深深。"

"……不是吧？我怎么不知道入围的人中有叫叶深深的？"他摸出口袋中的名单看着，大感不解。

叶深深正在想着自己要不要解释，台上已经有人在说："29号，白色燕尾羽毛裙。"

她如遭雷殛，猛然转过头，看向台上。

腰间别着29号标志牌的模特，正穿着一件白色的燕尾羽毛裙款款走上台。

柔软的纯白色鸵鸟羽，柔顺地簇拥着胸部，衣上同色刺绣与哑光珠相映成辉，与下面蓬松羽毛恰成对比。而从羽毛之中伸出的纤细双腿，使整个人看起来匀称修长，体型完美。

"这是谁的作品？居然这么棒！"熊萌瞥了叶深深手中的"36"号牌一眼，嘟囔，"这下悬了，又出现一个劲敌，看来要进入方圣杰工作室的设计师是藏龙卧虎，不知道我还能不能拿到前三……"

叶深深木然站在那里，脑中有一根弦断裂，让她只能站在那里，一动不动。

她心口仿佛有一把钝刀在割肉，血肉模糊中往昔的一切都如海浪般涌上她的心头，汹涌的涛声之中，只不断地回荡着一个名字——孔雀……孔雀……孔雀！

终究还是出卖了她。

所有她对她付出的友情，所有的过往时光，所有她们三人共享的欢笑与泪水，全都是自以为是。纵然她一个人信心满满，可在金钱与前途之前，如此不堪一击。

叶深深呆呆地站着，连动一根手指的力气都没有。而台上30号的衣服，已经开始展示，31，32……一直到36。

"36号……"主持人看着手中的提词牌，愣了愣，怀疑地念出来，"白色燕尾羽毛裙……"

下面的人一片哗然。

因为，腰间挂着36号牌的模特已经款款上台，她身上穿着的，赫然就是与29号一模一样的白色燕尾羽裙。

酒会现场一片寂静，然后，又哄然一声，人群几乎炸开："一模一样的两件衣服！"

"据我所知，每个应征者都应该是独立设计，独立拿出自己的作品！"

"那就是说，里面有一件衣服，是原封不动抄袭了对方的作品，然后拿到场上来鱼目混珠？"

"不可能！哪有人抄袭了同样的衣服，不加改动地与对方同台竞技？这是白痴还是傻瓜？"

就在众人议论纷纷的时候，却有一个人在旁边说道："别人当然不可能，然而，有一个人，我觉得很有嫌疑。"

众人看去，站在主持人身边的，穿着酒红色礼服，在灯光下带着冶艳的笑容，正是路微。

沈暨将目光转向叶深深，见她面色惨白如鬼，连身躯都摇摇欲坠，就像是已经看到了自己的末日一般。

他轻叹了一口气，将自己的手轻轻按在叶深深的肩上。

她颤抖的身体，在他双手的扶持下，终于注入了一丝力量，勉强停止了自己的异常。她抬头看着沈暨，异常苍白的面容上，神情无比悲哀。

他知道她心里的绝望。

她没有挽回孔雀。

原本可以在他们的帮助下轻松回避的这一记痛伤，她抱着最后的希望迎面而上，却被重重地击垮了，不留任何幻想余地。

她一厢情愿的信任，倔强固执想要抓住的东西，就这样被孔雀践踏，再也收拾不回来了。

沈暨加重了自己手掌的力量，紧紧地护着她，面对着路微的指控。

"我们所有人都知道，这些衣服是要同时在台上展示的，甚至，很多人都在来到北京设计制作时，就已经认识了对方，也依稀知道了对方是什么设计……"她抬手一指人群中，直盯着叶深深，说，"只有下午刚刚从外地赶来的这个叶深深，她完全不知道规矩，更不知道别人的设计是怎么样的，于是，就将自己抄袭得来的设计拿了出来，结果，刚好就撞上了！"

她说得振振有词，众人一时都将目光定在叶深深的身上，见她脸色这么难看，不由得交头接耳，议论纷纷。

叶深深在众人目光的审视之下，觉得自己脑中一片空白。无数刀子在她脑中乱扎，她耳朵轰鸣，呼吸急促，眼前浮上一片昏黄，有无数欲辩解的愤慨堵在胸口，却无法说起。

幸好她肩上的那双手牢牢扶住了她，帮助她笔直地站在众人面前。是沈暨，他脸上失去了一贯的笑意，沉静的目光扫过众人，那些议论的话语顿时都低了下来。

就在这一片安静之中，一直安坐在那里的顾成殊终于缓缓站了起来。他看向路微，开口问："那么我想问，为什么不是别的参赛者抄袭了叶深深，想要在这个场合拿出来作为自己的作品，却没想到叶深深出人意料地成为了入选者，也拿出了自己的作品，导致了这场抄袭撞车事件的上演？"

路微一时语塞，在场的人也都停止了交头接耳，只是用揣测的目光端详着叶深深。

身为主人的方圣杰终于站起来，问："29号是谁？"

叶深深和沈暨的目光都转向路微，就在他们以为路微会拿出29号牌时，却发现路微的身边一个皮肤微黑的男孩，慢慢地举起了自己手中的号牌，正是29。

叶深深顿时明白过来，路微可能早就已经知道顾成殊和沈暨会出现在这里，所以她早已做好万全准备，一开始就准备撇清关系——果然，现在就算事情闹得再大，她也完全可以置身事外。

方圣杰的目光在叶深深和那个男孩身上滑过，问："叶深深和姜冬，你们究竟谁在前面，有谁能拿出明确的最早的证据来？"

在一片安静之中，只听到那个男孩沉重的呼吸声，他看起来，脸色比叶深深还要难看。毕竟，叶深深的失态，是因为孔雀的出卖，而他则是抄袭作弊，却刚好与原主撞上了，自然紧张恐慌得要命。

所以，叶深深长吸一口气，率先说道："我的作品，最早是手绘设计，一个多月前在电脑上作图打版。证据的话……我回到家里之后，调出当时的CAD文件属性就可以证明。"

"电脑上可做手脚的地方太多了，只要修改一下系统时间，我甚至可以说自己是去年设计的呢，对不对？"路微在旁边冷冷地说。

叶深深没有理她，直接盯着姜冬问："那么你呢？你是在什么时候开始设计的？"

"我什么时候开始设计不重要，重要的是……"姜冬说着，偷偷看了路微一眼，见她点了一下头，才打开自己的包，拿出一张纸，出示在他们面前："因为这件衣服是我很重要的设计，所以为了防止被人偷创意，我在一个月前，也就是——8月13日，将这件设计拿去版权局作为知识产权备案了，虽然还没下来，但，这是当时拿到的回执和申请内容复印件。"

他手中的几页纸，清清楚楚地印着设计图，正是前短后长的白色鸵鸟羽燕尾裙，腰间缠绕的缎带与小珠串，细节一丝不错。

白纸黑字，图像清晰。确凿无疑的证据让所有人都立即站在了姜冬那一边，以怀疑的目光看着叶深深。

"所以，叶深深，这可是姜冬备过案的设计，属于受保护的知识产权，你，抄袭了他的作品，就等于是犯法。"路微冷笑着，盯着叶深深说道："我给你一个忠告，你还是趁现在立即向姜冬和所有人道歉，然后带着你狼藉的名声，乖乖地滚出设计界吧！否则，就等着被起诉，赔到你倾家荡产！"

沈暨微微皱起眉头，端详着路微，轻轻叹了口气。

而方圣杰站起来，走向姜冬，伸手接过他手中的复印内容看着。唯有顾成殊冷眼旁观，看都不看那张纸一眼，甚至对路微看向他的目光都视而不见。

方圣杰看过那几张知识产权备案的回执和内容复印件之后，抬头看向叶深深，问："叶深深，你有什么可以反驳的吗？"

叶深深咬紧下唇，许久，低声说："我……现在手上没有证据。"

她赌输了，一败涂地无可收拾。这是她应得的下场——在亲眼看到路微授意孔雀盗取设计、陷害自己时，她还固执地认为自己可以挽回想要挽回的人、可以争取想要争取的感情。现在想来，其实她一意孤行的想法是如此荒谬，连自己都想嘲笑挖苦讥讽一番。

　　凭什么呢？凭什么要孔雀为了友情而放弃亲情呢？选择家人还是选择朋友、选择多年友情还是选择未来的坦途……难道不是每个人都可以毫不犹豫做出的选择吗？

　　"所以，姜冬的设计在前，而你的在后，对吗？"方圣杰又问，目光定在她的身上，若有所思地又转到她身旁沈暨的脸上。

　　"我在前。"叶深深倔强地说，"我没有抄袭，是我的设计被别人偷走了。"

　　方圣杰那张清瘦苍白的脸上露出一丝嘲讽的表情，转头向众人摊开双手，笑道："没有任何证据，一下就被别人的决定性证明给击倒了，这位可敬的女孩子——叶深深，却还倔强地说着空口白话，说这设计是她的！"

　　在场大部分人都随着他的笑容，哈哈大笑起来，看向叶深深的目光有嘲弄，有不屑，更有唾弃。

　　路微在人群之前，目光中显露出得意与讥讽，一丝冰冷的弧度出现在唇角。

　　唯有沈暨皱起眉头，看向顾成殊。而顾成殊已经坐回评审的位置上，安之若素地看着面前所有人的笑，神情平淡。

　　与沈暨交好的几个女孩子，看见沈暨此时的沉默表情，都想起叶深深是他的老板，也停了下来，面面相觑。

　　渐渐地，现场所有人也都停了下来，看着依然站在那里仰着头挺直背的叶深深，嘲讥的笑声也变得无趣，稀稀落落直到最后停止。

　　方圣杰在安静下来的人群中，环视众人，问："那么，在你们的心目中，是否都已经确定了，设计这件作品的人肯定是姜冬，而叶深深肯定是抄袭者？"

　　在一片寂静中，有人怯怯地发表了第一个意见："是啊，肯定是叶深深抄袭……"

　　然后有人的声音高了一点儿："除了她还能有谁？姜冬都已经将设计备案了！"

　　渐渐地，议论的声音越来越大："一个新人就敢这样大肆抄袭，而且还抄到了同一个评审组的选手头上，就应该被赶出设计界，永远不被这个行业接纳！"

　　在议论纷纷之中，方圣杰的唇边却露出了一丝意味不明的笑容。他伸手向顾成殊，示意他。

　　顾成殊从包里拿出几页纸，递给他。那张平静到了平淡程度的面容上，此时终于露出了一丝笑意，目光也看向叶深深，唇角一线难以捉摸的弧度。

　　心乱如麻的叶深深看着他的笑意，依然茫然。

　　"然而，我可以告诉大家一件遗憾的事情，姜冬8月13日送审的备案，是不可能通过的。因为……"方圣杰将纸拿在手中，举起来展示给众人看，让所有人都看清上面的内容，"8月7日，叶深深的备案已经送交到版权局，就在今天，她的备案刚好通过，拿

第十七章·风雨

到了登记书。"

他手中的纸张，正是作品登记证书。

作品名称：白色鸵鸟羽燕尾裙。
作品类型：服装设计。
作者：叶深深。

证书的后附录，是足有20页图纸，从整体到局部，从工艺到细节，巨细靡遗，清楚明晰。

"哗……"众人没想到叶深深不但有提前备案，而且还已经赶在别人之前拿到，顿时个个都被震得低声惊呼。

就连叶深深也是呆滞了，被这突如其来的消息震撼了，无法动弹。

沈矍在她耳边轻声笑道："不好意思，忘记告诉你了，今天刚刚下来，我们正好赶得上给对方致命一击。"

叶深深嘴唇蠕动，想要说什么，却什么也说不出来。

姜冬毕竟年轻，他惊慌失措地看了路微一眼，见她也是脸色大变，手足无措，只能咬咬牙，横下一条心抵死不认："是我在先！她抄袭了我的作品之后，又抢在我之前赶去备案了！"

"真是你设计的吗？那么请你来说一说，你的设计过程。"方圣杰说着，示意台上两个穿着一模一样白色燕尾裙的模特下来，抬手在裙上的羽毛与缎带、珠串上滑过，"仔细地讲讲，你这上面每一处细节的用意？"

姜冬恐慌不已，用力地呼吸着，磕磕巴巴地说："我……我设计这件作品的初衷，是因为喜欢白色孔雀……"

方圣杰抬起手，制止他继续说下去："你先说一下，腰间刺绣上钉的小珠串的用意。"

姜冬不解其意，顿时懵了，他的目光下滑到模特腰间，竭力组织语言："这个是为了……增添整件衣服的质感与华丽……"

方圣杰似笑非笑地瞥了他一眼："看来，这个小珠串的想法，也是抄袭你的？"

"是……是的。"姜冬额头冒出细细的汗，勉强说。

"是吗？"方圣杰说着，忽然抬起手，一下抓住一个模特身上的珠串，用力往下一扯。

用几百颗哑光米粒珠编织缠绕而成的珠串，在他用力一扯之下，顿时全部散落于地，无数细碎的珠子就像星光流泻于地，在光洁的大理石地面上蹦跳着，散逸于所有人的脚底下。

在场所有人都惊呆了，鸦雀无声之中，姜冬正是吓得面无人色。因为方圣杰正盯着他，缓缓地，一字一顿说道："这是我提出的设计。难道你觉得，我会抄袭你？"

姜冬在他的瞪视下，不由自主地退了一步，撞在路微的身上。

路微不动声色地避开了自己的身体，任由他趔趄地退步。姜冬脚步不稳，鞋子又在地面上刚好踩到了一颗小珠子，顿时脚下一滑，整个人重重坐倒在地。

方圣杰却完全没有理会他的狼狈，只指着两个模特说道："所有人在设计图出来之后，我都会出具修改意见。叶深深虽然不在北京，但她的设计图，顾成殊传给我看过，所以，我也提出了自己的修改意见——她这件礼服，是为一个身材娇小的朋友设计的，对于身材不高的人来说，是一件完美的衣服。但现在我们的评审展示会上，却是身材高大的模特，腰间简洁的设计会拉长腰线。于是我帮她提出了在腰间加上可拆卸的缠绕状珠串的想法，让她修改了设计。"

姜冬面如死灰，而方圣杰似乎并没有放过他的意思，走到他的面前，俯下头盯着他，问："而你，拿着别人的创意，不敢事先与我商谈，所以并没有经过我的眼，更不知道我曾改过这个设计！你说这是抄袭了你的创意？我居然会抄袭你？"

姜冬终于彻底吓傻了，他胡乱地抬手，想要抓向身旁的酒红色裙摆，路微却一扯自己的裙角，冷冷地对他说："像你这样的人，还是赶紧走吧，别在这里丢人现眼了！"

姜冬呆滞地盯着她许久，终于勉强撑起身子，趔趄地扶墙逃出了现场。

叶深深紧紧咬住下唇，知道今晚若有万一，落得这样狼狈下场的人，只可能是自己。

一个声音在轻唤她的名字，她茫然回头，看见身后的沈暨温柔的笑容："这下知道了吧？就算你想赌一把，我们也绝对不会让你输的。"

她用力地呼吸着，仰头看看沈暨，又回头去看顾成殊。

他已经安然落座，仿佛刚刚什么事情也没发生，仿佛那决定性的证据并不是他拿出来的，仿佛被驱赶的抄袭者并未曾在他面前出现过，仿佛叶深深的人生，也并没有在一瞬间翻转。

叶深深收回目光，茫然地垂下头，盯着自己的裙角。她知道自己获得了清白，摧毁了路微与孔雀联手设下的陷阱，更得到了在场所有业界人士的关注。可不知为什么，心口中只有一种难以抑制的酸涩，和仿佛被人剥夺走了心脏一部分的空荡。

她低声说："我……不知道自己是输了，还是赢了。"

第十八章
告别孔雀

Go with the Star

"欢迎深深凯旋！"

宋宋和孔雀到机场迎接叶深深，人群之中一看到她，宋宋先扑过去，狠狠地拥抱她。

孔雀在她身后，不自然地露出一丝艰难的笑。

叶深深抱着宋宋，目光越过她的肩膀，望着孔雀，露出一个比她好看不了多少的笑容。

陪叶深深回来的沈暨，在她身后微笑道："好啦，我们先去吃饭，也当做是庆祝深深成功进入方圣杰工作室实习。"

"好啊！"宋宋兴奋地又问叶深深，"实习期多久？你应该是里面实力最强的吧？结束后可能就能留在那里了吧？"

叶深深摇头，说："还不知道呢，不过我会努力的。"

4个人在酒店里落座，一直沉默的孔雀终于开口，问："那……深深什么时候走？"

"就这几天，收拾好东西就要去了。"叶深深低头玩着筷子，轻声说，"要先安顿好店里的事情，还有我妈妈，和她商量一下是不是和她一起走，然后就要在北京常住了。"

"沈暨……和你一起走？"孔雀缓缓地问，"把我们都抛下了吗？"

沈暨笑道："怎么会是抛下呢？深深要随时去工作室，而网店则可以远程控制的，你们和她依然能每天交流的。"

"是啊,从一起摆地摊,到现在她飞上枝头,远程控制我们了。"孔雀望着面前的叶深深,慢慢地露出一个冷笑,"反正再怎么样一起走过来的,只要有机会,你肯定就会甩掉我们,自己一个人往最高的地方飞去,看都不会看我们一眼。"

"孔雀你说什么呀?深深进入国内最好最厉害的工作室了,我们身为好姐妹,肯定是全力支持啦!"宋宋用手肘撞了她一下,说,"就算深深现在有了更好的发展,可就算隔了千山万水,我们依然还是好姐妹啊!我们说好的,一起打拼,一起结婚,一起过上幸福的生活……"

结婚,闺蜜们在一起时肯定会聊起的话题。哪怕离结婚还很远,哪怕都还没有男友。

叶深深记得她们三人描绘过她们梦想中的婚礼,穿着她设计的婚纱和礼服,宋宋要华丽的公主裙,叶深深要简洁的长礼服,孔雀要独特的仙气婚纱……

而现在,孔雀坐在她的面前,握着手中的柠檬水,冷笑了出来:"对啊,说好了我们结婚的时候,都要穿着你特别设计的裙子呢——虽然你已经把我的裙子,拿去作为甄选的垫脚石,进入方圣杰工作室了。"

她的言辞如此锋利,沈暨和宋宋当然都听出来了,宋宋瞪大眼睛就要发作,沈暨朝她使了个眼色,她只能硬生生忍下,只是胸口急剧起伏,几乎无法控制。

而叶深深张开双唇,想要笑一笑,却终究没能笑出来。她说:"是啊,我也没想到,想给别人送一份礼物,结果却被收礼的人这么嫌弃,差点儿被诬陷成了小偷,这实在是……太让人伤心了。"

孔雀原本就苍白的面容,此时终于变得铁青。

她缓缓地站了起来,盯着坐在她身边的叶深深,声音颤抖:"你什么意思?"

宋宋终于再也忍不住,手撑在桌上,呼的一下站起来,正要说什么,沈暨已经跟着她站起,抓住了她的手臂:"我点了羊肋排,用手抓着最好吃,宋宋和我一起洗手去。"

他拖着宋宋,穿过小半个餐厅,走到洗手间外。宋宋愤然开大了水龙头,伸手在水流下。

水哗哗地流着,她却一动不动,只站在那里任由水流冲刷着自己的皮肤。

沈暨叹了口气,帮她关上了水龙头,靠在洗手间外的窗边,转头看着外面。

炎热的夏日,晴朗无云,蓝色的天空高得可怕。正是用餐时间,餐厅内有低细的喁喁话语传来,而叶深深与孔雀离得太远的,他听不到她们在说什么,反正他也不想知道。

他只是伤感地想着叶深深一意孤行,要保护孔雀的姿态。

然而终究没有用,挽不回的东西,永远都挽不回。

叶深深与孔雀坐在餐桌的对面，她深吸了一口气，声音略带颤抖，却努力继续着刚刚的话题："我的意思是，孔雀，你明知道路微的计划，明知道路微要陷害我，路微会向我索赔巨款，我们店和我都会深陷泥沼无法脱身，甚至，路微会以自己的力量给我致命一击，从此我在设计界声名扫地，最后可能死无葬身之地……"

孔雀梗着脖子站在那里，一动不动。她的脸上涌起一阵羞愤的潮红，又涌过一阵恐惧的青灰，看起来显得格外可怕。

"我知道，那件黄白色油画凹凸纹外套，是你卖掉的；最近店里被盗版的衣服，也都是你泄露出去的。可是孔雀，那都没关系，我知道你需要钱，也知道你压力特别大，知道你下决定的时候，很犹豫，很伤心……你做什么我都理解。"叶深深手按在沙发扶手上，也慢慢站了起来，直直地盯着她说，"可是孔雀，你不能为了自己的未来，连自己最好的姐妹都要下手。"

水龙头前的宋宋，从镜子里看到了站在那里的叶深深和孔雀，终于再也忍耐不住，她狠狠一拍洗手台，就要冲出去。

沈暨眼疾手快，一把拉住她的手腕，压低声音："宋宋。"

宋宋回头看他，通红的眼中，满是愤恨与失望的泪。

"别忘了，深深就是怕你太冲动，所以才叫你避开的。"沈暨低声在她耳边说，"她能处理得很好，你放心。"

而那边的孔雀，已经再也控制不住，嘶声叫了出来："你知道……你一直都知道！是不是你和宋宋一直都在监视我？你们、你们其实早已知道我在干什么了，却把我当个小丑一样，看我被你们耍得团团转，你们……很开心是吗？"

"宋宋是昨天才知道的，这件事情闹得太大，我已经没办法若无其事抹去。"叶深深打断她的话，声音压得很低，却始终清楚而用力，一个字一个字地从肺腑中压出来，"孔雀，我和宋宋都希望你能回头……只要你和路微断了联系，我们依然还是好朋友，我和宋宋都不会介意你做的一切，你的苦衷我们都知道……"

"哼……不介意我做过什么，你当自己是什么，圣母吗？"孔雀忽然提高声音，恶狠狠地打断她的话，"叶深深我告诉你，我就是要和路微合作，我就是不爽你们！没钱没权没资源，你也配和她斗！路微给我钱，替我前程铺路，帮我哥哥考研，你们呢？你们能给我什么？"

叶深深听着她尖锐的声音，那里面满是歇斯底里的绝望。她摇摇头，低声说："孔雀，我知道你不是这样想的。我们是设计学院三人组，是一起开'叶宋孔雀'的三个人。这个店，无论离开了谁，它都不再是叶宋孔雀了……"

孔雀再也忍不住，她强忍住自己眼眶中即将落下的眼泪，抓起自己的包，扭头就往外走："我凭什么要和你们一起，开个网店累得要死要活？我会去青鸟，做我的设计总监，人生稳定又舒适，而你们，就等着被挤垮吧！"

"孔雀……"

叶深深还想说什么，孔雀已经向外大步走去。

看见她要离开，宋宋终于一把甩开沈暨，跑到门口堵着孔雀大骂："滚！你给我滚！我们永远、永远，再也不想见到你这个卑鄙小人！"

孔雀冷笑着，看都不看地绕过她，向着门口大步走去。

她一手抓着包，一手去开门，玻璃门并不算太沉重，她却怎么都拉不开门把，手颤抖得厉害。

沈暨叹了口气，走过来将门拉开。

孔雀死死咬住下唇，抬头看了他一眼，便噔噔噔地出了门，踩着自己的高跟鞋下了台阶，大步向前走去。

一直走到绿化带边时，有人从后面的店里奔出来，跑到她的身后："孔雀，你真的不打算和我们在一起了？"

孔雀听出是叶深深的声音，她埋头向前疾走，没有理她。

叶深深抓住她的胳膊，说："那好吧，我也知道你心高气傲，肯定不会愿意再继续留下来的。"

孔雀个子娇小，又在沮丧狂乱之中，被她拉住后用力挣扎也没能挣脱，只能狠狠地瞪着她："干吗？"

"昨晚，我和宋宋商量你的事情时，我们已经决定了……要是你真的要走，我们不拦你。但是这个给你。"叶深深将一张卡举到她面前，说，"叶宋孔雀，这是我们三个人的店。从第一天摆地摊赚到第一笔钱开始，从无到有，从赚到第一块钱，到现在我们赚了几万块，我们三个人都始终在一起。现在，我和宋宋把你应得的那一份给你，密码是你的生日。"

孔雀将自己的头扭向一边，没有回答，只是呼吸渐渐粗重起来。她捏着那张卡，在夏日的艳阳下，一步一步走出了叶深深的视线。

满街的热气蒸腾，笔直的道路和笔直的墙壁都似乎微微扭曲。她在叶深深凝望的视线中越走越远，最后终于消失不见。

太阳很大，风热到发烫。

孔雀茫然走在街上，却似乎无知无觉。

电话响起,她本以为是宋宋打来骂她的,或者是深深打来挽留她的,所以过了好久都没有接。

电话不依不饶,一直响着。她终于站在街边,拿出了手机看,原来是哥哥。

他劈头就问:"你搞什么,怎么不接电话?"

孔雀真的觉得很累,近乎虚脱。所以她第一次以沉默来对待哥哥的问话。

他见她没说话,于是又说:"给我打3000块钱。"

孔雀靠在后面的墙上,捏着自己的手机,无名的恼怒直冲她的脑门儿,她真的很想毫不留情地拒绝他,就像宋宋和深深告诉她的,要避开这个吸血鬼。

但,她终究还是问:"这回要买什么?"

他以倒霉的口气说:"女朋友中招了,我得带她去打掉。加上后续的营养费,你快点儿给我打3000过来,明天就要去了!"

人命关天的大事,孔雀只能默然"嗯"了一声。

后面就是取款机,她拿起叶深深放进来的那张卡,塞进里面,输入自己的生日。

40000元。

她看着这个数字,站在气息滚烫的街边,整个身体都颤抖起来。

她是管店里账务的,她当然还记得前几天她们算过的,店里赚到的钱共是46195元。

叶深深对她说,现在,我和宋宋把你应得的那一份给你。

然而她没想到,自己应得的,是这个数目。

她全身的力气仿佛都被抽光了,整个人靠在ATM机上,缓缓地滑下来,蹲在地上,无法动弹。

热气如同海浪般将她包围,她捂住自己的脸,蹲在这个蝉鸣嘈杂的夏末街道边,眼泪终于滚落下来。

顾成殊是个很乏味的人,除了工作之外,他唯一的爱好就是数独。连他万能的秘书伊文都受不了他这样的嗜好,劝他最好出去走走,该让大脑休息的时候,要找点儿有趣的事情做做。

"世界这么大,比数字可爱的东西多了去了。"伊文将他手中的笔拿走,认真地教育他,"一个工作时在看数字、娱乐时也在看数字的人会得强迫症的。为了我的美好人生,我不希望自己的老板性格扭曲。"

失去笔的顾成殊无可奈何,丢下一句"小心你这个月薪水",便起身拿起手机和车钥匙离开。然而就在走到门口时,他又转身折回来,将东西丢在桌上,对她说:"把笔还给我。"

伊文惊讶地睁大眼睛看着他。

他向身后示意，路微正走进来，一脸哀怨又愤恨的模样。

伊文默默地把笔还给他，对着路微绽放笑容："路小姐，好久不见。"

路微没有理她，只将包丢在桌上，直视着顾成殊问："为什么要把叶深深硬塞进方圣杰工作室？"

伊文耸耸肩，帮路微倒了杯水，帮他们带上了门。

顾成殊看着面前的数字，神情平淡："我尊重每个人的梦想，包括叶深深的。她想要进工作室，又有能力，我只是不阻拦。"

"不阻拦，呵……那还一个多月前就处心积虑给她准备申请版权保护，就等着要对付我？"

"据我所知，我对付的是盗窃叶深深设计的姜冬，并没有任何针对你的意思。"顾成殊终于抬头看她，唇角一丝讥嘲笑意，"还是说……这件事背后指使的人是你？"

路微一口恶气顿时硬生生堵在自己胸口，无法宣泄。许久，她才别开头，悻悻地说："别装了，大家心知肚明。"

"既然如此，你今日又何必来兴师问罪？"他若无其事地伸了一下手腕，继续做自己的数独题，"心知肚明就不应该宣之以口，大家都是文明人，彼此好看些。"

"文明人？有哪个文明人会在结婚当日丢下未婚妻和满堂宾客一个人离开？"

"好吧，我错了，我确实不是文明人，当然你也不是。"顾成殊非常爽快地承认自己的错误，"没有哪个文明人会冒充别人寻找了5年之久的女孩，然后在他听到母亲遗言之后，趁虚而入提议结婚。"

路微的脸色青一阵紫一阵，直瞪着他许久，才转开自己的脸："然而最终决定结婚的人是你自己。"

"我决定的，是按照我母亲的遗言，和她指定的人结婚。"

路微的声音顿时尖锐起来："所以，你确定会和叶深深结婚？"

顾成殊握笔的手停了停，声音更加冷淡："我会考虑的。"

气氛一下子冷了下来，路微的脸上露出难堪的羞愤："因为你母亲的遗言？"

他毫不迟疑："对。"

路微面色铁青，神情诡异地盯着他，口中下意识地逸出几个字："真是为他人作嫁衣裳……"

顾成殊微微皱眉，盯着她问："什么意思？"

她如梦初醒，立即撇过了头去。随即，她又想起了婚礼那天顶着所有人的异样眼光时，那种失婚的痛苦狼狈，让她的声音嘶哑，嘴角带上了一丝扭曲的冷笑："然而实际上，你妈妈的死与她，叶深深，脱不开关系。"

顾成殊抬起睫毛，目光从那浓长的睫毛下盯着她。虽然只有片刻便移开了目光，但路微已经感觉到微微的寒意。她顿时后悔了，自己不应该将这些宣诸于口。

"如果你今天过来只是为了说这些的话，那么我希望你以后再也不要出现在我的面前。"顾成殊的声音缓慢而清晰，仿佛在下裁决一般，带着不容置疑的冰冷。

路微的声音开始颤抖起来："顾成殊，你不应该为了一个摆地摊的穷鬼这样对我。"

"在我看来，青鸟卖的也只不过是地摊货而已。"顾成殊冷冷地说。

路微胸口急剧起伏，脸色铁青，许久，她抓过自己的包，做出想要走的姿势："你等着瞧吧，那个叶深深，压根儿不可能留在工作室。我敢肯定，她会是第一个被赶出去的人。"

"在你对她动手脚之前，先考虑好自己能否留下来吧。"顾成殊轻描淡写地说，"据我所知，你所有的凭借，除了你的家世，不过是你曾经在国际上获得的那一个小奖项——然而你也知道，自己那个奖是怎么得来的。"

路微咬牙从唇缝间挤出几个字："有本事，她别靠男人替她铺路，别靠你和沈暨。"

"你想太多了。"顾成殊冷冷道，"如果她是一个需要靠我才能成功的女生，我不会找上她。"

"所以，你不会干涉她在工作室的一切？"

"所有的一切。"

路微那紧抿的嘴角，终于露出一丝满意的笑容："顾成殊，你拭目以待。我敢保证，叶深深会在一星期内哭着离开方圣杰工作室。"

孔雀离开后，叶深深、宋宋、沈暨三人食不下咽地吃完饭，发现外面闷热了一天的空中，布满了乌云。

叶深深带了些礼物回校去探望吴老师，跟她说了自己虽有波折，但已经进入方圣杰工作室的事情。吴老师惊喜不已，抱着她的肩对办公室其他老师炫耀说："我这么多学生，最看好的就是深深，将来她肯定会成为了不起的设计师的！"

其他老师都敷衍应着，夸叶深深一毕业就能有这样的起点，算是迈出了成功第一步。

又有个老师说："我有个学生也挺了不起的，今年毕业进了青鸟，刚过了实习期，听说就要被提拔为设计副总监了。不知道你认不认识她，她叫孔雀。"

叶深深沉默了片刻，点点头，说："是，我认识她。"

毫不知晓她们之间事情的老师们，还在津津乐道："青鸟最近一季推出的三只兔子系列，听说就是她设计的？"

"那三只兔子的形象很可爱，款型也非常适合在校生，这一季应该能卖得很好吧？"

"哎，青鸟这一季力推的作品，以他们的销售能力，全国几百家门店，还怕卖得不好？"

叶深深听着她们的讨论，只觉得胸口像被什么东西箍住了，让她几乎气都喘不过来。她终于还是垂下头，勉强控制住自己，对吴老师说："老师，那我就不打扰您了……"

"哦，那你赶紧回家准备准备去北京的事情吧！在方圣杰工作室可要好好表现哦！"吴老师说着，赶紧把她推出去，"下次来可不要带东西了！老师是真的喜欢你才会帮你弄那个名额的，你再这样，我们师徒之间的关系可要变质了！"

"嗯，我……谢谢老师。"她说着，眼中无法抑制地涌上了泪水，让老师都惊讶了，只能拍拍她的手，送她出门。

叶深深在阴云密布的天空之下，一路向校门走去。

暴雨欲来，天色阴暗。她一路上想着孔雀，想着她们三个人的四年，想着在夜市的路灯下，她第一次抬眼看见在街对面摆地摊的孔雀，瘦瘦的，小小的，黑黑的头发掩盖着巴掌大的脸，只露出倔强的尖下巴，在始终低着的面容上，令她无法忘却。

想着想着，她的眼泪就落下来了。

她抬起手，把眼泪慢慢抹去。手背上却落上了更冷的水珠。

她放下手才发现，雨已经下起来了。

夏日阵雨，来得飞快，她站在高大校门的一点遮蔽下，躲在小小一块地方。然而疾风卷起水珠，转眼就扑头盖脸横飞过来，将她半身都打湿了。

身体冰凉，让人发抖。就在她准备抱头冲向街边的店铺屋檐时，一把伞撑在了她的头上。

她愕然，抬头却看见沈暨的面容。

他帮她撑着伞，脸上满是歉意："我把宋宋送走之后，看天色阴下来了，怕你被雨淋到，所以过来接你。结果，好像还是晚了一点。"

"不，没有晚……刚刚好。"她凝视着他低垂的面容，不由自主地说。

沈暨将雨伞倾向她，打伞的手碰触到她的肩头，感觉她的身体冰冷，被打湿的衣服贴在她的身上，让她轻微地颤抖。

在这样的暴雨之中，他温柔的声音在哗哗的响声之前，带着春日的暖阳气息，仿佛在隐隐回响："深深，你冷吗？"

她抬头看见沈暨关切的面容，他望着自己的神情这么认真，仿佛整个世界任何东西都不如她重要。心里有些东西，剧烈地涌动出来，她张了张嘴，还没来得及说话，睫毛微微颤动，眼泪涌了满眶。

沈暨轻叹了一口气，抬手将她粘在脸颊上的半湿头发撩到耳后去，轻轻地说："深深，不要不开心，应该后悔的人是孔雀，她不知道自己失去的是什么。"

这么体贴的抚慰，这么温柔的气息，却让叶深深心中大恸。她终于再也无法忍耐，将自己的脸靠在沈暨的胸前，无声地啜泣着。她那些刚刚流出来的泪水，深埋在他微温的柔软衣料上，那些湿淋淋的水汽被迅速吸走，除了他的胸口与她的面容之外，无人知晓。

等到她歇斯底里的失控稍微缓和，沈暨才轻轻抱一抱她的肩头，说："你这样可不行，会生病的。我家就在附近，先去我家避避雨吧。"

沈暨的住处在闹市区，但旁边就是一个公园，闹中取静，十分清幽。

楼层很高，房间很大，打理得十分干净，装饰品不少却搭配摆放得很讲究，只显温馨，不显凌乱。

他带着叶深深进入大门，她湿漉漉的衣服和鞋在门口铺的白色纯羊毛地毯上留下了凌乱的痕迹。但他根本没在意，将狼狈不堪的她带到浴室去："你先洗个澡，浴巾在浴室柜子里。"

叶深深已经止住眼泪，有点儿不好意思地点点头，觉得湿透的身上冷得打战，尤其是下面的牛仔裤打湿了，黏在身上的感觉真是太糟糕了。

她站在干净得一根发丝都没有的浴室内，艰难地将裤子脱掉之后，把水调热，冲在身上。他居然有十几瓶东西放在旁边，水模糊了她的眼睛，她也不认识上面的字，辨认许久终于在一个瓶子上辨认出应该是头发的英文，胡乱洗了，再站在水下冲了一会儿。

外面传来轻微的敲门声。

叶深深有点儿紧张地停了水，缩在冲淋间的磨砂玻璃之后。沈暨却只开了一条门缝，将手中东西放在门边的架子上，说："这件衣服应该是洗干净的，放心穿吧。"

她轻轻出了一口气，低低地嗯了一声。

他又说："我在书房，有事你叫我。"

她又嗯了一声，听外面再没有声响了，才小心地裹着浴巾出了淋浴间的门，拿起他放在那里的衣服。

朦胧如烟雾的连衣裙，藤蔓与珠光粉色羽毛花朵。正是她设计的那件"奇迹之花"，本打算上交给方圣杰工作室的样衣，成为废衣之后又被顾成殊带着她找回来，干洗后重新变得完美的那件连衣裙。

在她的幻想中，这是一个女孩子遇见沈暨那样的天使时，应该穿的衣服。

她穿好衣服开门走出来，外面安安静静的。她光脚走过木地板，寻找到玻璃隔出来的书房。

书房里面全都是绿色植物，映得坐在里面的沈暨都蒙上了一层浅绿色。不过他肌肤白皙，轮廓优美，淡淡的绿光只显得他的面容更加柔和清新。

他正坐在躺椅上看书，见她过来了，将书本随意地盖在自己的胸口，微笑看着她："太完美了。"

她有点拘谨："是吗？"

"是的，衣服的设计完美，穿的人也完美。"他那双永远比其他人水分更足的眼睛望着她，纯真干净得如同初生的猫望着一朵刚刚绽放的花朵般，令叶深深不由得心口微微悸动，连堵塞在胸口的那些抑郁也不由自主地消散了一些。

她低下头，走进来坐在一盆盛开的九重葛边，说："谢谢……但是，这条裙子为什么会在你这边呢？"

"因为我和顾成殊认识十几年了。"出乎她意料，沈暨丝毫没有掩饰，只随意微笑着给她倒水，用那双漂亮的手将杯子递到她面前，"我在国外遇到了一些麻烦事，所以回国避避风头，和你在街头巧遇后，就一直想要寻找你。后来我从顾成殊那里打听到你的消息，知道你要招个样衣师，刚好我做过这行，所以就到你身边，希望能帮你一点忙。"

"哦……"叶深深望着他，轻声问，"是什么麻烦？我们可以帮你吗？"

"恐怕不行。顾成殊都不行。"他说着，脸上虽还在微笑，眼神却飘到了旁边的盆栽上。他怀中的书被他修长的手指按着，是一本绘本，《Frederick》，封面上是一只小老鼠。

"那你的家人呢？"

"唔……看我的样子也知道，家人都不要我了，不然怎么会这么自由。"他抱着胸前的书笑着，只是叶深深在他的眼中看到一丝阴翳，一闪而逝。

她很想很想问一问，他的过去，他的童年，他曾经见过的人，做过的事。

可是，她坐在他的对面，看着深埋在茂盛九重葛花叶之中的沈暨，却什么也说不出来。这么近，又这么远。这么温柔，又这么疏离。

所以她只能看着他怀中的那本书，问："这本书好看吗？"

沈暨微笑着，将手中的书递给她，说："我最喜欢的童话。一群忙于生活的老鼠中，有一只忙于生命的老鼠。"

叶深深接过来翻了几页，外文版，看不懂，只能看着画想象了一下故事，放弃了。

沈暨笑着站起来，抽走她手中的书放回书架，说："时间不早了，饿了吧？我带你

第十八章 · 告别孔雀

去我最喜欢的那家店吃饭。"

"我不想吃。"她蜷缩在椅中，无精打采。

"好吧，没关系，我还有更好的东西。"他笑着站起身，揉揉她的头发，"等我10分钟。"

10分钟后，厨房的香气已经传来。

绣花餐旗上摆着盛开的白晶菊，两份海鲜汤已经摆在桌子左右。沈暨帮她拉开椅子，殷勤地帮她摆好餐具。

热气腾腾的海鲜汤味道很不错。"这是我在法国向一个大厨学的，绝对正宗！"他说着，又去厨房端出餐盘，打开不锈钢的盖子，里面赫然是刚煎好的牛排。"这个可不是超市里的速冻牛排，是我从奎宁带来的，平时都舍不得吃。你看，我把家底都掏给你了，你可不能吃不下。"

虽然情绪低落，但叶深深还是不由得扯了扯唇角，点点头开始努力吃他做的东西。

沈暨的手艺不错，叶深深也真是饿了，所以不到一会儿，整块牛排都下了肚。

他又变魔术般从烤箱里取出烤好的鸡翅，从厨房窗台上栽种的薄荷上揪下两朵嫩芽，冲了下水点缀在上面，递到她面前："别因为外表只是普通的鸡翅就看扁它，这上面刷的可是沈氏独家秘制的酱料，除了我之外没人吃过。你是这个地球上尝到它味道的第二个人，希望你一定要夸奖我。"

叶深深点头，虽然已经吃得差不多了，但还是取了一块吃着。烤得恰到好处的香嫩肉质，让她简直难以抑制，吃完一块又不自觉拿了一块。

"两只就够了，免得你吃腻了，下次就不惦记着我了。"他笑道，把盘子端走，给她递了一杯咖啡，"这是拿铁，你应该会喜欢的。"

上面的奶泡居然还拉出一朵漂亮的6瓣花，叶深深叹为观止，小口地啜着。

他端着咖啡杯向她伸出手："你知道吧，意大利人喜欢站着喝咖啡，配上提拉米苏——提拉米苏的意思就是，拉我起来，带我走。"

叶深深还坐在椅上，颓然不想动。

他的手还在她面前，干净白皙，连指甲都修得整整齐齐。他脸上的笑意更深了："虽然我没有提拉米苏给你，但拉你起来还是可以的，来——"

叶深深望着他温柔的笑意，只觉得胸口一阵温热的血液缓缓地流了过去。她慢慢抬手握住他的手，跟着他站了起来。

"走吧，我们去阳台上站着喝咖啡，像意大利人一样。"他拉着她的手，并不太紧，也不太轻。

雨已经小了，打在阳台的玻璃天棚上轻轻地响。昏暗夜色中万家灯火，站在这么高的地方俯瞰，远远近近的灯光都显得遥远而朦胧，整个世界在雨中失去了具体的轮廓，只有闪烁的光亮出现在他们眼中，仿佛是明珠堆砌。

沈暨带着她靠在栏杆上，望着下面的城市，眼中星星点点的光，仿佛倒映着整个世界。

叶深深双手捧着温暖的咖啡杯，吃得饱饱的，穿得漂漂亮亮的，身边又有个帅哥献殷勤，她就算再沮丧，也终于振作起一点精神来，唇角露出了一丝笑容。

"你不是在广州工作吗，怎么对意大利这么熟？"

"工作过。"他对于自己的谎言完全不觉羞耻，掰着手指说，"我去过的地方可多了，广州、香港、法国、意大利、英国、美国……反正有时装的地方就有我。"

"你很喜欢这份工作？"叶深深说。

"不只是喜欢，是深爱，深爱这个行业。"他说着，将自己的咖啡杯放下，对她勾勾手指，"来，带你参观一下我的收藏品，从米兰到纽约再到这边，跟着我跑遍了整个世界，是我到死都不会丢的东西。"

他的藏品放满了4个衣帽间。

一个男人，有4个衣帽间，是什么概念。

叶深深看着他打开的4扇门，简直被震撼得目瞪口呆。从大衣、西装、风衣、毛衣、衬衫，到帽子、鞋子、围巾、手表、包，4个衣帽间几乎没有剩余的空间。

"很快就要搬走了，每次搬家时都一样，要拖着这么多东西，但是无论如何也舍不得丢掉。虽然几乎所有的衣服我都不会穿，但只要看一看，摸一摸，仿佛就能看到那些流光溢彩的灵感，那无可比拟的才华，那些令人惊叹的构想。"

他拎出一件上衣，展示在她面前："比如这件，注意它的面料。scabal于1991年推出的super150支面料，开创了当时羊毛纺织品的支数记录。这件上衣便是由scabal推出的diamond chip 150 支毛加丝面料制成。"

她摸了摸衣服的料子，异常柔软的布料，闪烁着非同寻常的光芒。她微微诧异地睁大了眼睛："这是用了什么工艺？"

"在羊毛纱中混入钻石粉末，再进行纺织。"他微笑道，"你所看到的，就是钻石的光芒。"

叶深深几乎膜拜地摸着这件衣服，说："这么独特又华丽的光泽，很少人能压得住。"

沈暨深以为然地给她一个赞赏的眼神："没错，而我就是少数的那一个。"

叶深深真的被他逗乐了，笑得弯下腰说："没错。"

沈暨又指着自己那整整两排的衬衫问："你猜我最喜欢哪一件？"

"压根儿数都数不清啊，哪知道你喜欢哪一件。"她随手扯出一件白衬衫。

"不错，我就知道你最有眼光。这是我十分喜欢的一件Lanvin定制。"沈暨取出展示在她面前，介绍说，"从剪裁上就可以看出他家的风格。这件衬衫采用的是与西装一式的剪裁，肩与袖的连接处是十分独特的卵形，显得肩线自然柔和。整件衬衫版型坚挺，但线条又流畅柔顺，是标准的Lanvin经典款衬衫，也是法式衬衫的代表作。"

"有时候，仅仅一个细节，就能让整件衣服气质大变。"叶深深点头。

沈暨站在自己的收藏品之前，望着这些奢侈的物品，轻轻地说："深深，这是我的梦想。"

叶深深不明所以地看着他。

"多年以前，我曾以为我能做一个设计师。我曾以为我设计的华服，能成为每一个女孩子的梦想，能让她们在最美丽的时候穿在身上，用自己柔软的手指爱不释手地抚摸每一寸面料。"他的手，也不由自主地摸过那些衣服，让所有的衣料在他手上轻轻流过，"你知道吗？以前在中学的时候，我很多同学逃学去划赛艇，去踢足球。可我逃学却是去顾成殊家里，缠着他的妈妈学习裁缝手艺。那时候我13岁，我最喜欢的设计师是Gianni Versace，我对未来还有无穷无尽的幻想……"

叶深深看着他悲伤幽微的侧面，默然无语，也不知道自己该说些什么。

"后来，我终于知道，自己一辈子也不可能成为设计师。我此生的幻想，永远只是幻想，今生今世也不可能实现。"他长出了一口气，就像把自己胸口中所有的气息连同梦想一起压榨出去一样，长得仿佛永无止境。

叶深深忍不住问："为什么呢？为什么你不能呢？"

沈暨低头看她，那双一向带着笑意的眼睛，此时充满了沉重而阴郁的悲哀，简直压得面前仰望他的叶深深喘不过气来。

他停了好久好久，似乎连呼吸都忘记。叶深深等着他说下去，然而他终究只抬起手，轻轻地覆在她的头上。

她听到他的声音，缓慢而艰涩，在她耳边说："深深，我面前已经只剩下断崖，而你的前路无穷无尽。请你一定要带着我的梦想，走下去。"

梦想，沈暨曾经的梦想。

她想不出他的梦想为什么会变成断崖。在她看来，他有才华，不缺钱，人脉广阔，甚至年轻美貌。他在这一行，应该如鱼得水。可为什么，他会带着这样深重的悲哀，恳求另一个人代替自己完成梦想。

他眼中深重的哀伤，让叶深深不由自主地抬起手，轻轻握住了他的手。就像她每一次面对困境的时候他所做的一样。

沈暨的手微凉，甚至带着一点僵硬。她轻轻将自己的手指挤入他的指缝之间，与他五指相缠。

她轻轻地说："我会的。虽然，我更希望能与你一起前进。"

沈暨在明亮的灯光下看她，那双水汽莹润的双眼之中，蒙着一层烟雾朦胧。他凝视着她，缓缓拉起她与自己相握的手，俯下头轻吻在她的手背上，他低垂的睫毛覆盖在眼睛上，在脸颊上投下玫瑰色阴影，极尽庄严，又极尽温柔。

他的声音郑重又恳切："你会成为我的梦想的，深深。"

在幽微的暧昧气氛中，叶深深的脸，不受控制地红了起来。她将咖啡杯放回桌上，说："我该走了……帮你洗了碗再走吧。"

"不，阿姨明天过来会洗的，再说了，我也是个热爱家务的男人。"他说着，看看外面的天色，也不再挽留，带她走到门口后将她的凉鞋拎出来，整齐摆放在门口，"来吧，我送你回家。什么也不要想地睡一觉，明天天气肯定会很好的。"

"嗯。"她点点头，低头穿上鞋子。

他带她下楼，在电梯里，一片安静中，她忽然不知被心中什么力量驱使着，不由自主地开了口，低声叫他："沈暨……"

"嗯？"电梯内昏暗的灯光照在他的睫毛上，他回过目光看她时，就像一泓水波流动般，光华流转。

"你……喜欢孔雀吗？"她艰难地，以自己都听不清的声音，迟疑模糊地挤出这几个字。

沈暨望着她低垂的面容，她不敢看他，只靠在电梯的角落里，那件繁花点缀的纱裙被电梯中的镜子映照出无数影迹，就像迷雾花朵簇拥着她，却令她苍白的面容更显得迷离。

这抹颜色令沈暨微微失神，有一种流动的气息在他们之间掠过，在每一寸肌肤与每一缕发丝上隐没，却让他们都清楚地知道，他们之间有些东西，已经不一样了。

"喜欢啊。"沈暨转开头，将自己的目光投向没有她的角落，轻声说："所有女孩子都值得喜欢。"

那么，对我的那种喜欢，会有什么不同吗？

或者，这个世上有哪个女孩子，能得到你不一样的喜欢？

叶深深在心里想着，却终究无法问出口。她只能垂下头，听着这些疑问在心里久久回荡着，却始终没有勇气，冲破喉咙发出声音。

第十九章
白银灰与铁石灰

Go with the Star

叶深深回到家,发现母亲还在亮灯等着她。

她十分愧疚。好像妈妈永远都是日复一日地在等她回家,而她永远都是晚归。摆地摊的时候是,现在也是。

"妈妈,我吃过了。"她一边脱鞋子一边说。

叶母给她拿拖鞋,看着她身上的衣服,诧异地问:"怎么穿着这件衣服回来了?这不是上次你做的吗?"

"是啊……后来找到了。今天衣服被雨淋湿了,我就换了这件。"叶深深说着,羞愧又心虚,不敢看她,只低头往里走。

妈妈也没多问,她自己也是心事重重。

叶深深打开客厅的柜子,夜太深了,她得准备打地铺。

"妈妈,你真的不和我一起去北京吗?"

叶母迟疑着,点点头:"等你在那边稳定了再说吧。妈妈看这边能不能找个事情做做。"

"那也好。"叶深深也不再劝她。毕竟,她如今也不知道自己究竟以后的前途怎么样,如果在方圣杰工作室表现不好,直接被赶出来也不是不可能。到时候自己一个人面临困境,总比牵连妈妈要好。

"那你就和宋宋一起打理我们的网店吧,现在店里每周都要上新一两件衣服,销量也挺好的。现在那边虽然有顾成殊找来的人在，但我还是希望你能帮我们看着些。"

叶母犹豫了下，点点头说："好，那我经常去看看。不过网店我是不太懂，有什么事情，我和你多说说，你拿主意。"

叶深深不由得笑了："为什么我现在感觉自己是一家之主了。"

"谁叫我们无依无靠呢，妈现在也老了，只能靠你了。"叶母说着，帮她把铺好的褥子又披了披，神情黯淡，"如果当初你爸没有离开的话，我想我们母女两人，可能会生活得顺遂很多……"

"别提那个人！要是有了他，我们的生活才艰难呢！"叶深深打断母亲的话，毫不留情地说，"妈妈，我们现在的日子就很好，不需要再想什么了！"

"好吧……深深你说得对，我们现在也挺好的。"妈妈转身给她收拾东西，又问，"你那边房子租好了吗？"

"伊文姐正在帮我找房子，没问题的。"

"嗯。你可要记得谢谢顾先生，这段时间以来，他好像帮你很多。"

叶深深靠在枕头上，应了一声，然后将头靠在手肘上，下意识地说："顾先生啊……"

虽然不知道他究竟为什么帮自己，可毕竟，他带着她走到了方圣杰工作室。

他对她说，你就当我是个天使好了。

她不是不感激顾成殊的，可心底里，她还是觉得沈暨才是天使。顾成殊——好吧，也许叫他恶魔有点儿委屈他，但无论如何，她还是得防备着点儿。

毕竟，这可是一个劣迹斑斑的男人。

叶深深烦恼地叹了口气，用被子盖住自己的脸。

无所谓了，管他是怎么样的人呢。反正，早在一开始与他合作的时候，她就已经下定决心了，自己是绝对不会对他敞开心扉的，绝对绝对不会。

不然，她肯定也会和郁霏以及路微一样，死得很难看。

"总之……我会好好替你赚钱的，顾先生。其他的，我们就别有交集了吧。"

因为回家处理了一些事情，所以叶深深去方圣杰工作室报道时比其他人都要迟了几天。

方圣杰工作室是位于五环的一栋稍显老旧的四层楼，从大门进入，过道上悬挂着几幅设计图，在铜质相框之内，被灯光照亮。

叶深深被设计图吸引，不由自主站在前面看了一会儿。

后面有人一拍她的肩："深深，你过来啦？"

她吓了一跳，转头一看，染得一头金发金眉毛的熊萌正站在她身后，笑得嘴巴咧到耳后："我们早几天就来了，就你回家处理了事情，现在才到。"

叶深深有点儿不好意思地点点头。

熊萌看着她身后的那幅设计图，说："很棒是不是？这几幅是方老师在麦昆自杀身亡之后，作为MCQ设计组成员而拿出的第一组衣服。沙漏轮廓的剪裁、紧身裤与戏剧性的图案、夸张的花朵，延续了MCQ的风格，成功地稳定住了当时混乱的局面，使得这个品牌在设计师死后依然焕发出光彩，而没有像其他牌子一样荒芜废弃。"

叶深深又回头去看那几幅设计图，点头说："真的很棒。"

"是啊，希望我也能有这样的天分。"他说着，看见一个男生低头拎着东西从身边经过，便抬起手和她打招呼，"拜拜，有机会再见面！"

那男生有气无力地翻熊萌一个白眼，推门出去了。

熊萌指指他的背影，说："看到了吗？上次通过评审进入工作室的10个人之一，这才几天，犯了个错误，收拾东西走了。"

叶深深愕然："不是说有半年到一年的考核期吗？"

"不，是能坚持半年到一年，最终留下来的人才有考核的资格——如果在那之前没有被全部赶走的话。"熊萌竖起三根手指头，"按照我的想法，目前能最终战到最后的，只有三个人。"

第一根手指："你，有才华，有背景，是我们最大的强敌。"

第二根手指："我，有才华，没背景，需要努力。"

第三根手指："路微，有国际大赛的加成，才华嘛……有几张设计很不错，和你的风格有点儿像，但是其他的好像都不算太完美。而且她的背景也不弱，国内服装前10的青鸟集团大小姐。"

叶深深有点局促："我……我哪有背景……"

"别开玩笑了，你还没背景？大家都说你第一轮区域评审的时候，大大咧咧交了一件0分的样衣，压根儿不在乎评审组。就这样你还能空降最后审查，还有沈暨亲自保驾护航，谁敢把你刷下去？"

叶深深觉得这些说法好像对，又好像不对，但又不知道怎么反驳，只好说："其实我只是个普通人，过几天你们就知道了。"

"好吧。"熊萌揉揉鼻子，说，"不打扰你了，你刚过来是不是要去见方老师？二楼就是。"

叶深深谢了他，赶紧往楼上走。

狭窄的楼梯上一个女孩子正抱着箱子往下走，两人在楼梯上擦过，女孩子手中的箱子被她撞到，眼看着掉了下去。

叶深深赶紧抬手一捞，堪堪抓住了纸箱子上的盖子，谁知硬纸板被她用力一扯就破了，纸箱子翻覆在楼梯上，里面的衣服顿时散了出来。

"你怎么这么不小心啊！"那女孩子来不及看她一眼，吓得赶紧拼命捡衣服，"我得在半小时内把它送到演出后台！你知道这是谁的吗？"

"对不起对不起……"她赶紧蹲在楼梯上帮她捡衣服，叠好放回箱子内。

一双脚停在她面前，红色的凉鞋带绕过雪白的脚背，形成一个双菱形的结，十分漂亮。

她听到一个熟悉的嘲弄声音传来："叶深深，让开点儿，你挡到我了。"

她不用抬头也知道是路微，默然往旁边挪了一点。

路微直接就从她面前跨过去上楼了，而那个正在打包箱子的女孩子听到她的名字，愕然顿了顿，抬头看了叶深深一眼，问："你……你来了？"

叶深深看见了她眼中厌弃与担忧的目光，迟疑着点了点头。

那女孩什么也没说，立即抱起衣服，噔噔噔就下楼去了，仿佛她是瘟疫般避之唯恐不及。

方圣杰对于她的到来反应平淡，只叫了一个30来岁的女子，说："叶深深刚来这边，对工作室情况不熟悉，你先带带她吧。"

她看了叶深深一眼，把脸转向一边，说："我已经带熊萌和魏华了，带不了三个。"

"那就把你其他的事情都交给他们三个做就好了，我允许你偷懒。"方圣杰不容置疑地说着，又向叶深深说，"她是工作室的老人，陈连依，以后你跟着她就行。"

"陈姐。"叶深深赶紧向她点头致意。

陈连依翻了个白眼，转身向外："跟我来吧。"

最终，一个上午叶深深都干坐在角落里，无所事事。

她看着面前忙忙碌碌的人转来转去。拖着滚轮衣架的人在大厅中快步滑过；抱着衣服的人跑上跑下；举着一堆配饰在衣上比较的人来来去去……

唯有她一个人坐在角落，无人理会。

等到饭点时，几个女孩子都有自己固定的伙伴，忙完了事情都离开了。叶深深有点儿不安地左看右看，还在想着怎么办，陈连依刚好回来了。看见叶深深还坐在位置上，她也没有注意，只拉开抽屉取出盒饭，说："我每天自己带饭的，你自己去吃吧，外面几条街上吃饭的地方很多的。"

"好的。"叶深深乖乖地站了起来,陈连依已经端着盒饭去茶点室热饭去了。

叶深深默然拿起自己的包,走过茶点室时,听到陈连依正在叹气,说:"那个叶深深,居然也是我带。"

早上被她撞到箱子衣服丢了一地的女孩子丧气地说:"那我是不是没希望了?"

"其实魏华你做得很好,我觉得能留三个人的话,你应该是有希望的——当然,在叶深深过来之前。"陈连依顿了顿,又说,"她是顾成殊举荐来的,你也知道如今工作室要壮大,方老师确实要给顾成殊面子。所以两三个名额她自然霸占了一个,就等于你们八九个人只能争抢两个,甚至一个名额。"

"真讨厌……"魏华喃喃说。

"谁不讨厌她?不说其他9个人,就算我们这些员工,看到这么一个惹不起的新人挤进来,简直是恶心死了。"陈连依说着,又叹了口气拍拍魏华的肩,说,"加油吧,我会帮你的。"

叶深深走出方圣杰工作室,一个人茫然站在门口望着外面的街道发呆。

天气不太好,阴沉沉的,满街都是面目模糊的人。

她迟疑了一会儿,随便向右拐,去寻找吃饭的地方。

"深深。"有个温柔的声音在她身后响起,那声音天生带着唇角弧度微翘的笑意。

她回头看,果然是沈暨。他向她走来,面带着灿烂微笑,连此时满天阴翳也挡不住那种明亮的感觉:"第一天实习,感觉怎么样?"

"还……不错。"她硬着头皮说。

沈暨是个无比细心的人,他自然察觉到了她的沮丧,但他什么也不说,只问:"累了一上午,饿了吗?请你吃饭吧。"

沈暨对她的喜好十分清楚,妥帖地点好菜,在等待上菜的时候,他才开口问:"见到圣杰了吗?同事对你怎么样?"

"见到了,挺好的。"她捏着筷子说。

"好才怪呢。"沈暨给她倒茶,漫不经心地说,"我要是同事,肯定会排斥你。像你这样又有才华又有背景的人,简直是碾压式的成功,他们一点希望都没有。"

"哪有……"沮丧的叶深深不由得笑了出来,"大家都很有才华,而且……我哪有背景啊。"

"你是没有,但是人人都以为你有啊。"沈暨摊开双手,"谁叫顾成殊站在你身后。"

叶深深默默地发了一会儿呆，然后问："那我可怎么办呢？"

"两个办法。"沈暨毫不犹豫地说，"逃跑，或者奋战。"

叶深深睁大眼看着他，而他清晰缓慢地说："逃跑，多安逸啊，回去继续开你的网店，每个月现在的流水也不少，赚到钱后买个房子存点钱，或者干脆让顾成殊帮你建一个小工作室，接点儿厂牌设计的活儿干干，和你妈妈过上好日子，肯定很幸福。

"而奋战呢，则艰难多了。你不但要努力融入这个自己完全不熟悉的世界，还要展现自己的能力，让所有人对你心服口服。而且，进入工作室还不是你的终点，只是你的起点。接下来你还要继续奋斗，无休无止地面对挑战，走上一条自己从未想过的道路——简直是赔上一生自讨苦吃。"

他明亮的目光望着她，轻声问："深深，你选哪一种呢？"

叶深深沉默地握着手中的茶杯，仿佛要将他所说的两种可能性都仔细咀嚼过。

许久，她才说："沈暨，你知道吗，在我摆地摊的时候，卖的是自己设计的T恤，孔雀和宋宋卖的是进价一两块的耳钉和廉价涤纶T恤。我费尽心血去设计、加工，一天只能出二三十件，一件也就赚个十几二十块。而她们只要中转一下，就能赚到比我多很多的钱。那时候，她们心疼我，劝我像她们一样，而我也曾经羡慕过她们，想要和她们一样，放弃自己的梦想和爱好，轻松地多赚好多钱……"

"然而最终你还是放弃了。"

"是的，所以我现在也不会放弃。我……很想要安逸的人生，很想要不费力气的幸福。我也想简简单单就赚好多钱，可是我骨子里永远不能平静，我永远记得顾成殊曾对我说过的话……"她慢慢说着，一字一顿，就像用尽了所有力气将自己要说的话从胸臆中挤出来一般，"不顾一切地牺牲，不择手段地成长，成全我自己的人生。"

沈暨看见她眼中明亮的光，不由得呼吸停滞，一时无法出声。许久，他才轻声说："深深，我会一直陪着你，直到看到你以最骄傲的姿势，站在巅峰。"

回到工作室，下午依旧是无人理会。

所有人都在忙碌的时候，她呆坐在角落里，茫然地看着大家，那种坐冷板凳的滋味，简直比累得瘫痪还要可怕。

终于，她看见陈连依进来收拾珠片时，再也忍不住，站起来走到她身边说："陈姐，我来帮你吧。"

"你？"陈连依看了她一眼，把头转过去了，"你还是先熟悉环境吧，我哪有大事支使你啊？"

叶深深呆呆站在那里，也不知自己该尴尬还是该赔笑。

陈连依又对熊萌说:"小熊,收拾10盒铁石灰色珠片,送到厂里去,记住了,铁石灰。"

"放心吧,10盒对吧?"熊萌说着,赶紧打开仓库的门,去寻找珠片了。

叶深深跟在匆忙离开的陈连依身后,说:"陈姐,要不我和小熊一起送去吧,10盒他不好拿……"

"很轻的,别担心。"陈连依看都不看她一眼,只将她抛在身后,"你坐着休息吧。"

后面,小熊已经拎出10盒珠片,对她眨眨眼,一溜烟就跑到外面去了。

叶深深呆站在大厅内,看着各个忙碌的人们,有些茫然无措。就在她挪动着步子,准备往回走时,旁边忽然有个声音传来,语带讥讽:"你们看,这么多颜色的布料,可是有一种却是永远都派不上用场的。"

正是路微。她手中捧着一叠刚刚送到的样布,和旁边一群女生正在挑拣着,眼睛却向她这边横过来。

叶深深想当做听不见,快步走过,然而旁边已经有另外一个女生搭腔了:"什么呀?还有永远派不上用场的东西?"

"就是这种呀。"她从那一叠布料中,扯起一角给她们看,"鸡屎黄。"

有人看着叶深深,了然地笑了,有人不明就里,但也跟着别人笑。

路微厌弃地甩开手中的那块料子,目光看向叶深深:"出身就不正,也不知道这么龃龉猥琐的颜色是怎么挤进各种鲜亮颜色之中的。像这种东西,根本不可能有人会用,也永远都只有被塞在角落里的下场,偏偏存在感又这么强,一大叠好看的颜色中,永远都是这恶心的颜色在面前晃啊晃,你们说,是不是应该直接把这东西开除出布料界比较好?"

这下,就连原先不明白的人也懂了,个个都露出诡异的笑容。更有个女生捂着嘴巴吃吃笑着,说:"鸡屎黄……哈哈哈这颜色还真是的,恶心透顶了。"

叶深深第一天到工作室,并不想逞口舌之能,毕竟刚来就和别人发生争执,实在不太好。所以她只默然在角落找个地方坐下。

在她的沉默面前碰了一鼻子灰的路微,更加气恨,狠狠剜了她一眼,然后对众人说:"没办法啊,到处都有这样的人,工作室里有些干坐着不干活儿的人,可不就是讨人厌的鸡屎黄吗?"

在一众窃笑声中,刚刚那个嘲笑叶深深的女生比路微更嚣张,说:"也不一定啊,人家姓叶,是绿色呀……莫非不是鸡屎黄而是鸭屎绿?"

这么难听的话,而且已经指名道姓,让叶深深猛地抬起了头,也让周围人都愣了愣。

叶深深呼的一声站了起来,向着路微走去,她昂着头,眼中跳着微弱的火光。

路微身边有些稍微老成点儿的,想到叶深深背后有顾成殊撑腰,都默默往后退了一步,做自己的事情去了,假装若无其事。就连路微都有点儿尴尬,唯有那个说了难听话的女生,死死盯着走过来的叶深深,口中还在说:"看什么看啊?是不是你也要对我耍手段,把我像我哥一样赶出去啊?我告诉你,我哥姜冬栽在你手里,我姜秋可不怕你!哼,仗着有人撑腰……"

话音未落,叶深深已经走过了她的身边,直接夺过了路微手中的那本册子,将那片所谓的"鸡屎黄"布料举了起来,说:"这不是鸡屎黄,这是土黄色!红色与黄色颜料按照2:5的份额调成的一种颜色,不但是中国传统颜色,而且也有众多的大牌在自己的产品中运用到它。"

她的目光盯在路微的脸上,一字一顿地说:"这两年大行其道的麂皮面料,各家最常采用的就是土黄色。Alberta Ferretti的麂皮短外套、Isabel Marant的流苏麂皮短裙、Gucci的麂皮风衣,都是这种颜色。除此之外,今年登上T台的midi skirt斜开叉裙、Kate Hudson在纽约时装周穿过的Michael Kors土黄色针织连衣裙都让人印象深刻,以及Gucci在去年成衣目录上,重点推出的土黄色前假开叉过膝半裙,模特搭配橘黄色翻领无袖上衣,成为那一季最受好评的作品——你所不屑的、嘲笑为'鸡屎黄'的土黄色,却是广受各大设计师欢迎的、最百搭的颜色之一!"

路微和姜秋顿时愣住了,哑口无言地面面相觑。她们身后的人也呆滞了许久,才有人轻咳几声,一个个埋头做自己的事情去了。

路微回过神,冷哼一声夺回册子就转身离开,只丢下一句:"没空跟你闲扯,方老师交给我的事情多着呢!"

姜秋赶紧也跟在她身后,疾步离开了。

叶深深默然站了一会儿,倔强地回到角落中,继续坐在那里发呆。

没有人看到,站在楼梯上的两个人,也在此时转身回到了二楼。

"这个叶深深,挺有趣的。顾成殊,你从那里找到她的?"方圣杰在自己的椅子上坐下,问对面的顾成殊。

顾成殊翻开面前的资料,平淡地说:"地摊上。"

"了不起,我也想从地摊上挖出这么好玩一个人。"方圣杰说着,撑着下巴想了想,又说,"不过你不觉得……她刚刚那样子,很像一个人吗?"

顾成殊正在翻资料的手停了一下,慢慢地说:"沈暨。"

"对啊,这种对各家大牌如数家珍的模样,这种说话的方式和风格——对了,我中午好像还看到沈暨找她吃饭了。"方圣杰笑着指指窗口,"从那里看到的。"

顾成殊的手停在那一页资料上许久,才说:"之前,我托沈暨带过她一段时间,可以说,是沈暨将她从一个只会装饰纯色T恤的维修工,真正变成了可以掌控一件衣服诞生过程的设计师,所以会受到他的影响也是在所难免。"

方圣杰点点头:"虽然她的理念还比较稚嫩,但那种细微处的神来之笔,灵气十足,这是能令大师都羡慕的特质——对了,沈暨不是刚刚才从国外回来吗?"

"是啊,带了她两个月不到。"顾成殊若有所思道,"所以她的成长也让我刮目相看,两个月之内,她就迅速地熟悉并掌握了一整条完整服装产业链的规律,几乎能独立开始运作流程了。"

"不知该感叹叶深深是天才,还是感叹沈暨是个好老师。"方圣杰赞叹地摇摇头,又说,"能请到沈暨,估计费了不少力气吧?"

"没有,他也十分欣赏叶深深。"

"不过我可不会徇私。"方圣杰笑道,"就算你和沈暨都看好她,但如果不适合我们工作室的话,我还是会毫不留情将她扫地出门的。"

顾成殊平淡地收好东西:"废话。过不了多久你就会感谢我,居然把叶深深送到你身边。"

"但愿如此,我拭目以待。"

"合作的协议书我拿回去给律师。你放心吧,叶深深无论能不能留下来,都不会改变我们的合作。"

方圣杰送他下楼,顾成殊一眼就看见了坐在角落里的叶深深。

被排斥的她闷声不响地坐在那里,看着手中一本关于裁剪图解的书。方圣杰笑了笑,站在顾成殊身后不说话。

顾成殊看了叶深深一眼,叶深深赶紧站起来盯着他看,满脸都是"赶紧对方老师说一说给我安排点儿工作"的饥渴表情。

然而顾成殊视若无睹,丢下一个"懒得管你,请靠自己"的眼神,径自出门去了。

好吧,把希望寄托在恶魔先生身上,根本就是自作多情嘛!叶深深无语,只能默默地耷拉着头,继续坐在角落里。

下午6点,工作室下班时间。

所有人似乎都还在忙,只有叶深深无所事事,她只能一个人拎着包,走出大门,向门口的保安抬手,露出一个难看的笑容:"明天见。"

保安随意看了她一眼,没说话。

就在她走到门口时，后面忽然有人大喊："叶深深，你去哪儿？"

叶深深赶紧回头，看见抱着本子站在那里的陈连依和魏华。她赶紧说："我……我看下班了……"

陈连依瞪了她一眼，说："先别走，方老师刚刚通知，全体员工到会议室开会！"

叶深深赶紧跑回来，跟着陈连依进入会议室。里面坐着工作室所有人包括实习生，全部都是低气压。

方圣杰坐在最前面，那张苍白的脸，因为气怒都开始变青了："进入工作室的第一天，我就叫你们要小心，一切一切都要小心，可现在，就在今天，还是出了这么大的事情！"

叶深深感觉到，坐在自己身边的熊萌的身体，正在轻轻颤抖。

会议室内一片安静，只有方圣杰敲着桌子，冰冷又僵硬的声音响起："今天中午，我让人收拾10盒珠片送到工厂，让那里的工人用自动钉珠机钉图案……结果，送珠片的人是谁？"

一片寂静中，熊萌颤抖的手慢慢举了起来。

"你叫熊萌对吧？盒子上标的色号在底部，你却没去看，拿了9盒铁石灰和1盒白银灰直接就送过去了！"

陈连依忙说："那我们赶紧把那盒白银灰拿回来吧。"

"拿回来？对方已经将10盒珠片都混在一起了！全部倾入了钉珠机内！这两种颜色肉眼分辨相差极小，可第一件衣服出来后，是这样的效果！"方圣杰将旁边的衣服直接摔在桌子上，"铁石灰的珠片，夹杂着几片白银灰！肉眼几乎分辨不出的深浅变化，但颜色的纯度消失，整件衣服光泽斑驳凌乱，废掉了！"

熊萌战战兢兢地站了起来，说："我……我马上拿珠片去，这回一定不会错了……"

"哪里还有10盒珠片？"方圣杰敲着桌子，冷冷地说，"产自西班牙塞维利亚的珠片，每一片都是真正的白银打底，其他的珠片根本没有这样的光泽。而现在这批衣服本身就是普通的制服款，如果采用市场上普通的珠片，那么马上就会变成地摊货，上电视根本没眼看。我们已经与那个真人秀节目签了协议，明天下午两点前一定要送到拍摄现场——你倒是告诉我，24小时内，你去西班牙再买10盒给我？还是你打算买些劣质的珠片、出一批低劣货色，彻底砸了工作室口碑？"

见熊萌脸色死灰，一个字也说不出来，方圣杰愤怒地站起来，长出了一口气："现在，立刻，修改设计！马上和对方联系，摒弃珠片设计，代以其他元素，今天下午之前，将修改后的设计与对方最终敲定，连夜赶工，明天下午一定要送过去！"

所有人立即收拾东西，哗啦啦一阵忙乱，准备开始手头的工作。

"其实……"在一片混乱之中，叶深深站了起来，紧张又怯怯地说，"我们可以有另外的办法。"

会议室中的人都停滞住了，目光聚集到她身上。

方圣杰瞥了她一眼，毫不给面子地问："什么办法？放弃已签订的协议？"

"不，我是说……可以将掺杂在铁石灰珠片中的白银灰珠片，全部拣出来。"

即使在这样紧张的气氛下，周围还是传来了两声冷笑。方圣杰更是怒极反笑，跌坐回椅子上，问："叶深深，你不会连色卡都没看过吧？铁石灰和白银灰的差距微乎其微，很多对色彩不敏感的人都会搞混，何况现在是成千上万混杂在一起的小小珠片！珠片是有反光的，更加影响颜色分辨！"

"我想，我可以试试。"她仰起头望着他，声音低沉却清晰，"我对颜色，还比较敏感。"

"有多敏感？"他说着，直接开了幻灯机，将面前自己的笔记本拖过来，连在上面后打开一张图片给她看，"这就是对方传过来的珠片照片，这么混杂的一堆，你觉得自己能找得出白银灰的那些？"

一大堆混杂的珠片，在幻灯机下面，显得更为凌乱。而因为幻灯片的投影不甚清晰，那些灰色就显得更为斑杂。

在所有人都看着那张照片不说话时，叶深深却推开椅子，直接走到投影之前，抬手在画面上迅速指着："1、2、3、4、5、6……"

会议室内一片安静，看着她的手在画面上移动。那些庞杂的珠片，原本混乱之极，但在她的指点下，众人果然都看出来，颜色确实与其他的珠片有区别，只是分辨起来极为艰难，而她却这么迅速，毫不犹豫便指出了那些区别，仿佛在她的面前，这些珠片不是铁石灰和白银灰，而是红色与绿色、蓝色与黄色、黑色与白色一样迥异。

上面的图片她指不到，只能停下手，直接在口中念着："56、57、58……69、70、71……81、82。"

"一共82片。"她转过身，迎着幻灯片刺目的光，看着面前已经彻底安静的众人，说，"我会像现在一样，把所有颜色不一样的珠片拣出来的，和熊萌一起。"

两个补救政策同时进行。

一边是紧急更换设计，对电视台的人提出更换设计的可能性。

一边是叶深深和熊萌赶赴工厂，立即分拣亮片。

工厂内的工人听完他们的话，不敢置信又啼笑皆非地将钉珠机打开，里面的珠片顿时全部倾泻于下面的箱子中。

他将半箱的珠片递到他们的面前，说："这样的半箱珠片，几乎一模一样的颜色，你们准备怎么拣？"

叶深深抱起箱子，直接走到锁钉工作台边，然后将箱子中所有的亮片都倒出来，又在自己面前放下两个盒子，把珠片全部抹开，坐下来，开始分拣。

熊萌和工人站在旁边，看着她毫不犹豫地从一大堆的灰色中挑出另一种灰色，看起来几乎一模一样的颜色，在闪光之中几乎毫无区别，直到珠片一片片积存起来，盒子渐渐满起来，才看出两种灰色的微小区别来。

工人的下巴都惊掉了，而熊萌也赶紧拉了个椅子，拿过一个盒子，坐下来默默地筛选着珠片。只是他的速度可比叶深深慢多了，10来分钟过去了，才挑出百来片异色珠片来。

外面天色越来越暗，不知不觉他们已经挑拣了好几个小时，快到晚上10点了。熊萌停下悬得太久而酸痛的双臂，揉揉酸涩的眼睛，抬头看看依然全神贯注往盒子里捡珠片的叶深深，咳嗽了一声："那个……深深，累了这么久了，我们先去吃饭吧，休息一下。"

"不行啊，得赶紧弄好，不然明天下午赶不上了。"叶深深头也不抬，睫毛覆住低垂的眼，说，"能早一点是一点。"

"嗯……应该也差不多了。"熊萌看了看她面前已经快要装满珠片的盒子，再看看自己面前只铺了浅浅一层珠片的盒子，心虚又钦佩地低下头继续拣着，"哎，深深，你玩过那个色相游戏吗？"

"哪个？"她随手应着，手下不停。

"就那个，一开始是3块绿色搭配1个红色的；然后是8块嫩绿中夹1块深绿；后来是15个鹅黄中藏1个淡黄……色块越来越小，颜差越来越淡，到最后是几百个小色块里夹一块颜色明暗度只差一两度的那种。"

"嗯，玩过的。"叶深深说。

"真的？那你肯定玩得很好！你知道我玩到了几个色块吗？我最高纪录是4800个色块，接在我家里的55寸电视屏幕上玩的。结果我拍照纪念时大家纷纷认为是PS的，不相信我能玩到这么多……你呢？"

"6000多个。"她头也不抬。

熊萌手一抖，手中的盒子差点打翻了。他赶紧抱紧盒子，不敢置信地瞪大眼睛看着她，却发现她完全没有异样神情，平淡得就像风行水上一样。

他颤抖着嘴唇，勉强吐出几个字："不会吧？骗人……"

叶深深头也不抬："骗你干吗，我记得应该是这个数的。"

熊萌嘴角抽搐，再看看她手边迅速积聚的珠片，泪流满面。

晚上12点，所有的珠片拣拾完毕。

叶深深将剩下的铁石灰色珠片收拢起来，再用手抹平摊在桌子上，一小批一小批检查完毕，然后才长出了一口气，收拢起来交给工人："师傅，麻烦您啦，帮我们再出一件衣服。"

这批衣服是真人秀节目的制服，一共50件。根据选手的体型和气质，每件衣服的细节各有不同，但珠片的图案全都是相同的。电脑设定好图案之后，自动钉珠机开始钉第一件衣服。

叶深深和熊萌站在衣服出入口看着。熊萌紧张地捂着胸口，等待衣服出来，在急得要跳脚的时候，转头却发现叶深深站在那里，有点疲惫，神情安静。

他不由得愣了一下，问："深深……你不担心吗？"

"为什么要担心？"叶深深转过头，在灯光下一双眼睛坚定而平静，"我看过了，绝对没有问题的。"

熊萌只觉得自己的气息微微一滞，还来不及想是被她震住了，还是迷住了，钉好珠片的衣服已经从出入口出来了。

叶深深拿起来看了一下，展示在他面前，疲倦的脸上也露出一丝笑意："你看，我说没有问题吧。"

凌晨一点半，第一件完工的衣服铺在方圣杰的面前。

银灰色的衣服上，铁石灰色的珠片整齐地铺设着，仿佛一条冷峻的银龙缠绕，从胸口到背上天矫腾空。无论衣服如何翻动，珠片的角度如何转侧，纯色的铁石灰珠片流畅如水，毫无一点杂色。

工作室内灯火通明，所有正在加班的人都放下了手中的事情，将目光投向方圣杰手中的衣服之上。

方圣杰的目光，从手上的衣服，转到了面前的叶深深身上。

他看见了她倦怠的神情，也看见了她明亮而倔强的眼睛。

那张苍白而冷漠的脸上，第一次出现了波动。他将衣服放在面前的桌上，问："叶深深，你确定所有的杂色珠片，都已经挑出来了？"

叶深深点头，将自己手中的盒子放下来。

那里面，是满满一盒白银灰的珠片。

"我和熊萌已经拣好了,绝对没有任何问题。"

方圣杰瞥了旁边紧张不已的熊萌一眼,转头对陈连依说:"打电话给厂里,告诉他们,所有衣服全部钉珠,今晚就开工。"

陈连依愣了愣,立即拿起电话,给厂里拨了过去。

方圣杰对叶深深说道:"你做得不错,这么晚了,要先回家休息吗?"

"还是……不休息了。"叶深深想了想,说,"我还是回到厂里去看看,在出厂之前将所有成衣的珠片都做一下最后检查,如果有遗漏的异色珠片,可以直接叫工人改正。"

方圣杰点了一下头,说:"去吧,让熊萌给你打下手。"

"谢谢老师!"两人一起鞠躬,熊萌比叶深深更激动。

"吓死我了……我还以为,我犯了这么严重的错误,肯定会像别人一样,直接被扫地出门了……"

工作室的司机发动了车子,准备送他们去服装厂里。熊萌庆幸又感激地冲叶深深说:"要不是你,我就完蛋了!"

"没什么啦……我也是工作室的实习生嘛,应该做的。"叶深深说着,不好意思地笑笑,一边打开车门准备上车。

就在她钻进车子的时候,忽然有一种奇异的感觉,让她不由自主地抬头朝工作室看了一眼。

灯火明亮的二楼窗口前,有一道身材高挑纤细的身影,正是路微。隔得太远了,叶深深看不清她的表情和目光,只知道她正盯着自己看。只是目光相接的那一刻,她一下甩开窗帘,转身就离开了。

第二天早上,叶深深和熊萌从厂里检查完衣服之后,带回工作室给方圣杰检查。一切都确定没问题之后,赶在中午12点之前,工作室的车子出发,前往电视台送衣服。

到车子驶出院子,众人才松了一口气,连方圣杰也如释重负,看着眼底黑影浓重的每个人,说:"大家都累了,没事的可以回去休息。"

叶深深一夜通宵,精神紧张地盯着衣服,此时如临大赦,摇摇晃晃地抱着包回家去。

方圣杰看着她摇摇欲坠的背影,犹豫了一下,拿起自己的车钥匙叫住她:"叶深深。"

叶深深赶紧回头,等着他的吩咐。

方圣杰指指自己的车，正要说话，手机却忽然响起。他见是顾成殊发来的消息，便示意她稍等一下，打开消息看。

顾成殊在那边问：今天你的工作室还有人无聊地坐着吗？

方圣杰抬眼看看叶深深，不由得笑了出来。

"没有。昨天有人出了错，差点儿干翻我们工作室。后来一个天赋异禀的女生拯救了整个工作室，使我们幸免于难。这个女生的名字叫叶深深，忙了一个通宵，所以现在我大发慈悲给她放假回家休息了。"

他发出去之后，目光在顾成殊的页面上停了一下，手指上滑，发现以前他所有的内容全部关于交易与协商，唯有这一条，是与工作无关的题外话。

他抬头看叶深深，笑得更诡异了。

叶深深如堕五里雾中，尴尬地摸了摸自己的脸，不知道他笑什么。

方圣杰已经转过身去了，只摆了一下手："没事，回去好好休息。"

Go with the Star

第二十章
前女友和前前女友

地铁在一路深深浅浅蔓延的黑色中往前移动着。

叶深深觉得自己马上就要睡死过去了,只能死死盯着站名,提醒自己不要坐过站。

就在此时,电话声音响起,让她顿时清醒了过来,赶紧抬手去摸自己的手机。

顾成殊。

金主来电,当然不能怠慢。叶深深赶紧接起电话,顾成殊的声音从那边传来,在此时匀速前进的安静地铁中显得格外冷冽:"叶深深,听说你昨晚通宵工作,解决了一个大危机?"

"哦……也没有啦,我对颜色还比较敏感的,所以帮同事挑了一下亮片。"叶深深按着太阳穴,有点儿迷糊地说。

顾成殊在那边顿了一下,又问:"你在哪儿?"

"地铁里……"她赶紧说。

"哦。"他随意应了一声,就挂了电话。

叶深深握着手机,还没来得及说话,那边只传来忙音。

什么呀……怪怪的。叶深深看着手机愣了好久,这没头没脑的是要干什么,好歹夸一句,或者说点什么事情呀。

她腹诽着"莫名其妙",刷着手机上"附近好吃的",考虑着到底是先去吃饭还是先回去睡觉。

205

又累又饿，人生就是这么难以抉择。

到站了，她摇摇晃晃地下车，顺着人群走出地铁口。

就在地铁口附近，她看见站在人群中的顾成殊。天色阴暗，人头攒动，来来往往的面容都是模糊不清，唯有他站在晦暗欲雨的天色之中，顾长高瘦的身材与光洁明亮的面容，像湿漉漉的深巷高墙中未曾沾染雨丝的银蕨，光芒幽微。

叶深深不由得呆了呆，见他只站在那里看着自己，没有走过来的意思，便自己挪着步子向他走去："顾先生……"

他点了一下头，说："找你有事。"

她赶紧点头，低头看见他手中提着饭盒，分量还挺多的，不由得想入非非，难道是给自己的？

等带着他到了家中，他果然将饭盒递给她："热一下。"

叶深深受宠若惊，赶紧捧过来，打开一看，两荤三素两碗饭。

我错了我真的错了，这位恶魔先生，其实你有时候真的是光芒万丈济世救人，我一直以来实在对你误解太深了！

她一边打开微波炉，一边捂着饥肠辘辘的肚子，激动地说："这个……分量有点儿多啊，我一个人会不会吃不下……"

"我也没吃。"顾成殊冷冷地说。

叶深深羞愧不已，钻到厨房就不肯出来了。等弄好饭菜捧出来时，发现顾成殊正站在窗边，低头看着外面已经下起来的蒙蒙细雨。

窗外的雨点之中，远远近近的景色全都变成模糊一片，整个城市仿佛一幅印象派的油画。

他听到她的声音，回身看她，又走到厨房去了。叶深深不解地摆着筷子，不自觉地伸长脖子去看厨房。

隔着玻璃门，她看见他打开柜子，取出两瓶水。

叶深深吃着饭，有点诧异："那里有水？我都不知道……"

"伊文替你租的房子，她知道我的习惯。"他声音平淡。

叶深深顿时觉得自己差点被噎住了，有一种无法言喻的感觉让她很尴尬。

幸好他转移了话题，问她："你知道最近店里出了什么事吗？"

叶深深顿时心虚起来，她确实有段时间没顾得上打理网店了："不知道哎……"

顾成殊一指电脑："去打开。"

叶深深赶紧过去开了电脑。轻微的音乐声响过后，桌面出现，是YSL的一件经典礼服的细节，拍得十分唯美。

顾成殊看着她打开网店页面，说："你走之前交的那几批设计图，快的几件已经出成品卖了，剩下的大部分也开始打版。只是现在招聘的那个打版师不能跟沈暨比，出的纸样也就是一般网店水准偏上一点。"

"那有什么办法呢，沈暨可是你挖掘过来的天才啊，一般人能比得了吗？"叶深深嘟囔。

顾成殊转过目光看她，问："你怎么知道他是我找的？"

"前几天，沈暨跟我说的。"她曲起双膝，将下巴搁在上面，低声说，"如果不是他告诉我的话，我……还不知道顾先生为我们店里做了这么多。"

或许，比她目前所知道的，还要更多。

她这样想着，回头看他，却发现他毫不在意，只喝着水走到她的身后，俯头与她看着屏幕上的画面，问："你妈妈和宋宋忙得过来吗？"

"应该没问题吧，我们这么一家小店……"她感觉到他的声息，在耳边轻微地响起。她的声音开始艰涩起来，眼睛也不由自主地用余光瞥着他的身躯——白色的意式衬衫，同色提花的细条纹。这种料子光线不好的地方看来或许低调，可此时他近在咫尺，又笼罩在明亮的灯光下，每一个动作都让衣料泛着一层淡淡的光芒，连带着他每一个动作都带着光华。

在这样的静夜之中，一个发着光的男人，俯身与她看着同一个画面，两人的距离不过10公分。这种幽微的暧昧让她不由自主地全身起了一层毛栗子，脸也热热地烧起来。

太可怕了，叶深深。她对自己说，千万千万稳住，千万千万记得郁霏和路微，千万千万记得沈暨，千万千万……不要心跳得这么快。

幸好顾成殊只停了片刻，便直起腰继续喝自己的水去了。

叶深深默默按着自己的胸口，这才将注意力放到店里的页面上，惊喜交加："哇，现在每件衣服一上新都是300件了？卖得掉吗？"

顾成殊以鄙夷的口吻说："要不是抄袭太多太快，一次性出1000件都没问题。"

"真的假的……"

"其实网店的衣服抄来抄去是潜规则，但是你们的店特别容易被盗，因为款式不错又新颖，质量好码子准性价比十分高。"

叶深深在心里腹诽，要不是某人非要在所有价格后面加个0，我们的性价比肯定更高。

"虽然孔雀离开后，我们的版式不会再流出，但难免一上新就有其他店的人来抄袭，然后稍微改几个地方就去加紧制作，没几天就低价上市，我们店里的正品销量就下降了。"

叶深深赶紧复制了一件店内衣服的关键词，果然出来好几家抄袭店，大大小小的改动不少，但万变不离其宗。一般都是核心设计不变，或者面料改了，或者袖子加一圈蕾丝，或者图案上加一点水钻等，更有甚者直接把她们的原图盗走，做一模一样的仿版，美其名曰：同款。

"怎么办？"叶深深心凉地问，"一个个去投诉吗？"

"又不是天仙家那种大店，全都是不管秩序的小店，你准备怎么挨个儿收拾？"顾成殊反问她。

叶深深这样头脑简单的女生当然没办法了，只能仰头看他："那……你觉得呢？"

"不要了。"顾成殊说。

叶深深顿时瞪大了双眼："什么不要了？"

"网店对于你的未来似乎没有必要了。虽然它帮助你在经营网店的过程中，学会了如何系统掌握服装制作流程，也让你更明白市场与潮流，但现在，它对你来说，已经没有剩余价值了。而且——"他反问，"你真觉得自己还能顾得上那个网店吗？现在不正是你放弃它的好时候吗？"

"我……我知道开网店时，沈暨带着我让我学会了很多。但现在刚刚步入正轨，我就把它关掉，这样……好吗？"

"你觉得呢？叶深深，你现在也已经进入方圣杰工作室了，可我敢肯定，在接下来的日子中，路微会不择手段地破坏你的实习生涯。工作室里，无数才华天赋都不输给你的人要和你竞争；路微那边，你还要时刻打起精神提防她的手段；网店这边，你又要如何坚持上新、坚持设计？你只是一个人，叶深深，就算你每天24个小时不睡觉，你也不可能同时兼顾这三项重压。"

"我可以的。"叶深深咬紧牙关说。

"放弃掉你的网店。"顾成殊仿佛没听到她的话，依旧说道，"没有意义的东西，你必须舍弃。"

"不。"她倔强地反对，"工作室实习的工资很少，而我妈妈已经失业，关了网店后，我们的生活来源怎么办？还有，为我而辞职的宋宋怎么办？"

"先想想你自己，再想别人吧。把你的店出让，可以回收一笔资金用以生活，我会资助你母亲到北京来和你一起生活。至于钱宋宋，她能找到下一份工作的。"

"不，这是我们的店，是我们的梦想最开始的地方，我得……守着它。"她摇头，坚定地说。

"叶深深，你究竟明不明白，你留在工作室的可能性其实十分渺茫。我只能保举你进工作室，但我并未深涉这个行业，无法左右方圣杰的看法，更无法插手你们内部的竞争。"顾成殊微抬下巴,口气冰冷,"你需要用尽自己所有的力量,经过重重考验,打败其他所有实习生,才能顺利留在工作室。而在这过程中,你的身边有一个虎视眈眈的路微。她必将调集所有的人脉与力量,打击你,陷害你,最终你们两人必定只能留下一个人,而我,希望是你。"

叶深深默默点着头,心想,如果结婚那天没有那个意外,此时路微已经是你的妻子,你也未免太过绝情了,简直就是翻脸不认人。

不过转念一想,她又暗自释怀——反正恶魔先生就是人渣呀,和他有什么好说的呢?本来就是这样的人嘛。

顾成殊完全不理会她在想什么,依然继续说:"你未来的设计道路规划,需要你系统地接触这个行业的高端内容。所以我希望你能顺利留下来,在方圣杰的带领下成长为真正的设计师。"

叶深深抬头看着他,看着这个俯头看着自己的男人。他的面容与眼神如此庄重,或许也知道自己的一念之差,会改变她的一生。她的胸口漫起一阵悸动,点头说:"是……我不会忘记自己当初对路微发过的誓言……"

"你会实现那个誓言的,但是叶深深,你的人生不仅仅是如你所发誓的那样超越路微。你是要成为让所有人仰望的设计师,成为一个业界的传奇,成就你自己的辉煌。"

叶深深心口的那条弦,在他专注的眼神之下,不受控制地颤动起来。她的心口漫上一阵类似于战栗的悸动,就像看见了自己最灿烂的梦。

"如果你还要分心管理那个网店,无法用尽全力去成长,我会毫不犹豫地抛弃你,最终你会落到遇见我之前的模样,一无所有,打回原形。"他说着,凝望着她许久,又缓缓问,"你,想好了吗?"

她仰头看他,艰难地从喉口挤出几个字:"如果……如果我还是都想要呢?"

顾成殊顿了顿,说:"你要的太多了,叶深深。"

"是……但请您原谅我,因为我曾经一无所有,所以……无论什么,都想拼命抓在手里,不想放开。我想要立足在一个足以遮风避雨的窝内,可我又想去搏击暴风雨,去看看最高处的风景……可无论选择了哪一个,我都会一生遗憾,难以心安。"她的声音满怀犹豫,却又那么坚定。就像她的愿望,那么贪心,又那么卑微。

"然而你有没有想过,你并不是超人,如何能在这样的夹缝中坚持?而且,不是一天两天,也不是一个月两个月,很可能是一年半载。"

"我一定会做到的,顾先生。"她直直地盯着他,仿佛发誓般地,坚定地说,"我一定会做好的。我会努力做到留在工作室,我也会努力让网店继续开下去,我一定会的。"

第二十章 · 前女友和前前女友

顾成殊盯着她那坚定的目光，那里面，有她最执着的信仰与最难以舍弃的冀望。他片刻恍惚，仿佛遗忘了自己一贯的苛刻，放缓了口气，说："既然你什么都不想放下，执意要选择最艰难的道路，我也无话可说。只希望你能在重压之下，不要忘记自己现在下定的决心。"

"是，多谢……顾先生。"她满怀感激地说。

叶深深送他到电梯口，想起一件事，又赶紧说："顾先生，那店里的事情……"

"我知道了。"他按下电梯键，"我会帮你解决的。"

"真的……真的能解决吗？"她急问。

"我说能就能。"电梯关上的一刹那，她只听到他最后这句话，平淡而不容置疑。

看着电梯缓缓关上的门，叶深深觉得自己疲惫极了，但又有一种异常的兴奋横亘在心头。

真没想到，她居然有说服恶魔先生的时候。

"谢谢你……顾先生。"她把恶魔两个字吞回口中，心中难免有点愧疚。毕竟，这一路上，若不是他在扶持着她，她早已经不知迷失在何处。

叶深深是被饿醒的。

过度睡眠与过度困倦，让她大脑一片迟钝，嗡嗡作响。时间是凌晨4点，从昨天下午1点多睡到现在，已经15个小时。

叶深深爬起来，去冰箱里找了包饼干，又热了一杯牛奶吃下去，觉得心慌气短的症状才减轻。她胡乱洗了个澡，清醒了一下便打开电脑开始绘图。

工作室这边每周要交一张设计成稿，网店那边每个月也至少要上新几件衣服，除了拼命努力之外，她不知道自己要如何才能履行对顾成殊的承诺。

四周一片安静，黑暗中只有屏幕投射的光笼罩着她。

她搬下书架上厚厚的几叠本子，又打开手写板。

突如其来的灵感，她会使用纸制的本子，有时候是速写本，有时候是日记本，甚至有时候是便笺纸。沈暨会很贴心地将她的画扫描进去，与她边商量边修改。而现在店里新的打版师与她的交流不可能这么多，何况又是在外地，所以为了方便打版，她必须进入正式的流程，用手写板画图。

她也注意到，方圣杰工作室所有人都习惯电脑绘图，方老师的绘图风格简洁精致又有力度，更是让她仰望，所以她也尽量将自己的风格向他靠拢。

还在熟悉过程中，她画得并不快，画画停停，时而停下来修改一下。她努力地捕捉着自己脑中那些淡薄的灵感，慢慢修改着手下衣服的细节。一件白色秋冬裙，简洁的上半身，无袖，如何处理才能压得住寒冷季节？她选择了黑色的圆领与袖口，在双肩与领口形成三弧月牙。月牙所采用的料子应该是——

她在脑中迅速闪过无数的材料：蕾丝、刺绣、水钻、珠子、亮片、立体花朵……

在各种流溢的光彩之中，她选取了珍珠贝扣，墨绿色的最小尺寸，采用满铺缝钉的办法填满月牙装饰，并且在周围滚上黑边。腰间采用双倍宽黑边，下摆将布料做出两个深褶，褶内也用墨绿色珍珠贝扣填满——这样，站立的时候，裙褶之内的珍珠贝会藏在布料之后，但走路的时候便会随着动作显现出来，巧妙强调出上下呼应的设计。

初步设定好之后，她将材料备注好，然后揉揉酸痛的眼睛一看时间，顿时惊得跳起来——居然已经八点十几分了。

工作室9点上班，她正面临着迟到的危险！

她赶紧把设计保存好，备份在U盘中，抓起包就跑。

幸好伊文给她租的房子离工作室不过半小时的地铁，今天她又确实跑得快，一路气喘吁吁奔到工作室，居然离9点还有2分钟。

叶深深长出了一口气，小心翼翼地找了个角落坐下，准备像之前一样，闷坐一整天。

她甚至还去书架上拿了一本服装裁剪图解，准备在角落里坐着看书。

谁知捧着书还没坐下，陈连依已经过来了，看见她之后，迟疑了一下，绕过熊萌，将手中几张图丢在她面前："叶深深，你对颜色很敏感吧？"

"呃……还可以。"她在心里补了一句，其实我对面料也很敏感的。

"去面料厂里跑一趟，去监督一下最近这批子的颜色，你知道的，数码印花的色差肯定不小，得专门去盯着。这回要是颜色染得不正，你得负责任。"陈连依指着图片说。

居然开始有事情做了，叶深深这个受虐狂深感幸福，赶紧收起样图小心地放到包里，把那本裁剪图解先放到熊萌的桌上——可怜的她，连自己的桌子都还没有。

熊萌最八卦不过，凑过头来羡慕地说："哇，我们都还在打杂，你就开始去监督这么重要的印染了，果然厉害的人就是会被寄予厚望，加油！"

叶深深抱着自己的包幸福地对他笑一笑，说："没有啦，估计陈姐就是觉得我适合这个吧。"

她收拾好东西，急匆匆地穿过过道出门时，却发现方圣杰正从门口过来，领着几位客人进入工作室。

走在最前面的人，她在时尚杂志上见过。

看似淡妆其实精致妆点的眉眼，看似随意其实一丝不苟的发型，看似素净其实质料昂贵的衣裙，无一不完美衬托出她的美貌和气质，这是个很清楚自己美貌也很懂得如何发挥的女子。

郁霏，顾成殊的前前女友，被顾成殊控制了5年痛不欲生的那个受害者。

被顾成殊以明星化方式打造出来的新锐设计师，叶深深在大学的时候，班上一大半同学都当成偶像的美女设计师。

叶深深竭力贴紧墙壁，向着他们低了低头。

方圣杰看了她一眼，居然纡尊降贵地开了口："叶深深，你去哪儿？"

方大师亲自过问，叶深深受宠若惊，赶紧回答："我去印染厂，监督数码印花的色差。"

"哦，辛苦了。"他其实并不关心，只是随口一问，便带着众人上楼去了。

叶深深抱着包正要出门，却发现走在人群中的郁霏放慢了脚步，最后一个上楼——这是对的，穿裙子的女士当然应该是最后一个上楼梯。

但在人群的最后，郁霏回过头，那目光在她身上上下打量了一番，带着好奇的探究意味，令叶深深浑身起了一种不自在的感觉。

郁霏见她与自己目光碰上，便微微一笑，问："你就是叶深深？"

叶深深点点头，在心里想着她可能从哪里知道自己。

顾成殊……肯定就是他那里。

"我看过你的设计，还不错，加油哦。"郁霏又说，她的声音柔柔的，带着一种怡人的温婉。

叶深深有点儿惊喜，赶紧说："我很喜欢您的设计！特别是前年春夏的粉彩系列，简直太美了！"

"是吗？谢谢。"前面的人都已经上楼去了，郁霏提起裙摆上了楼，头也不回。

我还买过你的杂志呢……虽然是过刊。

叶深深有点儿激动地想着，前往工作室合作的面料厂。

顾成殊这个麻烦的男人，真是前女友遍天下，而且，个个都这么出色，不是青鸟的大小姐，就是国内最著名的女设计师——所以，哪个女孩子要是做了他将来的女友，肯定会很惨。

方圣杰要印染的花色，当然不是市场上随处可见的那种，而是一种仿照极光的渐变流动的彩色，颜色要求极为精妙细微，渐变层次非常丰富。

面料厂的印染部虽然已经按照工作室的要求尽力，并且也将试染的样布都拿出来了，可叶深深捏着那块染好的料子，对照自己手中的样图，却感觉不太对劲。

传统印花机在对花、套色、尺寸方面都有限制，所以像工作室这样需求量小的或者制作小样的时候，一般都是采用数码印花。可数码印花毕竟只有CMYK四色墨水，墨水、打印头甚至环境的细微问题，都会引起色差。

　　"这个……离我们心里的效果，好像还有一定差距呢……"叶深深耐心地与工人沟通，"试试看加重青色怎么样？"

　　调色过程中一切损耗由工作室承担，工人虽然抱怨着"这颜色就差不多了"，但还是帮她印染了第二次。

　　不多久出口就传来了调整好的印染布料。叶深深将布拿起，在自然光下对照着图纸仔细比较。

　　与详细印花标准图案上的偏差还是大，但与设计图上的感觉居然意外地贴合。她烦恼地捏着看了半天，觉得自己真的负不起这个责任，想了半天，她说："我打个电话问问看。"

　　工人跑门口抽烟去："快点决定啊，就你们事儿多。"

　　她先给陈连依打了个电话，询问应该以哪张图纸为主。陈连依毫不犹豫地说："两张都要契合。"然后就挂断了电话。

　　叶深深蹲在地上，简直都快慌了。两张图纸有这么大差距，怎么才能契合？简直就是不可能的任务。就算再让工人染，也不知道到底度掌握在哪里，又要如何控制色彩渲染。

　　她抱紧怀中的包，对自己说，冷静下来，叶深深，一定有办法的，一定能找到办法的……

　　她的心中，闪过一个无所不能的人。在工厂的灯光下，她也曾慌了手脚不知所措，但他却能游刃有余，将一切困难都消弭于面前。

　　对，沈暨，他还是方圣杰的熟人，他一定会知道方圣杰真正想要的是什么！

　　她立即用颤抖的手打开沈暨的联系方式。

　　他们的最后一条消息，停在5天前。

　　她捏着手机，望着"沈暨"那两个字，忽然莫名就想到了那天晚上的大雨。她穿着那件"奇迹之花"，他向她伸出手，拉她起来，去看他的珍藏与梦想。

　　被握过的掌心，有温热微微渗出来，让她觉得胸口有一股紧张的温热暖流缓缓涌过，难以抑制。

　　她按了语音，迟疑地说了句"沈暨，你在哪儿"，但随即又觉得这问话太傻，不由自主地将自己的手往上移动，取消掉了。

　　她调出键盘，手指悬在上面，却不知道如何说。

就在她呆呆望着屏幕时，轻微的一声震动，一条消息出现在她悬空的手指下面。

沈暨：深深，你在哪儿？

叶深深看着这条消息，先咬了咬自己的舌尖，等感觉到痛，确定不是幻觉之后，她才将手机贴在自己心口，闭着眼睛无声地幸福地笑了出来。

彼方的他肯定不知道，这边的她拿着手机迟疑了多久，却终究还没来得及发出同样的话给他。

她勉强控制着自己酸酸的鼻子，小心翼翼地回复他："正在印染厂弄一个面料，刚好想要请你帮忙呢。"

"给我地址，我马上过去。"他很快就发了过来，然后在她输入地址的间隙，补充第二句，"我今天闲极无聊，要找点儿事情做做，你简直是拯救了我空虚的人生。"

永远这么善解人意的沈暨，永远这么温柔体贴的沈暨。

"深深，面料有什么问题？"把车子靠边停好，沈暨披着一身灿烂阳光，在绿荫下对着她挥手微笑。

那只挥动的手，像是拨动了她心口最深处的湖泊，荡起了层层涟漪，让叶深深忽然在一瞬间恍惚起来。她呆站在这样的天空之下，仿佛被此时头顶的日光侵袭，让她无法开口，喉口也像卡住了，发不出任何声音。

沈暨向她走来，将手挡在她的额头上："别这样在太阳下直晒，皮肤黑了还能美白回来，中暑了可就糟糕了。"

叶深深有点儿尴尬地偏开头："来……帮我看看面料，我有点儿吃不准方老师想要的是什么。"

"好啊，我最清楚他喜欢什么样的感觉了。"沈暨翻着手中的布料，与图纸细细地比较过，许久，才说，"按我看来，他应该会喜欢这一块。"他举起第二次印染的那块。

"是这块吗？我觉得也是……"她点头。

"但我觉得，最好的办法，还是你让工人再折中印染一次，然后把三块都拿回去，让他自己挑。"沈暨微笑道，"这样就算最终效果不如人意，你也不需要负任何责任。毕竟，你现在在重要时刻，最好规避一切风险，宁可不求出挑，也要求个稳定。"

叶深深赶紧点头，松了一口气。

沈暨去与工人商议再印染一次的事情。他就是有这样的魔法，所有人似乎都不能拒绝他的请求，刚刚还烦躁的工人，现在居然真的帮他们开了第三次机器，重新又印染了一次。

叶深深面带着幸福的笑容望着沈暨，在心里想，还记得当时网店刚刚开张的时候，因为路微的关系所以店里找不到加工厂，结果沈暨一出马，几句话就搞定了。

真好啊，有这样的天使一直在帮助自己。

她正捧着脸微笑，沈暨已经谢了工人，将第三次印染的布料拿给她了，面带促狭的笑意："来，拿去推卸责任。"

"沈暨你太好了！"就像心里哪一处的弦被拨动，叶深深不由自主地抬起手，抱住了他的手臂。

被她抱住的沈暨，不由自主地笑了出来，抬起手揉揉她的头发，说："为可爱的女生效劳是我的本分。"

叶深深觉得自己的脸热热的，她觉得一定脸红红的很狼狈。

真糟糕啊……好羞愧。

她深埋着头，局促地将东西都收进自己的包包："那……那我先走了。"

"我送你。"放了三块大布料的包有点沉重，他顺手就帮她接过去了。

叶深深跟在他的身后，望着他修长而美好的背影，忐忑的心中，涌起一股淡淡甜蜜来。就像一棵阳光之下刚刚绽放出新叶的春树，让她忍不住想要靠一靠，摸一摸那些花朵一样的叶芽。

沈暨，沈暨，沈暨……

她在心里默念着他的名字，却没有察觉到，自己脸上恍惚的笑容，已经像个白痴或者花痴一样。

沈暨只送她到门口："深深，这么重要的工作交给你，说明你在工作室中要独当一面了，加油！"

叶深深用力点头。她知道沈暨是担心他过多在工作室出现，可能会加重其他人对她"背后有人"的不满。

她将三块布料送到楼上时，发现方圣杰正在收拾东西。她在门口敲了敲敞开的门，方圣杰抬头看见她，说："叶深深，你还在这里干什么？去会议室开会。"

叶深深赶紧说："我让厂里试染了三块颜色，想先请方老师看一看，究竟哪种颜色比较合适。"

"哦，我看看。"他扯过自己的设计图，对照着三块布料，一边随意地说，"不错啊，之前印染厂只帮熟人印个两三种小样，所以大家都不想去。你第一次去就能让他们帮你三种，费了不少力气吧？"

"还……还好。"幸好这次有沈暨帮忙，看来下次还要多和工人打好关系才行。

他在三块布料上扫了几眼，又抬眼看着她，问："你觉得这三块怎么样？"

叶深深赶紧说："第一块是比较接近详细图案的，第二块比较接近设计图，第三块折中。我个人比较喜欢的是第二块，因为我觉得最能体现老师设计的初衷。"

"是啊，从整体上来说，最还原我当时设计意愿的就是第二块，这是我最开始想要追求的那种感觉。"他说着，却拿起第三块递给了她，"但最终的成品，还是得用折中的这一块。因为这是现实。"

叶深深有点儿诧异，只下意识地握住了他递过来的第三块布料。

"第一块布料，配不上你脑中勾勒出来的东西；第二块布料，会输给现实的灯光与环境；所以我们的选择只剩下第三块，这才是我们需要的东西。"他说着，示意她收好东西，"过来开会。"

开会，开的是审判大会。

"进入工作室已经一周了，各位实习生的第一份设计稿也都已经上交。今天趁着有各位出色的设计师来访，我将大家的设计稿交给他们评点，请大家多吸取他们的意见。"方圣杰说着，将8张实习生的设计稿钉在白板上，又看了一遍，才问："叶深深，你的设计稿呢？"

叶深深比别人迟到了两天，又被带她的陈连依忽视，被工作室众人排挤，根本没人告诉她每周设计稿评定这件事。她立即站起身，说："对不起老师，我马上去拿。"

"扣5分。"方圣杰毫不留情地说。

叶深深差点撞到了门上。

坐在会议室人群正中间路微，露出一个幸灾乐祸的笑。

等叶深深将自己U盘里的设计图打印出来，回到会议室时，坐在前排的几位设计师已经将所有的设计稿都评审完毕。熊萌的一张男式风衣设计图位列第一，有8分，路微也有7分多，其余的全都是5分6分之间徘徊。

要死了，看来这回是她垫底，因为她已经被扣掉了5分。

她忐忑地将设计图交给方圣杰。这就是她早上刚刚设计好的那件裙子，其实还没有经过最后完善。可是她没做准备，目前手头只有这幅设计稿。

方圣杰将她的设计图和其他人的放在一起，说："还不错，细节稍微缺乏，但设计理念还可以。"

另一个留着小胡子的设计师笑道："那我给10分吧，反正她满分也只有5分了。"

众人都不约而同地笑出来，最为肆意的人是路微。因为日常的表现影响到最终留下来的名额，叶深深绝对是拥有了一个不好的开端。

而叶深深，简直要把自己的脸都埋在胸口了。

然而，郁霏温温柔柔的声音传来，软软地说："那我给她14分。这样，即使被扣了5分，她也依然是最出色的。"

叶深深只觉得心口一震，愕然抬头看她。

郁霏托着下巴，绽放出一丝绵软的笑意，对方圣杰说："因为你不公平呀，所以就算我超过了满分10分，也只是和你一样不公平而已。叶深深不是帮你的工作室在忙碌嘛，迟交设计稿也是为了你，你怎么可以忍心因此处罚你手下的员工？"

方圣杰哑口无言，只能摊开手，笑着看向其他人。

"那我也给14分好了。"有人笑道。

"我给13分，因为完成度还不够。"

也有人给出0分，原因是抗议其他人的行为，要把分数拉下去。原本一片压抑的评审现场，顿时变得轻松活跃起来。大家都松了一口气，熊萌甚至已经开始对叶深深挤眉弄眼。当然也有路微那样，朝天花板翻白眼的人。

叶深深却只看着郁霏，心中漫过浓浓的感激和淡淡的诧异。

郁霏转头看她，朝她微微一笑，那双漂亮的大眼中含满闪烁的光，即使叶深深是个女孩子，也不由自主地心跳漏了一拍。

她长得可真漂亮啊。

第二十一章
地狱模式

Go with the Star

无论从哪个角度来看，郁霏都是一个人生赢家。

年轻美貌，一举成名，有自己独立的品牌，还有一个关怀备至的男友。

路微看着体贴地给郁霏拉开椅子整理好坐垫又将花茶泡好放在她手边的那个男人，唇角露出一丝诡异微笑。

郁霏没理她，捧起花茶两秒钟，又放了下去："烫。"

男友立即去放了半盆水，将茶杯放在里面稍微凉了凉，再擦干递给她。

郁霏这才捧着茶杯，抬眼看路微："路董找我是有什么事？"

路微笑道："没什么，同样被某个人伤害过，我觉得我们可以在一起聊聊天而已。"

"咦？你被人伤害了吗？那个人是谁啊，这么混账。"郁霏说着，又转头噘嘴对自己男友说，"好像不太甜呢。"

男友立即从开水间捧出一罐冰糖，夹了不大不小的一块放入她杯中，又用调羹搅拌过，再递给她。

郁霏端着杯子回头看路微，唇角一丝微笑："哎呀，现在的生活太开心了，都忘记自己以前曾经历过什么了。"

路微笑着，目光在她男友的身上移动。

长相不错、身材不错、脾气不错的一个男人，唯一与众不同的，是被调教得如此顺手的依附感。

谁也想不到，郁霏狠狠坑了顾成殊一把，居然是为了这条小狼狗——她老家青梅竹马的邻居，现在是她的司机。

"但我听说……"路微笑着端起茶杯，轻啜一口，"郁小姐前不久去探望过顾成殊，还给他带了蛋糕。"

"是呀，我一直觉得吧，往事过去就过去了，再见依然是朋友，多个朋友多条路嘛。"她的眼睛轻轻朝男友那边瞟了一眼，见他没什么反应，才又说，"我相信路小姐肯定也觉得，顾成殊是个不错的合伙人。"

"可惜他现在找的那个合伙人，呵呵……"路微笑着看她，"那个叶深深，你觉得怎么样？"

"挺可爱的呀，设计的作品也不错。"郁霏不动声色地垂下眼看着手中的杯子，里面吸饱了水而重新绽放的花朵，失去了那种鲜艳润泽的颜色，令她不由得发出一声叹息，"不得不说，顾成殊很有一套的，能从地摊上发掘出这样的人。"

"顾成殊对我说过，他要将她培养成国内最出色的女设计师——我就不信了，那个叶深深再厉害，能折腾到哪儿去？现在国内最著名的女设计师是谁，他又不是不知道。"路微一抬下巴，全身洋溢挑拨离间的意味。

郁霏笑着抬起眼皮，打了她一眼："哎呀，这个你可别冤枉他了，就连我也不知道呀。"

路微对这个不温不火的女人简直无语，她忍了又忍，明知自己不应该那么直截了当，却终究还是脱口而出："这个叶深深，绝对不能留在方圣杰工作室！我们一定要把她打压下去！"

郁霏笑得更灿烂了："是呀，你是不希望她留下来，但这又关我什么事呢？"

"顾成殊以前做了这么多对不起我们的事情，难道你不想和我一起反击他吗？"路微悻悻地说，"我不想看着那个叶深深成功，你肯定也不想让她爬得那么高威胁到自己吧？"

郁霏睫毛一眨，目光转向了另一边，唇角依然挂着一丝笑意："路大小姐你开什么玩笑，叶深深怎么可能威胁得到我。"

"本来当然是不可能的，然而现在有顾成殊和沈暨在背后支持她，她又似乎很得方圣杰的欣赏，我觉得，如果我们不做点什么的话，她将来崛起的速度，会不亚于你！"

郁霏点点头，用一双充满了真诚的眼睛看着她："是啊，国内又有一个这么出色的设计师崛起，我很高兴。"

路微看着她若无其事的表情，简直是目瞪口呆。

"阿峰,你帮我联系的瑜伽老师来了吗?"郁霏回头看男友。

阿峰走过来,将双手搭在她的肩上:"已经在瑜伽室等你了。"

"对不起哦,我得去换衣服了。"郁霏朝路微眨眨眼,"我还有多余的瑜伽服,你不介意的话可以一起上课哦,我这个老师很不错的。"

"不用了,我还有些事。"路微说着,对她做了一个"再见"的手势,起身离去。

郁霏换好衣服出来,一边扎头发一边站在阳台看着下面的路微。她蹬着高跟鞋大步走到自己的车旁边,愤愤地打开车门又重重关上,飞快地倒车开出。

"啧啧,这性格,能成什么气候?"郁霏一边笑着自言自语,一边绾好自己的头发,回头看阿峰,"对了,上次季铃那个委托,我们回绝了吗?"

"还没有正式通知,不过你说不会合作的……"

"是呀,不过我会给她介绍一个非常出色的新人设计师,叶深深。"郁霏的声音没了一贯的温柔甜腻,换上了冷淡而稍显僵硬的口吻,"想一想我对叶深深可真不错呀,居然把这么好的一个机会介绍给她,不知道,她以后会怎么报答我呢?"

叶深深的人生,开启了地狱模式。

每周一次的工作室任务,与每周一次的网店上新,让她花光了所有的业余时间。一周设计三四套衣服,挑出最满意的一套上交设计稿给工作室,然后要出打版方案和剪裁方法,要看面料看工艺,就算那边有宋宋掌控着,沈暨也会帮忙,可她还是累得喘不过气。

在工作室里,她现在俨然已经成为了方圣杰工作室不可或缺的一员。自从发现了她对颜色的天赋之后,每次跑印染的都是她;再然后,因为她与工厂的人接触得多比较熟悉,连监督流程和验货都一起让她去跑;再然后,如果方圣杰没空的话,很多服装在工厂制作时由于技术与条件所限临时改变设计也变成了她的事情。

不过也因此,她多了很多与其他设计师、实习生的交流机会。

陈连依在这行做了十几年,出名的谨慎与严格。"比如说,一件衣服拿到手,别人看走线,我先看的是倒回针。大牌为什么是大牌?因为他们的倒回针都完美无缺,这就是它们天生的气质!"

熊萌对于时尚界的八卦简直了如指掌。"所有的剪裁方法,都是为了尽可能地强调曲线。当初立体剪裁创始人Nielli可是将布直接缠在模特身上进行剪裁的,深深你说我能不能借这个机会,让模特脱光了给我缠上布做衣服?"

魏华是个特别喜欢皮革和皮草的人。"我觉得近年来最完美的工艺就是激光雕花在皮革面料上的推广。镂空图案开始在皮料上大行其道,上次我看到一组剪纸图案的皮衣简直好棒！"

"3D打印技术才是福音呢！维密秀上用的技术，简直完美。"

"面料柔软剂必须要淘汰甘油、石蜡乳液和红油好吗？有机硅反应性柔软剂才是王道好不好？"

"谁了解对花定位印花？去哪儿找工艺成熟的厂子？这次的面料没这个技术拿不下来！"

在地狱般的奔波中，每天接受着无数的信息。每个人对服装和技术都有自己的见解，每一次讨论都让她获益匪浅，甚至每一秒她都觉得自己沉浸在关于服装工艺的幸福海洋之中。

即使整天在办公室和工厂忙得团团转，即使连走路都是用跑的，即使回到家还要立即投入设计，甚至连工作室的午休时间，也必须争分夺秒地利用起来——然而，叶深深觉得自己实在太过幸运了。

她第一次接触到这么多与服装有关的内容，她可以和无数怀着一样梦想的人共同前进，她触碰到了自己原本从没有想象过的那一个层次。让她从网店工厂上吸收的一切，又开始发酵生长，进入了更高的层级，全新的工艺与方法在她的面前徐徐展开，就如一幅前所未见的神奇图卷，让她每一秒都惊叹不已。

只是，太过疲惫不堪的身体有时候会影响到大脑，一片麻木中什么灵感也没有，只想一动不动地瘫倒在床上蒙头大睡。

"可是不行啊，深深……"她总能说服自己，以最大的毅力爬起来，做到电脑前面，接上手写板，"叶宋孔雀等着你，方老师的要求等着你。网店不能停止上新，你也不能再因为迟交而被扣5分了……"

太累太累的时候，她就去浴室洗个澡，清醒一下再继续画。

天气越来越冷了，风衣、外套、毛衣、大衣全都需要走起。甚至明年春天的衣服都要开始计划了。宋宋倒是设计了几件衣服给她看，她看了之后只能跟宋宋说，你的专长是店长、是领导者，还是不要和我抢饭碗了。

谁叫宋宋的设计就是那么奇葩呢？

深夜11点半，她实在困得不行，甩甩自己酸痛的手腕，打开网店看了看，用上面的数字激励自己。

结果，一看见她登陆的宋宋，立即发了消息过来："深深！你可算出现了！！我听说你现在每天忙得疲于奔命所以不敢联系你！！！可现在店里出这么大事了你居然现在才来看！！！！"

这些感叹号冲击波几乎没把叶深深给打飞出去，她几乎可以想见电脑那边宋宋暴跳如雷的模样。

叶深深抱着靠枕趴在电脑前，打字："出什么事啦？我这段时间确实有点忙哦……"

"孔雀那个混蛋啊，我都怀疑她有没有良心！你知道吗？青鸟已经开始上我们之前设计的衣服啦，随便改改设计就开卖了，简直是一点旧情都不念，我都服了她了。"

叶深深倒是并不愤怒，平静地打字："青鸟的决策人是路微，她只是个设计部副总监。而且，那些都是我们卖剩下的东西，顾成殊早已和我说过了，他已经警告过青鸟，再有下次，一定会让他们难看。"

"希望路微能聪明点及早罢手吧。对了，你现在在工作室，和路微刚好对上了！你有没有被她欺负啊？"

叶深深叹了口气："还好，她之前挑衅过我，但现在也不敢明着对我做什么了。你现在经营店里还顺利吗？"

"店里简直是改朝换代，我被架空了！"宋宋这才想起正事，又开始狂暴状态，"顾成殊！他现在手一挥就把店里所有一切都给决定了，我连说一个字的办法都没有！"

叶深深大惊，问："他干吗了？"

"干吗了？简直是恶贯满盈、罄竹难书啊！"

在宋宋的控诉之中，叶深深终于对顾成殊的坏事有了全面了解。虽然顾成殊号称自己只是出资方，但天生的强势再加上债主这个身份加持，叶深深走后，策划书往宋宋面前一甩，整个店铺的步伐就只能按照他的节奏，迈向他所指引的方向了。

首先是店里挖了个五皇冠服装网店的店长过来，店长带着两个手下空降，正式开始打造皇冠网店的一条龙流程。整个店铺页面彻底装修，推广活动、消保、旺铺、直通车一律上线；几十个销量数一数二的网店挂上了她们店的友情链接；每日上新；每周末秒杀活动；每月优惠活动；隔三岔五聚划算……

铺天盖地的活动与宣传，让这个新店简直熠熠生辉。

只看数据的顾成殊表示满意："客流量、浏览量、销售量全都大幅度提升，投入产出比还是令人满意的。"

可宋宋面对着如今日新月异的店铺，唯有满腔悲愤："虽然已经是皇冠店了，可是我每天都只能无所事事地坐在店里和你老妈还有客服闲扯淡，我嘞个去啊，人生完全没有意义！"

叶深深有点无奈："从一定的角度来说，店里发展也是好事……"

"不是说好了要一起对抗人类暴政的吗？"宋宋绝望地问。

叶深深尴尬地换了话题："对了，对于那些铺天盖地的抄袭，顾成殊怎么说？制定对策了吗？"

"有啊，我们已经开始了'寻找双胞胎'活动，你没看到吗？简直是轰轰烈烈啊。哎，可怜的深深，你真的太忙了，你赶紧上论坛上社交媒体上哪儿都行去看一看啊，保证你大开眼界！"

确实已经忙得连一点空闲时间都没有的叶深深，摸不着头脑地开始打开她指引的地方看，一看不要紧，简直吓了一大跳。

"即日开始，本店开展'寻找双胞胎'活动。即发现了与我家衣服相似的'双胞胎衣衣'，可直接截图对比（盗我家图者需上实物照片）。大家找出不同点后告知我们，每件'双胞胎衣衣'的首位发现者可任选本店衣衣一件免费赠送，而最终评选得到公认最像的'双胞胎'，我们将邀请发现者逛专柜，任选一款大牌包包，寄送发票由我们买单！活动现场可以开设在任何地方，论坛（请将链接发给客服）、社交媒体（请@宋叶的年华）、微信（请加公众号：宋叶的年华）……"

由于很多大V和时尚博主的参与，这场活动几乎席卷了网络。"寻找双胞胎"不但上了热搜，话题量也直接达到上千万。

"这世界真是什么都可以买啊……"叶深深嘟囔着，看着论坛上节节攀升的帖子浏览量和回帖，还有社交媒体上被疯转的大V微博，最高一条转发量多达几十万次，几乎都被吓到了，赶紧给宋宋发消息："我想知道顾成殊这回又花了多少营销费？"

"管他多少钱呢，反正'宋叶的年华'已经被很多人深深记住了。而且，里面大部分转发和抓抄袭都是自发的，并不是我们买的。毕竟这个话题多新颖多好玩啊。"

宋叶的年华。叶深深这才恍然想起，她们的店已经不叫叶宋孔雀了，而是叫宋叶的年华。

她的心里升起淡淡的惆怅，过度疲累的眼睛也止不住想要流下眼泪来。是的，只有年华，已经没有孔雀了。

"这几日店里的人流量和交易量也是暴增，活动的力量杠杠的！而且发展到现在，容易暴露的早已被抓完了，那些抄袭的卖家有修改关键词的、有下架的、有隐藏的，跟猫抓老鼠似的，太好玩了！要不是我自己就是店长，也真想去找一找。"

叶深深无奈地叹了口气，说："希望这个活动真的能有效果，杀一杀那些抄袭者的嚣张气焰，然后能让整个网站都有改观吧。"

"谁说不是呢？其他有些饱受抄袭的店也开始跟风这个活动了，现在大家都在刷双胞胎，好开心啊哈哈哈。"宋宋说着，又忽然转了话题，问，"对了，这么好玩的事，沈暨也不知道吗？他没告诉你？他现在在干吗？"

第二十一章·地狱模式

"我们最近没碰面，他可能在忙吧。"叶深深说。

"哎呀，我想死他了……对了你有他的近照吗？让我看看舔舔，不好意思向他要啊，他又从来不发自拍。"

"近照？我好像没有哎……"叶深深摸着自己的手机，打开相册。结果，一堆乱七八糟图片中，居然真的夹杂着一张沈暨的照片。

"什么时候拍的呀？"她疑惑地凑近屏幕，研究着。

简直是一张沈暨的标准照，眉宇轻扬，唇角微翘，眉眼之间含着一种难以描摹的动人神态，比一朵初开的花还要温柔。

真好看……让她的心都不受控制地怦怦跳起来。

她翻了翻照片前后，想起来了，是沈暨陪着她去买这个新手机的时候，卖手机的女孩子给她介绍摄像头时拍了几张照片，还偷偷开了蓝牙——原来她在乱七八糟的手机店环境中，偷拍了一张沈暨又传给了她自己。

叶深深望着这张照片，不由自主地托着下巴捏着手机看了很久，脸上的微笑怎么都止不住。

宋宋在那边催促："深深，有没有啊？"

"哦，有的……"她赶紧导入电脑给宋宋，然后不由自主将这张几近完美的照片设为电脑桌面，目光停在上面，看了许久许久。

鬼使神差地，她脑中有个念头忽然如同水波般荡漾开来，于是她犹豫着将鼠标放在照片上，点下复制，然后打开识图网站，将它贴了上去。

仅仅过了两秒钟，大堆的图片涌现。

成千上万笑着的面容出现在屏幕上，有外国人，也有中国人；有明星，有普通人；有男有女，同样的姿势同样的表情，只是似乎谁都没有沈暨好看。

她的鼠标漫无目的地往下拉着，目光无意识地滑过无数大致相同的照片。忽然之间，她的手停住了，顿了许久，鼠标滚轮缓缓地向上移动了一下。

在几排陌生人照片之中，出现了沈暨。

差不多的角度，差不多的姿势，一模一样的面容。只是那时他坐在一群光鲜亮丽的人当中，脸上没有笑意。如今茶褐色的头发，当初是纯黑的，在水波一样的灯光下泛出生人勿近的气质。

她强抑住内心的不安，又复制了这张照片，重新开始寻找。

一整套图被刷出来，去年Chanel秋冬季的时装发布会，他并不是模特，而是坐在台下。法文的报道，她完全看不懂，估计是哪个网站搬过来存档的。

叶深深找了个翻译软件把文字复制进去，七颠八倒的翻译完全看不懂，一片纠结，也没有出现任何与服装或者打版制作有关的单词。

她再复制文章内容寻找原文，原链接却已经被删除了。

叶深深坐在电脑前，茫然地望着屏幕上沈暨的面容。在无声的静夜之中，他那双比任何人都要明亮的眼睛，仿佛含着一整个温柔的春天，又仿佛弥漫着大片的迷雾，无声无息地在她面前绽放。

仔细一想的话，其实对于沈暨，她是一无所知的。

他从哪里来，他的过去与家人，他的未来与方向，他会不会与她同路……一切的一切，她都只能猜测而已。

就像他突如其来地来到她的身边一样，或许有一天，他也会突如其来地消失在她的人生中，再也不见。

她默默地关了电脑，躺到床上去，觉得自己疲倦极了。

不过……

她望着手机上，沈暨温柔的笑容，在心里想，就算自己对他一无所知，那又怎么样呢？就算他永远不对她透露自己的秘密，就算他永远是她心中的秘密，那又怎么样。

他是沈暨，是在自己最需要的时候出现的天使，这样就够了。

她枕在自己的臂弯中，疲惫至极中，迷迷糊糊睡去。

宋宋是个大嘴巴，压根儿不知道叶深深将现在的生活都瞒着母亲，第二天就拉着叶母说：“阿姨，我要给深深寄点吃的，你要顺便给她寄什么吗？”

"哦，你对深深还真好，给她寄什么？"叶母看了看她的东西。

"都是深深爱吃的零食啊之类的，毕竟她现在忙得都没饭吃了吧。"宋宋同情地叹息说，"每天5点起床画图，画到8点半去上班，在工作室被支使到6点才下班，回家还要画图。而且工作室那边工作性质决定的，好多活动都是晚上要跟去的，还有些要专门取夜景，听说一个月也没一次能按时下班的，隔三岔五就是个通宵。每个月我们店里还需要好几张设计图成稿呢，深深还要抽时间和打版师沟通制作，我也是佩服她，怎么忙得过来！"

叶母顿时呆住了："什么？深深每次和我联系的时候就说一切都挺好的，她就是这么挺好的？"

宋宋这才发觉自己失言，赶紧捂住自己的嘴巴，蹭到一边打包东西去了。

叶母立马走到门外，去给叶深深打电话。

叶深深抱着10来件衣服，正往楼上走，电话响了。

她努力腾出一只手，接通了电话，蓬松的纱和朦胧的蕾丝遮住了她的眼睛，她没看清楚对方是谁："喂，你好？"

"深深！"叶母的声音从那边传来，有点生气又有点担忧，"你那边现在忙吗？"

叶深深有点摸不着头脑，她歪着脖子夹手机，一边继续往上走："啊？还好，我在上楼梯。"

"那你有空了给我回个电话，妈有事和你商量。"

"哦……好的。"叶深深正应着，冷不防脚下一绊，差点没从楼梯上滚下来。

"小心哦，你没事吧？"后面有个人眼疾手快地帮她拉了一把，叶深深才没有滚下去。

她勉强站住，惊魂未定，赶紧把手机揣回兜里，回头朝那人道谢："多谢你啦……郁小姐？"

站在她身后拉了一把的正是郁霏，薄薄的纱隔在叶深深的眼前，让郁霏仿佛周身围绕着一层朦胧的光，显得更加温柔美好。

郁霏笑道："可要小心点哦，楼梯很危险的。"

叶深深赶紧点头，侧身让她先过去。

郁霏却抬手帮她接了几件衣服过去，然后问："要送到哪儿呀？"

"这是刚刚出来的样衣，送给方老师过目的。"叶深深感激地朝她点头。

郁霏笑着翻了翻衣服，又问："你做的？"

"嗯，这件和这件是我做的，12月有本杂志要拍一组大片，我这两张可以作为背景人物的衣服出现。"叶深深翻了翻那两件衣服给她看。

郁霏看了一眼，惊喜地说："哎呀，我喜欢这两件设计！我没有看错人哦，你果然很厉害！"

叶深深不由得也笑了："哪有啊，我还在学习呢，这只是模糊远景的两个模特穿的，无关紧要才让我制作……"

"在方老师的眼中怎么可能会有无关紧要呢？我知道他肯定是信得过你才让你去设计制作的。"郁霏说着，又拍拍自己脑袋，"说到这个我想起来了，上次你那个设计，我存了一张在自己手机里，结果被人看到了，对方也是对你的设计赞不绝口，想要弄一件穿呢！不过因为你那件衣服现在铺到网店里去卖了，所以她不得不放弃了。"

叶深深听得有点心虚："啊？真的吗……是谁啊？"

"你肯定认识她的！"两人进入方圣杰的房间，他还没到来，郁霏帮着她将衣服一件件挂好。叶深深在旁边熨烫，郁霏笑嘻嘻地翻着一本杂志，然后举起来给她看，"喏，就是她呀！"

这是一本二线时尚杂志，专访栏目的跨页彩图正是一个近期走红的女星，长得漂亮，身材也好，年轻美貌，穿什么衣服都会很好看的类型。

"季铃？"叶深深又惊又喜地问。

"没错呀，就是季铃。"郁霏笑道，"她超级喜欢你的设计！"

叶深深激动得手都快发抖了："真的真的？"

"是呀。你看你，我看好你你就不相信，人家看好你你就这么激动，我好伤心啊。"郁霏笑着抚上她的背，"今晚有没空啊？我可以联系她工作室的人和你见个面吃个饭哦。"

叶深深真的呆住了，她还以为郁霏只是随口说说而已，却没想到她这么认真。她呆了半晌，才结结巴巴地说："不……不好吧？我只是工作室的实习生而已，现在还没办法自己出来接活儿的。"

"见个面而已，没关系的。而且就算她托你设计衣服，只要你不以工作室的名义就可以啦，你的方老师很乐意成全的，对不对呀，圣杰？"她说着，回头看后面，叶深深才发现方圣杰已经进来了。

方圣杰有点诧异："什么事情对不对？"

"季铃看上深深的衣服了，希望她能帮自己定制一件，你觉得深深现在能不能以私人身份去接这个活儿？"

"很好啊。"方圣杰毫不在意地笑道，"我以前在麦昆工作室的时候，也独立接过几件设计的，麦昆老师也很成全。"

"那就这样说哦，今晚你可不能剥削深深，我和那边商量一下，看能不能6点见面谈设计。"郁霏说着，拍拍叶深深的肩膀，"深深，我可是向对方保证你一定会愉快地接下来的，你可别不给我这个面子！"

叶深深忐忑又惊喜，忙不迭点头："好的，晚上6点，我一定会去的！"

叶深深虽然白痴，但在郁霏走后，她立即摸出手机，考虑着应该找顾成殊还是找沈暨，谈一谈郁霏给自己介绍设计活儿的事情。毕竟，虽然这是惊人的好事，可来得太蹊跷轻易的好事，她真的有点儿信不过。

然而看见电话上妈妈的来电，她犹豫了一下，还是先拨给了妈妈。

才响了两声，妈妈已经在那边接起："深深。"

"妈，怎么啦？"她靠在院子里的树背后，问。

叶母在那边犹豫了一下，然后问："你那边事情忙吗？我听宋宋说，你忙得每天熬夜，都没时间休息了？"

叶深深顿时急了:"没有没有,哪有这么忙啊,我也就是下班后多画几张图而已,没那么忙的。"

叶母当然不相信她的话,还是说:"深深,照顾好自己,妈有点想你了。"

叶深深鼻子一酸,她靠在树上,抬头看上面已经开始飘落的树叶,低声说:"嗯,妈,我等忙过这一阵子后,马上就回家。"

"我看,可能要到过年了吧?"叶母的声音从那边传来,有点虚弱,"深深,妈有件事要告诉你,你这段时间都不在妈身边,其实……"

叶深深等着她说下去,但她却只说到这里,就没再继续了。

"其实什么啊,妈?"叶深深问。

"我知道你会怪我……"她叹了口气,终究还是把后面的话给咽下去了,"那件事,我们还是见面再说吧。"

"到底什么事啊,妈!"叶深深都急了。

叶母却执意转了话题,说:"深深,你记得照顾好自己的身体,千万要多吃饭,别饿着冻着,知道吗?"

"我知道什么呀我!你赶紧给我说说你那事……"叶深深对着电话一通吼。然而终究什么也没问出来,她倔强的脾气全部来源于她妈妈,所以论起执拗,她真不是妈妈的对手。

一放下手机,她立即又打电话给宋宋,赶紧追问:"宋宋,我妈出啥事了?"

"没出啥事啊……阿姨最近就是不太来店里了,可能是觉得在这边也没事情做吧……不过我看她气色还不错,心情也挺好的样子。"宋宋摸不着头脑,"对了,我说漏嘴了,阿姨知道你现在这么忙,是不是训你了?"

"训倒是训了,不太严重……"叶深深也只能跟她说,"你帮我多关心着点我妈哦,我不在她身边,你帮我一下。"

"好的,交给我吧。"宋宋拍胸脯保证。

等放下电话,叶深深发现自己靠的树正在窗边,那边有个女孩子正在窗口。她看出那个女孩子是姜秋,便走远一点,对着手机上的两个联系人发呆。

顾恶魔。

沈天使。

从工作的角度来说,当然是找顾恶魔。

可是从个人角度来说,她已经好久没有见到沈天使了……

她蹲在那儿矛盾犹豫挣扎了许久,终于还是理智战胜了情感,按下了顾成殊的电话。

刚刚接通，手机就黑了。

"哎？"她赶紧提起来拍了拍，结果发现，没电了。

"有没搞错啊……"她只能先回屋去充电，好容易等到有点电开了机，熊萌顶着一头金灿灿的头发冲过来："深深，我快疯了！你现在有事吗？"

"怎么啦？"一向热于助人的叶深深回头看他。

"《ONE》那边的拍摄即将开始了，需要去个人盯着我们送去的服装，可我这边一堆烂摊子真的去不了，你不是当时也看着衣服的流程下来的吗？替我一下呗……"

"哦，我马上去。"救场如救火，叶深深立即拿起外套和包包就出门。

"车在门口等着，赶紧的！"熊萌给她一个感激的拥抱。

叶深深上了车，先取出熊萌塞给自己的资料看了看。是她在工厂里盯过的几件衣服，从染色到配饰她都很熟悉。她松了一口气，顺手一摸身边，才想起来，自己的手机在工作室充电了，但已经来不及回去拿了。

她有点烦恼地想，还没跟顾成殊商量呢……

不过应该没什么问题才对，不就是和季铃工作室的人见个面吗？

"深深的记性也不靠谱啊，手机都忘了。"

熊萌看着在充电的手机，自言自语，不过也没在意，任由它在那里充电，转身就离开了。

等他离开了，姜秋悄悄过来把手机打开看了看，然后神秘兮兮地回到另一边，对路微说："确实没错，是叶深深的妈妈给她打电话，叶深深的口气中好像她妈妈出事了。"

"叶芝云？"路微的唇角显露出一丝冷笑，"对哦，差点儿把她忘记了。不知道她出了什么事，值不值得叶深深放弃这边的一切呢？"

她一边说着，一边给老金发了个消息。

不多久，老金的回复就来了。

她看着手机上短短的几行字，不由自主地"哧哧"笑出来。姜秋好奇地探头去看，路微却抬起手，将她的目光拦住了："太有意思了，我现在真是迫不及待想要看到叶深深脸上的表情呢……"

姜秋小心地询问："叶深深会受到打击吗？"

"绝对的，非常的，可以想象的，无比重大的打击。"她说着，又抬头看姜秋，"对了，郁霏给她介绍了季铃工作室的一单设计？"

"是啊，真看不出来，那女人居然还对叶深深这么好！"

"就是嘛，那种义正辞严的圣母白莲花样……"路微翻个白眼，又看了老金发给她的消息一眼，好心情终究没被郁霏给赶跑，"呵呵，叶深深，容我同情哀悼你一下了……"

话音未落，另一条短信发进来了。

"郁霏？"路微悻悻地打开来看，"说曹操曹操就到，这女人找我能有什么事？"

等看到上面的内容，她的嘴巴又张大了："喔……约我吃饭？吃什么吃！看见那圣母的样子我就吃不下！"

她把手机一摔，不想理她，但下一条消息过来时，她翻了个白眼，还是打开来看了。

郁霏：我借到了一把好刀。有兴趣的话今晚一起吃饭，我们可以谈一谈叶深深的事情。

"刀？神经病……"路微神色闪烁地捉摸了半天，不知道郁霏葫芦里卖的到底是什么药，终于给她回了一句，"今晚哪儿？"

《ONE》是国内顶尖的时尚杂志之一，与方圣杰工作室的合作一向都很紧密。这次是一组明年春夏的印花专题，叶深深踏进摄影棚，一眼就看见了上次自己跑去厂里染的那批裙子。

轻薄的长裙短裙穿在高瘦的模特身上，被大大的鼓风机吹得高高扬起。模拟极光的渲染晕染与印染，颜色斑斓，迷幻一样地在模特的身上流转，灯光熏蒸得周围的气氛温热而暧昧。

叶深深的目光盯在这些裙子上，简直无法移开——这泼洒而下的颜色实在太过艳丽迷人，让她感觉到一种无法形容的兴奋感。

真美啊。她几乎仰望着这一组设计，深切地感觉到自己的微不足道。

还差好远好远呢，她还只能设计出好看的衣服，可是像这样能让人觉得激动喜悦的衣服，她却还无法掌控。

紧握的掌心浮起薄薄的汗，她不由自主地加深了呼吸。

身后传来有人温柔的声音，那种微带喉音的低柔声音，甚至可以让听者感觉到他唇角上弯的弧度："深深，你怎么在这里？"

叶深深回头看他，脸上显出猝不及防的惊喜，难以抑制："沈暨！"

沈暨站在她的身后，微微低头看着她，眉梢唇角的笑意甜蜜："我在那边的摄影棚，看到这边有个背影很像你，所以过来看一看。"

叶深深往那边看了看，问："你在那边当模特吗？"

沈暨笑着摇头："我倒是想啊，可惜主编大人不要我。"

他朝那边一个女子挥手示意，叶深深认出她是上次来过方圣杰工作室酒会的那个时尚杂志主编。

"我帮杂志向一个牌子借了衣服，正在拍封面，所以过来看看。"

"什么牌子啊，这么顶尖的杂志都借不到？"叶深深踮着脚往那边看，却只看到一个妙曼身躯上裹着一件裸粉色的纱裙，上面撒满金色银色的海星。造型师正提着三双鞋子，在裙子边比较着。

杂志主编过来了，过分纤瘦的身躯和尖削的下巴，一双眼睛显得格外大。她一看见叶深深就想了起来："你不就是上次进入方圣杰工作室的女生吗？叫什么名字来着……"

"叶深深。"她赶紧低头伸手，"宋主编好，我今天过来看看工作室的几套衣服。"

"哦，你和他们商量吧。"主编宋瑜也没在意她，随意和她握了握手，笑道，"灯光配饰什么的，应该不会有大问题，你看着就好。"

这意思就是你一个新人别插手太多，看着就好了的意思。

看着主编离开，叶深深朝沈暨吐吐舌头，沈暨也不由得笑了，抬手揉揉她的头发，说："来，我帮你看看。"

叶深深的脸一下子红了起来。他不是第一次对她做这么亲昵的动作，他好像特别喜欢揉她的头发，就像对一只路边小猫咪的疼惜一般。

然而，对于现在的她来说，他的举动，好像和以前不一样了。

因为他曾在下雨天替她撑起雨伞；因为他曾在她最忐忑的时候帮她淡扫胭脂；因为他总是低头微笑凝望着她，轻轻唤她"深深"。

看着拍摄中的那些绚丽飞舞的印花，沈暨认出了这是上次叶深深请他帮忙看的花样纹式，若有所思地微微皱起眉头："最终圣杰还是选择了第三种颜色对吗？"

叶深深点头，说："方老师说，最接近他理想的是第二种，但最终为了现实效果，他还是选择了第三种。"

"嗯，看来他是不希望太艳烈的色彩使市场降低。"沈暨过去与灯光师商议了一下，将光线调暗，又与总监商量了一下后期，才对叶深深做了个OK的手势。

"从某些角度来说，确实是这样的。符合理想的那种，可以追求，但跟第三种相比就属于剑走偏锋，远没有第三种的中庸容易得到接受。"沈暨微微偏头，一些久远的往事在他的眉间显现，"我还记得他刚在MCQ工作室崭露头角的时候，那时候不过20出头，恣意妄为，大胆任性，往往上一系列还让人惊叹不已，下一系列却让人觉得眼睛受到了伤害……"

叶深深不由得笑了出来："你不喜欢前卫先锋的设计。"

"对，对我来说美才是一切。那些混乱的、无序的、庞杂的设计，即使再吸引眼球，再传达什么设计师的理念，我也无法喜欢。那时候方圣杰有几个系列就是这样，虽然很好地传达了自己那种压抑无望的挣扎，但是在商业上，或者说在美学上，是非常失败的。他那时候与MCQ的合约到期，闹得也很不愉快。"沈暨轻轻叹了一口气，说，"圣杰赌气回国，希望能随心所欲地做自己的设计，可是如今看来，他是真正地已经理解了现实的力量，彻底妥协了。"

叶深深默默地点头，轻声说："可方老师也没办法啊，工作室现在发展得这么好，工作室加外面工厂的人手也有几十个，间接影响的人和品牌更多，他必须要对大家负责，带着大家走下去，无法一意孤行。"

"是啊，所以他现在已经几乎能毫不迟疑地就在其中做出选择了。"沈暨的唇紧抿着，声音也显得暗涩，"就像我，就像顾成殊，我们终究没人能对抗这个世界。"

叶深深茫然地看着他，不知道他要对抗这个世界指的是什么。但见他的侧面这么伤感，她不由自主地便伸出手，轻轻碰一碰他的右臂。就像她低落的时候他无数次伸过手来一样，安慰着他。

沈暨低头看她，脸上又露出柔和笑容，说："别担心，只是一时伤感，你懂的，冬天快来了嘛。"

明知道他是在转移话题，叶深深还是跟着他笑了出来。

"对了沈暨……你认识郁霏吧？"

"当然呀，她在国内的女装设计里，算是不错的。虽然她还缺乏自己的独创风格，但是她坚持走柔美风格一直没有偏离，也不会把水准以下的作品拿出来见人，是个对自己很负责的设计师。"

"她人也很好。"叶深深仰头看他，认真地说，"今天她还介绍了季铃的经济人给我，今晚6点我们就要见面了。听说，是季铃喜欢我的设计，所以要和我谈谈，似乎还很有可能委托我帮她设计衣服呢。"

"是吗？这是好事呀，若她穿着你的衣服引起关注的话，你很可能就此一举成名。就像当年哈利贝瑞穿着Elie Saab去领取奥斯卡影后桂冠一样，即使时隔多年，大家依然会记得那暗红底上的花草刺绣。"沈暨说着，微微皱起眉，"但是……为什么我有种不对劲的感觉。"

"对啊。首先，我只是工作室里一个名不见经传的实习生，甚至还没通过实习期；其次，郁霏和我又不熟，为什么会对我这么好……"

"不过可能性也是存在的。首先你的网店还是炒得很热的，最近不是又在推'双胞胎'活动吗？其次，万一郁霏是真的喜欢你，想要帮你呢？也不能总是防备别人的好意，对不对？"

叶深深用力点头，表示自己就是这个想法。

沈暨想了想，对她神秘地笑一笑，说："我想应该没问题，晚上我陪你一起去。反正只是谈谈嘛，又不一定能接到委托。就算接到了设计委托，还有我和顾成殊在呢，你怕什么。"

叶深深只觉得心口一松，一直压在那里的石头终于落地，让她不由自主就朝着他笑出来："嗯，我不怕。"

第二十二章
过往

Go with the Star

　　季铃是现在爆红的偶像明星，圆脸大眼身材好，主演的电视收视率都不错，粉丝简直成千上万。这么忙碌的人，她当然没空直接见叶深深。不过工作室主任，也是她的私人助理茉莉是个和蔼又可亲的女子，一上来就先对叶深深的设计赞不绝口，令叶深深简直受宠若惊。

　　"我的意见可以代表季铃所有意见，所以请叶小姐放心。"茉莉笑着，先把所有情况都介绍了一遍，"现在我们就是想先看看叶小姐能否设计一款合适的礼服，季铃准备在《ONE》杂志举办的慈善晚宴上穿。你知道的，慈善晚宴上大家穿的礼服一般都是大牌，但我们如今时尚资源还是差了点，既然大牌借不到，干脆就不要去借二线或过季的了。刚好你上次的那件燕尾裙看起来真的很漂亮很适合季铃，所以我才问问，能否为季铃量身定制一件最适合她的呢？"

　　她笑得和睦，叶深深也被她的笑容感染了，心口的忐忑惶恐也扫除一空，她很认真地点头，问："不知道季小姐对于颜色和款式有什么意见吗？"

　　"我们季铃就喜欢长裙，然后希望自己这次能穿一件淡绿色的长裙，哎，你知道吗，淡绿色有很多种……"

　　叶深深点头："是啊，很多种。我刚好带了色卡本过来，您看看。"

　　"太好了，给我看看！"她凑过去看色卡，然后眼睛一亮，指着其中一种淡绿偏石青色的色块，说，"就是这种！你一定要帮我们用这种颜色设计一条特别美的裙子！"

"好啊，这种颜色会很衬季小姐的皮肤，因为她肤色很白。"她说着，取出本子认真地记着，"对于设计，您还有什么要求呢？"

"要及踝长裙，要无肩抹胸式，要轻飘得像云朵一样，又要装饰着石膏花一样的白色花朵，还要以一条同色同料子的腰带松松地在腰间打结，要简洁又柔美，要垂坠又飘逸……"

她一口气说了一大堆，叶深深赶紧记下——其实客人的要求越多越详细，设计起来的难度反而越小。设计师最怕的就是"好看就行"，事后对方一个"和我想要的不一样"就直接全部推翻了，那才是悲剧。

等她说完了，坐在旁边的沈暨将叶深深记下的要点看了一遍，又对茉莉把所有要求都复述了一遍。

"对，没错，就是这样！"茉莉托着下巴笑着看他，"哎，你是叶深深的男友？"

"对，男性朋友。"他笑道。

男性朋友。坐在他旁边的叶深深默默地低下头，攥着桌布不说话。

茉莉则笑着纠正自己的话："哦，朋友。"

普通的，和其他人并无不同的，朋友。

"如果没有疑议的话，深深会尽快按照你们的要求出设计草图的，等季小姐过目后，如果觉得可以的话，她再出正式稿。直到这件礼服的设计稿最终通过后，请你们提供标准码子，深深会去工厂为季小姐量身定制。时间流程我们尽快赶，大约在两个月内搞定，刚好能赶上《ONE》时尚晚宴。"

"好的，没问题。"茉莉笑得见牙不见眼，"辛苦啦！"

送走茉莉之后，沈暨才对叶深深说："她确实是季铃工作室的人，看起来也还算诚心。一般来说最坏的结果就是她们约了很多新设计师来设计这件礼服，出了设计稿之后她们以各种不满意为由推脱，采用了别人的设计。"

"嗯……不过如果她们不满意的话，我还可以把设计图交给工作室当作业嘛。"叶深深没心没肺地说。

"放心吧，不会出这样的事情，你的设计怎么可能让人不满意呢？这事我帮你盯着。"沈暨习惯性地揉揉叶深深的头发，一脸宠溺无知儿童的笑容，"我在这行混久了，什么幺蛾子没见过。"

叶深深含着幸福的笑容点点头。

他的手在她头顶上温暖而带着令人安心的力度，几根发丝被带起，牵扯出轻柔的麻痒感，令叶深深的后颈不由自主地起了一层薄薄的鸡皮疙瘩，在一瞬间明白了，猫咪被人抚摸时那种眼睛都睁不开的舒适幸福感。

但他的手在她的头发上停住了，他笑着缩回手，改而向旁边的人抬起手挥了一下："你怎么也在这里？"

叶深深回头一看，向他们走来的人，居然就是顾成殊。

她顿时尴尬得脸都红了，讷讷地向他打招呼："顾先生……"

顾成殊对她视若无睹，径自在她身边坐下。侍者撤掉了茉莉的餐具，换上新的。

这期间，三个人的目光都没有相接。沈暨喝水，顾成殊看着菜单，叶深深偷偷去摸自己的手机，却发现还在工作室充电，自己压根儿没时间去拿回来。

这是啥局面……她在一片安静中，只能模仿沈暨端起杯子，眼神游移地茫然喝水。

"叶深深，你吃过了吗？"顾成殊忽然一抬眼皮，看向她问。

叶深深顿时呛到了，她狼狈不堪地放下杯子，拍着自己的胸口咳嗽不已。沈暨体贴地给她扯过两张餐巾，她捂着嘴巴，眼泪都快下来了："没……没有，我和沈暨刚刚在这边见了季铃工作室的人。"

"哦？有什么事？"他开始点菜，眼皮都懒得抬起来看她。

干吗呀……我们不就是合作了一个网店吗？干吗这种审问的口气，干吗这种咄咄逼人的神情，干吗这种……捉奸的即视感……

叶深深努力地看向沈暨，却发现他若无其事地朝她眨眨眼，一脸笑意，她只能从自己的喉口挤出一个解释："其实这个是郁霏介绍给我的，她说季铃挺喜欢我的，我还想给您打个电话商量一下的……"

他冷冷打断她的话："我下午给你打了4个电话。"

叶深深快哭了："就……我要给您打电话的时候，刚巧没电了，就放在工作室充电了，没带出来……"

天地为证啊，真的是这样的！

委屈的叶深深恨不得扯开自己的包给顾成殊看："顾先生您看，我真的没带手机！"

"好啦，深深。"沈暨又在旁边笑了出来，"顾先生又不会吃了你，你干吗这么紧张。不就是没带手机吗？你现在问问什么事不就好了。"

叶深深赶紧看向顾成殊："对了，顾先生您找我什么事？"

"忘了。"他点完菜，把菜谱合上交还给侍应生。

叶深深泪流满面。

这个老板太不好伺候了。

餐桌上的气氛很沉闷。

叶深深硬着头皮埋头吃饭，沈暨和顾成殊聊些她听不懂的事情，所以她也没在意，只一直吃吃吃。

直到顾成殊叫她："叶深深。"

"啊？"她赶紧抬头。

"季铃工作室的人怎么说？"

叶深深赶紧回答："她委托我设计一件礼服。"

"要什么样的衣服？"

她把自己记下的要点递给他看。

"唔……"他微微皱眉，想了片刻，把本子还给她，"你心里有底吗？把初稿画出来给我看看。"

叶深深愕然："现在？就……在这儿？"

"是啊，这么详细的要求，你难道还画不出来？"

"哦……说得也是。"叶深深趴在桌子上摸出一支笔就开始在自己的本子上画设计图，"及踝长裙，无肩抹胸，浅绿色裙子装饰白色花朵，同色同料子的腰带松松地在腰间打结，垂坠下来……"

她一边念叨着，一边打好了框架。笔尖流畅，不假思索，几根线条下来，已经初具雏形。

她将画好的图递到顾成殊面前："基本上，应该是这样吧。"

顾成殊扫了一眼，将这张图举给沈暨看，微微皱眉："你觉得有什么问题吗？"

沈暨摇摇头："看不出来。"

"那我倒是对郁霏刮目相看了。"顾成殊将她那张设计图递还，说，"你可以设计下去。当然，我也会继续关注你这桩委托的进度。"

叶深深连连点头："嗯嗯，说不定我会因此走出一条阳光大道呢……"

"不可能，你按照我给你安排的路走下去就可以了，免得平白无故多生风浪。"顾成殊平淡地说，"其实郁霏介绍的这个单子，我建议你最好还是不要接，免得以后惹来麻烦。还有，你以后交往的人我会注意的，尽量帮你筛选一下。"

啊？叶深深都无语了，凭什么啊，不就是出钱给她开了个网店吗？为什么现在连她跟人交往都要干涉了？

还筛选……怎么不直接拿个玻璃套子把她给罩住啊？

还是说，因为对方是郁霏，他还在记恨着这个前前女友，所以连前前女友照顾她都要干涉？这个人也实在太没有道理了吧？

小气鬼！心胸狭隘！果然是恶魔先生！

"那个，顾先生，我觉得我要和什么人交往是我的事情，再说了我现在是工作室的人，方老师都允许我接外单设计了……"

"他允许了不行，你的事，我允许了才行。"

听着顾成殊顺理成章地吐出这句话，叶深深简直不敢置信。她瞪大眼睛看看他，想在他脸上找出一点心虚的痕迹——

没有！一点也没有！仿佛他就是上帝，可以一手掌握她人生的每一寸行进轨迹，一毫米都不允许偏差。

叶深深求援地看向沈暨，沈暨做了个默哀的表情，有心无力。

叶深深还能干吗呢？

她只能嚯嚯嘴唇，在心里狠狠腹诽着：建议我不要接，那我就接给你看！身正不怕影子斜，我就不信我能被怎么样！

叶深深完全没感觉到自己这种赌气的逆反心理就跟个小孩子似的，只一声不吭下定决心，埋头吃饭。

虽然对于顾成殊，叶深深心里是有想法的，但是在他请她吃了饭又送她去工作室拿回了手机又亲自送她回家时，叶深深觉得，顾成殊这个人吧，有时候还算是不错的。

坐在副驾驶座上，她打开了手机，顾成殊居然真的给她打了4个电话。

她转头看他。在流动的路灯光芒下，他的面容在明暗交替的灯光下显得更加轮廓鲜明。

她的眼前恍惚出现了他带着自己去找那件被废掉的样衣的那一夜，他在星月之光下的面容，也是如此好看。她不由自主地在心里想，其实，恶魔先生真挺好看的——如果脾气不是这么难以捉摸的话。

顾成殊瞥了她一眼，睫毛微微一动，又转了过去："看什么？"

"呃……"叶深深有点儿手足无措，"就是说，顾先生您给我打了4个电话了……您真的忘了找我什么事了？"

车子微微一震，一直开得很稳的顾成殊，在这一瞬间不知怎么的就误踩了油门儿。幸好他立即就稳住了，只略带恼怒地说："说忘了就忘了。"

叶深深真是莫名其妙又委屈，忘了的人又不是她，怎么还显得她没理似的。

张张嘴巴正要争辩，却听到轻微的噼啪声。叶深深抬头看去，大颗大颗的雨点砸落了下来，打在窗玻璃上，溅出一朵朵圆圆的水花。

顾成殊开了雨刷，车子继续往前走。

叶深深忽然想起一件事，低低地"啊"了出来，说："我得回工作室一趟！"

顾成殊瞥了她一眼，减慢了车速："什么事？"

"我走的时候好像看到办公室的窗户没关。"叶深深焦急地说，"今天好几张新设计都被搁在书架上，万一雨横飞进来，被淋湿了就惨了！"

顾成殊看看时间，问："门卫呢？"

"他6点下班，现在早回去了。"叶深深说着，就去推车门，"顾先生您在前面地铁口停一下好吗？"

顾成殊目不斜视地拐了个弯："不好。"

"哎……"她急了，"顾先生，我觉得吧——"

"我觉得，我没法让一个女孩子冒雨去坐地铁。"他打断她的话，车子拐上了回去的路。

叶深深看看他的侧面，不由自主地捧住自己的脸，幸福地笑出来。

回去的路不过20分钟，雨已经瓢泼而下。

等到了工作室门口一看，果然门卫已经下班回去了。物业的管理不错，而且他们是服装工作室，小偷根本不可能光顾，门卫向来是按时上下班的。

叶深深用包遮住头跑到屋檐下，然后赶紧掏钥匙开门，打开灯进屋。

敞开的窗台边全都是水，靠窗的桌子全湿了。她顾不了下面了，赶紧跑上楼去，发现放着设计图的那个柜子果然已经全湿了，水已经蔓延到纸张的边缘。

"好险！"她不由自主地叫出来，赶紧把设计图拿起来，放到旁边的桌子上，然后把窗户关好，又赶紧擦干水迹。

跟着她上来的顾成殊翻了翻设计图，说："没有你的。"

"嗯，我还没交呢。"她点点头。

顾成殊诧异地看她一眼："那你这么上心干什么？"

叶深深比他更诧异："每一张设计图都是大家的心血呀，而且被毁了之后万一没时间补交，会和我上次一样被直接扣5分的。"

顾成殊以复杂表情看了她一眼，叶深深很顺利地从他脸上看到了"我很乐意让别人的设计被毁"的表情。

恶魔先生果然是恶魔先生。

叶深深无语地跑上跑下，将所有的窗户都关好，确定没问题之后才跟着顾成殊往外走："应该没事了……"

顾成殊站在走廊里，问："你有没有听到什么声音？"

"声音……"她凝神倾听了一会儿，果然有滴答滴答的声音。她大感不解地与顾成殊对望了一眼，然后猛地跳起来，跑去打开仓库的门，冲入地下室。

地下室的天花板一角开裂了，正在渗水，滴滴答答向下淌着细细水流。

叶深深啥也顾不上说了，赶紧抱着靠墙边的衣服往外抢救。衣服全都挂在带滚轮的龙门架上，她努力张开双手抱着足有1米5宽的龙门架，像螃蟹一样横着爬上去。

楼梯太窄，龙门架太重，她的手背重重地撞到拐角，一层皮立即蹭破了，鲜血直流。

顾成殊微微皱眉，将她的衣架接过来，问："叶深深，你慢慢来不行？"

"水都要漫到衣服下摆了，当然不行啊！"她一边说着，一边随手拿纸巾擦了擦自己的手背，又赶紧把挂着长裙的龙门架拖远一点。

顾成殊无奈地走过来，抓起她的手就往楼梯上走。

"还没搞定啊……"叶深深还回头看衣服。

顾成殊头也不回："急救箱在哪里？"

叶深深这才反应过来，指了指头顶柜子上。

顾成殊将她按在椅子上，抬手将急救箱取出，说："不就是几件衣服吗，至于这么拼命。"

"这里面有好几件可是明天要送去试穿的样衣哦！而且，有些材质的衣服过了水后，型马上就会坏掉的。"

他冷冷问："是你的衣服吗？"

叶深深愣了一下，然后抬头看他，诧异地睁大眼睛："可这些和那些设计图一样，都是我们的心血呀。每一幅设计图、每一件衣服，都是灵感的结晶，都值得珍惜，不是吗？"

顾成殊瞥了她一眼，没说话，只是执起她的手，用消毒水轻轻洗去她糊了一手的血迹，然后剪下纱布和胶带帮她贴好。

叶深深这才感觉到自己手背上麻痒的痛。她轻轻咬住下唇，默不作声地看着面前帮自己处理伤口的顾成殊。

嗯……他低垂的面容还是那么好看，无论是上次在夕阳霞光中帮自己处理膝盖的伤口，还是这次在灯光下，长长的睫毛浓密地投下暗紫色的温柔阴影，高高的鼻子和紧抿的双唇都那么美好……

外面的风雨那么大，里面却是一片寂静，静得叶深深觉得自己心脏急剧跳动的声音都能让对面的顾成殊听见了。

一只手在他的温暖掌握之中，她只能慌张地抬起另一只手，按住自己的胸口，怕它会泄露自己此时的想法——万一顾成殊抬头看见她紧张的模样，问她怎么回事，她可怎么办？

顾先生你低垂的面容太好看，让我觉得好紧张？

呃……恶魔先生一定会让她用消毒水洗洗脑子吧。

就在她胡思乱想的时候，恶魔先生居然真的抬起头来了。

在此时明亮的灯光下，他的双眼倒映着灿烂如星的光芒，凝视着她，说：“叶深深，你怎么老是受伤。”

在他的目光注视下，叶深深自己也不明白的，胸口的血猛地涌上来，脸顿时火热通红。

她结结巴巴地说：“因为……因为我笨啊，老是把事情搞砸。”

这蠢不忍睹的回答，让她一说出口就悔恨得咬舌头。顾成殊却笑了出来，唇边一丝柔和的弧度，移开了自己的目光：“这倒没错。”

“那……那我继续把衣服搬上来。”叶深深站起来，窘迫地说。

“你还是在这儿待着吧，免得又把事情搞砸。”他说着，随手卷起袖子，下到地下室去了。

叶深深把自己抱到楼梯口的那个龙门架拉到客厅，结果才一用力，刚刚包好的手背上又渗出了一点血。

拿着其他衣架上来的顾成殊将她手拉过来看了看，瞪了她一眼。叶深深赶紧举着手退到沙发上，乖乖坐下，不敢再动弹。

顾成殊把衣服全部弄到楼上，先暂时堆在客厅中。一个个衣架挪上来，直到把客厅塞得满满当当的，才算把下面搬空。

最后一个架子搬空时，下面低处的水都没到脚踝了。

顾成殊一边坐在沙发上整理自己的袖子，一边看着叶深深，下指令：“给带你的人打电话。”

“为啥？”她茫然地问。

“因为，你必须要让别人知道你干了什么，不然的话你哪有存在感？但是，给带你的那个人打，不要给你的方老师邀功。”

叶深深恍然大悟，赶紧抓起手机给陈连依发消息：陈姐，雨太大了，地下室有点漏水，我把衣服转移到大厅了，可以吗？

陈连依迅速给她回了消息：漏水了？严重吗？你还在加班？

现在地下室空了，应该没问题，明天要让物业来修补一下。

好的，幸好有你在。深深你做得不错，赶紧回去休息吧。

叶深深开心地对着手机看了又看，还举给顾成殊看，兴奋地说："顾先生你看，陈姐夸我了哦。"

顾成殊看了看上面的对话，不屑地说："也没说什么。"

"哎呀……挺好了。"她抱着手机傻笑，想着自己刚到工作室的时候陈连依说讨厌她时的情景，觉得自己实在是太棒了，好像开始把陈姐对自己的成见给扭转过来了。

"好了，走吧。"顾成殊朝外走去。

叶深深看了屋内最后一眼，确定没事之后，跟着他一起往外走。

忽然之间，眼前一黑，她脚下一扭，顿时扑在了前面的顾成殊身上。顾成殊眼疾手快地拉住她，总算她没扑在墙上，但鼻子已经在他身上撞得酸痛不已，眼泪顿时流了下来。

"怎么……忽然黑了啊？"叶深深捂着鼻子，强忍着眼泪。

顾成殊看看外面一片漆黑的小区，说："停电了吧。"

"不会吧，帝都也会停电啊？"她摸索着锁了门，捏着鼻子到外面。雨还是那么大，一点都没有停的迹象。

顾成殊开了车内灯，她照镜子检查自己没有流鼻血后，才放下心来。结果小区门口堵了两辆车，他们的车根本出不去。保安一看见他们的车过来，立即跑过来敲他们的窗："先生，先回去吧，现在出不去。"

"出不去？"顾成殊有点诧异。

"这不停电嘛，门禁锁死了，二套方案也出了问题。我们得等等看啥时候来电，安保公司的人也正在赶来的途中，您稍等半小时到一小时左右，马上就可以出去了。"

这个是不可抗力，顾成殊给了叶深深一个无可奈何的眼神，问："你要坐在车上等，还是回工作室等？"

叶深深坐在那里犹豫着，安静的车内悄无声息，她和顾成殊坐在一起，静得心跳和呼吸声都近在咫尺，清晰可辨。

"去……去工作室。"她紧张地按着心口，说。

两人举着手机进去，在工作室内找了许久，居然找到半截香薰蜡烛。

摇曳的烛光伴着缥缈的香气，反倒令叶深深觉得更手足无措，觉得整个屋内蒙着一层格外暧昧的气息。

为了掩饰自己的尴尬，叶深深只能坐在沙发上低头一直刷手机，刷了半天，她又偷偷地抬眼看看顾成殊，结果一抬头才发现，他居然也正看着她，晕红的烛火下，两个人的目光相遇，又都下意识地转开。然而转开之后又感觉更为尴尬。

"呃……"叶深深终于还是艰难开口，打破此时表面的平静，"顾先生，我能不能问您件事……"

他没应，只是又把目光转过来看她。

"就是……为什么您会愿意帮我呢？为什么会帮我这么多呢？"叶深深终于将自己长久以来的疑惑当面问出来，在此时的烛光之下，仿佛无论什么答案都能变得好接受一点。

"是啊，为什么呢？"顾成殊隔着摇曳的烛光看着她。橘红色的光芒在他们的周身跳动，恍惚之中她看见他的眼睛之中光芒黯淡，沉默中似乎想着很多很多事情，却终究所有涌动的情绪都被他慢慢地压抑下来，舍弃了一切之后，只有一句平淡的话被他吐出："因为我是个天使，我愿意对自己看好的投资对象投注本钱。"

"您才不是天使呢！"叶深深忍不住抢白他，"您明明是个唯利是图的资本家。"

他毫无心理障碍地接受了她的谴责："对，这也没错，你对我来说是有利的。"

"那……您又为什么要悔婚呢？"叶深深忍不住又说，"结果现在路微觉得你们的事情是我从中作梗，所以她现在别提多讨厌我了……"

"是吗？"顾成殊居然饶有兴致地抱臂看着她，反问，"觉得你是第三者？"

叶深深赶紧挥手干笑："哈哈哈……不过没人相信的啦，怎么可能呢对不对？别人一看到我，再一看路大小姐，马上就会明白我是根本不可能从她的手中撬走顾先生的哈哈哈……"

这么蠢的反应，顾成殊只能选择将目光移到窗外，宁可盯着外面的沉沉黑夜发呆。

叶深深没想到自己不但没从顾成殊的口中套出真相，反而还陷入了更加尴尬的境地，她悔恨地咬着自己的舌头，恨不得砸自己的头一百下，好让自己找到套话的本领。

谁知，就在一片恍惚之中，看着窗外黑暗的顾成殊却忽然开了口，低低地说："我在找一个人，已经找了5年。"

好像……有顾先生的八卦！叶深深顿时竖起耳朵，连背都弓起来了，就跟看见了前方鲜鱼的猫咪似的，就差眼睛发绿光了。

顾成殊的目光，缓缓地移到她的面容上，隔着轻轻摇曳的烛火，在升腾的光华之中，他凝望着她，一字一顿地说："是我……这辈子最讨厌、最嫉妒，也最恨的人。"

可是好奇怪，从他的神情之中，她没有感觉到一点怨恨与讨厌的样子，却让她茫然地，不知如何才能抓住那种奇怪的感觉，也不知如何形容自己在顾成殊凝视下，胸口涌起的微悸。

她艰难地顶着他的目光，轻声问："那个人是谁，为什么……顾先生这么讨厌那个人呢？"

"是一个家境很差，智商普通，连就读的学校都很差的，完全不起眼的人。然而，就是这样一个人，我母亲却觉得，一百个我，也比不过那个一无是处的人。这太可笑了不是吗？为了达到我母亲的期许，我从伊顿公学到伦敦政经，从麦肯锡欧洲到创建云杉，一路走来，付出了多少，除了我自己，没人会理解。"幽微的烛光仿佛轻微的催眠术，让顾成殊在包裹着他们周身一小块地方的光华之中，第一次将这些隐藏在心中的话，对着自己之外的人原原本本地说了出来，"然而，我所有的努力，都被母亲一句话轻易地抹杀了——她在临死前，对她最好的朋友说，这辈子最大的遗憾，就是自己生下的孩子是我，而不是她看上的那个与她只有一面之缘的普通孩子。"

叶深深愕然瞪大了双眼，不敢置信地看着他。

他脸上深重的悲哀，在一瞬间击中了她的胸口，让她无法抑制地连呼吸都透不过来。

她不敢想象，一个努力了这么多年的孩子，在听到母亲对自己这样的评价时，会是多么巨大的打击。

窗外的滂沱大雨一直在下着，敲打着窗户砰砰作响。一片黑暗中，烛光黯淡。香薰蜡烛只有短短一截，又融化得太快，眼看已经快到尽头，连香气都似乎苦涩起来。

叶深深不由自主低低地叫他："顾先生……"

顾成殊长出了口气，闭上眼睛靠在沙发上，沉默了许久，才又说："母亲死后，很长一段时间我整晚整晚睡不着。我……很爱我母亲，我父亲忙于家族生意常年在外，从小我是母亲一手带大的，我也一直以为我会是母亲的骄傲。然而母亲死后我才知道，原来我在她眼中，只是微不足道的令她失望的尘埃。"

一个达不到她期望的，与世上所有人没什么两样的普通人。

一世过去了就永远消失在浩瀚之中的一粒尘埃。

即使是顾成殊，这个平素永远平静冷漠的人，此刻也终于忍耐不住，他抬手扶住自己的额头，闭上眼睛靠了一会儿。叶深深看到他被烛火投在背后的身影，在微微颤抖，不知道是烛火在跳动，还是他身体真的无法控制。

她默然地伸手，犹豫了许久，终于轻轻按在顾成殊的肩上，轻声说："顾先生，我想，你妈妈一定不是这个意思……"

他身上的衬衫质料柔软，她的手隔着柔软的衣料，碰触到他的肌肤，绷紧的、微颤的骨肉。这一刻的顾成殊，已经不是她记忆中的顾先生，他是一个被妈妈毫不留情否定了存在价值的可怜孤儿。

叶深深的手慢慢顺着他的手臂滑下来，轻轻握住他紧攥的双手。她的手上还带着伤，但她也不管了，因为他双手冰凉，需要她帮他暖回来。

顾成殊茫然抬头看她，目光在她的脸上，一寸一寸地移动，从她微乱的头发，到光洁的额头，到弧度美好的下巴。烛火在她的眼中跳动，就像开着两朵小小的火花，温暖灼人。

母亲去世的时候，对她最好的朋友说，这辈子我最大的遗憾，就是我的孩子是成殊。他和我是一样的人，最终都是被这个世界扬弃的尘埃。他这样的人，到这个世界来一趟或者不来，又有什么区别？

如果可以选择的话，母亲想要的是——此时此刻就在自己面前的叶深深。

而现在，一无所知的叶深深握着他的手，轻声安慰他说："顾先生，世界上所有的孩子都是母亲的骄傲，我想你妈妈肯定也是这样的……只是，你可能误解了她的意思，又或许，是她最后表述得不清楚……"

她声音有点结结巴巴的，顾成殊知道，她正为了安慰自己，努力在组织语言，希望可以找出劝解开导自己的方法。

然而叶深深，如果你知道，给了我最大打击的人就是你的话，如果你知道，这个世界上我最讨厌最嫉妒的人就是你的话，你又会说什么呢？

心口升起一种异样的冰凉，让他在愤恨中想将自己的手从她的双手包围中抽出。然而全身的力气缺失，她的手又这么温暖柔软，紧紧地握着他的双手，坚定得仿佛永不会放弃他似的。他已经抬起一个弧度的手臂终于还是不着痕迹地回到了原点，双手终于还是一动不动地躺在她的掌中，再没有抽回的力气。

"其实，我和顾先生还有点相似。"她有点迟疑地说着，"不过我的情况可能更糟糕一些，因为我是被我父亲直接抛弃了……"

对于她的事情，顾成殊早已调查过，所以也并不觉得奇怪。但他诧异的是，几乎从来将这些深埋在心中的叶深深，居然会对他说出自己心中最介怀的事情。

"我是还没出生就遭到嫌弃了，顾先生可能无法想象。"她尽量轻描淡写地说，"我妈怀着我的时候，我爸带她去医院找熟人看了胎儿，知道是个女孩，他就让我妈把我打掉……我妈不肯，就被他一个人丢在租来的小房子中，让她一个怀孕的女人自生自灭。直到我妈妈一个人在医院临产，求熟人带话给他，他才带着个怀孕的女人出现，还炫耀地指着那女人的肚子，说这里面怀的是儿子，那才是他老申家的种。"

顾成殊望着她悲哀的侧面，与她交握的手指不由自主地抓紧，呼吸也变得沉重起来。

而叶深深一动不动地看着外面的急雨，望着那些偶尔在黑暗中一闪而过的银色雨丝，含糊地低喃："在痛苦的阵痛中，我妈妈哭着生下了我，他看果然是个女儿，连抱都不抱我就走了……"

她眼中蒙上一层薄薄的雾气，但终究没有化成水流下来。多年来的刻在她心上的这道伤痕，让她在年幼时就已经沸痛过千百次，到现在已经可以平静地克制着自己面对。

所以她坦然地转过目光，对着面前的顾成殊勉强地扬起唇角，露出一个笑容："到现在我唯一的遗憾，就是我为什么叫深深，这名字老让我想起姓申的那个人……要是我妈给我取名叫浅浅多好。"

黯然明灭的烛火，在她的脸上投下摇曳不定的光芒与阴影，她的肌肤与发丝都在灯下散着幽微的光。

他们握着手所以姿势显得那么亲密，坐得又是那么近，在这沉沉的雨夜，两个将自己内心最深处的事情相互吐露的人，呼吸只隔着十几公分的距离，有一种他们自己都还未曾察觉的暧昧微微扬逸。

不由自主地，顾成殊的手动了动，无意识地想要抓紧她。

残存的一点烛芯终于倒下，火光熄灭，一片黑暗。

"哎呀……"叶深深低呼一声，放开了他的手，拿起了桌上的手机。

被她甩开的顾成殊，落空的十指不自然地动了两下，慢慢将自己的双手交握，抬头看她。

她举起手机照向他这边，眼中满是关切："顾先生，没被吓到吧？"

敢情安慰了他一下，就自以为是地充当保护者，把别人当小孩了。顾成殊白了她一眼，靠在沙发上，依然是那种波澜不惊的口吻："叶深深，在这个世上我并不怕任何东西。"

"那是啊……"叶深深尴尬地笑着。他可是顾成殊，恶魔先生。刚刚黑暗中那虚弱与崩溃，可能只是她一瞬间的幻觉而已。

哎，不对啊……

她在黑暗中敲敲自己的头，疑惑地想，话题是怎么展开的，一开始不是想问他为什么会帮助自己吗？怎么会讲到了他最讨厌的那个人身上，然后又转到了自己的身上？

总之就是顾先生太厉害了，但凡自己想要窥探一下他做事的理由，他就老是转移话题，不让自己了解他。叶深深无奈地想。

顾成殊站起身，到窗边看了看外面的情况，出入口的车子依然停在那里，显然情况并没得到改善。他看看时间，已经晚上10点多，大雨加上停电，显得夜格外深，也格外安静。

顾成殊给司机发了消息，让他来这边门口接应，回头看向叶深深，她坐着看手机，身体已经渐渐倾斜，眼看就要睡倒在沙发上了。

顾成殊知道她这段时间应该是疲于奔命，所以也没打扰她，找了把椅子坐下，把沙发让给她。

她迷迷糊糊中还想强撑，问："顾先生，可你还是没说，你和路大小姐都谈婚论嫁了，忽然之间发生了什么，导致你们忽然取消婚礼呢……"

"医院临终照顾的护士，在母亲去世后告诉我，她的遗愿是希望我和她喜欢的那个女孩子结婚。"顾成殊低低地说道，"路微冒充了那个女孩子，而我认错了。"

但是，在婚礼进行的前一刻，她撞在了他的车上，而他看到了她的设计图册，终于认出了那个母亲一直在寻找的叶子的主人，明白了那并不是路微，而是被她强取豪夺了设计作品的叶深深。

"原来如此……幸好顾先生在婚前及时发现了她欺骗你。"叶深深喃喃地说道，"可就算路微费尽心机又有什么意思呢？骗过来的东西，终究不是自己的，不是吗？"

手机的光已经熄灭，顾成殊在黑暗中点点头，他知道叶深深看不到，所以又低低地"嗯"了一声。

"幸好顾先生及时发现了真相……幸好……"叶深深梦呓般地呢喃着，还没说完，声音越来越微弱，直到陷入安静的呼吸，已经睡过去了。

窗外的黑暗中，隐隐透出微弱的天光，偶尔有几条雨丝在暗色的背影中微微一亮。顾成殊的眼睛渐渐适应了，面前事物的轮廓一一模糊呈现出来。

他慢慢走到熟睡的叶深深面前，俯身看着她的容颜。

黑暗侵蚀了她的肌肤颜色，只隐约呈现出她的面容轮廓。紧闭的眼睛与微抿的双唇，长发凌乱地散在身下，手乖乖地拢在脸颊旁边。

像个不解世事的小孩子一样，连身旁就是恶魔先生都不管，依然自顾自入睡。

顾成殊自己也没察觉到，一抹微笑出现在了他的脸上。

"叶深深……"他低语着，抬手想触碰一下那可爱的面颊，但又怕她被自己惊醒，便只将她散落的发梢轻轻拾起，放回肩头。

"在刚看见你的时候，我很失望，无法想象我要是选择了和你在一起，以后的生活会怎么样……"他在沙发边坐下，在茶几上支着下巴，默然望着她。

他好像总是遇见她最狼狈的样子。在她撞在他的挡风玻璃上时，在她满脸青肿时，在她被人拖拽在地时……

然而，不知从何时开始，她在他的生命中，仿佛已经不一样了。或许是从看见她拉链爆掉之后惊慌失措的神情开始；或许是从看见她路灯下倔强的眼神开始；又或许，在他们连夜奔波寻找她那件"奇迹之花"开始，一切就悄悄发生了转变。

他记得自己曾经对沈暨说，他希望自己和叶深深之间，最好只存在资本上的合作关系。然而，此时他望着黑暗中叶深深隐约的轮廓怔怔出神，那些当初说过的话，产生了无法遏制的动摇。

"或许，遵从母亲的遗愿，也没什么太难接受的……"他的声音轻微如呢喃，刚出唇边便消散在黑暗之中。

但这轻微的自言自语，却在形成的一瞬间轰鸣在他的脑海之中，久久回荡着。他仿佛被自己这个念头惊到了，坐在沉睡的叶深深面前，茫然到半晌没有任何动静。

接受吗？

他真的能承认她是命运指派给自己的同路人吗？

明知道她的前途艰难无比，错综复杂，他为什么还要选择与她同路，从今以后，与她并肩走上那遥不可知的道路？

他明明可以推卸责任，将他们的关系定位在干净利落的合伙人之上。这世上但凡是钱的事，对他而言都是简单的事情，唯有感情，他始终不乐观，并没有任何把握。或许是薄情，或许是滥情，或许是事到如今他也依然不懂得"爱"这个字到底怎么写。

窗外轻微的雨声，落在树上地上沙沙作响，让他如坠迷梦。他沉浸在迷幻之中，自己都没察觉到底呆坐了多久，脑中所思所想，没有任何头绪。

只是他的目光始终在叶深深的身上，他的手也始终轻握着她垂下沙发的一缕发丝，无法放开。

手机忽然亮起，他仿佛猛然被拽回现实世界，立即松开手，站起身离开了她。

所以叶深深迷迷糊糊醒来时，只看到背对着自己的顾成殊，站在窗前在接电话。她抓着头发坐起来，睡得有点不明状态。顾成殊挂了电话，回头看她："叶深深，你醒了？"

"唔……"叶深深茫然地看着他，又看着周围的黑暗。

"走吧，司机来接我了。"他径自往外走去。

"哦哦。"叶深深应着，赶紧爬起来跟着他往外走。

雨已经小了，经过顾成殊的车时，他从上面取了一把伞给她，自己则走在前面。叶深深撑着伞，跟在他后面小跑着，勉强追上他的长腿后，竭力举高手臂，将伞分了他一半。

他回头看她，放慢了脚步。

叶深深有点不好意思，结结巴巴地解释说："天气有点冷了，淋到雨会感冒的。"

他垂下眼，见她踮着脚尽力把伞递到自己头上的样子，便随手接过来，两人打着一把伞向小区外走去。那里有辆车正开着车灯，等着他们。

他放小了步子，也放慢了节奏，与她一起撑着伞慢慢绕过水坑，走出小区。安静的雨夜，昏暗的行道树下，雨点溅起细细的水花，打在他们脚边。

叶深深在这样的静谧之中觉得有点小小的紧张，她微微仰头看向顾成殊。正看着前方的顾成殊，被一闪而过的车灯瞬间照亮了面容，她看见他侧面的弧线，异常鲜明的白与黑对比，比水墨山峦还要秀美的曲线，比电光火石更为攫人的气质。

她只觉得自己的心口像被旋涡吸走般，垂下的双手不由自主地抓紧了自己的衣裙。她迅速地闭上自己的眼睛，在心里拼命记着这刹那间的惊心动魄。她在心里想，叶深深，你得记得这一刻的悸动，你得把仰望顾先生的这种心情抓住，若你不能设计出这样的感觉，你这一辈子一定会遗憾无比。

心口有无数的兴奋与慌乱在涌动，几乎快要喷薄而出。仿佛她的人生第一次认识到有"缪斯"这个美好事物的存在，顿时理解了那些大牌设计师与模特们的火花从何而来。

顾成殊垂下眼睫，瞥了闭眼碎碎念的她一眼："叶深深，你干吗？"

"哦……没，没什么……"她才不好意思跟他说自己准备以他为设计原型呢，赶紧加快脚步跟着他上了车，然后以迅雷不及掩耳之势在车上掏出手机，打开绘图软件开始在上面抢回自己的灵感。

顾成殊瞥了她一眼，也打开自己的平板电脑看上面的文件。雨夜行车，信号不好，半天都没打开伊文给他的紧急文件。他皱起眉，转头去看叶深深，发现她也因为车子的颠簸，线条画得歪歪扭扭的，烦恼地握着手机哀叹。

看着她孩子气的懊恼与沮丧，即使面临着烦人的无信号情况，顾成殊的嘴角也不由自主地扬了一下。

"算了，叶深深，回家去弄吧。"他说着，先放弃了下载文件。结果刚刚关了邮箱，伊文却催了电话过来："顾先生，那个文件能在今天发出吗？"

"现在是11点40，今天还有20分钟。"顾成殊冷静地回答她，"而我现在在路上。"

"好吧，都是我的错，没有提醒您文件的期限。"伊文十分爽快地说，"我会让财务扣掉我本月奖金的。"

顾成殊只能无奈地说："这样吧，我万能的秘书，我去路边找个网吧尽快给你处理，好吗？"

"好的顾先生，多谢您保住了我的奖金！"

顾成殊无奈地挂掉电话，与司机商量找网吧的事情。叶深深忍不住笑了出来，毕竟，恶魔先生吃瘪的机会可不多。

顾成殊瞄了她一眼，她赶紧收敛，乖乖地继续低头假装自己正在认真画图，然后又说："要不……顾先生您到我那里用一下就好了，我那边网速很快的。"

前面就是叶深深住的小区，顾成殊看看时间，答应了。司机将车停在下面，他们立即上楼。

叶深深把包丢在沙发上，便赶紧去打开电脑："我的电脑开机也很快的哦，几十秒就可以了……"

可能还不需要几十秒，因为，仅仅十几秒，沈暨的笑容就出现在了屏幕上。

叶深深呆了呆，然后猛然想起，前几日将这张照片发给宋宋的时候，她觉得拍得太美，所以就顺手将它设为了桌面。

她下意识地转过身，挡在了屏幕的面前，脸颊通红地转身看顾成殊。

站在她身后的顾成殊面无表情地问："开了吗？"

"快、快、快开了……"她尽力将自己的背靠近屏幕，挡住画面，"那个，顾先生……"

"嗯？"顾成殊微微皱起眉看她。

"您觉得……口渴吗？您可以自己去拿瓶水……"

"不喝了，我直接处理完文件就走。"他俯头看着紧张不已的她，示意她让开，自己要用电脑了。

叶深深头皮都快炸了——顾成殊要是看到她的桌面是沈暨，那可怎么办？沈暨不是就会知道自己暗恋他了吗？以后两个人见面可怎么办？会不会尴尬死？

不！尴尬还是小事，说不定沈暨干脆就不见她了！

太可怕了！绝对不能让顾成殊看见沈暨的桌面啊！

"那，顾先生，我……我有点口渴，我忘记伊文姐把水放哪儿了，您帮我拿一瓶好吗？我……我……我渴得都要冒烟了……"

顾成殊的目光，落在她身后露出一点的桌面上，又缓缓转到她的脸上。在客厅明亮的灯光下，白炽灯的光白中带着幽蓝，显得他的目光也有一点冷淡的，深不可测的凉意。

但他什么也没说，转过身，向着厨房走去。

叶深深以迅雷不及掩耳之势转过身，立即点开文档，并迅速放大遮住整个屏幕，然后打开图片夹，管它三七二十一随便点开一张图片设定为桌面，这才长长喘出了一口气，感觉到后背汗都出来了。

顾成殊从厨房出来，将手中一瓶水递给她。

她赶紧谢了他，把座位让给他。

他点开网络，登上邮箱，一边随口问："换桌面了？"

叶深深只觉得心口一抽，猛地转过头看他："啊？桌面？"

"上次看到的，好像是一件YSL礼服的细节。"

顾成殊漫不经心的问话，却让心中有鬼的叶深深紧张得心跳加速："哦……偶尔也要换一换的嘛……哈哈哈。"

顾成殊再没理她，看了看时间已经到了11点52了，便将那份文件迅速浏览了一遍，然后立即写了简短回复，发送出去。

心怀鬼胎的叶深深去厨房翻出一串葡萄，洗了送到他手边："顾先生，吃水果吧。"

顾成殊站起身，说："快12点了，不打扰你，我先走了。"

"哦……顾先生再见，顾先生路上小心。"她惊吓过度的大脑还没恢复，胡乱地敷衍着，送他出门。

顾成殊进入电梯，按下楼层。

"顾先生拜拜。"叶深深就差鞠躬恭送了。

顾成殊压根儿没理她，电梯门关上，凝固般的灯光照着他往下降落。他一动不动地站在那里，想着被叶深深迅速挡住的那个电脑桌面，从她腰间泄露出来的一点图像看来，那是一个人的照片。

被她挡住了大部分的脸，隐约露出优美至极的脖颈线条，还有温柔生长的脸颊骨骼，耳朵的下面小小一点雀斑——那是他熟悉的人。

如果只是一个明星或者网上下载的壁纸，叶深深不会那么恐慌地阻止他看见。

这是她的秘密，不希望他发觉的秘密。

然而，他偏偏发觉了。

顾成殊将自己的手机拿出来，打开相册，在里面寥寥可数的照片中扫过，目光定在一张不知什么时候拍的沈暨照片上。

他将照片点开，点击耳朵下面的脸颊放大，再放大。

小小一点雀斑，在温柔优美的带笑脸颊上，依稀可见。

泄露的天机，无法掩饰的真相。

握着手机的手指，不自觉地收紧。顾成殊盯着那一点，在这下坠的电梯中，恍惚地抬起头，却茫然不知自己该做什么，看什么。

电梯已经到了，门缓缓打开。

他下意识地走出来，站在玻璃屋檐之下。

5步之外就是等待他的车子，雨依然下在这个深夜，整个城市的灯光昼夜不息，被雨丝染成一片晕眩，迷迷蒙蒙。

在他刚刚觉得，与叶深深或许可以超越投资关系的时刻，现实却告诉他，这一切的主动权已经不在他的手中。

并不是他想要什么，就能得到什么。

横飞过来的雨点，沾湿了顾成殊的衣服，让他觉得略有凉意。他慢慢穿过雨幕，上车对司机说："走吧。"

司机发动了车子，问他："顾先生回家吧？"

他转头看着外面仿佛无休无止的雨，旧的一天已经过去，凌晨已经换了一天。然而新的一天看起来并没有什么不同。

"嗯，回家，我有点累。"

第二十三章
消失在这个世界

Go with the Star

叶深深的精神十分亢奋。

她回忆着那一刹那被照亮的顾成殊的面容,整个人沉浸在那种洞彻黑暗的光芒之中。她一手握着手机,一手拿着笔,对照着自己在车上画下的歪歪斜斜的草图,开始完善自己的设计。

凌厉而灿烂的,肆意而高贵的,漫不经心而惊心动魄的。

黑色,接近黑色的墨蓝色,接近黑色的深灰色。

金色,繁复华贵的金线,重叠使用的金线蕾丝。

黑色裙摆上金色的线条游走,大面积冷色调上唯有一线灿烂连成鹰隼与猎豹,破开惊艳的焦点。

橄榄与月桂自天鹅绒裙摆下面蔓延攀爬,却被冷峻诡秘的黑色压在一角,只透露了隐约的亮色。

纯黑的裙子压在全身,黯淡得如同黑夜,只等走动的时候,裙摆随风泄露里面气势逼人的金线刺绣。

过度亢奋的大脑一刻也停不下来。窗外天色蒙蒙发亮,她喝光了顾成殊给她拿的那瓶水,将最后一件黑色丝绒与黑色蕾丝拼接的裙子完成雏形后,终于熬不住了,直接倒在客厅沙发上就睡着了,连走到房间里的力气都没有。

叶深深是被手机铃声唤醒的。

她爬起来跌跌撞撞地走到电脑旁边，抓起自己的手机，痛不欲生地按下接听，声音如同游魂："喂……"

"深深，你还在睡觉？已经8点了。"叶母的声音从那边传来。

一听到妈妈的声音，叶深深顿时清醒了："哦，对……对啊，我们上班不早，所以我还在睡……"

"那宋宋是骗我了？说你每天早上5点多起来画图什么的。"

"没有每天啦……偶尔睡不着就早点起床……"比如今天就没起得来，因为昨晚已经画过了。

叶母在那边沉默了一下，叶深深还以为手机坏了，拍了拍，问："妈，在听吗？"

"在的……"叶母迟疑许久，终于说，"我在车站。"

叶深深顿时愣住了："啊？车站？你去哪儿？"

"来看你，我已经下车了。"

"妈你不是开玩笑吧！你过来了？"叶深深顿时傻了，赶紧抓抓自己的头发，确定自己不是在做梦。

"对，妈的行李不多，自己去你那边就行了。你不是说你租的屋子在地铁口吗？"

"对啊，在地铁口，我发换乘路线给你，我在地铁口等你。"让妈妈在车站等着自己去接也不是事儿，她又惊又喜地埋怨她，"妈，你过来怎么都不说啊？？"

"昨晚上的车，怕打扰你休息。"妈妈似乎不愿意多说，只敷衍着说，"等见了面再说吧，就这样，我去找地铁了。"

叶母挂了电话，叶深深握着电话呆了几秒钟，然后赶紧冲到卫生间，洗脸刷牙捯饬自己。等弄好了一看镜子里，顿时快哭了："糟了，这面无人色的模样，怎么见自己亲妈啊。"

想想又赶紧给陈连依打电话："陈姐，我妈忽然过来了，我今天请一天假可以吗？"

陈连依说："可以呀，你昨晚应该累坏了吧？我们今天过来一看满大厅的衣服，都被你惊到了。你知道吧，地下室的水都淹到膝盖了，要不是你把衣服抢救出来，这回可真要糟糕。"

"我也是刚好在嘛，应该的……"叶深深说着，又看一看自己手背上的伤口，顿时更想哭了——肯定又要被妈妈骂了。

"对了，你请一天假倒是没关系，但是有件事你是不是忘记了呢？"陈连依压低声音，"过两天可是月度考核的日子，我记得你还没有把月审设计交给我吧？"

"啊……"叶深深顿时快哭了，"我本来准备今天交的！糟了糟了，要是不交的话，是不是又要扣5分了！"

"每周考核才扣5分呢，这回可是月考核，铁面无私的方老师说不定会扣你8分啊！"陈连依低声说，"设计图可是要你自己本人打印签字上交的，我就算可以帮你把电子稿打印出来，也没法签字，更没法冒充你交到方老师手里呀！"

"这样吧陈姐，我估计我妈应该没这么快，我马上把稿子送过去给你，然后回家等我妈，好吗？"

"那你尽快啊！"

叶深深飞快地拷出昨晚的作品，然后赶紧换衣服出门。

就在出门的时候，她犹豫了一下，拿出备用钥匙塞在门口的消防箱角落里，然后给妈妈发了条消息：

妈，我临时有急事出去一趟，马上回来。你要是敲门没人应的话，钥匙在门口消防箱右角落，可以自己先进来等我。

她飞奔去地铁，可惜昨晚实在太累，到现在不过睡了两三个小时，跑了两步差点晕倒，只能扶着头慢慢地走。

算了不赶了，反正实在不行妈妈也能进门。

到工作室时，物业正在地下室抽水，熊萌蹲在那儿看着。一回头看见叶深深来了，熊萌立即弹跳起来，蹦到她身边："深深，你真是强人啊！这么多的衣服，你居然能全部抢救回来！"

"哈……是啊，有几个衣架确实有点重。"她说到这里，赶紧朝外面看了看，发现停在那里的顾成殊的车子已经不见了。

身后有个声音传来，带着怪怪的腔调："是啊，我们都要向叶深深学习呀，每晚在工作室加班加点，尽心尽力，真是十佳实习生呢，我们是不是应该给她送个锦旗？"

叶深深都不用回头就知道是那个一直跟着路微的姜秋。

路微的声音远远传来："姜秋，你的设计图交了吗？没交的话赶紧啊，还有空在这儿磨嘴皮子。"

姜秋诧异地回头："来了来了。"

叶深深更诧异，没想到平常有事没事就刺她一下的路微，今天居然没和她做功夫，不知道吃错了什么药。

不过这也不关她的事了，路微不针对她，她简直是谢天谢地了。所以她转身就开了电脑，打开U盘审视自己昨晚的设计。

昨晚画得简直入了魔，今天看来也令自己惊叹，怎么就能设计出这么好的衣服呢？每一件都这么完美，简直爱不释手。

沉浸在幸福中的叶深深择取了完成度最高的一件，黑色丝绒复古长裙上绣金线猎豹的那张，然后打印出来签字，取过硬纸做的设计图护套装好，送上楼给方圣杰。

方圣杰接过她的设计图，一眼瞥到她的手背，问："你的手怎么了？"

她看了看，说："昨晚不小心弄破了。"

"是抢救衣服的时候不小心吗？"方圣杰随手将设计图放在窗边，那边一叠一模一样装着硬纸护套的设计图正堆成一叠。

他站起身，绕过桌子去看她的手。叶深深有点不好意思，将自己的手缩回来，说："是啊，我当时有点急，就在墙上蹭破了。"

"那你可要好好恢复，设计师的手也是很重要的。"他笑着端详她的憔悴神情，"给你放两天假，回家休息吧。"

"谢谢老师。"叶深深简直是意外之喜，正想请假呢，就主动给她放假了，简直就是天上掉馅饼啊！

叶深深下楼开心地收拾好东西，准备回去。

熊萌问她："明天会来吧？"

"可能吧。"能陪妈妈玩两天，多好。

"其实明天不要紧，但后天可一定要来呀！"熊萌神秘兮兮地看看周围，低声说，"我听说，后天Element.c的亚洲区负责人到访我们工作室，到时候我们的设计作品也会一并送上给他们看的。"

坐在旁边整理资料的魏华听到了，也凑过来，问："前几天的报道你们看了吗？安诺特集团已经和Element.c在谈收购啦，如果成功的话，Element.c再经营几年，说不定也能跻身世界顶级的品牌了。"

熊萌一副行业中人的模样，说："品牌什么的难说，但是我知道Element.c里面那个新设计师阿方索，本来说因为风格不合所以要离开的，结果现在很有可能被转聘到安诺特下属的Donna Karan去，也有人说可能是Celine，哇，简直是一步登天啊！"

"切，一个20多岁的新锐设计师，Celine能要他吗？"

"伊夫圣罗兰十七八岁就进入Dior了好吗？你得允许这世界存在天才呀！"

叶深深笑着听他们斗嘴，一边拎着东西朝他们挥手："我先走啦，后天见。"

"拜。"熊萌朝她挥手，然后继续与魏华斗嘴。

陈连依恨铁不成钢地敲敲他们的桌子："小熊你闲着没事干吗？方老师要寄个东西到国外，你赶紧帮他寄送一下！"

"好嘞！"熊萌立即跳起来，跑上楼去找方圣杰，"方老师！哪个东西要寄？"

方圣杰正要出去，随便指了指柜子："把你们的实习作业整理一下拿到会议室，后天要给访客看。另外一叠是我近期的作品，你帮我寄到法国巴黎，地址去找莉莉丝要。"

"好的！"熊萌去收拾那两叠设计图，一叠是他们的实习作品，放在离窗户比较远的地方。他小心地搬到会议室，放入柜子中。"幸好昨晚深深挪开了，否则要是依旧放在窗边，肯定会被雨淋湿。"

另外一叠，他随手翻了翻，和实习作品一样，全部都以工作室专用的设计图护套套好了。他抱起来，跑去找莉莉丝要地址。

莉莉丝说："小熊你这个冒失鬼，可别把地址抄错了！"

"放心吧，我做事最稳重了！"他抄着地址，随口问，"对了，这个东西是寄给谁的呀？"

"不知道啊，反正每隔一段时间方老师就要把自己近期所有的设计图都寄给他的，虽然似乎从来没有得到回音，但他还是坚持两个月寄一次的。"

"哦……"熊萌也不在意，挥毫疾书，"算了，反正不关我的事。"

莉莉丝等着他，无聊中随手取过第一张，从护套中抽出一半看，然后深吸了一口气，瞪大眼睛赞叹："哇，这裙子……这猎豹……"

"怎么啦？"熊萌抬头不解地看着她。

"这件太美了！不知道老师什么时候会发表啊！"

熊萌凑过去看了一眼，顿时手中笔都掉了。他以颤抖的手抢过那张设计图，将它扯出大半来，直盯着看了足有三分钟，喉头才咕的一声吞下口水，喃喃地说："我这辈子要是能设计出这样的作品，死也值了！"

"我这辈子要是能穿上这件衣服，死也值了。"莉莉丝白了他一眼，将设计图又塞回护套中。

熊萌捏着保护套，喃喃自语："妈呀……老师太伟大了！"

"是啊，自从他开始商业设计之后，已经很久很久没有出这样的作品了！"莉莉丝感叹说，"我还以为他要陷入低谷了，现在看来，可能他最顶峰的生涯正在开启中呢……不过好像老师换了风格。"

"是有差别，不过这种典型的板绘，用笔习惯什么的，还是承袭了老师习惯的。"熊萌怀着激动的心情，小心地将设计图用报纸包好，再用防水油纸包好，然后用胶带缠了好几圈，郑重地交给莉莉丝："我们新的一批实习生都在向着老师学习呢，希望能尽快靠拢。"

叶深深飞奔回家，打开门对着里面喊："妈，我回来了！"

无人应答。她看见一切如常，又看看时间，自己赶得太快了，妈妈好像还没过来呢。她试着给妈妈打了个电话，发现接不通了，也只能无奈决定，等妈妈来了带她去买个新手机，把那个时好时坏的高龄手机给换掉。

昨天刚刚下过雨，今天天空阴暗，风越来越大。叶深深见阳台上的窗帘被风吹得打横飞起，便走到阳台上去关窗户。

就在她关好门拉住窗帘时，传来开门的声音，门被人打开了。

叶深深开心得差点跳起来，就要去迎接妈妈，却先听到一个男人的声音传来："深深还没回来？"

她听到这个声音，在记忆中慢慢想起那些令自己撕心裂肺的往事，不由自主地呆了呆，然后慢慢缩起身子，躲在了窗帘之后。

妈妈的声音从门边传来："是啊，敲门都没人应，应该是还在外面忙吧。"

在阳台没听到敲门声的叶深深，站在窗帘后面，一动也不动。

妈妈带着一个男人走进来，一边脱鞋子一边说："我们先坐一会儿吧。深深这孩子，房间怎么还是这么乱，昨晚吃的葡萄皮都还在，真是的……"

妈妈一放下东西就开始忙碌着收拾屋子。那男人则在沙发上坐下，问："见到她之后，我们该怎么说呢？"

妈妈迟疑了一下，说："就说我们准备复婚了……深深难道还会反对吗？"

叶深深默默将自己的头抵在窗户上，死死咬住下唇。

听到那男人又问："那我们，该怎么跟她提钱的事情？"

"先不提吧，等过两天再说。"母亲停了一会儿，疲惫的声音终于传来，"好歹我是她妈，你是她爸，俊俊是她弟弟。深深是个好孩子，她要是有钱的话，一定会拿出来给俊俊的。"

"不过要尽快，毕竟俊俊还等着救命呢。"男人叹了口气，语带愤恨地说，"对方也太不讲理了，虽然他们儿子在斗殴中死了，可俊俊也瘫痪了，凭什么还要我们赔这么多钱？"

妈妈低声说："法院就这么判的，我们有什么办法？"

男人抱头叹道："现在俊俊判了10年监外，还半身瘫痪，我们比那家人惨多了！可那混蛋死者家属居然还天天堵我的门要钱……"

母亲在他身边坐下，轻声说："要赔那么多钱，可我也不知道深深现在手头有多少，只能让深深尽量帮帮忙了……"

男人顿时嚷起来："什么叫尽量？我听路小姐说，她的店现在很有名，有个男人给她大把大把钱花！要是凑不齐40万的话，就让深深把店转让掉凑齐嘛！俊俊怎么都算深深的弟弟，她要是不出钱救弟弟，我们就不认这个女儿了！"

躲在窗帘后的叶深深用力咬住自己的下唇，不让自己发出声音来。胸口痛得像是有刺刀往里面捅进去，可那刺刀又是火烫灼热的，连带着燃烧的愤怒，让她整个人痛极气极，几乎快要炸开。

母亲把头转向一边，摇头说："顾先生只是投资，他不是给深深钱，只是给店里出资而已，深深凑不出这笔钱的。就算她能凑出，这是她和朋友开的店，她也不能一个人把店给卖了啊。"

"我知道你还在怪我……怪我和别的女人生了俊俊对不对？"男人搂住叶母的肩膀哀叹，"芝云，深深也是我女儿啊，我也知道她不容易，可她现在是唯一能救俊俊的人了，除了她，谁还能拿得出钱来？而且路微不是也告诉我们了，现在还有大明星找深深设计衣服，那一件得多少钱啊？40万对深深来说，还不是小事一桩？再说，没钱她可以先向那个有钱人借吧？深深要是还有人性，就不会丢下她弟弟的，也不会眼看着我们被人逼上绝路的，对不对？"

叶母茫然无措，只说："再说吧，我和深深商量看看。"

男人长叹一口气，和叶母并肩坐在沙发上，悔恨地说道："芝云，过往都是我对不起你们，现在我算看清了，到底结发夫妻不一样。我已经和那个狐狸精离婚了，浪子回头金不换，以后我们复婚，带着深深、俊俊一起，好好过日子。"

叶母迟疑地看他许久，终于点了点头，将头靠在了他的肩膀上。

叶深深靠在阳台的墙上，拼命咬牙抑制自己身体的颤抖，却无法控制自己眼中的泪水簌簌顺着脸颊流下来，将自己面前的窗帘打湿了一大片。

她长长地吸气，长长地呼气，用力地抑制自己，免得在这样的角落里大放悲声，免得泄露自己的行迹。

两人靠着坐了一会儿，男人又看了看时间，说："你给女儿打个电话吧，她应该快回来了吧？"

叶母看着手机皱眉："手机该换了，到了外地就没信号。你给她打一个吧？"

"万一她不想见我呢？我们不让她到车站来接，还不就是怕她一看见我就生气走人吗？"他叹气说，"唉，不过亲生女儿总不会把亲生的爹给赶出门吧？"

母亲想了想说："地铁口那边不是有个菜市场吗？我们去买点菜，我给深深做她最喜欢的糖醋里脊。"

"那走吧，现在讨好女儿是大事。"两人说着，一边收拾带来的东西，一边讲些北京的天气，带上门出去了。

关门的声音响起，叶深深再也忍不住，终于顺着身后的落地玻璃缓缓坐倒在地上，抱着自己的膝盖，痛哭失声。

哭了一阵子之后，她抬起手肘抹抹眼泪，从窗帘后出来，拎起自己的包，胡乱塞了些东西在里面，然后打开门，直接下楼。

她沿着小区的路走，越走越快却根本不知道自己该去哪里。

她没有母亲了，也没有家了。

她不想面对不愿意面对的人，不想谈不愿意谈的事情。

她只想不顾一切往前走，愈远愈好，最好到所有人都找不到的地方，连回忆和过往都找不到她，永远消失在这个世界上。

叶深深失踪了。

她的父母做好了饭菜在家里等她，一直到天都快黑了，发现她还没回来，这才觉得真的不对劲。

叶母用叶父的手机打电话给她，却发现她怎么都不接电话，后来甚至直接关机了，而且，一夜未归。

第二天早上，叶母终于无奈，给沈暨打了电话，告诉他叶深深失联的消息。

沈暨震惊了："不会吧？阿姨您到北京来，她和您还没见面，却不见了？"

"是啊……会不会出事了啊？"叶母急得眼泪都快出来了。

"您别急，我马上帮您找找看。"他挂了电话，马上拨叶深深的号码，发现她果然关机了。

在这个世界上，关机的人，简直就是等于人间消失。

沈暨给顾成殊打电话，劈头就问："你知道深深失踪了吗？"

正是午餐时间，顾成殊隔着餐厅的窗户看看下面的城市，皱起眉："无缘无故她失什么踪？"

"她妈妈来北京找她了，她说自己临时要去工作室处理一点事情，将钥匙放在门口给妈妈。结果她妈妈从昨天中午等到现在，叶深深还是没有出现。她妈妈给她打电话，一开始是没人接，后来直接就关机了。"

"工作室那边怎么说？"

"她就去了一趟，交了设计图后马上就走了。我怀疑她是不是在回去的路上出事了。"

"嗯，不然她怎么可能不去见自己的母亲呢？"顾成殊随口应着，举杯向对面正在谈事情的人致意。

沈暨见他再没有其他的反应，犹豫了一下，说："那我去找她了。"

"怎么找？"顾成殊反问。

"你还不明白吗？我要是觉得自己可以找得到的话，还需要问你吗？"沈暨简直顺理成章到了厚颜无耻的地步。

顾成殊垂下眼，沉默了片刻，终于对面前人点了下头表示歉意，站起来走到窗边，低声问："你觉得叶深深和我是什么关系？"

沈暨微微皱眉，有点诧异："我以为……你们是合伙人？"

"为什么我需要为一个成年合伙人负责任？"

沈暨迟疑片刻，又问："朋友？"

"为什么我会有一个摆地摊开网店的朋友？"

沈暨都无语了："好吧，是我的朋友，我需要你帮助我寻找一个失踪24小时的朋友，你能帮我吗？"

顾成殊又问："为什么我要帮你去找你的朋友？"

"发生什么事了啊，成殊？"沈暨终于察觉了不对劲，"深深出事了，你居然准备置身事外？"

"她是一个成年人。偶尔心情不好出去散散心有什么不行的，我为什么要替她操心？"

电话就此挂掉，沈暨不敢置信地看着自己的手机，自言自语："怎么回事？这一股怨气，和深深吵架了是怎么的？"

再想一想，他又皱起眉："不可能啊，成殊这火似乎还冲着我来的，难道是我和深深惹他了？我做什么了？"

一头雾水中，他还是放心不下，拿上外套出门，准备先去方圣杰工作室看看，沿路找找线索。

就在下楼的时候，他接到了顾成殊的消息——

昨晚9点40分，叶深深以身份证入住了城西某酒店，一个人。

沈暨长出了一口气，笑对着手机屏幕上"顾成殊"三个字自言自语："承认吧顾先生，你是放不下叶深深的。"

他给叶母发了消息，让她不必担心，自己已经有了线索准备去寻找叶深深，然后按下电梯。

在等待电梯的时候，他随手打开了手机上的一条推送新闻，只看了一眼，便怔住了。

他呆呆站在电梯门前，任由电梯上来了，缓缓开启，又缓缓关掉。

他的目光只盯在手机上，那上面，是关于世界最大的奢侈品集团安诺特总裁宣布退休的消息，以后所有一切事务，将由他的长子艾戈·安诺特接任。

短短一条百字不到的新闻，却让沈暨死死地盯着看了许久。

左手开始隐隐作痛，明明伤口已经痊愈，那疼痛却似乎永远不会消失。他用力地握紧左手，将手指痉挛般收拢，随着心口涌起的巨大恐惧与悲哀，无法遏制地颤抖。

他放弃了去寻找叶深深的打算，只不由自主地靠在墙上，呼吸沉重地任由秋雨的寒意将自己整个人侵袭。

叶深深躺在酒店的床上，一动不动地盯着天花板，茫然无措。

她出走了一天一夜。从自己家出来，没有方向没有目的，在这个城市陌生的街巷里一直走，一直走。

陌生的电话打进来，她看归属地就知道是谁的，不接，任由它一直响。最后在路人异样的眼神中关了机。

她走过拥挤的大街，也走过偏僻的小巷。从一开始默默流泪，到后来表情都没有了，只剩下木木呆呆一个人。

到昨晚9点多，她终于又饿又累地去路边吃了一碗面，抬头看见旁边的快捷酒店，意识到自己不能露宿街头，于是便开了一个房间，进去躺一会儿。

休息一下吧，睡一夜就好了。

她在迷迷蒙蒙中入梦。

她梦见自己在那个一室一厅的拥挤旧房子中，从一个蹒跚学步的小孩子渐渐长成了如今20岁的叶深深。

她梦见妈妈踩着缝纫机，帮她用碎布做着裙子，而她坐在磨得已经掉了漆的木地板上，整理着布头，偶尔抬头和妈妈相视一笑。

她梦见妈妈头也不回地走了，和那个男人手挽手，只留下背影。她无望地看着妈妈越走越远，最后痛哭失声。

哭着醒来，已经是天亮时候。

今天她真的无法照常去工作室，继续自己的实习生涯。反正请了假……就先这样躺一天吧。

是不是，可以和方老师或者顾成殊商量一下，要求马上出差到外地？这样，就可以避免和父母见面了。

不要见面。不然，她真的不知道自己该怎么办。

她目光空洞地躺在床上，望着天花板上的灰迹，慢慢地蜷缩起自己的身体。

是敲门声将她惊醒的。

有人站在门口，不紧不慢地敲了两下，等待着她的回应。

她没有动弹，依然躺在那里，不想理会。

站在外面的人很有耐心，又轻轻地敲了两下。

叶深深还是不想理会，躺在床上睁大眼看着外面。已经快中午了，连日的阴雨让西风渐起，外面树叶稀疏的枝条映在窗上，一直动荡不安地摇动着。

门又被轻轻敲了两下。这次等了一会儿，传来服务员的喊声："里面客人在吗？请开开门。"

她只能勉强撑起身子，然后起身去开门。

站在门外的是顾成殊。身后的服务员有点不耐烦，正要朝着里面继续喊。

叶深深站在门内，看着顾成殊，张了张嘴巴，大脑一片空白。

她忽然想起来，这确实是顾成殊的风格。之前他到她家的时候，也是这样敲门的方式。

不紧不慢，似乎能控制世上所有的节奏。

而顾成殊在走廊的昏暗灯光下，微微眯起眼睛打量着她："叶深深，你怎么躲到这里来了？"

她现在的模样很不好看，头发散乱，满脸泪痕，红肿的眼睛和惨白的面容。那已经干涸的眼睛，在看见他的目光凝望自己的这一刻，又瞬间湿润了。

"顾先生……您怎么在这里？"叶深深强忍着身体的颤抖，隔着眼前薄薄的水汽凝望着他，蠕动着嘴唇许久，才干涩地吐出几个字。

服务员见两人确实认识，便转身离去了。

顾成殊目光朝里面扫了一眼，连踏入这种小房间的兴趣都没有，只低头看着她萎靡的样子，简短地问："和你妈妈吵架了，所以离家出走？"

"没有……但如果我回去，我们肯定会吵的。"叶深深靠在门框上，艰难地说，"我爸妈准备复婚了。"

顾成殊的眉头微微皱起来，他目光一瞬不瞬地凝视她，那双一贯锐利冷漠的眼睛，在此时昏暗的光线下，却透出一种沉郁迷离的光芒："他们一起过来的？"

叶深深咬住下唇，点了点头："嗯……"

"这可真奇怪，你爸那样的人，当年能那样残酷地抛弃了你们，如今又怎么会忽然跑回来和你妈复婚？"

叶深深垂着头，就像一条濒死的鱼："我回去的时候，听到他们在商议，让我出钱救我的弟弟。因为他打死了人，要赔偿一大笔钱。而且，他自己也全身瘫痪了，一辈子只能躺在床上了。"

"叶深深，你麻烦大了。"顾成殊顿时了然地冷笑，"复婚之后，那就是你堂堂正正的弟弟了。所以你这辈子如果不背负起这个责任、不为你这个弟弟奉献牺牲自己所有一切，你就要受到所有人的谴责，被整个家族的口水与白眼淹没，你做好心理准备吧！"

叶深深心中隐藏了许久的恐惧与压力，被他一句话戳穿，顿时觉得虚弱无力，眼前涌上漫漫黑暗，只能靠在门上，几乎无法动弹。

顾成殊却毫不留情地抱臂看着她，声音依然平静而冰凉："你看，他们的运气多好，在全家崩溃的关键时刻，叶深深，你这个被抛弃了20年的女儿，如今开了一家网店，赚了不少钱。这个时候，就是你父亲和你的弟弟需要你的时候了。"

"凭什么……"叶深深咬紧牙关，只觉得一阵冰凉直冲自己的大脑，失控地吼出来，"20年来，我和妈妈最艰辛最痛苦的时候，他看过我们一眼吗？除了嘲笑刺激我们母女之外，他没有给过我们任何东西！我长这么大，他连一分钱抚养费都没给过，现在又凭什么，过来找我要钱？"

"可他是你的父亲，不是吗？"顾成殊反问，"他本来就是你生理意义上的父亲，而如今，你妈妈与他已经准备复合，那就法律上也是父女了，你的弟弟也会成为你的责任。叶深深，你准备怎么办？"

叶深深长长吸气，勉强将自己心口那些悲哀与恐惧强压下，不让自己像昨天一样恐惧失控："不准备怎么办，反正我一毛钱也不会给他！"

"如果你真能顶住，那么我佩服你，叶深深。"顾成殊微微眯起眼端详着她，嗤笑道，"现在你妈妈已经背弃你了，而你唯一的对策就是跑到这里躲起来，除了拖延之外，不做任何正面迎击的打算？"

"我怎么面对？我不要牺牲我的一生，就为了那个从没见过面的混账弟弟！可我妈妈……我妈妈已经打定主意要复婚了！我能有什么办法？我能阻止我亲生父母复合吗？"叶深深长长吸气，勉强将自己心口那些悲哀与恐惧强压下，她咬紧下唇，任由自己的下唇一片青紫，许久，她才狠狠地说，"顾先生，请您让我去一个很远很远的地方吧，我会努力为您工作，永远也不回家了。"

顾成殊在走廊的灯下久久地望着她，她仰望着他的面容上满是绝望与崩溃。凌乱的头发纠结在她仓皇的脸颊上，狼狈不堪，可她这么倔强，那双还带着红肿的眼睛盯着他，无望地哀求。

像被什么东西重重击中了心口，那里的血脉涌动，忽然变得疼痛起来，也让他的身体无法控制地灼热起来。

他猛然伸出手，俯身紧紧地抱住了她。

就在这一瞬间，他闭上了眼睛。有一根无形的牵绊迅速生长在他们相触碰的肢体之间，那些颤抖与冰凉如此亲密真切，让他深切地感受到了她的痛苦。

　　她的生命，仿佛顺理成章地生长到了他的生命中，从此牵扯进他的血脉之中，再也无法从中剥离。

　　一刹那的恍惚，片刻间决定了一切。

　　顾成殊缓缓地放开叶深深，低头看她。不明状况的叶深深，愕然在他的怀中睁大了眼睛，惊惶而迟疑地看着他："顾先生？"

　　顾成殊将自己的面容转了开去，让暗处的阴影隐藏自己波动的情绪。他压低声音，尽量平静地说："别担心，叶深深，我会帮你处理好一切的。"

　　顾成殊让叶深深立即开机，开免提回拨未接来电。

　　看到号码之后，那边接电话的是叶母。她激动得声音颤抖，责怪问："深深，你去哪儿了？怎么电话不接，还关机了？"

　　"对不起啊，妈妈……之前忙得顾不上手机，后来手机没电了就关机了。这是你的新号码吗？"她勉强压抑自己喉口的哽咽，低声问。

　　叶母迟疑了一下，然后说："不，这是你爸的。"

　　"他的手机？你们在一起？"叶深深竭力控制自己的声音，让它听起来平静一些，自然一些。

　　叶母避而不答，反问："你到哪儿去了？怎么还不回家？"

　　"我加班啊，这边事情太忙了，可能要通宵。妈，你不用等我了，可能我最近都会在外面加班的。"

　　叶母急问："难道妈妈这么大老远过来，你也没时间和我见个面，每天就加班？"

　　"是啊，对不起啊妈，我这边真的脱不开身。最近东南亚那边出了点急事，我被拉去越南帮忙了。那边不用签证，我马上就要走。"

　　母亲一时愣住，急问："那你什么时候回来？"

　　叶深深迟疑了一下，然后说："不知道，可能十天半个月，也可能是一年半载。"

　　母亲在那边呆了一会儿，又喃喃问："深深，你真的连和妈见一面的时间都没有？"

　　母亲这低暗的语音，仿佛抓住了叶深深的喉口，她顿时说不出任何话来。她在电话这一边颤抖着嘴唇，还没来得及回答，那边已经传来了父亲的声音："深深，你不和我们见面，我们会去你上班的地方找你。"

　　叶深深咬住下唇，胸口剧烈起伏："你是谁？"

　　"我是你爸！我和你妈这么大老远过来找你，你说自己忙，连面都没见着你就打发我们回去，你还是人吗？"叶父一把抢过电话，呵斥道，"实在不行我们就去问路小姐，看你到底去哪里出差，到底有多忙！"

叶深深的眼中顿时涌上眼泪，手也颤抖起来。因为悲愤与无奈，她大脑中一片空白。

见她这么激动，在旁边的顾成殊微微皱眉，按住她的手，用口型对她说："明天上午，让他们在家里等着。"

叶深深机械地对着那边复述："明天上午，你们在家等。"

叶母忙不迭地答应了，又说："深深，你实在忙的话，爸妈过去找你。"

叶父则一口答应："好，我们等着。"

说完了该交代的一切，叶深深挂掉电话后，沮丧地靠在小旅馆房间的门上，抬头看顾成殊。

"放心吧，明天我去见他们，你不用管了，他们会离开的。"顾成殊说着，又端详她的神情，"你有什么要求？"

叶深深低低地说："我……我以后，还想回家，想见我妈妈……"

"可以的，你任何时候想回去都可以，但他们绝对不可以压榨你。"顾成殊说着，见她一直呆呆垂头站着，便抬手想摸一摸她低垂的脑袋。但手触碰到了她的头发，他的心中又忽然闪过沈暨亲昵地轻揉她头发的模样。他的心头沉重起来，手也不由自主地缩了回来，只说："一味逃避终究不是办法，你可以忍心不顾那个弟弟，可我不相信你能不顾自己的妈妈，所以，我会妥善处理的。"

叶深深点点头，顾成殊要走时，又回头说："对了，明天我会去你家，如果你不想回家，有什么要我带的必需品，可以给我列个单子。"

叶深深赶紧回房间，扯过便笺纸在上面写字。但写到第一项时，她就默默地抬头看向门口的顾成殊，停下了笔。

顾成殊感觉到了她的注视，转头看她："怎么了？"

她脑中瞬间闪过当初她穿那件复古紧身裙时，拉链坏掉一刹那的情形——她至今不知道，顾成殊在她身后的镜子中看见了什么。

她的脸顿时红了，窘迫地转头避开他的目光，结结巴巴地说："那……那个，我……我就不麻烦顾先生了，或许……伊文姐有空的话可以帮我带一下……"

顾成殊有点疑惑地看了她一眼："那你先写好吧，我拿给伊文。"

叶深深赶紧写好，然后想想又把清单小心地折好，塞进酒店的信封中，郑重地递给他："拜托了，顾先生。"

顾成殊捏着她的信封走出这个快捷酒店，想着她通红的脸颊，再低头看着自己手中的单子，终于还是忍不住，坐在车里把信封打开，看看到底是什么不能经过自己的手——

内裤（衣柜左边第一个抽屉）

内衣（左边第二个抽屉）

还没看到第三条，他就立即把纸按原样折好，塞回了信封中。

伊文在当天下午就把东西送了过来，并且叮嘱叶深深一定要好好吃饭休息。

"什么都不要想了深深，顾先生会帮你解决一切的。"她朝叶深深眨眨眼，说，"虽然顾先生不太可爱，但还是很可靠的。"

真的很可靠。

约定见面的那天早上8点，她刚收拾好自己，顾成殊就给她发消息——我在楼下等你。

她跑下去一看，顾成殊的车果然停在酒店门口。她忐忑地打开车门坐进去，问："我们去见我爸妈吗？"

"不，我去，你只需要把这些文件签了。"他拿出一叠文件丢给她，发动了车子。

叶深深拿过文件看了看，顿时瞪大了眼睛。等将上面的0加起来数了数，她更是脸都绿了——

"顾先生……这个看起来，很严重啊……"

"对，特别严重。"他的手指从那几份文件上滑过，然后将最后一份抽出来，"不过放心吧，这是一份前面所有协议作废的声明，所以你签下的这些所有协议，统统都已经废了。"

叶深深捏着这些文件，迟疑地抬头看他："顾先生……"

"嗯？"他瞥了她一眼。

"您昨天……为我准备了多久？"

顾成殊避而不答，只说："我说过我会替你解决的。"

叶深深的手按在这些文件上，默然垂下头，心口涌起深浓的感激与愧疚。车子平稳地滑过旁边的街道，她想说些什么，却终究说不出来，只低声说："顾先生，谢谢您……"

"谢就不必了，你记得好好替我赚钱就行。"他垂下眼，貌似无动于衷地说，"我是个投资人，我所有的投入都要看到回报。"

叶深深看着他低垂的眼睫，轻轻地说："是……我会努力的。"

第二十四章
金色猎豹

Go with the Star

叶深深到达工作室,发现今天大家的神情都在紧张中带着压抑。

她这才想起,前天熊萌和自己说过,今天Element.c的人会过来。

"深深,你今天看起来……脸色超级不好的!你是不是太紧张了?"熊萌上下打量着她,用力一拍她的背,"别担心!这个工作室里最有可能脱颖而出的人就是你!"

疲惫不堪的叶深深差点被他拍倒在地,她抓着旁边的沙发努力直起身子,说:"小熊,我昨晚失眠没睡好。"

"啊?这么担忧今天的事啊?安啦安啦,只是来看看而已……"熊萌说着,又努力拉拉自己的条纹外套和橘黄色窄脚裤,"你觉得我今天看起来怎么样?"

"嗯……非常棒。"她说。

熊萌刚咧开嘴,莉莉丝已经来通知大家了:"请大家到会议室开会,欢迎Element.c亚洲区负责人到访,兼实习生第一次月度审核。"

Element.c亚洲区负责人卢思佚是个气质不错的美籍华裔中年男,身形瘦削,举止利落。

"大家都知道卢思佚是我的老朋友,他的品味与时尚触觉令我十分敬佩。今天是你们的月度审核,评审方法是——你们本次上交的设计稿将由我和他给你们评审打分,占1/2的分数,之前4周的总成绩占1/2。分数相加之后,排名最后的一位,淘汰出局,即日离开工作室。"

方圣杰宣布了月度审核的评审办法之后，几个平时表现较差的实习生如姜秋等，神情都是忐忑不安。

陈连依在电脑上计算着每个人平时的成绩，实时投影到大屏幕上。熊萌本来是第一，但因为冒失出过一次大岔子，所以扣掉了前4周的成绩，成了第二。路微比他稍微高出了一点。第三名是魏华，叶深深因为第一次交设计延误了，所以排在第四。

这边算着，那边卢思佚抬手朝路微示意，并隔着好几个人问："最近有什么新设计吗？上次你获奖的那个设计，大家都十分看好。"

路微不动声色地瞄了叶深深一眼，微带得意地笑着问他："已经开始制作成衣了吗？"

"即将上市了，围绕那件裙子而衍生设计的虞美人系列，一组12件的设计，每一件都非常完美，你一定会喜欢的。"

叶深深咬住下唇，只觉得那种沉埋已久的愤懑又一次涌上来——她还记得自己那个黄昏在机场对路微喊出的控诉，控诉她拿着自己的设计获得了比赛大奖，又将那件衣服卖给了Element.c。然而当时自己的悲愤还横亘在心口，如今却依然只能看着路微拿着她的东西招摇过市，名利双收。

她深吸一口气，在心里对自己说，算了深深，你会有更出色的设计，你会有更好的未来，至少现在，你已经坐在与路微一样的地方，以后，一定还会走得更远。

往日的成绩计算完毕，陈连依将月度审核的设计稿一字排开，放在方圣杰的面前，然后她皱起眉，仔细看了看，问："怎么只有8份？"

"少了谁的那份？"方圣杰问。

陈连依看了一遍，目光落在叶深深的身上："叶深深，你怎么又没交设计稿？"

发现过来见面的人只有顾成殊，叶深深的父母都愣住了。

叶母还朝着他身后看了好几眼，希望能看到自己的女儿。但顾成殊说："那边有特别急的事情，叶深深在忙，估计今天过不来。"

叶父见他独断专行的样子，有点气愤："顾先生对吧？深深是我们的女儿，我们大老远过来要见她，你怎么就不能给她一点时间，让她和我们见个面？"

"不好意思申先生，我是做生意的人，平生秉持的信念就是利益至上。叶深深是我的员工，又欠了我的钱，无论天灾人祸不可抗力，只要我有需要，她就得替我卖命。"

叶母都愣住了："欠钱？你们……不是合伙人吗？"

"谁跟她合伙？她拿得出一毛钱和我合伙吗？"顾成殊直接去厨房拿了瓶水，然后在沙发上坐下，说，"其实我单独来见你们，也是有关于叶深深的事情和你们商议一下。她是个乖女儿，你们决定的事情，她肯定会答应的。"

申启民跷起二郎腿，说："那是啊，我女儿当然听我们的。"

顾成殊没理他，只问叶母："你们觉得叶深深那个网店怎么样？"

叶母迟疑了一下，说："现在店里生意很不错，衣服都卖得很好，尤其是在那个'双胞胎'活动之后，知名度节节上升……"

"你说得很对，所以这么好一个店，我想撤出自己股份，把店全部让给叶深深，你觉得怎么样？"

"可以啊！"申启民顿时一拍大腿，豪迈地说。

"那么，你们只要把我前期付出的资金——也就是叶深深向我借的钱付清，我就全部转让给你们。"

申启民乐不可支，俨然一副当家人的样子，问顾成殊："你拿了多少资金出来？有多少股份？这么个小网店，得有……两三万？"

顾成殊难得笑了笑，放下手中的瓶子，慢条斯理地拧上盖子，说："不多，其他的不算，光营销费用就接近7位数。"

申启民和叶母的脸上露出不敢置信的表情："7……7位数？这么一个小店能浪费掉100万？"

"是啊，还不算成本费和运营费。而如今店里账上的钱大约只有两三万，也就是说，这个网店亏损近百万。"他悠然自得地将手边的文件丢给他们过目，"我和叶深深的协议、出入转账的记录、财务对账的确认，一个不差。你们可以慢慢检查，错一块钱我就立马把全部股份送给叶深深。"

申启民和叶母都傻眼了。

申启民问："所以这个店，深深没份……全是你的？"

"有份，目前她占股33%，但她自己没有钱，向我借了钱才入得股。所以现在，只要她还了当初借我的钱，扛下自己的40多万债务，再付40多万吃下我那34%，这个店就三分之二是她的了。"顾成殊煞有其事地将早上叶深深刚刚签过字的借据出示给他们看。

叶母声音都颤抖了："你们店负债100万？"

"具体数额是人民币1 263 671，因为还有其他费用。"顾成殊算了算总数，认真严肃地和他们商量，"你们要接手这个店吗？实在太好了，我最近正不耐烦管这么个小店，只要40万就可以让深深拥有这个日进斗金的网店了，怎么样？"

"40万……"两人面面相觑，显然都同时想到了申俊俊那个40万。

顾成殊冷眼旁观，见他们神情闪烁不定，便问："你们不打算帮叶深深盘下这个店吗？"

申启民带着愤恨，悻悻地说："我们要是有40万，早拿来救儿子了，还管她……"

叶母转头盯着他，强自压抑自己心头蹭上来的怒气："启民！"

申启民这才醒悟过来，忙闭上了嘴巴。

叶母看着顾成殊，勉强挂上一丝笑："顾先生，我虽然跟你见面不多，但也知道你是好说话的人。这回其实是我们家里遇到了些麻烦事，深深的弟弟他出了点事，现在得赔人家40万……"

"这可真巧，刚好也是40万。"顾成殊微微皱起眉头，"所以你们的意思是？"

"我们之前以为这店是深深的，所以想让她从店里抽调一些钱来救她弟。但现在是这么个情况，我也体谅她……我昨晚一夜睡不着，我想深深是不是无法接受我和他爸复合的事情，所以才避不见我。"叶母垂下头，眼泪都快漫出来了，"顾先生，能不能请你和深深说一说，她是我唯一的女儿，我们相依为命20年，我知道她不愿意我和她爸复婚，可也要体谅一下我……她长大了，翅膀硬了飞出去了，我一个人在家无依无靠，而深深的爸爸也迷途知返回来找我了，这是好事啊，她要是能接受多好……"

顾成殊带着局外人的冷淡，瞥了申启民一眼，心想，那么你是否知道这个男人回来找你的用意呢？然而，他也知道这句话是无法唤醒叶母的，只能说："好的，我会将您的话转告叶深深，请放心吧，深深永远敬爱您。"

叶母别开脸，悄悄抹了抹眼睛。申启民急了，赶紧问："那……顾先生，你是深深的朋友吧？我听说你很有钱啊，能不能借给我们一些？放心吧，我们会打借条的！"

顾成殊不由得笑了，放缓了声音问："申先生，不知道我和你们是什么关系？为什么我要借钱给我根本不熟悉的人？"

"不算我们借，算深深借的！她是你手下的员工，有她做担保，难道顾先生你还信不过？"

"可她现在不在，我怎么知道她是否肯担保？"

"废话！我们是她父母，她肯也得肯，不肯也得肯！"申启民一锤定音，不容置疑，"这下顾先生放心了吧？即使我们还不上，叶深深在你这边干着活儿呢，逃不出你眼皮底下！"

"好吧，申先生的意思就是说——"顾成殊垂下眼睑，考虑了一下，然后归纳总结出主题思想，"你们需要一笔钱救儿子，所以向我借钱，至于还钱的事就落在女儿叶深深身上，虽然她对此毫不知情。"

叶母听着他嘲讽的口气，又想想对叶深深不公平的待遇，眼泪一时涌上眼眶来。她张开双唇，想要说什么，可看着申启民的脸，又只能艰难地咽了下去。

而申启民则毫不在意顾成殊的语气，点头说："这事就得着落在她的身上，谁叫她是俊俊的姐？俊俊可是我家的根，这个不能断！"

顾成殊抬起眼又仔仔细细地打量了面前这个男人片刻，这个年近50的男人，到现在相貌依然还不错，看起来也比同龄人要年轻一些。叶深深长得更像他，而不是因为疲累而早衰的母亲。

他忽然想起停电那一夜，叶深深安慰着他时，告诉他说，"我还没出生就遭到嫌弃了，顾先生可能无法想象。"

他是无法想象，一个在20年前狠心抛弃女儿的人，怎么还能在20年后若无其事地过来要求女儿为自己贡献一切。

他仰起头，望着天花板深深吸了一口气，然后说："可惜，我不打算借钱给她。首先她之前欠我的债还一毛钱都没有还，其次以她目前的收入，根本通不过我的风险评估，能按时足额还钱的几率微乎其微。我不会一而再，再而三做这样的傻事。"

申启民急了："顾先生，或者我们把她那份股份抵押给你，刚好抵40万，你有兴趣吗？"

"当然没兴趣，我自己那份都想卖掉。而且，你们并无权擅自处置子女的资产。"所以他又拿出一份文件，展示在他们面前，"说到这里我想起来了，这里还有一份协议，约定的是——如果叶深深准备撤股或者以股东身份从店里抽调资金的话，必须具备一个前提条件，那就是必须得到我的允许，并且不得超过网店当时盈利点的三分之一，否则，就属于违规使用店内资金，失去对店内所有股份的控制权。"

对面两人面面相觑，不知道是什么意思。

顾成殊心平气和地望着他们，问："很合理对吗？我出的资金，供店里使用。如果叶深深将所有钱从店里抽走，我岂不是血本无归？所以就算叶深深想从店里抽调资金，也只能拿走盈利的那一部分，否则就被扫地出门——但很可惜，现在店里的账面是负数，她需要等到店里赚到100万填满这个窟窿之后才能拿钱，不然就净身出店。"

他不再说话，只坐在沙发上静静看着他们，示意他们再商量。

但言至于此，申启民已经明白了。网店没有钱；顾成殊不会借钱；叶深深不但没钱还欠了顾成殊巨额数字；叶深深更没办法从店里调钱出来给他们。

申启民脸色铁青地瞪着叶母，从牙缝间蹦出几个字来："妈的，路微说她很有钱的，结果这么个情况，老子这一趟北京是白跑了。"

叶母脸色惨白，终于颤声说道："我早告诉过你的，深深一个人在北京生活，自己都这么辛苦，她哪有余力救俊俊？"

"啧……我哪知道竟然会一毛钱都拿不到！"申启民一脸晦气。

"还有什么事吗？没有的话就这样。"顾成殊对介入他们的争执毫无兴趣，他站起身收拾好桌上文件，说，"真是太遗憾了，我还以为你们是过来接手叶深深的债务的。看来我手上这个烫手山芋是转不出去了，运气可真不好。"

叶深深的运气是真的不好。

方圣杰看向她，皱起眉头："叶深深，你是不是准备再扣5分？"

叶深深惊愕地站起身，立即走到那几幅设计作品前，把8张图都看了一遍，发现确实没有自己的。

这可是能否留在工作室的重要关头，她的额头顿时冒出了一片冷汗，还有点混沌的大脑顿时清醒过来，脊椎一阵冰凉。

会议室里响起一片不明状态的低声议论，有"呵"的一声冷笑显得格外清晰。叶深深茫然抬起头，看见路微脸上嘲讽的表情。

她心里顿时闪过一个念头——难道，又是路微搞的鬼？

路微坐在椅子上，抱臂看着会议桌上的花，说："我觉得吧，有些人真的是不知道珍惜机会，一次迟交了没什么，可两次三次，就未免太不把工作室的规章制度当回事了，或者——根本就是有恃无恐，当个实习生都在敷衍塞责嘛。"

方圣杰的目光落在路微的身上，微皱眉头，路微这才嘟起嘴，悻悻地收敛起自己的嚣张气焰。

方圣杰转头看着站在那里手足无措的叶深深，问："你怎么说？"

叶深深又惊又愧，低声说："方老师，我前天早上直接交给您的，在您出门之前，您还记得吗？"

方圣杰愣了一下，这才回想起来："对，我当时接过来了，然后照常放在那一摞设计图上的。"

"所以……所以我真的交了。"她恍惚地说。

熊萌和叶深深的关系最好，个性也最激烈，直接跳起来就说："肯定是被人偷走了！哪个混蛋这么坏，居然故意偷走叶深深的设计，害她今天过不了月审？！"

魏华不动声色地掐了他的腰一下，示意现在在开会，而且还有外人在。但众人听了熊萌的话，都不约而同将目光聚集在姜秋身上。因为，平时处处针对叶深深的人就是她，而且之前所有周审总成绩垫底的人也是她。

姜秋也不是个好惹的，顿时发作起来："是啊，偷叶深深设计的那个王八蛋活该天打雷劈不得好死的！没见过这么蠢的人，明知道叶深深老是不交、迟交的嘛，还去偷有毛线意义啊？"

熊萌呵呵冷笑："就是，深深都亲手交给老师了，居然还去偷设计，实在蠢毙了！"

"哎呀，说偷多难听啊，说不定就是有人在将设计图从老师办公室拿到会议室锁好的时候，直接给丢了呢？"姜秋翻他一个白眼，"我记得设计图就是你亲手拿过来的嘛，对不对？"

当着外人闹得这么难看，方圣杰只能恼怒地瞪了他们一眼："都给我安静点！"

卢思佚笑着坐在那里，饶有兴致地说："方老师，你这边可真热闹啊，实习生们个个都生机勃勃呀。"

"别嘲笑我了。"方圣杰无奈地转向叶深深，"去把你的作品再补一份来——这一次可能不是你的问题，但如果再有下次的话，你也要找找自己的原因了。"

"是……谢谢老师！"叶深深赶紧向他鞠躬道谢，飞奔下去拷贝自己的作品了。

方圣杰将已经交上来的8份作品交到卢思佚的面前，说："我们先评审这些吧，第一份是魏华的……"

他的手机毫无预兆地响了起来。他皱眉取出正要关掉，但目光一瞥到上面的显示，顿时猛然站了起来。

卢思佚诧异地看了他一眼，他抬手示意他："稍等，我有个很重要的电话。"

他向外走去，因为太过匆忙，膝盖直接撞到了门边的一把椅子上，但他仿佛毫无感觉，只接起来，急促地用英语说道："巴斯蒂安先生，是……我们这边是早上10点，您那边是凌晨3点吧？"

卢思佚愕然瞪大眼睛，看着他的背影，一时连嘴巴都合不上了。

魏华瞥了身边的熊萌一眼，看他也是瞪着方圣杰打电话的背影，眼睛都快掉下来的模样，便悄悄地撞了撞他的手肘，低声问："巴斯蒂安先生是谁啊？"

"你没听说过吗？传说中那个'大帝'啊！"熊萌一脸快要流泪的模样，"听说方老师年轻的时候，在他身边当过助理。"

"哇……老师的老师啊。"魏华一脸崇拜。

熊萌神秘兮兮地说："方老师没有被他承认是弟子啊，据说这是方老师人生中最遗憾的事情之一。后来方老师就被挖到MCQ去了，估计后来一个在巴黎一个在伦敦也很少见面了吧。"

魏华一脸"连方老师都做不成他弟子的是啥大神"的迷惘和震惊。

此时叶深深已经打印好了自己的作品，匆匆忙忙地推门进来，将放在护套中的作品恭敬地递交到卢思佚面前。

卢思佚没有打开，他只轻轻将手按在护套上，目光与路微心照不宣地对视，又缓缓抬眼端详着叶深深。

叶深深看着他脸上那种诡异的笑容,心里忽然升起深深的不安来。

他皮笑肉不笑地问:"叶深深对吧?"

叶深深赶紧点头:"是。"

"我听说你的设计很不错,甚至还听《ONE》主编宋瑜讲过,你在进入工作室时,很精彩的那一段白色燕尾羽毛裙的故事。"他笑着抬眼看她,"说实话,对于有才华的人,我一向都是很欣赏的。但是,有个前提,那就是——就算你再有才华,再有能力,可你不认真、不能发自内心地爱这个行业,经常马马虎虎不肯努力的话,那么所有的一切,都是浪费你的才华。"

叶深深愕然看着他脸上带着嘲讽的笑容,只觉得心口涌过难言的恐慌。

果然,卢思佚直接拿过马克笔,在她的作品护套上,画了一个圈。

"叶小姐,就你这种敷衍搪塞的态度,不管你的作品是怎么样的,我都只给你,0分。"

叶深深呆呆站在那里,一时间连呼吸都停滞了,脸色灰白。

在座所有人面面相觑,大气都不敢出一声。

陈连依瞪大眼睛,看看那个清楚明白的0分,又忍不住看看外面讲电话的方圣杰,不敢统计分数。

而卢思佚则将设计图连同护套拿起来,展示在陈连依面前:"怎么不统计分数?难道说我的意见你们不接受?"

陈连依怔了一下,终于迟疑地输入了叶深深的最终月审成绩:0分。

分数自动排序,投影上清楚明白地显示在所有人面前,叶深深的成绩,直接排在了最后,比倒数第二的姜秋还要少4分。

就算是方圣杰给她满分,占的分数也不过2.5分,依然拉不回这巨大的差距。

路微得意地瞟了姜秋一眼,姜秋抑制不住自己的兴奋,抬起大拇指,朝她叩了两下。

会议室内一片山雨欲来的紧张气氛。

而会议室外,站在阳台上接到巴斯蒂安电话的方圣杰,完全没去关注里面发生了什么。他听到对方熟悉的声音,疲惫中带着一种兴奋波动:"前天你寄过来的作品,我已经看过了。"

"是吗?这回的快递速度真不错,估计是刚好赶上航班了。"方圣杰兴奋地说着,故意谈些不涉及重点的内容。但他心里是知道的,这么多年持续不断地将自己的作品寄给巴斯蒂安先生看,他那边从来没有回音,方圣杰有时候也怀疑是否因为他对自己已经失望，所以看都不看他的作品就直接丢掉了。然而今天，他却连夜给自己打来这样的电话，一定是自己这回的作品中有哪一件打动了他。

但，是哪一件呢……他在脑中将自己最近的作品迅速地过了一遍，却发现自己一件也没有把握。

"Serge，我很抱歉以往对你的成见，我一直认为，在MCQ那段时间，是你的幸运，也是你的不幸。那段时间让你功成名就，步入了别人梦寐以求的殿堂，也让你透支掉了自己的灵气，最后连自己的风格都没有树立就消散了……"

方圣杰默然听着，心中那种激动慢慢地消散，变成了一种难以言喻的伤感与悔恨。他在满是落叶的窗台上坐下，低声说："是……我应该听您的教诲，不应该那么冒失就企图降落在最高处……"

"但你这次的设计很好，我很喜欢，虽然只有那一件，但让我看到了当年的你，当年的Serge Fang。"巴斯蒂安在那边叹了一口气，如同叹息一般地说，"有缺陷的，功力不足的，充满未知走向的；但也灵气蔓延，充满力量，足以令所有人惊叹的，金色猎豹。"

方圣杰的眼愕然睁大，喃喃地问："金色猎豹？"

"对，就是黑色丝绒底上金线绣着猎豹的那一件。"

方圣杰盯着面前飘落的树叶，在这个深秋的日子里，茫然地又说了一句："是在我寄过去的那几幅作品中吗？"

"是的，确实是你的，两个月一次，多年如此，从不失约，不是吗？"他说着，又叹了一口气，说，"我会好好珍藏这幅作品的，祝贺你找回了自己，Serge，但愿你以后不要再失去这种力量。"

巴黎凌晨3点的电话，就此挂断。

方圣杰握着不断传来忙音的手机，站起来伫立在阳台上许久，脑中回荡的唯有"金色猎豹"这几个字。

是自己在梦游时设计的吗？是在失忆的时候做的吗？

百思不得其解之后，他终于放弃了胡思乱想，转过身，向着会议室走去，准备向莉莉丝再询问一下这次所寄快件有什么异常。

推门而入，他立即感觉到了会议室内诡异的气氛。他转头看见了投影上显示的数字与排序，微微皱眉，将目光投向卢思佚。

卢思佚对他投以一笑："对不起，圣杰，我就是这么认真的人。在我看来，一个连按时上交设计作品都做不到的人，是没有资格在如今国内最顶尖的工作室待下去的。"

方圣杰的目光转向叶深深，她盯着投影上自己的分数，仿佛已经明白自己没有希望，但她依然不肯放弃，倔强地说："可我觉得您这样做是不公平的。我的作品确实已经上交，这是方老师可以亲自替我证明的事情，您不能因为这中间环节出的疏忽，而宣判我的死刑。毕竟能留在这里是所有实习生的梦想，也是我的！"

卢思佚唇角一丝冷笑，说："对不起，我从来不接受迟到的东西。"

方圣杰看着那封被打了0分的设计作品，装在工作室内统一印制的护套，他记得叶深深前天将作品交给自己的时候，也是装在这样的套子中，而自己走的时候，搁在了……

搁在了要寄送给巴斯蒂安先生的那一叠设计图上！

他顿时愕然睁大了双眼，连呼吸都粗重起来。

他死死地盯着叶深深，一步一步向她走去，在众人不明所以的惊愕眼神中，他的手按在护套上，低声问："叶深深，你今天上交的作品和前天交的是一样的吗？"

叶深深不明所以地仰头看他，点了点头，说："是。"

方圣杰拿起护套，感觉自己的心脏在胸口剧烈地跳动着，一种微带恐惧与悲哀的感觉，让他的手指都有些颤抖。

他深吸了一口气，强抑住自己双手的颤抖，然后捏住里面的设计图，飞快地抽了出来。

黑色丝绒长裙上，金线绣成的猎豹，跃然如生。它窥伺在裙摆之上，让这么女性化的紧身丝绒长裙充斥着凌厉的侵占性。暗夜中的电光，苍茫中的野性，惊人的凛然之姿。

方圣杰咬紧下唇，拼命抑制自己要崩溃呼号出来的冲动。

不是他。

让巴斯蒂安先生激动赞赏，让他在午夜三点打电话过来的那个作品，不是他的。

如果是他的就好了，他已经枯槁的灵感源泉，如果真的能重新活过来就好了。能对得起所有人的期待，能再创造数年前那些完美的作品，能重新回到当年的Serge Fang……

站在他面前的叶深深，被他眼中瞬间涌现出来的悲怆、怨愤与悔恨吓到，她不明白自己的设计怎么会引发他这么大的反应，不知不觉就后退了一步，喃喃地叫他："方老师……"

方圣杰这才如梦初醒，只觉得背后一层薄薄的汗涌了出来。他盯着叶深深看了许久，然后才低声说："叶深深，你真应该感谢顾成殊。"

没人敢从顾成殊的手中抢走他保护的东西。

不然，方圣杰真的难保自己不会像其他人一样，以工作室的名义将她的作品剥夺为

第二十四章 · 金色猎豹

自己所有。"

叶深深不解其意，默然低头看着自己那张设计。

而方圣杰已经定了定神，拿起那张设计图，对所有人说道："我已经知道叶深深之前上交的设计到哪里去了——前天晚上下大暴雨，叶深深将堆在窗边的实习生设计图挪到了里面，而我没注意，第二天将自己的设计放在了空出来的地方。然后，叶深深的设计就被我随手放在了自己的设计中，寄到了法国。"

熊萌"啊"了一声，和莉莉丝相视一眼，顿时都想到了那张风格与他不太相符的设计图，令人惊叹的黑丝绒裙上的金色猎豹。

"所以这件事，叶深深没有任何责任，该负责的人是我。"他望着卢思佚，又问，"事情解释清楚了，你还是要给她打0分吗？"

卢思佚愣了一下，目光若无其事地扫过路微，朝她稍一注目，然后才转头去看方圣杰，说："那还得看她的设计是不是太糟糕。"

"在你评判之前，我想宣布一个好消息。"他说着，缓缓将那张设计图翻过来，展现在会议室中所有人面前，"叶深深之前上交的这幅作品，寄给了我曾为他担任过助理的巴斯蒂安先生。就在刚刚，巴斯蒂安先生看到这幅作品后，激动地在法国的凌晨3点打电话给我，祝贺我的手下诞生了一件了不起的作品。"

在会议室中一片惊愕的低呼声中，所有人的目光都聚集在这幅设计图上，一时连卢思佚都说不出话来，陷入彻底的死寂。

只是每个人的安静都各有不同。激动握拳的熊萌、震惊得说不出话的众人、被设计图吸引所有注意力的陈连依和魏华、强忍嫉恨的路微、惨败失声的姜秋，加上惊喜中还带着一丝茫然的叶深深，组成一幅颇为精彩的画面。

在一片安静之中，方圣杰慢慢走到叶深深身边，抬手示意她坐下，然后将目光转过去，定在路微身上，缓缓地说："这个世界上，无论你身在何处，做什么事情，无论你是什么身份，你的起点在哪里，这些都不重要。唯一重要的，是你的心在哪里。"

他的声音在寂静的会议室中，隐隐回响，进入每一个人的耳中，清楚明白，一字不差。

"坐在这里的每一个人，心思花在哪里，只要一看你的作品就清楚明白了。不要说这个世界上有天才——不，并没有。有的只是你们最拼命想要追求的东西，你的企图心都写在自己交上来的设计图上。所以我劝你们，摆正自己，寻找到自己真正的路，不要把心思放在对手上，要放在自己的身上，好好走自己的路，这才是你们应该做的事情。"

路微垂下眼，把目光转向另一边去了。

"好了，陈连依你把叶深深的那个0先删掉，我想思佚会给叶深深一个公正的分数的。"

叶母坐在装潢华丽的咖啡厅内,看着对面的路微,忐忑不安地笑道:"真没想到路董会特意约我见面……"

"毕竟你在我家也干了十几年了,阿姨到北京来,我请你吃顿饭也是应该的。"路微说得跟真的似的,但脸上的表情却都懒得装,明摆着不过是点头之交的情分。

叶母有点不安,她知道女儿和顾成殊认识,是因为路微中断的婚礼。一个男人,把谈婚论嫁的女方丢在教堂,说悔婚就悔婚,这件新闻至今还是全市的谈资。

所以,她面对着路微只能讷讷说:"深深这孩子,之前给路董添过麻烦,现在又在同一个工作室,希望路董多多照顾她,不要介意她……"

"我才不会呢,其实说起来,我还要感谢深深呢,要不是她的话,我现在已经和顾成殊结婚了,这辈子就完蛋了。"路微说着,仰起下巴冷笑,"阿姨,你上网吗?或者经常看报纸吗?"

叶母摇摇头,迟疑地看着她。

"那可太遗憾了,你会错过很多好玩的事情,比如说,我给你找一篇报道哦,是关于顾成殊的。"她将自己的iPad上拿出来,一边输入顾成殊和郁霏,一边说,"其实顾成殊人挺好的,就是花心了点,当初和我在一起的时候,也是花巨资给我投资,还热情地帮助青鸟上市的事情——喏,你看,这个郁霏,也是他之前帮助过的一个女生。顾成殊看上了刚刚毕业的郁霏,然后带着她来北京,进入设计圈,阿姨觉得——这个轨迹是不是很熟悉呢?"

路微笑着把iPad放在她面前,说:"你看。"

屏幕上,"顾成殊+郁霏"的搜索栏下面,全都是两个人亲密合作的报道。

叶母看着,笑容有点僵硬:"这个……是顾先生的前女友?"

"是啊,这些都是这两年的新闻。"路微随手点开一个,正是郁霏创立FEI.Y的剪彩画面,顾成殊站在她的身边,郁霏亲密地靠在他的肩旁,两人大方地面对媒体。

路微又换了个页面,这回是郁霏的一篇访谈,其中提到了她的男友,记者很贴心地在文后附上了男友顾成殊的资料,并赞叹两人简直就是天作之合。

"阿姨您也看到了,当时他们是公开的,大家都知道。不过顾成殊现在倒是谨慎多了,所有的恋情都变成地下的了,比如……是吧?"

叶母脸色苍白,讪笑着不说话,只默默地一口一口喝茶。

比如深深。她的女儿,仿佛见不得人。

"不过就算他公开承认的又怎么样?你看我吧,家庭也不错,长得也不错啊,谁知道他在结婚当天忽然反悔了，告诉我说，人生这么长，他还没玩够，让我再等等吧！你说，这个世界上有这么混蛋的人吗？"

"这不是挺好的吗？清仓止损呀。"旁边有个温柔的声音轻轻柔柔地传来，说话的人走到她们身边，轻撩长发，笑靥如花，正是叶母此时面前屏幕上出现的郁霏。

她在路微身旁坐下，抬手将鬓边的一两丝头发撩到耳后，笑着对叶母点头，问路微："这位阿姨是谁呀？"

见她目光落在自己身上，叶母僵硬地笑着点头。

路微耸耸肩，说："是叶深深的母亲。"

"哦……阿姨好呀。"郁霏还是笑着，若有所思地打量着叶母。她是特别适合微笑的女子，唇角与眼角微微上扬的时候，简直能让看见她的人都被笼罩在她独有的温柔之下。

叶母局促地点头，觉得郁霏的出现肯定不是巧合。

但事到如今，她也只能在这里坐着，看她们究竟要对自己说什么。

"不瞒您说，我和深深其实不太熟，但我特别喜欢她。因为，每次看到她的时候，我就像看到了当年的自己一样。"郁霏托腮望着对面的叶母，笑意吟吟，"年轻，可爱，充满了对未来的憧憬和向往。所以我还给深深介绍了一桩设计呢，就是季铃的礼服，您知道季铃吧？"

叶母揣测着她的来意，点头："是啊，我知道的，是个明星。"

"给大明星设计衣服，尤其是这么重要场合的礼服，深深一定会一鸣惊人的，以后她打开名气简直是易如反掌了，对不对？我真的很期待她在设计界大放异彩的那一天哦！"

"这个还要多谢郁小姐了。"叶母赶紧说。

"没事啦，谁叫我们这么有缘分呢？"她殷勤地给叶母倒茶，仿佛漫不经心地说，"而且，我们还遇见了同一个男人呢对不对？他当初对我也很不错的，即使快要和路微结婚了，还给我送了生日礼物，你看就是那个啦。"

郁霏抬手指指玻璃窗外的那辆白色车子，捂着嘴巴微笑："虽然我朋友嘲笑我，开玩笑说像被包养似的，但我们确实是真感情嘛对不对，虽然他绝对不可能娶我们这样的人。"

叶母脸上的笑容十分难看，僵硬无比。

路微斜了郁霏一眼，给她使眼色。

"哎呀，糟糕了……"郁霏不好意思地捂住了自己的口，惊讶地问，"深深不会还没向您坦白吧？她……没告诉过您顾先生的事吗？"

叶母默然不说话。

路微冷笑道："放心吧，阿姨当然知道的。深深现在住在他租的房子里，开着他投资的店，因为他的帮助所以在国内最好的工作室实习，而且两人还经常出双入对的，怎么可能不知道呢？"

叶母尴尬又狼狈，女儿抢了上司即将结婚的老公，而男方的两个前女友找上门，这种荒诞事让她一时不知所措，只能勉强含糊说："深深没和我提过，我想应该只是朋友吧。"

"希望这样最好啦，毕竟我真的挺喜欢深深的，希望她能比我幸福。"郁霏想了想，又在网上搜索另一张图，"阿姨，刚刚的访谈您也看见了吧？我和顾成殊分手，是因为他真的逼我太甚了。他企图控制我，甚至控制我的设计和思想。他是个商人嘛，为了利益是不择手段的。"

这一点叶母倒是深知的，但她没附和，只沉默。

"我现在就是很担心，万一深深的想法和他相左，会怎么样？或者直接说吧，我之前要是设计不合顾成殊的意思，他绝对会逼我做出难以想象的事情来，甚至强迫我去找枪手、去抄袭别人的东西。他这么残酷的人，根本不会考虑深深将来的道路，哪怕从此断送深深的未来，只要对自己有利，也很有可能。"

叶母摇头，喃喃说："不会吧，深深有自己的主见，她不会的……"

"会不会，需要伯母您自己的判断。"她在iPad上找到了自己想要的东西，终于抬起头，认真地凝视着叶母。她脸上那种甜美的笑容已经消失了，眼中满是悲伤与沉重。

叶母听到她低沉而凝重的声音："接下来我要给您看的东西，十分重要，您可以自己去和深深的作品比照。但这件事，我请您无论如何不要让任何人知道，就算深深也是一样。因为一旦传到顾成殊的耳中，我的设计师道路和人生就完蛋了。我冒了这么大的险，就是希望您自己亲眼看到，深深正面临着什么样的黑暗深渊，但请您在劝解自己女儿的时候，千万要帮我保密。无论如何，请您承诺不要在深深面前提起我。"

什么深渊，比女儿遇上那么可怕的男人，比她面临的道德谴责还要可怕？

叶母下意识地点点头，只觉得自己的胸口仿佛被巨石压住，几乎喘不过气来。

郁霏缓缓将手中的iPad转过来，放在她的面前。

那上面是一幅被封存在玻璃柜内的设计图——浅绿色的长裙，白色的立体花，柔顺下垂的腰带，古希腊式的优雅褶皱。

美得内敛而安静，氤氲如春日云岚。

第二十五章
不顾一切地前进

> Go with the Star

姜秋收拾好东西,离开了方圣杰工作室。

至此,工作室内的实习生还剩5个人。两三个月内10人少了一半,令剩下的人都觉得压力很大,每个实习生都默默地埋头做着分派给自己的事情。因为,做好了没有加分,做错了却会直接被剔除出去。

在沉闷之中,叶深深却接到了一个突如其来的好消息。

季铃工作室的助理茉莉给她打电话,说:"叶小姐,你的设计初稿我们已经看过啦,设计还是很好的,不过有几个细节我们还可以商讨一下哦。我稍微改动了几个细节,把修改后的设计发给你看一看好吗?"

叶深深答应了:"好的,我马上接收。"

她打开电脑,收到了季铃工作室修改后的设计稿,越端详越诧异。

裙子的褶皱被缩小加密,带上了一种古希腊爱奥尼亚式的优雅气质,而立体的白色花朵分布也被改动,腰间花朵减少,胸部增加。花朵的大小被修改,变得更加疏密有致。腰带被改成不用蝴蝶结,简单随意地以活结自然地垂到小腹。

叶深深诧异地睁大眼睛。虽然只改动了几个点,可这几个地方却完全改变了她整件设计的风格和模样,简直跟脱胎换骨一样,让人越看越觉得只能那样改动,再无其他变动的可能性。

修改的人绝对是专业高手,对细节非常敏锐。

而且，她原来的设计远不如修改后的样子。

叶深深激动地联系茉莉，问："这是哪个设计师修改的？对方实在太厉害了！能告诉我是谁吗？"

"哈哈，哪有啊，是我自己随便改的。"茉莉在那边咯咯笑着，说，"既然你觉得不错，那我们就定下成稿，然后就要麻烦你去弄样衣了哦。对了，面料和辅料记得先给我们看过。"

"好的。"叶深深迟疑了一下，说，"真的是你修改的吗？那设计图上得加上你的名字呀。"

"不要不要！我只是随便改改，真的！全都是你的设计，千万不要加上我的！加上了我也会涂掉的！"她一口拒绝。

叶深深挂了电话，总觉得好像有哪里不对劲。

她还在想着，却有人走到她的桌子面前，笑着俯身看她："深深。"

叶深深抬头看见来人，正是郁霏。她穿着米色风衣和长靴，摘下墨镜朝她微笑，瘦得那么好看。

叶深深有点诧异地看着她："郁霏姐。"

"我今天过来看几件样衣，顺便和你打声招呼。"郁霏端详着她的样子，微微皱眉，"是不是太累了？怎么脸上的小红晕都没了？"

叶深深有点尴尬地笑笑，捂住了自己的脸："哪有……"

"对了，季铃工作室联系你了吗？你的设计肯定没问题吧？"郁霏依靠在她的椅子上，咯咯笑出来，说，"肯定没问题的嘛，我听说深深你深受巴斯蒂安先生的好评呀！"

仿佛是被她的笑声吵到，坐在不远处的路微朝她翻了个白眼，悻悻地将脸转向了一边。

"怎么郁霏姐会知道这件事？"叶深深诧异地问。

"这可是相当难得的哦，所以业内都传遍了呢！"郁霏偏头朝她一笑，简直比冬日的阳光还灿烂，"对了，我能看看你的设计吗？很好奇你会给季铃设计怎么样的礼服呢。"

叶深深把电脑屏幕转向她，说："就是这件，对方修改过了，你觉得怎么样？"

郁霏的目光在设计图上扫了一遍，顿时露出惊喜的笑容，赞不绝口："哇！真是超级美的！我太喜欢这个设计了！深深你太棒了！"

叶深深有点不好意思，关了设计图的画面，问："真的吗？你真觉得好吗？"

"是啊，这件衣服一定会受到所有人的喜欢的。"她说着，伸手轻捏她的耳朵说，

"深深，你真是个天才啊，我看好你哦。"

"深深当然是天才，我也看好她。"

后面有个带笑的声音传来，叶深深不需要回头也知道是沈暨。

郁霏笑着朝他打个招呼，转身上楼去了。

沈暨是最喜新厌旧的人，秋天刚到，换上的已经是当季的D&G，云青色衬衫，象牙色条纹与宽滚边，配白色长裤，越发显得他全身线条利落有力。

这样的衣服招摇又夺目，顾成殊是绝对不可能穿的，也只有沈暨能穿得这么好看。

叶深深打量着他，不过她有点内向羞怯，也不好意思说什么。

而他明明看见了她目光中的欣赏，还开心地说："穿新衣服没人夸真的好寂寞，快快，深深你最有眼光了，说两句。"

叶深深简直无语，只能叹口气，说："很合适，很好看。"

这么敷衍的回答，沈暨却也不气馁。他斜身坐在她的桌子上，含笑看着她，随口聊着："深深，你这两天干什么去啦？我挺担心你的。"

他笑起来时无比动人的眉梢眼角和温柔动人的唇角，就直接撞进了她的眼帘，又似乎撞在了她的心口，让她的心脏瞬间漏跳了一拍，说话也有点结巴："哦，最近有点事……你找我？"

"当然来找你呀，不然难道我还来看圣杰？"他随意抬手，和旁边工作室的人打了个招呼，又看看手表，俯身对着坐在面前的叶深深说，"还有10分28秒，我等你下班。"

陈连依过来控诉他："还有10分钟才下班，10分钟都要剥削，你看看深深现在这苍白瘦削的样子，都是方圣杰那个资本家的错！"

"算了算了，深深你走吧，这10分钟算送给沈暨的。"陈连依无奈挥手，直接打发他们走。

叶深深有点羞愧，心里又有点欢喜，赶紧关了电脑收拾好自己的东西，跟着沈暨走了。

前台莉莉丝朝她眨眨眼，用口型对她说："羡慕死了。"

叶深深缩缩脖子，看看前面沈暨的背影，脸都红了。

"晚上想吃什么？"沈暨系着安全带问她。

叶深深："都可以……"

"我就知道，所以早就在我喜欢的店里订好位置了。"他笑着说，看着她的神情就跟逗一只街边的小猫咪似的，让叶深深只能默默捂住开始不对劲的心口，转向窗外。

"听说你的新设计惊动了巴斯蒂安？"

"方老师这么快就跟你说了？"叶深深羞愧得都脸红了。

"不，是卢思佚说的。"沈暨笑道，转头看她一眼，"下午我刚好和他见了个面，我知道他上午来了工作室，就随口问起你。他神情挺古怪的，但告诉我说你的设计不错。"

叶深深心想，她肯定没有告诉沈暨，自己差点被他被踢出工作室的事情。

"是啊，这事也挺凑巧的，当时我的设计图放错了嘛，然后就混在老师的作品中一起寄过去了，没想到巴斯蒂安先生会特地打电话来说。"叶深深有点不好意思地说。

沈暨沉默了一会儿，眼睛看着前方，路边的行道树一棵棵往后飞速移去。过了许久，他才说："深深，得到巴斯蒂安先生的赞赏，是无数设计师的梦想，包括圣杰。"

"啊……是吗？"叶深深有点不明状况。

"是的，圣杰期待了几十年却无法获得的荣耀，被你轻易得到了。而且，还是凌晨3点让他兴奋不已的作品。"他声音低暗，带着一种叹息般的喜悦，"深深，我真为你感到骄傲。"

他的嗓音轻微地颤动，让叶深深的心弦也随之微微颤抖起来。

"嗯，我会……我会努力的。"她用力点头，握紧双拳摆好战斗的姿势。

沈暨看了她一眼，笑出来："好啦，现在你跟我说一说，你妈妈过来找你，你为什么避而不见？"

叶深深张张嘴，刚要说话，手机却响起。

顾成殊在那边冷冷地问："叶深深，不是下班了吗？怎么没见你出来？"

叶深深听着这没头没脑的话，简直一头雾水："啊？我……我在路上啊。"

"那就返回来。"顾成殊在那边独断专行地说，"我在你们工作室门口。"

"呃……"

他在那边又特地补充说："你还住在酒店吧？挺远的，我刚好顺路经过你们这边。"

叶深深简直觉得自己太阳穴都跳起来了，她艰难地说："顾先生，谢谢您……不……不过今晚沈暨请我吃饭，我想他也会送我回去的……"

顾成殊在电话那边停了两秒，然后说："反正我只是顺路经过，随口问问。"

叶深深觉得尴尬又心虚，还想说些什么，耳边却只听到嘟嘟的忙音。

那边已经挂断了。

坐在包厢之中，沈暨听叶深深从头到尾将这件事讲了一遍，抓住了重点："这么说……因为不想见你父母，所以你现在无处可去？"

叶深深艰难地点了一下头，低声说："是啊，昨晚找了个快捷酒店，交通也不便，幸好顾先生今天早上送我上班，真是麻烦他了。"

沈暨考虑了一下，支起下巴朝她眨眨眼："我家离你工作室倒是不远。你要是想上下班方便一点的话，可以到我那边去住，我很欢迎的。"

叶深深一看见他那促狭的笑容，顿时脸都红了，讷讷地低头说："不用啦……我就是暂住几天，等我爸妈走后就回去。"

沈暨点点头，也知道这不合适，想了想又问："深深，你真的不愿意见你父母吗？至少，阿姨这么大老远过来，让她扑一场空不太好。"

叶深深默然低头拨着碗中的菜，低低地说："我知道……可是，我怕我一见面，就难以拒绝她了，以后就要彻底扛起那个沉重的负担，我很害怕，沈暨……"

"我知道，这对你不公平，深深。"沈暨轻轻叹了口气，搁下筷子，认真地看着她，"如果你需要的话，我帮你弟弟垫上这笔钱。"

叶深深愕然抬头看他，下意识地摇头："不行，这怎么可以……"

"听我说，深深，在这世界上你只有一个相依为命的亲人，若因为那么点钱就让你和母亲以后相见都不自由，那又有什么意思呢？"他那双温润的眼睛，倒映着头顶吊灯的光芒，灿烂的明亮之中，却蒙着一层薄薄阴翳，让他常在唇角的笑容都显得黯淡，"身外之物都不足惜，可你现在的倔强，只会让自己在将来后悔。深深，相信我，我知道这种痛苦。"

他这样温柔的话语，却让叶深深眼泪蓦然涌出，眼前一片朦胧。

她在泪光中恍惚看见自己的童年。夕阳斜照进客厅，母亲踩着缝纫机做活儿，她在堆积一地的衣服中钻来钻去，隔着衣服的间隙，她看见年轻的妈妈对着自己笑的时候，弯起的眼睛像月牙一样。

那是她的妈妈，20年来她一天一天长大，心里想的就是要让妈妈过上好日子。可如今她终于长大了，努力改善自己与母亲的生活，努力想要实现自己从小许下的愿望，却没想到，转眼要面临的是聚少离多。

"或许，我真的会后悔……我甚至，现在就已经开始后悔了。"叶深深扶住自己的额头，企图挡住自己簌簌流下的眼泪，"但是沈暨，我不会改变主意。我得像顾成殊说的那样，不择手段，不顾一切，向着我该去的地方而去。我的前途不是赚钱养家，更不是做一个伟大的牺牲自我的姐姐。我就是这么自私，宁可忍受分离，宁可将来痛悔，我也绝不要改变我人生的方向！"

沈暨默然给她递过纸巾，轻轻地将手掌覆在她的发上。

电话响起，他看了看，说："阿姨打来的。"

叶深深猛然抬头看他。

"对不起,深深,阿姨今天找我了。她想要见你,承诺只是她一个人来。所以我答应她,带你到这边见她。"他揉了揉她的头发以示安慰,用那双温柔的眼睛凝望着她说,"放心吧,我会帮你的。"

叶深深咬住下唇,许久,终于点了一下头。

沈暨将电话接起来,开门出去了。

叶母一进来看见叶深深,本想呵斥她的,但看着她的样子,眼圈就先红了,斥责她的话也变了:"你怎么瘦成这样,面色这么苍白?"

"妈妈……"叶深深强忍着眼泪,唤了她一声,"我没事,最近有点忙……没事。"

"你现在一个人在这边,我也没法顾得上你,你要自己好好照顾自己,知道吗?"

叶深深含泪点点头。

沈暨请叶母坐在叶深深旁边,殷勤地帮她倒茶。

叶深深一直低头不说话,也不知道自己该说什么。

最后是叶母打破了尴尬局面:"深深,妈……准备和你爸复合了,所以我们这次一起过来看你,就是想告诉你这个好消息。"

"嗯。"她还能说什么呢?只能应着。

"你看,妈现在也算扬眉吐气了,你爸他终究还是看清了,到底谁才是对他好的人,谁能与他共度一生。"母亲的声音中,隐约透着一丝骄傲。

20年,就为了这一天,值得吗?叶深深没有接话。

沈暨给深深使了个眼色,帮叶母布设碗筷,让她先吃点东西。叶深深讨好地给母亲夹一大块鱼肉。

"哎,这个鱼……俊俊喜欢吃。"母亲叹了口气说。

叶深深知道,她要进入正题了。她假装没听见,依然在吃饭。

"你还记得俊俊吧?"

叶深深点头,尽量平淡地说:"记得,比我只小了几个月的异母弟弟,高中毕业后一直没正经工作。听说他之前在街头斗殴,对方死了,他受重伤抢救回来后瘫痪了,监外执行10年有期徒刑,同时法院判决他赔偿死者家属40万。现在死者家属天天在外面堵门要钱对不对?"

"你怎么知道的?"母亲愕然问。

"顾成殊说的。"

母亲叹了口气,说:"你弟弟现在陷入绝境了,又被追讨赔偿金,你身为姐姐,能帮的话，就帮他一把。"

"我和他话都没说过，算什么弟弟。"叶深深将自己的脸转向一边，"再说了妈，这又关我们什么事呢？20年来我们被丢在旁边自生自灭，现在需要我们了就来要钱，这算什么？"

母亲默默无语，其实她是知道女儿心情的，但终究只是轻轻责怪她说："好了深深，别说得这么难听，现在我和你爸复合了，一家人要互帮互助的。"

沈暨在旁边看了叶深深一眼，示意她按捺住自己，不要太激动。然而叶深深根本无法压抑自己的情绪，脱口而出："我没有爸爸，更没有弟弟！我只有一个妈，因为我未出生就被遗弃了！"

母亲的眼中涌出了泪，声音喑哑："深深，你爸浪子回头，终于回到妈身边了，我们一家团聚不好吗？你放下成见吧，你爸已经和那个女人离婚了……"

"我不会回去的，那个家里，有他没我，有我没他。"叶深深咬牙颤声说。

叶母呼吸加重，几乎无法止住眼泪。

而叶深深倔强地看着她，一张脸上除了固执与悲哀外，什么也没有。

沈暨忙站起来，俯身给叶母盛汤，隔开她们两人，又给叶母递上纸巾，轻声安慰她说："伯母，深深现在一下子知道这件事，还无法接受，您放心吧，我们会帮您慢慢劝她的。"

叶母看着关切自己的沈暨，又看看叶深深，忽然想起郁霏暗示过的，叶深深如今被顾成殊包养的事情。

"深深。"叶母忍了又忍，却终于还是问，"你那个房子，是顾先生替你租的？"

叶深深愣了一下，不知道她为什么忽然问这个："是……是啊。"

"你进这个方圣杰工作室，也是他安排的？"

叶深深哑口无言，茫然点了点头。沈暨觉得有点不对劲，在旁边说："成殊有出力，但最主要还是靠深深自己的才华和能力。"

叶母一口气卡在喉咙出不来，她瞪着面前的女儿，气得连身体都在颤抖，脸色一片铁青。

叶深深吓得赶紧站起，怯怯地去摸她的后背："妈……怎么啦？"

"你把你现在的设计拿给我看看！"她颤声说。

叶深深莫名其妙，又有点惊恐："妈，到底怎么了？"

"拿给我看！"她几乎是怒吼出来。

叶深深吓得一愣，然后下意识地打开自己的包，将刚刚打印出来的那张季铃工作室委托的礼服修改稿拿了出来，抖索地放在她的面前。

叶母的目光落在这张设计图上……浅绿色的曳地长裙，纯白的立体花朵，希腊式的优雅褶皱，下垂的腰带随意地打结在小腹前……

她面如死灰，一把夺过这张设计图，不敢置信地瞪大眼睛，身体瑟瑟发抖。

"伯母，您先别激动。"沈暨在她的身后，担忧地扶了她一把。他的目光在设计图上扫了一眼，瞳孔轻微地收缩了一下，若有所思地抽过了那张设计图，仔细地看着。

叶深深只关注着自己的母亲，并没有看他。她扶着母亲坐下，还没来得及问，叶母已经一把抓住了她的手腕，死死地攥着，几乎抓出一条白痕来："这是你现在的设计？你看看你现在都在弄些什么！"

叶深深不明就里，只下意识地握住母亲的手腕："妈……这设计怎么了？"

叶母避而不答，她答应过郁霏，对方告诉她，若被顾成殊知道的话，她未来的前途与人生都将毁于一旦，而叶母也已经答应了郁霏，不会辜负她对深深的好意。

所以叶母只用绝望的眼神看着女儿，哀求一般地说："深深，回家吧，回到妈妈身边……"

叶深深震惊得不知所措，没想到妈妈会忽然这样说。

"不要再一个人待在这里了，不要离开妈妈……你回来，我们像以前一样在一起，就算日子辛苦一点，可好歹我们能互相依靠，是不是？"叶母将她的手背攥得太紧，就像无数尖锐的针直刺入她的手，令叶深深指尖的神经末梢都蜷缩剧痛。

"妈妈……你在说什么？"她睁大眼睛，用力地摇头，"我好不容易才进入这么好的工作室，我的设计生涯才刚刚开始，我怎么可以现在丢下一切回家？"

"你在这里能得到什么？你以为你真能成为设计师，真能实现理想，真能得到什么东西吗？"叶母用力地抓着她的手腕不放，连气息都急促起来，"你跟妈妈回去，妈帮你开那个网店，我们慢慢赚钱慢慢还，一辈子也很好过的……为什么要一个人待在这里，这样作践自己？"

她异常的反应让叶深深不由自主地流下眼泪来。她勉强张开双唇，许久，才颤声问："我回去开网店，放弃自己所有的一切，一辈子赚钱养弟弟，是吗？"

这虚弱而残酷的回答，不仅是叶母，连沈暨都惊得睫毛一颤，目光从那张设计图上移开，看向了她。

"你胡说什么！"叶母看着泪流不止的女儿，心痛如绞，她觉得自己的眼泪就要流下来了，只能用狠狠呵斥来掩饰自己，"妈是为了你好，你听话，立刻跟我回家！"

回家……那个家还有自己的位置吗？

20年前母亲为了保住女儿，失去了丈夫，一直过得这么艰难。而如今，她能让母亲为了自己，再度放弃等了20年的复合吗？

叶深深绝望地摇摇头，从母亲的掌中抽回了自己的手。

她缓缓地后退了一步，哽咽着说："不，妈妈……我已经到了这里，就不想再回去了。"

母亲的面容上全是深重的悲哀："为什么？为什么你不肯回家？你连妈都不要了吗？"

"妈妈，因为我还有梦想。我现在已经看到了自己人生中最重要的路，我现在……真的无法放弃。"

母亲气急，声音陡然尖锐起来："深深，你一个女孩子要什么梦想？女孩子最大的幸福，就是安安稳稳待在妈妈身边，将来嫁一个好男人，生儿育女，像所有正常的普通人一样，拥有一个好家庭！你……你再在这里待下去，这样作践自己，你能得到什么！"

叶深深望着面前的母亲，心里涌起巨大的悲伤。这是她的母亲，是她20年来相依为命的唯一一个人。她们可以为彼此付出一切，她们互相依靠，互相爱着对方，可是，她不理解她的追求。

叶深深的喉口发出暗哑的呜咽，她张开口，想要说的话却全都消失在唇畔。过了许久，她才低下头，低哑而缓慢地说："不，妈妈，我回不去了，也，不会回去了。"

见她拒绝得这么坚定，母亲伤心失望之极。她一把抢过沈暨手中的设计图，指着上面的衣服，问："为了这些吗？你宁愿画着这种东西，都不肯回家？你以为你是在追求梦想，其实你是在糟蹋你自己！你懂不懂自己在做什么？"

"我没有糟蹋人生，我……很努力地，在学习。我要在这条路上一直走下去，永远不回头。"

母亲死死地盯着她，许久，抬手疯一般地撕掉了那张设计图。

她将纸张的碎片往叶深深的脸上用力甩去，狠狠地说："深深，你将来一定会后悔的！"

叶深深一动不动，任由碎纸片落在自己的头上，肩上，只用一双含泪的倔强的眼望着她，死死地咬住嘴唇。

叶母呼地一下站起来，转头就走出了门。

一直在旁边观察事态的沈暨眼疾手快，赶紧拉住叶母。然而他的手却被叶母一把推开，摔门出了包厢。

沈暨叹了一口气，拉起叶深深追出去，在楼梯上追上了叶母："伯母，您别生气，深深知道自己错了，我们慢慢说……"

"知道错了，可她会回家吗？"妈妈没有回头看他们，只步履沉重地一步一步向下走,声音飘忽,"深深,你好自为之吧……到你失败伤心的时候,妈……等着那个悔恨的你回家。"

她的话语这么笃定,就像诅咒一样,让叶深深在楼梯上停下了脚步,再也无法挪动。

她看着母亲一步步走出酒店,走出自己的视线,门外只剩下在夜风中婆娑的树木。

她忽然心中大恸,不顾一切地想要冲出去,想要跟着妈妈走,想要抛弃自己面前的路,只想要贪恋记忆中那些灰黄温暖的片段。

"深深。"站在她身后的沈暨,按住了她的肩,阻止她继续追下去。

叶深深呆站在楼梯上,一动不动,苍白的脸色浮着一股死灰,令沈暨都心惊。

但他依然还是轻声对她说:"深深,别忘了你的决心。你说过,你要不顾一切地成长,宁可将来痛悔,也绝不要改变人生的方向。"

追出去,跟着母亲回家——那么她如今辛苦堆叠到现在的基础,将全部坍塌回原状,什么也不剩下。

叶深深茫然抽泣着,像是全身都被抽去了力气,她的身体慢慢地软下去,眼看就要倒地。

沈暨眼疾手快,赶紧抱住了她。而再也无力自己站起来的叶深深,终于倒在沈暨的怀中,失声痛哭。

沈暨轻轻抱着她,让哭得全身脱力的她靠在自己的胸前,那些肆意滂沱的泪水全都渗入他的衣服,湿热地熨烫进他的肌肤。

在离心脏最近的地方,水汽像针一样刺进肌肤,微微的痛,微微的麻,微微的痒,微微的晕眩。

像是受了无解的蛊惑,沈暨不受控制地收紧了自己的双臂,紧紧地拥抱住她。

"一起来看深深的新设计。"

沈暨发给顾成殊的消息永远这么简单明了,不用多说一个字彼此就能明白。

不到半小时,顾成殊已经过来了。沈暨也等在房间里,看见他过来就有点激动地说:"忍到现在了,就是为了等你过来一起看深深的新设计,就是巴斯蒂安先生赞赏过的那一套。"

顾成殊瞥了叶深深一眼,面无表情地问:"巴斯蒂安是怎么回事?"

"你肯定想不到,工作室忙中出错,把深深的一份设计寄给巴斯蒂安先生了,受到了他很高的评价。这可是好多年都没有发生过的了。"

顾成殊想了想,皱眉说:"上一次,应该是7年前了?"

"对，我19岁的时候。"沈暨的唇角微微上扬，带着淡淡的骄傲与伤感，望着叶深深的电脑屏幕亮起来。

顾成殊瞥了电脑桌面一眼，见已经变成了一张蓝天白云，便不动声色地回头去看沈暨的侧面，缓缓地说："沈暨，你是个好设计师。"

"我也这么认为——不过可能没有深深那么好。"他脸上的哀伤一闪而逝，又换上惯常的笑容，俯身看着叶深深电脑上的设计图，认真地审视着。

坐在椅上的叶深深，有点紧张地转头看他。屏幕的光打在沈暨睫毛上，他浓长的睫毛微微上翘，每一丝颤动都让那些微光轻轻闪动。这些微弱的光芒也投在了她的心口，让她心脏的跳动都与它们保持了相同的频率。

沈暨坐在她旁边，顾成殊站在她身后，两人都不说话，只看着电脑上显示出的那件衣服。

叶深深局促不安，抬手去按鼠标，准备进下一张。

沈暨按住了她的手，说："深深，让我再看看。"

他的掌心就覆在她的手背上，但他却仿佛未曾察觉，他只注意着屏幕上的内容，盯着端详许久，又放大局部细细审视。

叶深深低着头，不敢再看他。听着身边沈暨的呼吸，她僵直地坐着，只有那只被他按过的手，手背上仿佛热热地烧起来，让她不自然地慢慢曲起手指，轻轻握成拳。

沈暨将她这一整组的设计从整体看到细节再看到整体，然后才闭上自己有点酸痛的眼睛，长长地出了一口气，转头对顾成殊说："你看，我说吧，我没有深深这么好。"

顾成殊点点头，对叶深深说："和你以往的风格不太一样。你之前的设计，注重的是美丽、好穿以及可接受性，更强调实用功能，而不是传达一个设计者的意愿。也就是说，你是一个还没有找到自己的设计师。"

"但现在，深深，你已经不一样了，你不再是个做衣服的人，也不再是屈从于大众眼光、随波逐流的设计者。"沈暨亲昵而欣慰地轻抚她的头发，欢喜地说，"你是一个真正的独立的设计师了。"

叶深深默默地点头，又偷偷地转头去看顾成殊。

他肯定不知道，这一整组的设计，都是源于那电光火石之间惊心动魄的一个侧面，源于在那暴雨之夜，她仰望他的那一眼。

是他改变了她，无论从何种意义上。

"深深，我们已经在车站，你一个人在北京照顾好自己。"

最终，一无所获的父母离开了北京。临行前，母亲给她发了一条消息。毕竟是相依为命20年的母女，她们的争吵，并没有影响到最根深蒂固的东西。

叶深深看着自己的手机呆了许久，用力咬紧牙关，才阻止了自己即将流下的眼泪。

她慢慢地编辑着短信，许久，却删掉了一切，只回复了一句"一路顺风"。

熊萌蹦到她身边问她："深深，你今晚想好吃什么了吗？我找到了一个很不错的店，要不要和我一起去？"

叶深深把头埋在面前的设计图中，觉得疲倦至极，一点胃口也没有。所以她摇了摇头，说："不，我不想吃。"

"你中午也匆匆忙忙出去了，什么也没吃呀！"熊萌皱眉说。

叶深深闷声不响，说："我真的不想吃。"

"好吧，那我下次带你去吃哦！"熊萌见大家都已经走了，也只好背起自己的双肩包离开了工作室。

走到门口的时候，他看见沈暨正从车上下来。对于工作室风传的绯闻了如指掌的熊萌立即扑上去，拉住他说："沈暨，你得好好照顾深深啊！"

沈暨有点诧异地看着他："深深怎么了？"

"她不知怎么了，今天一天都埋头工作，那强打精神的模样叫人看了好担心。而且她还中饭晚饭都不吃，是不是发生什么事了啊？"

"是吗？那可不行……"沈暨皱起眉，熊萌大力点头："当然不行了！深深干吗对自己这么狠？总觉得她下一秒就要哭出来似的。"

沈暨透过窗户朝里面看了一眼，看见叶深深还坐在桌前画设计图，便对熊萌说："多谢你了，我想深深应该是遇到了些难题，我会帮助她的。"

"嗯，一定要啊，看见她这样，我心里都难受。"

熊萌走后，沈暨看了看叶深深，想了想，转身又快步走出了小区，进了门口的小花店。

叶深深觉得眼睛酸涩，她揉揉眼，看到周围一片昏暗，才发觉工作室内已经只有自己一个人。

北京即将入夜，暮色中一片安静。她呆呆坐了一会儿，艰难地站起来正要去开灯，结果窗外忽然传来一个怪怪的声音："深深，深深。"

叶深深撑起身子一看，一只玩偶青蛙正从窗边探出头来，朝着她一下一下地眨着眼点头。

她不由得无力地坐下，说："别闹了，沈暨。"

"深深，你太聪明了……你怎么知道沈暨变成了青蛙王子？"青蛙在那边张着嘴问。

叶深深无可奈何地说："因为我认识的人中你最无聊。"

"对啊，我就是这么无聊，所以过来陪我聊聊嘛！"他在外边用萌萌的声音说。

叶深深情绪低落，真的不想动，可他一直挥着那个玩偶深深深深地叫，她只好走到窗边，靠在窗台上看着蹲在下面的沈暨："聊什么？"

"哇，朱丽叶终于出现在阳台上了！"他开心地蹲在下面仰望她，一边捧出一个小蛋糕给她，"来，讲童话的时候要配合一点甜食。"

叶深深想回绝说自己不想吃，可一整天没有吃饭，肚子真的饿极了。她的大脑明明是抗拒的，可手还是不由自主地将蛋糕接了过来，拿起上面的叉子一口一口地开始吃起来。

"就要这么乖嘛，等你吃完了，我还有奖励给你。"他站起来，微笑靠在窗台的外面看着她。

"什么奖励？"她含着叉子问。

他带着神秘的微笑，俯身从草地上捧起一个东西，越过窗台递给她。

是一小丛开得非常灿烂的花朵，小小的三角形叶子，十几根细细的茎上开出指甲大的蓝色花朵。它被种在一个小小的白色花盆中，而花盆在沈暨的掌心，金紫色的夕阳斜照在上面，替小花、也替沈暨蒙上一层温柔的光。

叶深深呆了片刻，然后慢慢伸手捧过这株小花，眼中终于有了点神采："真漂亮。"

"嗯，我也很喜欢，觉得长得很像你，所以买下来送给你。要不我们就给它取名叫深深花怎么样？"

叶深深无语地笑了出来："沈暨你正经点好不好？这明明就是一盆角堇。"

见她笑了，沈暨的脸上也露出轻快的笑容来。他单手撑在窗台上，翻身坐了上来，逗弄着那盆小花："不应该啊，你看，你笑起来更像它了，不叫深深花简直说不过去。"

叶深深简直被他正经的胡说八道给打败了，她将花朵放在自己的案头，说："谢谢你，我会好好养它的。"

"也要经常对它笑哦，这样你们才会越来越像。"他坐在窗台上凝视着她，用手指在含笑的唇角比了一个向上的手势。

他温柔的笑意，让叶深深不由得胸口热热地暖起来。不由自主地，她朝他绽放出笑容，轻轻说："好。"

沈暨的理论是，吃了开胃甜点的人，不去好好吃一顿饭简直是说不过去。

于是叶深深跟着他又去大吃了一顿。

最终的结果是，叶深深直接呕吐晕倒进了医院，挂起了吊瓶。

"不可能的，我和她吃一样的东西，我都没事。"沈暨担心又委屈地守着输液的叶深深，对医生说。

"本来应该是没事，可问题是，她一看就累得虚脱的样子，再加上一天没吃饭了，你先给她吃了油腻的蛋糕，又带她去吃大餐——这虚弱的体格和空虚的肠胃受得了吗？有没有常识？"医生丢给他一个白眼，"肠胃炎，重度的，记得明后天再来挂两次水。"

"对不起……"医生走后，沈暨对着叶深深忏悔。

叶深深吐了之后倒是感觉舒服多了，不过急性肠胃炎使得体温升高，她整个人烧得晕乎乎的，脸颊也红红的，头脑混沌不清。

她半躺在椅子上摇了摇头，表示没关系。

沈暨内疚地给她喂刚买的粥，说："这个应该没问题的，我喂你喝点吧。"

叶深深气息急促，右手打着针，左手也抬不起来，只能靠在椅背上，小口小口地喝了几口粥。

"真没想到，发生了这么多事，最后击倒你的人是我。"沈暨说着，又习惯性地揉了揉她的头发，然后觉得粥有点冷了，便站起身来，"我帮你去外面热一热。"

"不用啦，我不想吃了。"叶深深虚弱地说。她听到耳边嗡嗡作响的声音，觉得自己说话的音调也怪怪的。

沈暨也有点担心，便将粥先放下，坐在前面俯身看着她，轻声问："感觉怎么样？"

"好多了……我回家睡一会儿就好了。"叶深深看着即将挂完的点滴，虚软地说。

沈暨坐在那里注意着点滴，一脸担忧。输液室内各种嘈杂，小孩子的哭声与大人的说话声响成一片，交织得铺天盖地。

叶深深想了想，说："幸好今天周五，明后天不上班，不然我又要请假了……"

沈暨好气又好笑地看着她："都生病了，居然还担心这个。"

她缩在椅子上，问："对了，沈暨……你平时都在干吗呀？我怎么感觉你不上班似的。"

沈暨点点头，说："是啊，游游荡荡的，也不知道自己该干什么。"

"你这么厉害，需要你的人很多的。"

"有啊，我不是还在你的店里挂着名吗？这么快就不想要我啦，老板？"他笑问。

叶深深也笑了，软绵绵使不上力地笑。

药水已经挂完，沈暨请护士来拔掉了针头，半扶半抱地带她出了医院，问她："今晚继续住酒店呢，还是回家？"

"回家吧，我爸妈已经走了。"

沈暨扶着叶深深躺在后座，开车送她回家。

晚上10点多的道路，依然是霓虹灯满路，街上的车子也是满满塞塞。他走走停停，开得平稳。

后座的叶深深虚弱地半闭着眼睛，看着沈暨的背影，看着他的半侧面，听着他车上的歌。Cara Dillon的《Craigie Hill》，和沈暨一样温柔的旋律与嗓音，她觉得自己也很喜欢它。

沈暨将车停在叶深深所住的小区，关掉了音乐后，听见了叶深深平静而均匀的呼吸声。

她真的太累了，居然在车上就这么睡着了。

沈暨微笑着向她探出身，轻轻地呼唤她的名字，准备叫她醒来："深深……"

"沈暨……"她在梦中低低地呢喃着，在这安静而黑暗的车内，那低若不闻的声音却显得格外清晰，"沈暨，我喜欢你……"

Go with the Star

第二十六章
没有回响的倾慕

沈暨，我喜欢你……

这轻微的梦呓，却像是一个晴空中骤然响起的惊雷，让沈暨呆在那里。他半天没有动弹，只有睫毛微微颤动，那被遮盖的眼睛里映照着车窗外流动的微光，明暗不定。

叶深深还在后座沉睡，他的目光定在她的身上，喉口仿佛被人扼住，无法出声。

紧闭的车内那么那么静，静得他几乎可以听见自己的心跳声，有时急促，是紧张、恐惧混合着猝不及防；有时迟缓，是悲哀、痛苦混合着手足无措。

深深，叶深深。

第一次见面时，在混乱的暗夜街头，她惊慌失措地撞在他的身上，倏忽间亮起的霓虹灯照亮她那一双眼睛，那里面的光彩令他至今难忘——可他却没料到，有一天这双眼睛在凝望着自己时，会带上不一样的感情。

喜欢，是怎样的喜欢，是多少的喜欢，是开始喜欢，还是以喜欢结束。

他曾对顾成殊说，深深是我的一个梦想，我会努力帮她，想看看当年的自己，若是没有坠落，可以走到哪一处。

他看着她，呵护着她，竭尽自己所能地帮助她，然而，他却从未想过会有这么一刻，她对他说，沈暨，我喜欢你。

沈暨的呼吸不自觉地开始急促起来。他觉得车内闷得自己无法忍受，不得不打开车门，逃也似的下车，扶着旁边的树，用力地呼吸着，强迫自己冷静下来。

初冬的夜风，逼进他的肌肤，让他突突跳动的血管终于渐渐平静下来。他按着太阳穴，闭着眼睛许久，然后才长出了一口气，过去敲了敲后座的窗户。

等到叶深深在里面蠕动了一下，沈暨才打开车门，若无其事地说："深深，下车吧，我们到了。"

发烧加上昏睡，叶深深有点迷迷瞪瞪的。她勉强扶着靠背坐起来，抬手抓住了他伸过来的手，钻出了车子。

沈暨扶着她进门，蹲下帮她换了拖鞋，牵着她走到卧室坐在床上，抬手摸了摸她的额头。

体温稍微凉了一点，不太烫手了。

"身体不好得早点休息，我给你倒点水。"他轻柔地吩咐她，带上门出去，到厨房去烧了热水，倒入杯中浸入冷水使温度降下来，再倒到保温杯中，把盖子盖好，才去敲卧室的门："深深，我可以进来吗？"

"嗯……进来吧。"叶深深虚弱地说。

他进来看见她已经乖乖换好睡衣躺在床上了，便将手中的保温杯放在床头柜上，俯身帮她掖好被子，小声嘱咐她说："要是晚上口渴了，就多喝水。我待会儿等你睡着了再走，明天下午再过来带你去医院。今天晚上你把手机放在床头，有什么事就打电话给我，好吗？"

她迷迷糊糊地看着他，眼中蒙着一层水汽，脸颊浮着一层粉色，轻轻地"嗯"了一声。

"早点睡吧。"他说着，再次轻轻揉了揉她的头发，帮她关了灯，又带上门，一个人坐在客厅中，等待着她入睡。

疲惫至极又病得晕乎乎的叶深深，躺在黑暗之中却睡不着了。

因为，沈暨就在外面，就在离自己一墙之隔的地方。

明明整个人软得一点力气都没有，可大脑中却有诡异的声音不停地飘荡着，让她的头隐隐作痛，似乎已经沉入了无知觉的境地，又似乎清醒无比。因为没有力气，她只能这样躺着，一动不动。

也不知过了多久，外面传来轻微的"咔"一声。

是沈暨走了。

一直没有听到声响，他以为她已经安睡，所以离开了。

似梦似醒的叶深深，因为这极其轻微的声音，却忽然浑身大汗淋漓，猛地坐了起来。

她想起了自己刚刚的梦。她梦见自己躺在沈暨的后座，迷迷糊糊之中看见沈暨回头。在那黑暗的空间之中，也不知是受了什么蛊惑，她将自己心中那难以示人的秘密说了出来。

她说，沈暨，我喜欢你。

是真的，还是假的。

这是梦，还是真实发生的。

在空无一人的黑暗房间内，她全身的汗都猛地逼了出来。她用尽所有的力气爬下床，大汗淋漓中，只穿着单薄的睡衣就出了房间，抓起门口的钥匙，打开大门跌跌撞撞地扶墙走了出去。

电梯停在最下面，她想要按下时，才犹豫起来。

去追沈暨干吗呢？问他自己刚刚是不是真的说过那句话？

如果是梦，她要如何问？如果不是梦，他又会如何说？

她觉得后怕极了，害怕的感觉让她的手都颤抖了，迟疑了许久，终于还是收紧了自己的五指，紧握成拳，缩了回去。

她茫然而恍惚，如同游魂一般地走回自己家的门口去。

就在经过安全楼梯时，她忽然停住了。

寂静的深夜，传来沈暨低低的声音。他在安全梯里，不知道和谁在说话。

叶深深觉得自己的心脏急促地跳动起来。她几步走到安全梯内，低头向下看去。

沈暨正顺着楼梯慢慢往下走，一边走，一边讲着电话。她只能看见他拿着电话的手肘，以及听到他轻轻的说话声音。

他说："对，我打算近期回去，你那边现在应该是下午吧？"

越向下走，他的声音越发轻微模糊了。

"我惹了一点麻烦……我不应该让一个朋友产生不切实际的心意。但我不想失去她，我欣赏她，想看着她成长……"

最后，轻得如同一缕摇曳的烟雾，飘散得似有若无。

"她很好，只是，对我而言，不是特殊的那一个。"

叶深深不知道自己是怎么回到家的，又是怎么躺回床上去的。

或许是穿着睡衣出去，被寒气侵袭了，她再怎么裹紧被子，依然浑身打颤，无法遏制身体那种剧烈颤抖。

身上的冷汗一股股冒出来，她整个人都虚脱了。

在昏沉与煎熬之中，她眼前全是幻觉。

有时，是孔雀与她一起在路边地摊上买一搭一地卖她的衣服，昏暗的路灯光下又卖出了一件，孔雀扭头朝她开心地眨眨眼。但随即，那侧面就换成了孔雀离去的身影，她说，叶深深，我凭什么要和你们在一起？

有时，是母亲在昏暗的厨房中朝她回头，笑着说妈妈给你做了你最喜欢的糖醋里脊，你闻闻看香不香？但随即，她的笑容就消失了，眼睛像针一样盯着她，她说，深深，到你失败伤心的时候，妈等着那个悔恨的你回家。

有时，是沈暨温柔亲昵地揉着她的头发，那双总是水光潋滟的眼睛含笑望着她，轻轻地唤她"深深，深深……"。但随即，他在晦暗的楼梯上缓缓向下走着，说，对我而言，并不是特殊的那一个。

所有的一切撕心裂肺，伤心失望，都起于她的一厢情愿。

以为只要自己努力，只要坚持不懈，只要用心追求，就能安稳地被自己握住。可其实，这个世界就是这么真实，该是你的才是你的，不是你的，终究只是梦幻泡影。

友情，亲情，爱情，都是如此结局。

深深，叶深深，不要再天真了。

看清自己，只是一个普通的路人甲，一个淹没在芸芸众生之中的最平凡的女孩子。没有家世，没有背景，没有任何依靠可以让自己昂首站立在这个世界上。

什么也没有。

第二天的天气不太好，下起了毛毛细雨。

伊文提着粥过来敲响了叶深深的门。昏昏沉沉的叶深深开门看见她，一时恍惚。

"深深，我知道你生病了，又看外面下雨，你这个小懒虫肯定没饭吃了。"她利落地甩掉鞋子进门，难得今天穿的是中跟鞋，"这可是我自己炖的哦，皮蛋瘦肉粥。"

叶深深真的很饿，伊文刚把粥盛好，她就接过去喝了半碗，然后才问："伊文姐怎么知道我生病了？"

"哈哈哈，沈暨昨晚深夜在朋友圈发了一条'急性肠胃炎如何照顾？'的询问信息，简直被刷爆了，大家都以为是他生病了，后来他发解释说是朋友，我这么聪明的人，猜猜就是你了，一问沈暨果然是。"伊文笑得大失常态，完全没了那种高冷气质，"听说你是被他害的啊？哈哈哈哈……你知不知道，昨晚有好几个女孩子都人肉图片背景，准备前往医院去照顾沈暨了，一群人都急疯了！"

叶深深捏着勺子呆了一会儿，伊文的粥这么香，可她的喉口哽住，有点难以下咽。

她垂下眼搅着粥，含糊地说："是啊，好多好多人都喜欢沈暨。"

"谁不喜欢他呢，连我都很喜欢他的。"伊文给自己也盛了半碗粥，随口说，"对每个女孩子都特别好，又温柔又体贴，大家都怀疑他是不是有点女权主义。"

叶深深想着沈暨轻唤她"深深"时温柔的笑容,唇角露出一个艰难的弧度:"是啊,无论对谁,都是一样的好,这样其实很容易让人误会的,会自作主张地产生幻想。"

"是啊,不过认识的女孩子这么多,沈暨却都能处理得很好,所以从没听说过他和哪个女孩子闹得不好看之类的,更从没有过女友,我也是真佩服他。不知道他是怎么打发的,这一点顾先生就远远比不上他了,唉……"伊文显然一想到顾成殊的前女友们,头都大了。

叶深深垂眼盯着粥碗,心里那种模糊的疼痛又缓缓泛上来,弥漫了她的全身,让她几乎脱力。

是啊,她也是怀抱着不切实际心意的那一个女孩子,是需要妥善处理的迷恋者,是要被打发的那一个麻烦。

伊文喝着粥,又想起一件事:"哎对了,之前不是还有个网络视频地铁侠吗?那上面的地铁侠就是他,你看过没有?"

"嗯……看过。"她情绪低落地说。

"对哦,他帮助的那个女生就是孔雀嘛,你当然知道。"伊文笑道,觉得她的语调不对,再看看她萎靡的样子,便问,"粥不好喝吗?"

"好喝,很好喝。"叶深深舀了一大勺喝下。伊文满意地点点头:"这才乖嘛。你最近事情这么多,又生这一场病,看你这无精打采的样子,我还真有点心疼。"

叶深深艰难地吃完这一碗,伊文又给她盛了半碗,说:"不能再多吃啦,少吃多餐,养好肠胃想吃什么就吃什么。"

"谢谢你,伊文姐……"叶深深捧着碗,感激地低语。

"快吃吧,吃完了我把保温壶带回去。"伊文说着,起身在她屋内转了一圈,目光停在她的电脑屏幕上,看见那是个订票的网站。"咦,你要出差了?真看不出来工作室挺放心嘛,让你一个小姑娘独自出差。"

叶深深不敢看她,只低着头,嗫嚅着:"不……我想回家。"

伊文诧异地问:"现在回去?今天周六,你明天回来,后天上班?"

叶深深默默地摇头,声音轻得几乎听不到:"可能……回家开网店,陪陪妈妈,休息一段时间。"

伊文愕然皱起眉,打量她许久,才若有所思地点头:"这样啊……理由呢?"

一瞬间叶深深忽然很庆幸,自己面对的是伊文,而不是顾成殊。"我觉得,可能我来这边,本身就是个错误吧……像我这样除了对设计的爱之外什么也没有的女孩,漂泊在这边,没有家,也没有可以依靠的人。家里妈妈遇见了那么多事情,我却无法帮助她，还为了自己的前途狠心拒绝了她几乎所有的要求；而在工作室里，面对着那么多厉害的人，每天那么辛苦奔波，还要面对各种明争暗斗，一不留神就会被踢出去……"

她说着，气息急促，眼泪扑簌簌落下来，无法遏制。

伊文轻抚她的背，问："你是压力太大了，所以承受不住了，想要逃离，是吗？"

"不……我是绝望了！我知道自己什么也没有，不可能再有什么奇迹在等我了。我就是这样一个普通的女生，我死心了……"叶深深拼命摇头，终于歇斯底里地痛哭出来，"可……可我打开了网站，又不知道怎么办。我不想就这样败退，我待不下去，可我也走不了……"

"好了深深，我知道了。"伊文说着，轻拍她的肩膀，安慰她说，"我理解你的压力，知道你现在可能真的觉得在这边很辛苦，而且又生病了无人照顾，确实处境不太好……"

叶深深缩着肩膀，坐在桌前拼命地压抑自己的哭泣，却无法控制自己的抽泣与身体的颤抖。

"好吧，你回家休息一下，处理一下你家里的事情也好，工作室那边，顾先生应该能帮你搞定。我有个常订票的电话发给你。"伊文说着，拿出手机发消息，顺便迅速给顾成殊也发了一条。

"回欧洲？"

顾成殊诧异地抬头，看着面前的沈暨。

"是啊，有这个打算。"沈暨随意地拖过一把椅子，反坐着将自己的下巴搁在椅背上，"在这边也没事干，浪费时间。"

"你过去的人生有哪一天不是在浪费时间？"

"这倒也是……"他笑着，目光盯在窗外，那总是闪烁着明亮的光芒的眼睛，此时却显得黯淡，连他的笑容也略显恍惚，"可能是因为，我也不知道自己在寻找什么，在失去什么。"

顾成殊随意笑了笑，问："在这边有什么还未了结的事情要托付吗？"

"有一件事情，真是遗憾。"沈暨支起下巴，想了许久，声音低得如同呢喃，"我在街头遇见了一只小猫咪，她长得非常可爱。我只想逗一逗她玩一玩，然而她却想要跟我回家……"

顾成殊冷眼看着他，脑海中不知不觉就出现了叶深深，出现了她那天晚上惊慌失措地挡住自己那个电脑桌面的情景。

不知世事的一只小猫，在流落街头无依无靠的寂寞空虚之中，忽然遇见了温柔揉着她皮毛、微笑逗弄她的人。于是她懵懂的心中，以为这一刻就是永远了。

然而，她却并不知道，对方其实只是无聊时想要找一点消遣而已。

他的漫不经心却成为她的刻骨铭心。

一股难以言喻的灼热，冲上他的心口，而脑门儿处慢慢降下来的冰冷，与那灼热冲撞在一起，搅成让他大脑瞬间空白的物质，让他全身的神经都不由自主地麻痹般失去知觉，唯有下意识地握紧了手中的笔。

沉默许久，顾成殊脸上终究还是不动声色，只有语调略微僵硬："若你不准备在家里长久安置猫窝和猫砂盆，那么你就不应该去招惹一只猫。否则，你甩手离去之后，她只会陷入比之前更加难过的处境之中。"

沈暨将自己的下巴搁在臂弯之中，永远上扬的唇角失去了微笑的弧度，被默然抿紧。

他懊恼与伤感交织而成的声音，充满了自责，带着可恨的无辜："可是我真的喜欢她可爱的姿态，难以控制自己……我承认这一件事，我是真的做错了……"

顾成殊垂下眼，不再看他，声音却分明尖锐起来："你确实错了，但不是一件事，是三件事。"

沈暨惊愕地抬头看顾成殊，而顾成殊直视着他，一字一顿，清晰明白地说道："第一，她不是一只小猫咪，你看错了。她将来会长成老虎或者猎豹，你错看了她现在弱小的模样。

"第二，她并未流落街头，我已经为她准备好山林，她是有主人的猛兽，并不需要路人的抚慰。

"第三，你别忘记了，你的手上沾染着剧毒，以后不要轻易地去触碰你无法负责任的人。"

他毫不留情的话如同利刃，直刺向沈暨，并未顾忌任何情分。

而沈暨也默不作声，只慢慢抬起自己那只手，翻转掌心看着。这被顾成殊斥之为剧毒的手，白皙，修长，骨节匀称，线条优美有力，谁也看不出，曾经受过什么对待。

他看了许久，声音喑哑地回答："是，你说得对……我不应该犯下这样的错误。"

顾成殊长出了一口气，站起来走到他身边，轻轻拍了拍他的肩膀，问："什么时候走？要和她告别吗？"

沈暨睁大眼睛，仿佛不太明白似的望着面前的他，许久才渐渐恢复过来，迟疑地说："再说吧。或者，等我走了之后你再告诉她也可以。"

顾成殊抿住薄唇，停顿片刻，才说："我还以为你至少与她朋友一场。"

"我全世界都有朋友。"他又勉强笑起来，长长的睫毛遮住那双原本潋滟的双眼，蒙上一层氤氲黯淡的气息,"不过,她还被我害得生病了,看来我得负责让她痊愈后才能走了。"

顾成殊微微皱眉,正想说什么,手机震动,伊文刚好发来一条消息。消息只有5个字,却一下子抓住了要害——深深要回家。

他捏着手机,抬眼看向沈暨。沈暨站起来说:"好啦,你有事就去忙吧,我总得十天半月才能回去。"

顾成殊随口应着,一边立即收拾东西。

沈暨起身说:"我借用一下你会议室的投影。"

"不许再用它玩俄罗斯方块。"顾成殊说着,从柜子中取出早已放在那里的方形大盒子。在离开办公室经过会议室的时候,他往里面看了一眼。沈暨果然没有在玩俄罗斯方块,正在玩另一款杀时间利器——消灭星星。

只是,他望着面前巨幕的游戏画面,睁大眼睛看着,却没有焦点,半天也没有按下任何一个色块。

第二十七章
不可抗力

Go with the Star

开门看见顾成殊站在门口,那张冷峻的脸上一双锐利的眼睛扫向她,本来就病得东倒西歪的叶深深,觉得自己真的要倒下了。

顾成殊的手中拿着一个盒子,站在门口端详着她惨白萎靡的模样,神情平淡地问:"身体好些了吗?"

叶深深点点头,赶忙请他进门。

顾成殊将手中的盒子丢在沙发上,顺便连自己的大衣也丢了上去:"伊文告诉我,你要回家。"

叶深深就像个逃学被老师抓住的孩子一样,乖乖地坐在他面前,点头,说:"是,顾先生,我想回家一段时间。"

"理由呢?"

"我……我觉得在这边一个人生活,忍受不了这种孤独无助的感觉;然后工作室那边的压力又好大,有点承受不住;再加上家里的事情……顾先生也知道,我妈妈现在是最困难的时候,我这个女儿应该要回去和她相伴,一起渡过难关的……"

她显然早已经在心里酝酿了许久,组织好了面对顾成殊时候的说法,现在一句句说来,显得还点有条理。

然而顾成殊却打断了她的话:"那就是说,中止在方圣杰工作室的实习,听你妈妈的话回家,开你的网店,赚钱养家。如果以后再没有这么好的机会,就认命地随便过完这一辈子？"

叶深深咬住下唇，眼圈迅速地红了，她紧紧闭上眼，用力地点一点头，说："是……顾先生，我放弃高空了。我想，可能我毕竟还是没办法飞到您描述过的地方，我只能是一只翅膀不够有力的母鸡，能努力给自己一个存身之地就够了……我没有力气也没有办法坚持下去了……"

"叶深深，不要在我面前找借口，这没有用！"顾成殊毫不留情，疾言厉色地反驳她，"你觉得一个人孤单的生活无法忍受吗？Karl Lagerfeld远离家乡在各个品牌当学徒、当助理10年后才终于成为Chloe设计师。时尚界老佛爷都要熬10年，你几个月就无法忍受了？

"工作室压力大？Giorgio Armani一文不名的时候，他的男友Sergio Galeotti卖掉了他的汽车，凑钱租了间房子给他打拼，时刻面临着绝境。而现在你的合伙人是我，你所有需求我都会满足，你所有的困境我都会替你打通，你告诉我你的压力是什么？"

叶深深胸口急剧起伏，无法自抑，喘息也渐渐沉重起来，无言以对的惭愧与心虚："我……"

顾成殊冷冷地盯着她，继续问："你当初在机场对路微发过的誓言呢？你发誓自己要超越路微的那些话，说出口，你就忘掉了？"

叶深深捂住自己的脸，拼命不让自己的眼泪流下来，她怕自己哭得崩溃了，就再也无法听清顾成殊说的话，就无法这样真切地承受他加诸在自己身上的鞭笞。

"这一路你跌跌撞撞，经历了那么多的曲折坎坷，终于走到这一步。现在你说退缩就退缩了，要缩回你自己的壳中，要闭上眼重新做那个当初的叶深深，你心安理得吗？"顾成殊一贯带着三分冷意三分克制的嗓音，此时却完全不受控制，如疾风暴雨般劈头盖脸地向着她倾泻下来，"叶深深，你骨子里也就这么点出息！刚刚从地面飞到枝头，刚刚碰到一根折断的枝条，就惧怕自己的翅膀承受不住狂风暴雨，想要立马跳回泥地上，抓紧你爪子下的小虫子不放！你心虚胆怯，不敢去接触探索你向往的世界，甚至连看一眼的胆子都没有！我清楚明白地告诉你，如果是这样，那么你这辈子永远也没有资格在高空中俯瞰这个世界，见识到最高处的风景！"

叶深深一动不动地坐在桌前，那双手渐渐地收紧，紧握着，骨节泛白，青筋毕露。但她没有辩解也没有反驳他。或许她也觉得，自己是该需要狠狠地被人骂一顿、训一顿，毫不留情地斩断所有懦弱的念头、所有可以让她退缩的后路，将她从逃避中拖出，丢回她应该走的那条路，让她不停地走下去。

顾成殊的怒火渐渐平息，他看着缩起肩膀坐在那里的叶深深，看着她脸上的愧疚与悔意，长长出了一口气。

他走到沙发旁边，将自己带来的盒子丢在她面前，一言不发地抬起下巴，示意她打开来看。

叶深深畏惧又迟疑地看了他一眼，慢慢伸出颤抖的双手，扯开盒子上的缎带，打开盒子，便看见一片湖蓝色的柔和微光。

她的手指碰触到那片湖蓝色，触摸到柔软的料子之后，确定是一件素绉缎的裙子。

只看了一眼，她便无法控制自己，立即将裙子拿出来抖开，放在眼前仔细地看。是一件湖蓝色的礼服，无肩带，上面没有任何装饰，唯有一层缎子简洁裹身，而下身却是波浪形大褶皱，素绉缎的光泽从每一个角度看来都有不同的深浅光辉，使整件衣服看起来就像波光映照下的海中砗磲一般，绝妙而虚幻。特殊的纱料紧贴在素绉缎上，薄得甚至无法遮盖湖蓝色自带的光芒，但纱料反射光线的频率与素绉缎不一致，于是蓝色的光便在深浅变幻之中蒙上另一层明暗变化，烟雾的卷舒，波浪的起伏，水花的推移，在做成波浪形的裙摆上一层层地荡漾开来，无比精致，细节分明，每一英寸的颜色都纹理清晰。

只因为这一片光华，使整个房间就仿佛是海底世界，叶深深甚至感觉到了海洋的气息，耳边也似乎传来了大海的涛声，让她如坠梦幻。

"Crepe satin plain海洋系列，一组6件作品，全部采用明亮颜色的素绉缎，这是我最欣赏的一件。设计者是曾经特地打电话来称赞你的巴斯蒂安先生。"顾成殊抓住这件裙子，将它从沉迷的叶深深手中拿走，用那双锋利得几乎咄咄逼人眼睛盯着她，问，"看到了吗？这就是你不敢想象的未来，是我希望你不顾一切拼尽全力也要到达的境界。"

叶深深的手指微微颤抖，徒劳又固执地触碰着那件裙子，舍不得移开目光，舍不得它的光芒，更舍不得它贴合肌肤时的触感。

"到现在为止，你根本还不知道我希望你到达的世界。你不知道世界上还有这样的作品，从精挑细选的每一寸用料，到一丝不苟的每一寸走线，再到不差分毫的每一寸褶皱。并不仅仅为了让穿上它的人说出一句'好看'，更不仅仅是为了吸引人的目光停留在它上面。没人知道为了抓住那一线天与海的灵感，设计师在海上迎接了多少个日出与星空；更没人知道是多少年孜孜不倦的专业素质积累，才终于喷薄出这样绚烂的灵感，让所有人在看见这件衣服的时候，就像看到了他当初看到的那片海，听到了他当初听到的涛声，感受到了他当初感受到的气息——这需要无比强大的掌控力、无比犀利的洞察力、无比完善的组织力，更需要无比惊人的审美感悟力。这样的天赋，这个世界上，拥有的人可能绝无仅有。"

叶深深听着他的话，胸口涌起巨大的波澜。那些海浪一样的波纹褶皱，也仿佛在她的心口剧烈波动，让她的血脉涌动，久久无法平息。

顾成殊直视着她，见她神情波动，那双黯淡的眼睛在望着这件衣裙时，目光也开始亮起来。他知道自己的话已经起了效果，于是放松了口气，也放缓了语速，慢慢地说："叶深深，你还记得吗，我母亲临去之时曾经说过，我和她一样，都只是被这个世界扬弃的尘埃。"

叶深深当然还记得，甚至，她还记得顾成殊在说这句话时，脸上那样悲哀的神情。

"那是因为，我母亲知道，我没有那种天赋。甚至，她也没有。就算再努力再拼命，我们始终不过是庸常的凡人，碌碌无为的一世，并不会在这个世界上留下什么灿烂的痕迹，人生结束后，就如一点微尘，消散无踪。而你不一样，叶深深……"

顾成殊俯头凝视着她，叶深深第一次看见他伤感的表情。幽微的悲伤笼罩在那张仿佛永远平静无波的脸上，也蒙在似乎永远不会化冻的眼睛之中。而他一贯冷淡的嗓音，也带上了一种触动心弦的轻微颤抖，令她的心也随着他的话语轻轻颤动起来。

他说："我在万千人之中找到你，就是因为我认定，你不是与我一样的尘埃。只要我给你机会，只要你努力打磨自己，你会成为熠熠生辉的钻石，成为灿烂夺目的星辰，你会拥有令所有人仰望的光芒，迎来属于你自己的那个辉煌世纪。"

"我真的……能有那一天吗？"像被他的话语蛊惑，或者被击中，她的手紧紧地抓着那件华美至极的素绉缎裙子，用力得几乎痉挛。

"我真的能设计出这样的作品，成为这样伟大的设计师吗？我真的能拥有这么强大的、震撼人的力量吗？"

顾成殊缓缓摇头，说："不一定，因为那需要足够的天分、漫长的时间、充分的努力，更需要可遇不可求的运气和时机。"

叶深深将自己的脸埋在蒙纱的素绉缎上，长长地呼吸着，身体轻微颤抖，但那背却渐渐挺直了。她低垂的脖颈显出一种倔强的弧度，虽然瘦弱，却显得异常坚定。

所以顾成殊看着她的身形，也略微松了一口气，低沉而恳切地说："但如果你此时放弃了，回家开网店的话，你将熄灭为尘埃，永远都不可能摸索到这样的境界，永远不可能成为光芒万丈的神话。"

言尽于此，顾成殊拿起自己丢在沙发上的大衣，向着门口走去。在手搭上把手之时，他最后回头看了她一眼。

"叶深深，是回去开一世安定平稳的网店，还是去迎接痛苦的磨砺，竭尽所能地去追求你的梦想，一切，都在你的一念之间。"

沈暨是个很负责任的人。

因为是自己惹的祸，所以他按照医生的吩咐，下午两点准时过来接叶深深去打针。结果进门后发现她正在画图，桌上散落的全都是设计细节的图纸。

叶深深请他进门，低头避开他的目光，重新又走到桌前坐下："稍等一下，我先把这件衣服的细节和店里确定好。"

沈暨微微皱眉责怪她："感觉好些了吗？怎么不听话好好休息？"

他温柔的责备让叶深深下意识地握紧了手中的笔，心口闷闷的，一半疼痛一半感伤堵在那里。

但她没有回头，声音虽然低哑，但十分清晰："浪费了好几天时间了，网店那边要我出稿子，工作室那边也很快就要交下一周的设计，我不能再散漫了。现在正和小峰商量新衣服的细节呢，有点吃不准。"

沈暨看了过分平静的她一眼，耳边仿佛又闪过那一句"沈暨，我喜欢你"。那时她昏昏沉沉之中语调温柔甜蜜如同梦呓，然而现在，却根本不回头看他一眼。

他偷偷松了一口气，又有些微诧异，默然在她身后站了一会儿，俯下身将散落的图纸一张一张地捡起来，走过来站在她的身后。

叶深深握着鼠标的手略微收了收，但很快就强迫自己放开了。掌心有些许的汗沁出，不过没关系，很快就会消失的。

就像心口那些紧张窒息与疼痛，很快也会消失的。

沈暨将手中的图纸对照着电脑上整体图一张张比较过，最终将其中两张抽出来，说："我喜欢这张的花纹样式，但袖口与领口的设计喜欢这一张。"

叶深深抽回他手中的图纸，尽量小心地没有碰触到他。她低头看着，生病未愈的嗓音有点沙哑："嗯，我也喜欢这两张，但这种花纹的成本有点高，而领袖口这样的设计，款式又太过简洁，怕别家仿冒这种工艺会太快。"

"我以前有没有和你说过，我不在乎一切，只在乎美。"沈暨俯身靠在桌上，支起下巴看她，"顾虑这么多可不好，去选择你最喜欢的就行。至于工艺、成本和仿冒，都让他们见鬼去吧！"

叶深深看着近在咫尺的沈暨，那依然温柔得仿佛春光流淌的笑容，让她的心口依然不受控制地微微悸动。

所以她转开了自己的目光，只默默对照着手中的设计图，开始在电脑上修改领袖口设计和花纹。

见她顾自专心致志，被冷落的沈暨在屋内转了一圈，随手帮她摆正了沙发上的抱枕，又给窗台上的芦荟和仙人掌浇了一点水。

叶深深给小峰发去修改后的设计后，终于还是不受控制地转过头，看向沈暨。

他正靠在窗台上，用自己那漂亮的手指轻轻地碰触仙人掌的刺，那双在日光下变得通透的眼睛微微眯起来，笑得仿佛自己在逗一个小婴儿似的。

这么好看，这么温柔，又这么孩子气的男人。

谁能不喜欢他呢？就像曾是她最好朋友的孔雀，就像那些围绕在他身边的女孩子，就像她自己。

盲目沉溺在他习惯性的温柔中，自以为在他心目中是不一样的。他曾是孔雀的地铁侠，也曾送给自己一盆叫深深的花。可谁知道除此之外，他又曾牵过谁的手，曾轻抚过谁的头发，曾以那双比所有人都灿烂的眼睛，含笑凝望过谁。

叶深深觉得自己眼中有绝望与伤感的眼泪薄薄地蒙了上来。

到头来，其实都只是普通人而已，并不曾在他的心里引起过什么波澜。

只是每一个女孩子都值得喜欢呵护，仅此而已。

叶深深低下头，眨眼消掉那些泪水，然后站起身去拿自己的外套："走吧沈暨，打完针快点回来吧，免得又占用你的时间。"

"没事的，我反正天天都闲着。"他随口说着，跟着她进电梯时，又漫不经心地提了一句，"你这边的小区还不错，就是电梯里永远没信号，不知道为什么。"

是啊，所以昨晚你的电话，只能在楼梯里一边讲一边走。

不然，谁能察觉你的心思，懂得自己的真实处境。

叶深深低下头，沉默地跟着他往外走。沈暨以为她是生病了精神萎靡，虽然略有担心，但也没有多问。

"沈暨，你知道吗？昨晚……我在你的车上睡着后，做了个梦。"叶深深坐在车上，系着安全带，一边默默地说。

沈暨的手停了一停，车子缓慢地开出小区。他的声音略微低了一点："是吗？梦见什么了？"

"就在你的车上，当然是梦见你了……"她抱着怀中的包，声音轻得只够他们两人在密闭的车内勉强可辨。

沈暨没有接话，唇角那丝笑意依然维持着，但目光已经转向了前方。

"我梦见啊……我和我喜欢的男生在逛街，然后不知怎么的，就在梦里被你撞见了，我好尴尬的你知道吗？"

她笑着，疲惫又愉快地举着手在眼睛前面，挡住从明净的玻璃外照射进来的阳光。

沈暨下意识地一踩刹车，叶深深猝不及防，差点撞上前面的玻璃，幸好安全带拉住了她。

她转头看他："怎么了？"

沈暨的目光转过来，落在她带着淡淡笑容的脸上。透窗而来的日光照得她苍白的面容晶莹灿烂。沈暨一时恍惚，呆了一会儿，然后才发动车子，说："被你吓到了……你从来都没提起过，你喜欢的男生是谁？"

"这个可是我心底最深处的秘密，你不许问的。"叶深深轻轻叹了一口气，靠在座位上，有点茫然地捏着自己的指尖，低低地说，"而且我在梦里特别厚脸皮，我居然还梦见你生气了，过来问我难道不喜欢你吗？结果我就很为难地说，对，沈暨，我喜欢你……"

我喜欢你。

他的睫毛微微一颤，那双明净的眼睛也在一瞬间恍惚了一下，但随即又抬起，直视着前方，只在唇角露出一个不自然的笑容。

"我在梦里也挺古怪的是吧，我居然觉得你会介意我喜欢别人。"她绕着食指打圈圈，一边生硬又恍惚地说，"抱歉啊沈暨，我不该这么想你的……我太自作多情了。其实我们只是好朋友，就算在梦里，我也不应该觉得我们有什么不一样的感情的，是吧……"

是她的不对，是她自以为是，以为曾经得到过他的温柔呵护，两个人之间就不一样了。她任性地企图跨过那一道界限，却不明白自己只是他眼中的普通女生一个。而为了不伤害她一厢情愿的恋慕，他被迫准备远远逃开，保护他们之间的过往。所以，如今她唯一的办法只有抹杀自己的心意，去勉强挽回一份即将破碎的友情。

然后，她得摒弃人生中所有会消磨意志的东西，不顾一切地向着她那可能永远到达不了的光辉彼岸，跋涉而去。

那才是她的人生，从今日开始，凌驾于所有一切之上。

沈暨唇角那一丝笑意消失了，他第一次在她面前抿起嘴角，眼中那向来明亮的光芒也黯淡了下来。

这么拙劣的掩饰，他怎么会不知道她在说谎。

然而，他知道她是想挽回这段友情，希望弥补自己恍惚仓促间犯下的错误。

而他的目光，也落在自己的手上。明明是蜜色的阳光，却让他觉得自己的手掌发黑发青，那上面确实沾染着致命的毒药。

所以，他又何必向她伸出手去呢？

这样的结果，岂不是求仁得仁。她这样的回答，岂不是彼此之间最好的选择。

沈暨抿住的下唇，慢慢地一点一点地松开了，甚至还微微地上扬了一丝弧度。

那么，他现在能做的就是相信她的辩解是真的，全盘接受她所给予的解释，以保护好那些不应该破碎的东西。

所以他沉默地侧过头看她,终于开了口,声音微哑,低沉而轻缓:"深深,你这样做好吗?"

叶深深不敢看他,只抱着自己的包,怔怔地坐在那里看着前方:"什么……好不好?"

"我是指,你瞒着我们偷偷地有喜欢的人,这样好吗?"

叶深深觉得自己心里有点什么东西,正在缓慢缓慢地刺进去,那么尖锐,又那么迟钝。

离心太近的地方,连痛都痛得不分明,模模糊糊地。

所以她只能将脸靠在自己的手肘上,不敢再看他,只望着窗外流动的街景,轻轻地说:"对不起……合适的时候,我会带他见你们的。"

他明知自己询问是不合适的,但心里难以抑制的那种冲动,终究又让他开口问:"是什么样的人呢?"

叶深深咬牙压抑自己喉口的颤抖,尽量轻松地说:"是个很可爱的人。"

他笑着转头看她:"看来你是真的很喜欢他。"

"嗯,很喜欢很喜欢,这个世界上,只有他是不一样的……"叶深深呢喃着靠在手肘上,轻轻闭上眼睛,梦呓般地说,"他是我心底最深最深的秘密,永远也没有人能知道。"

云杉北京。

叶深深看着墙上的标志,顺着走廊一路进去。

看见站在门口的叶深深时,伊文简直都惊呆了:"深深,你……居然……会……主动……来找……顾先生?"

叶深深勉强对着她笑一笑,说:"是啊,伊文姐,顾先生在吗?"

"在的,就算不在也得赶紧催他过来,毕竟你可是第一次过来啊!"至少是第一次来云杉北京的办公处。

"身体好些了吗?"

"好啦,打了两三天针了。"

伊文带着叶深深往里面走去,又忍不住回头看她。

她受到了巨大的打击,又大病一场,只几天时间就迅速地瘦了下去。锁骨与肩膀的线条突出,腰细得可怕。

伊文有点心疼,也只能说:"深深,你现在的体型可真好看,穿你自己设计的衣服肯定很好看。"

叶深深点点头，对她笑一笑说："我会努力保持的。"

"但是脸颊瘦了，没有以前可爱了哦！"伊文仗着自己长得高又蹬着10厘米高跟鞋，捏捏她的脸颊，"以前像只乖乖的小猫咪，现在眼睛大了亮了，像只小雪豹。"

"哪有你这么形容人的呀，伊文姐……"叶深深赶紧避开她的揉捏。伊文笑嘻嘻地一转头，隔着玻璃看见正皱眉看向她们的顾成殊，不由得对叶深深悄悄吐吐舌头，然后正色走去敲门："顾先生，叶小姐找您有事。"

顾成殊的目光落在她后面的叶深深身上，她脸颊失去了血色，苍白的样子显得一双眼睛格外幽黑明亮。

顾成殊示意她坐下："什么事？"

她端端正正地坐在他面前，将手放在双膝上，仰望着他，很认真地说："我来谢谢顾先生，同时也想告诉您，我会成为星辰的。"

就在他走后，她抱着那件裙子，一动不动坐了很久很久。

世界最顶级设计师的作品，无与伦比的迷人魅力，与她的衣服天壤之别的差距，也是她在梦里都不曾触碰过的奇迹。

她若是选择了安逸平稳的那条路，那么一辈子也只是一个水准之上的普通设计师。

但她曾经发誓，要走到路微的面前，让她看见自己骄傲的姿态。

哪怕，有万分之一的可能性，她也想试试看，到底自己的未来，能不能走到极限那一步。

顾成殊扬起眉，望着她坚定的面容许久，终于朝着她微微而笑，说："叶深深，我事先声明，这个承诺的有效期是一辈子。"

叶深深看着他的笑容，不由自主地眯了一下眼睛。她忽然想，其实顾先生的母亲说得不对，这么熠熠生辉的人，怎么可能会是普通人呢？

"顾先生，一辈子的意思是……"

他凝视着她，缓缓地说："意思是，从今以后，我将与你携手同行，再不允许你再对自己的道路产生一丝动摇，更不允许你拥有逃跑的想法。否则，后果你无法承受。"

这么独断专行的口吻，叶深深的脸上却露出了微笑，她望着他，默默点头："是，我不会再动摇，也不会再逃跑，永远。"

顾成殊显然对她的态度十分满意："记得你今天的承诺。"

叶深深清清嗓子，说："本来我也承受不起后果啊，别的不说，光你拿来教训我的那件裙子，我就赔不起了。"

他随意笑道:"其实那是在巴斯蒂安先生欣赏你之前,我看到觉得很不错,订下给你作为学习观摩用的,不然这样的衣服怎么可能说拿到就拿到。"

反正,总之,我是不会把裙子还给你的。叶深深在心里暗下决心。

"对了,顾先生,其实我今天来找你……还有一件事。"叶深深从包里取出一张设计图,放在他的面前。正是被季铃工作室修改过的那件裙子。

顾成殊扫了一眼,皱起眉头:"你还在弄这个?"

"是,但不知为什么,我妈妈看见这幅设计,对我特别伤心失望。"

"你妈妈懂设计吗?"顾成殊皱眉问。

"不懂。但她和路微认识,而且,我很怀疑是路微指引她到北京找我的,路微也很可能在她面前透露过关于这幅设计的事情。"叶深深若有所思地看着图上的那件裙子,轻轻地说,"我觉得这桩设计有问题。从郁霏忽然对我示好的怪异,再联系路微对这件事和我父母的关切,我想一定是有什么陷阱在等着我去钻进去。"

顾成殊将设计图移过来看了看,说道:"可你还是接了,而且,还设计得很认真。"

"不,主要是他们修改的。季铃工作室的人,他们对于这件衣服有十分准确的把控,仿佛早就已经对制作出来的成衣胸有成竹了。"叶深深抿起嘴角,抬头仰望着他,说,"所有修改的细节都很专业,意见非常完美,绝不可能是工作室的一个助理可以提出的。"

顾成殊点头:"你又准备怎么办呢?"

"我知道这件事和路微肯定有关系,所以我想借这个机会戳穿她的阴谋,给她一个警告。"叶深深昂起头,毫不犹豫地说。

顾成殊诧异地瞥了她一眼,这个当初外号"软绵绵"的女生,软弱了20年的她,居然企图主动迎击幕后黑手,掌握自己的人生了。

"叶深深,你不是一向当缩头乌龟的吗?这辈子我也只看到你爆发了那么一两次,一次是在机场对路微发誓自己要超越她,结果呢,忍气吞声和她一起进了工作室。第二次是在工作室她嘲笑你的时候,你倒是反击了她,可后续呢,依然是温吞水一样和她井水不犯河水——所以你现在说要给她们一个警告,我想知道你是如何下定决心的?"

叶深深望着手中的草图,出了一会儿神,然后才慢慢地说:"就在顾先生您前天骂醒我以后,这两天我想了很多很多,我知道若我要成为您希望的人,就一定要改变自己,同时,也要改变我的周围。我不能任由别人侵害我,如果我再不反击,就相当于是自我伤害。"

她的话语时有停顿,却讲到最后,却是毫不动摇。

顾成殊默然点头，问："这次是真的下定决心了吗？"

叶深深胸口剧烈起伏，那双格外明亮的眼睛，里面有压抑了许久终于燃烧起来的火焰："是。我要告诉路微，不要再暗地动手脚阴我了，要来的话，就堂堂正正地来！因为我什么都没有，所以我根本不怕再失去，我必将用自己所有的力量正面击败她！"

仿佛被她眼中的光芒攫住，顾成殊一时移不开目光。这一刻他觉得自己心口涌出来的血都忽然灼热起来，比往常更为急促地冲到每一寸末梢，让他不由自主握紧自己的手，抑制自己身体的冲动。

因为他担心，那种悸动会让自己的双臂不受控制，将面前这个终于爆发的女生紧紧拥在怀中，就像那一次在酒店昏暗的光线下，他难以自抑地拥抱住她一样。

然而，他的眼前又忽然闪现出那一夜被她挡住的电脑屏幕，那后面泄露出来的沈暨温柔的面容。

沈暨说，小猫咪想跟他回家。

为她而激烈涌动的血脉，慢慢地冷却了下来。他将目光收回，慢慢地转头看着窗外遥远的世界，直到一切平息，他才重新凝视着她，问："叶深深，你说吧，我要替你做什么？"

一切，无论什么，只要她说，他就为她做到。

因为，叶深深如今对他而言，是不可抗力。